BIBLIOTHÈQUE DE CLUNY

★

UNE TÉNÉBREUSE AFFAIRE

UNE TÉNÉBREUSE AFFAIRE

PAR

HONORÉ DE BALZAC

Texte établi et présenté par
SUZANNE JEAN BÉRARD

LIBRAIRIE ARMAND COLIN
A PARIS

La Vie et l'Œuvre de Balzac

BALZAC naquit à Tours en 1799, le jour de la Saint-Honoré, circonstance qui décida de son prénom.

Une vingtaine d'années plus tard, dans une lettre à sa sœur, Balzac jugeait lui-même sa famille d'une façon qui, pour être cavalière, n'en est pas moins justifiée. « Il n'y a pas dans le monde deux familles comme la nôtre », disait-il.

Il est certain que Bernard-François Balzac, son père, jouissait d'une solide réputation d'excentrique, et qu'il ne la démentait point. Remuant, jovial, imaginatif, il comptait sur la tontine Lafarge pour compléter la petite fortune qu'il avait gagnée dans les subsistances militaires. Il ne s'agissait, en effet, pour toucher le capital de la tontine, que de vivre jusqu'à cent ans, âge auquel il comptait fermement parvenir grâce à un régime de son invention.

Quant à la mère de Balzac, elle n'était guère mieux équilibrée. Remplissant la maison de ses gémissements et de ses récriminations, elle s'agitait, querellait et gouvernait d'une main au demeurant assez dure une maisonnée de quatre enfants.

Honoré, le fils aîné, passa longtemps pour un enfant stupide et même arriéré. Laure de Surville, sa sœur tendrement aimée, nous donne maints détails sur son enfance;

d'autres, nous sont apportés par *Louis Lambert*, et plus encore le sont par un texte souvent négligé, la confession de Félix de Vandenesse au début du *Lys dans la vallée*, récit dont le caractère autobiographique est attesté par une lettre adressée en 1846 à Éveline Hanska. L'enfance de Balzac ne fut pas heureuse. Si endormi et pesant qu'il fût, Honoré souffrit beaucoup de l'abandon où il fut laissé, de la nourrice « épouse d'un gendarme », à qui il fut confié, du collège, en somme de l'indifférence de sa mère. Ses sentiments à l'égard de cette mère demeurèrent toujours assez tumultueux, mêlés de rancune et d'un respect auquel le forçaient une vieille crainte demeurée de l'enfance et aussi, il faut bien le dire, le dévouement qu'elle lui témoigna plus tard en certaines circonstances, avec des contradictions et des à-coups de femme nerveuse.

Lorsqu'il compta six ans et demi, la famille Balzac se débarrassa d'Honoré chez les Oratoriens qui tenaient à Vendôme un collège alors réputé. *Louis Lambert* nous renseigne abondamment sur la vie dans ce collège, sur sa discipline de fer, le froid, la malpropreté dont souffraient les élèves et auxquels le petit Balzac fut particulièrement sensible. Étrange élève en vérité, bien fait pour dérouter, pour agacer ses maîtres. Absorbé dans un rêve intérieur que forge une imagination déjà prodigieuse, Honoré écrit des poèmes ou encore ce *Traité de la volonté* que le Père Haugoult, s'il faut en croire *Louis Lambert*, lui arracha des mains et vendit à quelque épicier de Vendôme. Il lit aussi, ou plutôt dévore n'importe quoi dans la bibliothèque du collège, que par complaisance lui ouvre le bibliothécaire devenu son répétiteur de mathématiques. Il lit et son extra-ordinaire mémoire retient tout, pêle-mêle; mais livré à ses chimères, à ses lectures, à ses chagrins aussi, il ne prête aucune attention aux études; les punitions pleuvent, et les coups de férule, sur les gros doigts bleus de froid, jusqu'au jour où un mal bizarre le saisit, un « coma » qui effraya ses maîtres et le fit emmener dans sa famille. Faute d'observations bien établies, on ne peut guère se prononcer sur cette crise qui, à moins d'avoir été simulée par un enfant désireux de se délivrer à tout prix du collège, renseigne étrangement sur l'état nerveux de Balzac et sur cet organisme puissant d'apparence mais en réalité menacé d'un secret déséquilibre.

Quoi qu'il en soit, l'enfant guérit et retomba dans sa placidité renfermée. Cependant — Laure de Surville en témoigne — une singulière confiance apparaissait déjà en lui, par éclairs. « Il commençait à dire qu'on parlerait de lui ». A ces mots, les Balzac s'esclaffaient tous ensemble; car la réputation de stupidité d'Honoré était si solidement établie que s'il lui échappait quelque remarque fine et juste, sa mère s'écriait : « Sans doute, Honoré, tu ne comprends pas ce que tu dis là ».

Bernard Balzac ayant été nommé en 1814 directeur des vivres à Paris, toute la famille quitta Tours et le jeune garçon termina dans les pensions parisiennes de Monsieur Lepitre et de Messieurs Sganzer et Beuzelin de médiocres études. Après avoir sommairement assimilé quelques notions de droit, il entra chez un avoué, Me Guyonnet-Merville, place Maubert, où il acquit en quelques mois cette étonnante science juridique qui fait encore aujourd'hui l'admiration des gens du métier, puis il passa chez un notaire. Mais le droit lui déplut, d'autant plus que lisant toujours et poursuivant son éducation littéraire au hasard des bibliothèques et des cabinets de lecture, d'autres ambitions se formaient en son cœur.

C'est alors qu'il refuse de s'engager définitivement dans la carrière juridique et qu'à son père stupéfait il réclame le droit de vivre de sa plume. Un autre eût ri, un autre eût tempêté. Bernard Balzac que les singularités d'autrui n'ébranlaient guère, prit la chose fort au sérieux. Il loua pour son fils, près de l'Arsenal, rue Lesdiguières, une mansarde qu'on trouve décrite dans *La Peau de Chagrin*; il lui consentit une pension et lui donna deux ans pour devenir célèbre. Seulement comme la famille Balzac n'était pas précisément tendre, la mansarde était sans feu et la pension suffisait à peine à nourrir Honoré de pain et de lait.

Laure de Surville nous a conservé les lettres que son jeune frère écrivit de la rue Lesdiguières. Singulier caractère que celui de Balzac en ce temps-là. Du courage, de la gaîté, malgré la faim, l'eau glacée qu'il monte de la fontaine et le froid contre lequel il réclame timidement un châle pour se couvrir les jambes. Mais aussi une confiance en soi démesurée, une assurance qui devient, vue avec un siècle de recul, une prescience étonnante de son génie. Et pourtant, Balzac se trompe. Il tourne résolument le dos à sa voie royale. On ne peut se méconnaître plus complètement qu'il ne le fait, aller plus droit à l'échec. Ce romancier au talent diffus, immense, à qui le don de s'exprimer se refusera toujours, cet homme des longs discours et des longues années, dont l'œuvre se déroule largement dans l'espace, et dans le temps, ce Balzac écrit une tragédie; elle est en vers et c'est un *Cromwell*. Naturellement, elle est absurde, manquée, ridicule. Pourtant lorsqu'il en parle à sa sœur, le jeune auteur se couvre de louanges. « Ce sera tapé », dit-il, dans ce langage vulgaire qui sera toujours un peu le sien, « c'est un fameux discours..., il faut débuter par un chef-d'œuvre..., caractère superbe... ».

Cependant, une Providence qui s'amuse, tandis qu'un faux Balzac s'acharne à compter les alexandrins sur ses doigts, prend le vrai Balzac par la main, celui qui s'ignore, celui qui longtemps encore restera inconnu surtout à soi-même et lui ouvre doucement les chemins de sa gloire future. « Je trouve dans mes promenades au Père-Lachaise (qu'on se souvienne de ce détail en lisant le *Père Goriot*), de bonnes grosses réflexions inspiratrices et j'y fais des *études de douleur* utiles pour *Cromwell*. »

Qu'on ouvre maintenant *Facino Cane* et qu'on relise la page où Balzac rappelle ses retours le soir sur les boulevards, comme il suit et écoute les ouvriers qu'il rencontre en revenant de l'Ambigu-Comique. « En entendant ces gens je pouvais *épouser leur vie*; je me sentais leurs guenilles sur le dos; je marchais dans leurs souliers percés; leurs désirs, leurs besoins, tout passait dans mon âme ou mon âme passait dans la leur... quitter ses habitudes, devenir un autre que moi par l'ivresse des facultés morales et jouer ce jeu à volonté, telle était ma distraction » ... « chez moi, l'observation était devenue intuitive, elle pénétrait l'âme sans négliger le corps; ou plutôt elle saisissait si bien les détails extérieurs qu'elle allait sur-le-champ au delà : elle me donnait la faculté de vivre de la vie de l'individu sur laquelle elle s'exerçait en me permettant de me substituer à lui... ». Textes sans prix sur lesquels la glose est infinie.

Cromwell fut achevé, lu devant la famille, et quelques amis; enfin sainement jugé comme exécrable. L'échec parut conclure. On ferma la mansarde, on coupa la pension; il fallait vivre. C'est alors, en 1821, qu'incapable de reprendre le droit, Balzac écrivit des romans pour portières. Pendant cinq ans, collaborant sous des pseudonymes avec l'Égreville ou Horace Raisson, il produisit des volumes d'une prose alimentaire, tour à tour comique, sentimentale ou terrifiante, dont la lecture laisserait interdit, si l'on ne se rendait compte en maint passage que l'auteur se moque et du lecteur et de lui-même. Dans une lettre à sa sœur, il n'hésite pas à qualifier *L'Héritière de Birague* de « cochonnerie littéraire ».

C'est à cette époque de sa vie, fait plus important, que Balzac rencontre son premier grand amour, Madame de Berny, la Dilecta, dont l'action fut décisive sur la formation de son génie. Cette femme n'était ni jeune, ni belle, ni heureuse. Voisine des Balzac, elle s'intéressa amicalement à Honoré, en fit le précepteur de son fils, puis bientôt, nouvelle Émilie de Warens, et comme elle, de mœurs assez faciles, elle prit son protégé pour amant. Amour protecteur d'une femme déjà mûre, amour presque maternel, car elle sent vivement les défauts de son ami et le reprend avec force. Il n'est au reste que de lire ses lettres pour deviner ce que devint cette liaison. Ainsi en 1828 : « Adieu, on t'aime quand même avec tes colères, tes myriades de caprices, tes manques d'usages, avec toutes tes imperfections... on t'aime, malgré la corde qui te manque, mais on t'adore pour toutes celles qui font vibrer ton gentil cœur et ta belle âme », « Fais que la foule t'aperçoive... mais ne lui crie pas de t'admirer ». Et cette autre lettre si humble : « Tu ne me dois rien, tu ne me devras jamais rien, je serai toujours en reste ».

A ce gros garçon vulgaire, la Dilecta apprend les usages et la discrétion, la modestie ou du moins l'art de la feindre, et aussi les délicatesses de la vie du cœur, un art d'aimer, une psychologie de la femme de trente ans, et presque de la femme abandonnée qui, bien loin de ces années de jeunesse, retentiront dans l'œuvre de son génial amant.

En 1832, cessant d'être la maîtresse, elle reste l'amie et son influence, son affection accompagnent Balzac jusqu'en 1836, où, mourant, elle lui arrache cette plainte, témoignage de tendresse et de fidélité : « Ah! ma pauvre mère, Madame de Berny se meurt. Il n'y a que moi et Dieu qui sachions quel est mon désespoir. Et il faut travailler tout en pleurant ».

Mais en 1828, délaissant le roman policier et le feuilleton à fleurettes, Balzac s'abandonne à son goût pour la spéculation commerciale, fruit de son imagination bouillante et qui témoigne hélas, surtout de son immense naïveté. Il s'établit imprimeur, achète une fonderie de caractères, puis doit liquider son affaire après d'épuisantes angoisses, mille démarches, mille vaines fatigues, dont le souvenir le poursuivra toujours et donne à *César Birotteau* le ton d'une autobiographie. A vingt-neuf ans, sans position sociale, sans métier, sans amis, sans protecteur, Honoré de Balzac a sur les bras une énorme charge : plus de cent mille francs de dettes. Comme appui une maîtresse vieillie, gênée, souffrante; comme parents, à part une sœur aimable, une famille extravagante, dure et mesquine, d'ailleurs sans crédit et sans argent. Tout autre aurait enjambé les ponts de la Seine; Balzac loue rue Cassini un charmant appartement; chacun se récrie : « Que veut-il faire? » — « De la littérature. » — « Qu'en espère-t-il? » — « La gloire et la fortune promises à son génie. »

Cette fois-ci, le Dieu des causes désespérées, celui de Cervantès à la veille d'écrire *Don Quichotte*, de Palissy brûlant le plancher de sa chambre, l'entend, l'exauce et l'inspire. Balzac, qui a conçu l'ambition de devenir un Walter Scott français, choisit un sujet et part se renseigner en Vendée chez un ami de son père, le Général de Pommereul.

D'abord, il mange et dort beaucoup, car les rudes émotions des derniers mois l'ont épuisé; puis il se promène, réunit anecdotes et documents, se met au travail enfin et compose *Les Chouans*. *Les Chouans* sont un chef-d'œuvre; ils reçoivent sur le marché littéraire un accueil assez favorable.

Alors commence pour Balzac cette vie de travailleur littéraire ou plutôt « de galérien de plume et d'encre » qu'il poursuivit jusqu'à sa mort, vie coupée par quelques voyages en province ou à l'étranger, et dont la singularité nous a valu beaucoup de contes. Balzac a grand besoin d'argent, pour payer ses dettes, pour vivre et enfin pour subvenir à ses folles dépenses. Car si le monde littéraire et le grand public n'ont jamais tout à fait rendu justice à Balzac, et s'il fut simplement réputé « le romancier le plus fécond de son siècle » et comme tel rangé au niveau d'Eugène Sue, il n'en est pas moins vrai, peut-être à cause de cette méconnaissance même de son génie, qu'il gagna énormément d'argent. Mais il aimait un certain luxe du décor et de la table; plus tard, entre les mains des brocanteurs, il versera des flots d'or; il aime les voitures, les voyages rapides et confortables, le grand monde, les restaurants, les bijoux; tout cela coûte cher. L'argent fond entre ses doigts, dépensé avant d'être acquis, et pour en gagner davantage Balzac accumule les contrats, mène de front l'œuvre parallèlement à l'œuvre. Par moments, il disparaît complètement de la scène parisienne, enfoui dans un labeur qui ne lui laisse point de répit. Drapé dans sa robe de chambre en forme de froc, blanche et serrée par une cordelière, installé entre son écritoire de malachite et sa cafetière, soutenu par ces « infusions » de café dont il abusait, Balzac écrit et corrige sans trêve.

Sur l'aspect de Balzac dans sa maturité, nous sommes abondamment renseignés. Nous possédons de belles effigies dessinées ou sculptées par les jeunes maîtres de l'époque : David d'Angers, Deveria, Gavarni, Louis Boulanger par exemple. Des écrivains illustres, Lamartine, Gautier, ont décrit Balzac, comme l'ont fait aussi nombre de ses amis ou ennemis qui nous ont laissé de leurs impressions des témoignages vivaces.

Ces témoignages sont souvent contradictoires, en

apparence du moins. Les uns incriminent la grossièreté, l'esprit de commis voyageur, la jovialité bruyante, la tournure épaisse et courte, voire la malpropreté du grand homme, ses cheveux gras et sa cravate roulée en corde. Les autres vantent ses mains fines, son sourire, ses yeux veloutés, sa douceur, sa discrétion et surtout sa conversation étincelante qui tenait l'auditeur sous le charme. L'un et l'autre aspect sont exacts, et malgré les apparences ne sont pas inconciliables. S'il est vrai que Balzac eut des crises de dandysme, partageant avec des « tigres » une loge à l'Opéra, sanglé dans son habit à boutons d'or et promenant cette canne à pommeau de pierreries qui inspira Delphine de Girardin, il est assez probable que, pour se précipiter à l'imprimerie à huit heures du matin, après une nuit passée à écrire, il enfilait de travers sa redingote vert bouteille et tournait à la hâte une cravate sale autour de son cou. Issu d'une famille vulgaire et bruyante, élevé au hasard, à peine dégrossi par sa première maîtresse, Balzac ne posséda jamais la distinction native, l'élégance naturelle d'un gentilhomme ou d'un grand bourgeois. Ce qu'il put avoir d'aristocratie malgré le débraillé de ses manières, malgré ses trois mentons et son cou de taureau, ce fut, et peut-être est-elle plus étonnante encore, celle que donnent l'intelligence et le génie. Elle éclatait dans ses yeux surprenants, bruns et pailletés d'or, dans son geste, dans son verbe, dans ce prestige qui transfigurait sa laide et ridicule personne et subjuguait ceux-là justement qui se connaissaient en génie et en intelligence, Lamartine ou Victor Hugo.

Sa personnalité intellectuelle fit une forte impression sur ses amis et ses proches. L'imagination y tint une grande place, une imagination débordante qui fit souvent rire et jaser et le lança dans de singulières entreprises commerciales. Ayant acheté une méchante petite propriété aux Jardies, près de Paris, ne songeait-il pas y cultiver des ananas et, avant même d'en avoir mis en terre un seul pied, à louer une boutique noire et or avec sur son fronton « Ananas des Jardies » ?

Cette imagination explique aussi son goût pour le mystère

et l'occultisme dont on sait l'importance pour l'étude de *La Comédie Humaine*. Ernst Robert Curtius a pu longuement étudier « le secret » chez Balzac. Ce sont les formes inférieures de cette passion qui lui firent rechercher les somnambules, porter des talismans, organiser une société occulte, l'association du Cheval-Rouge, qui n'eut d'ailleurs aucun succès; ou s'entourer de mots de passe et de rendez-vous mystérieux. Mais les formes supérieures qui se manifestent dans ce qu'il faut bien appeler le mysticisme balzacien, la métaphysique nébuleuse des *Contes Philosophiques*, nourrie de la lecture de Jean-Paul, Saint-Martin, et de ce Swedenborg, dont Madame Balzac mère avait fait un temps sa lecture favorite.

Quant à sa vie sentimentale, si elle fut souvent intense et dramatique, il la tint cachée avec une discrétion dont son ami Gautier le premier lui fait un mérite [1]. Grâce à la publication de ses lettres, nous savons aujourd'hui quelques noms, quelques dates : la duchesse d'Abrantès, grande dame de l'Empire, assez ruinée et point toute jeune; Madame de Castries, qui se déroba à ses avances en 1832 et qui inspira certainement *La Duchesse de Langeais*, Madame Marbouty, la comtesse Guidoboni-Visconti, Louise, qui n'est guère pour nous qu'un prénom, Maria, et surtout « l'Étrangère », Éveline Rzewuska, comtesse Hanska, qui après avoir entretenu depuis le 28 février 1832 une correspondance de dix-huit années avec Balzac, consentit à devenir sa femme peu avant qu'il mourût. Mélancolique aventure que celle-ci, Balzac y donna beaucoup de lui-même, de son temps, de sa tendresse, de sa vie; que reçut-il en retour ? L'attitude de Madame Hanska sera toujours discutée. Elle aima certes Balzac et ne l'abandonna jamais malgré les reproches de la famille Rzewuski ou les dérangements que son mariage avec un étranger apportaient à sa situation financière. On a d'elle, sur son mari, quelques belles lettres qu'elle écrivit à sa fille après avoir épousé Balzac. Il est certain cependant que l'éloignement,

---

1. — Il eut un fils, ainsi qu'une fille, qui vécut jusqu'à la fin du siècle. Quelques amis intimes connaissaient leur existence.

les préjugés de race et de classe, les difficultés matérielles, élevèrent entre elle et Balzac des obstacles difficiles à franchir.

C'est pour épouser Éveline que Balzac, en septembre 1848, interrompit sa vie de « forçat » et partit pour l'Ukraine. Auparavant, rempli de joie par ses noces prochaines, plein d'espoir aussi, car son mariage semblait désormais le mettre à l'abri du besoin et lui permettre de travailler librement, Balzac avait pris soin de préparer son bonheur. Il avait acheté les restes de l'hôtel Beaujon, rue Fortunée. Restes croulants, d'ailleurs, car le triste destin de Balzac voulait que ces deux dernières années d'une vie laborieusement remplie fussent des années pleines d'amertume et de déceptions. Il fit réparer ces pauvres bâtiments et les meubla avec faste; il se livra à cette passion de la brocante dont il était alors victime. Rien n'est trop beau pour sa future épouse; la commode de Marie de Médicis, un bahut hollandais sans prix, des tableaux de maîtres, des émaux, tapisseries, porcelaines, pierres dures, brocards, transforment ces anciens « communs » en un petit palais. Les aménagements ne sont pas terminés quand il part pour l'Ukraine où la comtesse a ses domaines, laissant à sa mère le soin de tout achever.

En Russie, les choses traînent. Balzac est déjà malade, son cœur ne va plus, il étouffe, on le soigne; et il attend, impatient, excusant de mille tendres façons sa chère Éveline, tandis que très lentement s'apprête ce mariage désiré. Enfin le 15 mars 1850, ils sont mariés, à Berditcheff, « dans une petite église de campagne ».

Voici donc Balzac au terme de ses chagrins. Époux d'une femme qu'il a longtemps aimée, enrichi par ce mariage et délivré de ses dettes, il rentre à Paris vers cette maison prête et parée pour recevoir son bonheur.

Il arrive épuisé par un long voyage, rongé par la maladie; et voici qu'au lieu de l'heureuse réception si longtemps et si amoureusement préparée, enfermé dans la maison, son domestique devenu fou, refuse de lui ouvrir.

Bientôt le mal s'aggrave, bientôt Théophile Gautier reçoit de lui ce billet : « Je ne puis ni lire ni écrire » et,

le 18 août 1850, Victor Hugo, prévenu de son état, se rend
rue Fortunée pour une suprême visite dont il a fait le récit
dans *Choses vues*. Au fond de cette maison somptueuse-
ment ornée, Balzac « la face violette presque noire... la barbe
non faite, les cheveux gris et coupés court, l'œil ouvert
et fixe » agonise, dans une « insupportable » odeur de
cadavre que dégage la plaie gangréneuse de sa jambe.
Déjà il ne répond plus quand on lui presse la main, Victor
Hugo le quitte sur ces mots de la garde : « Il mourra au
point du jour ». Au point du jour il meurt et pendant son
service funèbre, se trouvant auprès du ministre Baroche
qui remarque : « C'était un homme distingué », Victor
Hugo s'écrie : « C'était un génie ! ».

La postérité n'a pas souscrit sans hésiter au jugement
de Victor Hugo. Moins célèbre en France qu'à l'étranger
où la dilection de Dostoïewski, de Robert Browning,
d'Oscar Wilde, de Strindberg, témoigne de sa gloire,
Balzac devait attendre la fin de son siècle pour réunir
autour de son nom, non plus quelques assentiments isolés,
mais un solide faisceau d'admirateurs — et même de
fanatiques — pour que Rodin, hommage du génie au
génie, sculptât à sa mémoire cette statue où l'écrivain
semble s'arracher au poids de l'inconscience et du chaos.

De ce génie quels sont les traits qui donnent à l'œuvre
de Balzac son aspect propre et font qu'il existe désormais
un roman de type balzacien ?

La Comédie Humaine ne fut pas d'emblée conçue telle
qu'elle nous apparaît aujourd'hui. En 1829, Balzac publie
Les Chouans; d'autres œuvres leur succèdent. En 1832,
il songe déjà à grouper ses ouvrages parus sous une rubrique
plus générale — *Scènes de la Vie Privée*. C'est en 1833
qu'au témoignage de Laure de Surville, Balzac conçoit
dans un éclair d'inspiration le véritable projet de la *Comédie
Humaine*. Il se précipite un jour chez son beau-frère.
« Saluez-moi, s'écrie-t-il, je suis en train de devenir un
génie. » Il expose alors son plan, comment il va organiser
ses œuvres déjà écrites et celles qu'il compte écrire encore,
constituant un tableau de la société du temps. « Que ce
sera beau si je réussis ! » s'exclame-t-il.

En 1834, il vend à la Veuve Béchet son œuvre réunie sous le titre — *Études de Mœurs*. Il tentera plus tard d'y joindre des *Études philosophiques* puis des *Études analytiques*. Mais c'est seulement le 2 octobre 1841 qu'il adopte un groupement définitif en signant avec un consortium de libraires un traité aux termes duquel il leur fournira un ensemble d'œuvres organisées suivant un plan déjà fixé, et qui se nommera *La Comédie Humaine*.

Comme frontispice à cette œuvre, il écrira en 1842 une préface [1] qui nous renseigne sur ses intentions expliquant que la société « fait de l'homme selon les milieux autant d'hommes différents », qu'il existe des espèces *sociales* comme des espèces zoologiques. C'est ainsi qu'il complétera l'œuvre de l'historien en donnant au public l'histoire des mœurs. Mieux encore (et là, Balzac devient dans son expression si fumeux qu'on a peine à résumer sa pensée), l'écrivain cherchera « le sens caché de cet immense assemblage », c'est-à-dire probablement tentera de définir les principes politiques et moraux de cette société, travail auquel devaient contribuer les œuvres philosophiques et les *Études analytiques* [2].

Nous avons peine aujourd'hui à juger cette œuvre immense. Dans sa vaste multiplicité, chacun choisit à son gré et remarque ce qui convient le mieux à son tempérament; ce qui charmait Balzac dans son ouvrage n'est peut-être pas ce qui nous plaît davantage. Balzac qui depuis Vendôme et le *Traité de la Volonté* se délectait d'une philosophie à la fois mystique et sociale, s'est cru certainement un maître de la pensée et s'est complu à exprimer en longs passages, assez pâteux, ses idées sur la vocation de l'homme, la vie, la mort, l'au-delà, la société.

---

1. — Aux renseignements donnés par cette Préface doivent s'adjoindre une lettre à Zulma Carraud de janvier 1845, une autre à la même de 1834, une lettre de septembre 1841 à Mme Hanska et surtout celle du 6 février 1844, à la même, ainsi qu'une lettre à Hippolyte Castille de 1846.

2. — Voir encore les confidences faites à H. Reeve par Balzac dès 1835 et relevées dans la Préface écrite par M. Bouteron à la *Comédie Humaine* parue dans l'édition de la Pléiade.

C'est sur cet aspect de son talent qu'il insiste le plus dans la préface de 1842; « chercher les Causes », comme il le dit, lui paraît un devoir essentiel à l'écrivain. Peut-être, mais bien que la pensée et la philosophie de Balzac ne soient point matières négligeables, ce n'est pas là son plus beau titre de noblesse.

A bien des égards l'œuvre de Balzac marque dans l'art de conter un étonnant renouvellement des méthodes. Encore ne faudrait-il point prononcer le mot de chef-d'œuvre, car aucun écrivain n'est moins parfait que celui-là, plus plein de scories, de rebuts, de pièces manquées. Son style d'abord. « L'un des pires écrivains qui aient jamais tourmenté cette pauvre langue française », dit de Balzac Brunetière, après Sainte-Beuve, et il n'a pas tort : tournures épaisses, impropriétés, syntaxe douteuse, fautes de goût, obscurités, tout cela s'accumule dans la phrase de Balzac. Cependant, tous les contemporains l'attestent, comme aussi les feuilles d'épreuves que l'on possède encore, Balzac luttait et souffrait pour écrire; quelquefois une phrase seule occupait toute une veille; « elle était prise, reprise, tordue, pétrie, martelée, allongée, raccourcie, écrite de cent façons différentes », sans que, souvent, le résultat valût la peine qu'il s'était donnée. Cette phrase maintes fois rebute, ennuie ou scandalise. Est-ce condamner Balzac comme écrivain que de le remarquer? Non peut-être.

Il est une autre insupportable phrase, celle de Proust. Celle-là aussi fatigue et déconcerte et pourtant quel charme et quelle incantation n'exerce-t-elle pas sur son lecteur. Ainsi va de Balzac. Son style exaspère, puis on fait effort, on s'habitue, il retient et peu à peu on s'aperçoit qu'il convient à merveille à la matière qu'il développe, que son vocabulaire, avec ses hardiesses et ses défauts, est cependant expressif et saisit fortement son sujet; qu'il suit dans ses méandres et ses ressauts l'ordre capricieux du monde qu'il décrit et convient dans son clair-obscur à cet univers confus sur lequel il s'exerce.

Car c'est bien un monde que Balzac a porté dans sa tête. Tout écrivain, qui s'est penché sur l'œuvre de Balzac, Hugo, Wilde, Hoffmansthal et France lui-même, demeure frappé de l'immense effort d'imagination, de création, de composition qu'implique la *Comédie Humaine*; les mots de société, de monde, de civilisation, d'univers, se pressent pour caractériser cette masse d'êtres en mouvement qui à travers l'œuvre de Balzac fourmillent, vivent et meurent, croisant leurs routes, nouant et dénouant leurs intrigues, sorte de pâte en fusion que brasse et dirige son créateur d'une main gigantesque. Il faut un dictionnaire biographique [1], une carte de Paris [2] pour se diriger parmi les créatures de Balzac.

Une société revit dans son épaisseur, c'est-à-dire à travers toutes ses couches sociales; dans l'espace, parmi les villes et les campagnes; dans le temps puisque l'œuvre de Balzac embrasse des vies entières et le tiers d'un siècle d'histoire.

Certes, pour retracer le tableau de son époque, Balzac a jeté les yeux autour de lui. Ses amis se divertissaient à reconnaître telle ou telle figure familière dans un héros de la *Comédie*. On sait la part qui revient à Madame de Castries dans la *Duchesse de Langeais*, à Nivelleau dans le *Père Grandet*, à Lamartine dans *Canalis*. Qu'importe! Tout réalisme est une création, celui de Balzac avant tout autre. C'est sans doute la réalité qu'il dépeint, mais une réalité pétrie et reformée, violemment éclairée, concentrée en crises et en gestes, qui exprime de chaque être non le banal, mais ce par quoi il est unique, en des instants uniques. Balzac recrée le réel.

Ce serait d'ailleurs une erreur de croire qu'il fait de ses personnages des types, des « caractères » à la manière de La Bruyère, qui prend à vingt étourdis ce qu'ils ont d'étourdi pour le ramasser sur la tête d'un individu-type qui, réduit à s'adapter à tant d'étourderies diverses, ne sera plus qu'un arlequin de la distraction. Bien au contraire, Grandet, loin d'être l'avare, est tel avare, celui de Saumur, le tonnelier,

---

1. — Celui de Cerfbeer et Christophe, refait récemment par le Dr F. LOTTE.

2. — Celle de Norah W. STEVENSON : *Paris dans la Comédie Humaine de Balzac*, Paris, 1938.

l'homme à la loupe, l'avare de province, très nettement différencié de Gobseck l'avare-usurier. Il n'est pas
dans la *Comédie* de coquette, d'envieuse, de dandy, d'ambitieux, mais des Langeais, des Anastasie de Restaud, des
Cousine Bette, des Michonneau, des de Marsay, Maxime
de Traille, Rastignac, Rubempré.

Ainsi en donnant à ses créatures une prodigieuse personnalité, Balzac donne si violente l'illusion de la vie. Comme
on dit d'une figure au relief saisissant qu'elle « sort du cadre »,
ainsi ses personnages « sortent » du roman et prolongent au
delà des pages, une vie factice. Le livre fermé, on s'amuse à
compléter ces vies, à imaginer ce qu'on en ignore encore.
Balzac lui-même se prenait à ce jeu. « Sais-tu qui Félix
de Vandenesse épouse ? » s'écriait-il tout joyeux. Combien
elle est belle, sinon vraie, cette tradition qui veut que sur
son lit de mort, Balzac ait murmuré : « Il faudrait
Bianchon ».

Cette merveilleuse faculté créatrice fait la puissance de
Balzac.

Singulier retour du sort littéraire : cet homme dépourvu
de sens poétique au point de demander à Gautier ou à
Delphine de Girardin les quelques vers indispensables à
Canalis ou à Rubempré, peut être considéré comme un
des grands poètes du siècle. Poète, si la force de la vision,
en cette espèce de mystère et d'obscurité où baignent ses
créatures, chargées parfois de plus de sens et de plus de
mystique que n'en portent d'ordinaire les êtres de roman,
peuvent faire oublier le don du verbe et de la rime qui lui
fut toujours refusé. Poète encore si, comme on le prétend,
le poète est le « faiseur » par excellence, celui qui crée et
qui, tel Pygmalion anime la statue. Qu'ainsi Balzac prenne
place parmi les épiques et selon le mot de V. Hugo, appa-
raisse « comme un des premiers parmi les plus grands ».

SUZANNE JEAN BÉRARD.

INTRODUCTION

Le roman que Balzac publia en 1841 sous le titre de *Une Ténébreuse Affaire*, n'est pas un des plus connus d'une œuvre qui compte tant de titres célèbres, voire même populaires. Il est néanmoins fort apprécié de certains balzaciens qui y retrouvent des traits caractéristiques de leur auteur favori, et d'amateurs qui y découvrent avec joie un des premiers romans policiers du siècle. Malheureusement pour ceux qui s'en sont occupés, il est un de ceux dont l'exégèse pose les problèmes les plus difficiles.

Si l'on veut clarifier au moins l'exposé de ces difficultés il faut prendre d'abord conscience d'un fait de première importance qui n'a pas toujours été mis suffisamment en lumière. Le roman se compose de deux parties distinctes, de deux épisodes différents. Ces deux épisodes tiennent l'un à l'autre d'abord par la communauté d'un même groupe de personnages impliqués dans l'une et l'autre affaire, ensuite par un lien plus profond et plus organique : par l'action souterraine d'un policier, Corentin, dont la haine, allumée au cours du premier épisode, trouve enfin satisfaction dans la conclusion du second.

En quoi consistent donc ces deux épisodes ? Le premier est basé sur la conspiration de Polignac et Rivière où s'illustra Cadoudal et qui coûta la vie au duc d'Enghien. Les historiens connaissent bien cette romanesque et dramatique histoire : le 21 août 1803, débarquait près de

Dieppe le redoutable Georges Cadoudal, chouan impénitent, conspirateur de vocation, très connu pour ses exploits au cours des guerres de Vendée. Il venait, avec Polignac et le marquis de Rivière réaliser un projet extrêmement hardi : enlever le premier consul, faire flamber un soulèvement préparé par les agents royalistes et ramener un « prince » fourni par l'émigration. Cadoudal comptait hardiment sur l'alliance des républicains mécontents amenés par Moreau et Pichegru, mais son projet fut, dès le départ, plus ou moins éventé. Moreau fut arrêté, puis Pichegru ; après une dramatique poursuite, le 9 mars 1804, Cadoudal était à son tour appréhendé ; enfin le 20 mars on exécutait le duc d'Enghien, enlevé en territoire badois comme suspect d'être « le prince » de la conspiration.

C'est à cette fameuse entreprise que Balzac rattache la première partie d'*Une Ténébreuse Affaire*. Les jumeaux de Simeuse et leurs cousins d'Hauteserre franchissent clandestinement le Rhin, et font route vers Paris pour se joindre aux conspirateurs. Un policier, envoyé par le ministre de l'intérieur, enquête au château de Gondreville près duquel ils font halte, les propriétaires du château étant d'ailleurs plus ou moins suspects eux-mêmes. Grâce au dévouement de leur cousine, Laurence de Cinq-Cygne, les jeunes gens sont sauvés, puis graciés et rétablis dans leurs droits.

Ici finit un premier roman ; mais, après un court intervalle consacré à narrer les amours des quatre jeunes hommes épris de Laurence, les espoirs qu'ils mettent dans une vie désormais paisible, ici commence le deuxième roman, calqué, lui, sur un incident bien connu : l'enlèvement du sénateur Clément de Ris.

Le 23 septembre 1800, Dominique Clément de Ris, sénateur de l'Empire se trouvait chez lui, au château de Beauvais, près d'Azay-le-Rideau, sur les bords de l'Indre. C'était un homme riche et considéré, fils d'un procureur chez qui Diderot avait autrefois travaillé, et qui, après avoir traversé les orages de la Révolution et aussi profité des occasions qu'elle lui avait offertes de refaire sa fortune, n'aspirait plus qu'à une retraite politique douillette et

bien gagnée. Ce 23 septembre, fête de la République, tout
était désert ou endormi. Six hommes masqués, vêtus de
manteaux et d'uniformes bizarres font irruption au château,
bâillonnent maîtres et domestiques et entraînent le sénateur. Clément de Ris, les yeux bandés, traverse une forêt;
on l'entrepose 19 jours dans un caveau obscur où il gémit
sur la paille humide. On le remet à cheval; on le ramène
dans les bois, toujours sous le bandeau. Il entend des
coups de feu; le bandeau tombe, et quatre gaillards se
précipitent sur lui, le félicitent, l'embrassent et le
ramènent à Beauvais un peu ahuri. Ils présentent à la
police du département un ordre de mission signé de
Fouché, et glissent discrètement au sénateur un billet par
lequel le ministre de la police l'invite à partir rapidement
pour Paris, afin, dit la lettre, qu'il y communique
au ministre « tous les renseignements qu'il peut avoir »
sur l'attentat dont il a été victime.

Quelques temps après, on arrête un groupe d'anciens
chouans, dont deux jeunes gens nobles, le marquis de
Canchy et le comte de Mauduison, ainsi que le garde
Gaudin. Ils sont traduits devant un tribunal spécial à
Angers, jugés et exécutés en novembre 1801, malgré les
efforts que déploya un de leurs juges, le capitaine Viriot,
criant à qui voulait l'entendre que le tribunal était cor-
rompu et les accusés innocents.

Entrer dans le détail de l'affaire, c'est mettre le pied dans
un fourré d'épines. Tout est bizarre, suspect, illégal, contradictoire. Les amateurs de problèmes policiers pourront se
reporter avec intérêt aux principales études que nous indiquons dans notre bibliographie. Une chose paraît certaine :
les condamnés d'Angers étaient innocents, même s'ils se trouvaient par ailleurs coupables d'autres délits civils ou politiques.

Le ministre de la police ne se cacha guère pour faire
pression sur le jury. Entre autres, le secrétaire général
de la préfecture de Tours, Sénéchal, resta suspect d'avoir
servi d'intermédiaire[1]. Fouché s'intéressa fort aussi au

---

1. — Lettre de Chaptal, ministre de l'Intérieur, 1er germinal
an X, conservée aux archives d'Indre-et-Loire sous série M.

couple de paysans, les Lacroix, chez qui le sénateur avait été enfermé, et il y a trace dans les dossiers des Archives nationales de collusions entre ces fermiers et la police.

Il est assez probable donc que le sénateur fut aussi bien enlevé que délivré par les soins de Fouché qui se servit d'ailleurs — selon toute apparence — d'agents doubles, anciens chouans compromis et surveillés, choisis à dessein pour brouiller les pistes. Si l'on accepte cette hypothèse, il n'en reste pas moins à trouver la raison finale de cette « farce tragique » pour reprendre l'expression de Balzac. La conspiration de Cadoudal n'a — bien entendu — rien à voir avec l'enlèvement du sénateur, puisqu'elle est postérieure; mais à l'époque, un bruit courut, dont on retrouve trace dans des milieux très divers, et dont Balzac, en particulier, se fait l'écho.

On disait que, lorsqu'en juin 1800, la fortune de Bonaparte parut chanceler en Italie, Fouché rassembla quelques hommes sûrs pour élaborer un plan afin de se débarrasser du consul, s'il était malchanceux. La victoire de Marengo dispersa les conjurés, et Fouché prit beaucoup de souci des papiers, en particulier des projets d'affiches restés aux mains de son ancien complice Clément de Ris. C'est pour les retrouver et les brûler qu'il aurait séquestré le sénateur.

C'est cette tradition qu'a utilisée Balzac, non sans lui faire subir, bien entendu, quelques transformations. La scène est dans le roman, transportée des bords de la Loire à Troyes; le sénateur Clément de Ris prend nom Malin de Gondreville, le garde Gaudin est remplacé par Michu et les gentilshommes injustement accusés deviennent Messieurs de Simeuse et d'Hauteserre. Le policier Corentin, outragé par Laurence, choisit les Simeuse comme victimes expiatoires. Enfin un épisode imaginaire est ajouté à l'action, lorsque Laurence va demander à Napoléon la grâce des gentilshommes condamnés, sur le champ de bataille d'Iéna.

L'exégèse d'un roman de Balzac commence générale-ment par une revue attentive et fructueuse de sa corres-pondance, surtout des lettres, nombreuses et détaillées qu'il écrit à Madame Hanska, ou de celles plus rares, mais plus sincères qu'il adresse à sa sœur.

Or, cette fois-ci, par un hasard malheureux, la correspondance est quasi muette, Balzac étant presque brouillé avec Madame Hanska. Monsieur M. Bardèche signale néanmoins une lettre de Balzac à Dutacq, gérant du journal *Le Commerce*, datée de novembre 1840. Dutacq a demandé un feuilleton à l'écrivain qui répond et propose *Une Ténébreuse Affaire*. A quelque temps de là, probablement, écrivant à sa sœur Laure, Balzac s'excuse d'avoir peu de temps à lui consacrer. « J'ai 300 colonnes de journal à faire » — dit-il — et parmi les ouvrages plus ou moins fantaisistes qu'il énumère et dont certains n'ont assurément jamais été écrits, il cite *Une Ténébreuse Affaire* qui remplira 120 colonnes dans *Le Commerce*. L'œuvre est-elle déjà écrite, en cours de corrections ou simplement en projet... Balzac ne le précise pas et nous n'en savons rien.

Master Chamberlin, qui comme nous le verrons, a fort attentivement étudié le manuscrit d'*Une Ténébreuse Affaire* constate néanmoins qu'il n'aurait sans doute rempli que 65 ou 70 colonnes. C'est une remarque qui ne manque pas d'intérêt.

En février 1841 l'administration du *Commerce* remet à Balzac un acompte de 200 francs, comme en témoigne un reçu, fixé sur la couverture du manuscrit de l'ouvrage.

Enfin, en mars 1841, Balzac écrit à Madame Hanska et pour s'excuser d'un silence de trois mois allègue l'urgence et l'abondance de ses travaux. « J'ai fait le mois dernier, dit-il, un roman intitulé *Une Ténébreuse Affaire* dans le *Journal du Commerce* ». Le renseignement est exact, mais il ne nous apprend strictement rien, puisqu'il suffit d'ouvrir *Le Commerce* pour constater qu'en effet, l'œuvre qui nous occupe y parut en feuilleton entre le 14 janvier et le 20 février 1841.

Si la correspondance de Balzac est décevante, nous trouverons plus d'intérêt à l'examen de la Préface que Balzac écrivit lorsqu'en 1842 le roman parut en volume chez H. Souverain.

Cette Préface passablement verbeuse et incohérente a

pour point de départ une note parue dans la *Biographie des Hommes du Jour*. Tout en retraçant la vie et la carrière « d'un des juges dans l'affaire relative à l'enlèvement du sénateur Clément de Ris », l'auteur de la *Biographie* s'est montré sévère pour Balzac qu'il accuse d'avoir calomnié Clément de Ris. Mais ce biographe imprudent a fait plus et pire ; à l'appui de ses dires, il a cité tout au long le récit que Madame d'Abrantès a glissé de cette même affaire dans ses *Mémoires*. Et Balzac de grincer des dents et de nous apprendre deux faits importants : le premier c'est qu'il reconnaît volontiers que Clément de Ris et Malin de Gondreville ne sont qu'un seul et même personnage... mais cela, quoique nous soyons bien aises de le voir confirmé, nous en étions déjà certains... le second c'est que la source de la duchesse d'Abrantès pour ce chapitre de ses *Mémoires* c'est... Balzac lui-même, qui « en 1823, dans une soirée passée au coin du feu », à Versailles, lui raconta le secret de cette affaire, que possédait une personne de sa famille. Or, cette personne qui « fut voir Clément de Ris à Beauvais, quelques jours après son retour chez lui », c'est-à-dire vers le milieu d'octobre 1800 c'était, n'en doutons pas, le chef de famille lui-même, le truculent Bernard-François Balzac.

Comment Bernard-François Balzac et Clément de Ris s'étaient-ils liés ? A-t-on quelque preuve qu'il existât entre eux des relations à ce point intimes que l'un prît l'autre pour confident ? Sur ce point on ne peut répondre que par des conjectures.

C'est évidemment à Tours que les deux hommes s'étaient connus [1], à Tours où B.F. Balzac arriva comme directeur des vivres en 1793 et où il occupa d'importantes fonctions municipales, principalement celle d'administrateur des

---

[1]. — Nous avons consulté sur ce point, outre les archives de Tours, liasses hors-série M, non encore répertoriées que M. BEGHIN, archiviste en chef a bien voulu mettre à notre disposition, un mémoire dactylographié de Mlle CÉLESTIN, anciennement attachée aux archives de Tours, *Bernard-François Balzac, fonctionnaire tourangeau*, Tours, 1960, qu'elle vient de publier sous le titre de « B. F. Balzac, administrateur de l'hôpital de Tours » dans le *Bulletin trimestriel de la société archéologique de Touraine*, t. XXXIII, 1961 ; ainsi que le dossier du préfet LAMBERT, Archives Nationales F^1^ B^1^, 166 ^8^.

Hospices. Clément de Ris, bien qu'amplement pourvu des biens de la fortune, était considéré, à en croire les documents conservés sur cette époque de sa vie, comme un homme de la Révolution; Bernard-François se présentait comme franc-maçon et solidement anti-clérical. En 1801, le général-baron de Pommereul, nouveau préfet, renforça le groupe des libéraux d'une recrue de choix. Encore plus bruyamment anti-religieux que les autres, franc-maçon, bien qu'il le niât, il inaugura contre l'Archevêché une politique agressive, réorganisa les hôpitaux en les laïcisant et ce fut lui, en somme, qui mit aux mains de Bernard-François l'administration des hospices. C'est sous sa préfecture, notons-le, que le procès d'Angers eut lieu et c'est lui qui l'année suivante fera tancer Sénéchal son secrétaire général pour avoir scandaleusement manœuvré le jury. Nul doute qu'il n'ait été fort averti des dessous de l'affaire.

Mais en 1806, l'empire mûrissant, Pommereul, un peu trop jacobin, fut jugé indésirable. On le remplaça par le sous-préfet de Pithiviers, Lambert, qui prit aussitôt le contre-pied de la politique pratiquée par son prédécesseur.

Il fit d'abord destituer et poursuivre le receveur-général du département, le sieur Vauquer — il semble que ce nom soit parvenu aux oreilles de Balzac — convaincu de faux et d'un déficit de 800 000 livres. Puis il se déchaîna contre l'administration des hospices; en particulier contre B.F. Balzac.

Il faut bien reconnaître que des malversations considérables entachaient l'administration dont le père d'Honoré était chargé. La balance des comptes, en particulier, ne parvenait jamais à s'établir et le moins qu'on puisse dire est qu'entre les recettes et les dépenses, l'argent prenait des détours si singuliers qu'il devait en rester beaucoup aux mains des administrateurs — en particulier aux mains de Bernard-François, dont le préfet dénonçait avec indignation l'insolite « opulence ».

Pour en finir, Lambert voulut asséner à son adversaire un coup mortel. Le 23 février 1808 il signalait au ministre de l'Intérieur, Crétet, que l'opinion publique accusait « le sieur Balzac » d'avoir soustrait au trésor public une somme de 8 millions en assignats. Crétet s'adressa à son

collègue, ministre du Trésor Public qui répondit en juillet
1808 en adressant au préfet les pièces du dossier, dont un
procès-verbal de première importance, daté du 25 Ther-
midor, an III.

Pour le père de Balzac les charges sont lourdes; il reste
fort suspect d'avoir retiré d'une caisse d'assignats envoyée
par le Trésor une somme considérable [1]. Le ministre
concluait d'ailleurs que, faute de preuves, on ne pouvait
reprendre utilement les poursuites.

L'alerte était chaude. Bernard-François Balzac et ses
collaborateurs se tenaient toujours en rapports étroits avec
Pommereul. C'est peut-être celui-ci qui obtint l'intervention de deux personnages considérables, le conseiller
d'État Defermon, et le préteur du Sénat Clément de Ris.
Le rapport de ce dernier a été conservé [2], le sénateur, bien
qu'il affirme connaître peu Bernard-François, ne l'en couvre
pas moins, ainsi que ses collègues du Conseil des Hospices,
d'éloges hyperboliques, de certificats ahurissants de bonne
vie et mœurs, si bien que le ministre crédule se retourna
contre l'honnête Lambert. En désespoir de cause, Lambert
dut s'adresser à l'Empereur, dénonçant l'*espèce de club*,
le *parti*, l'*association* que formaient ses ennemis étroitement
unis entre eux. Nous ne serons donc pas surpris si, entre les
membres de ce parti, des secrets circulaient qui, par Bernard-
François, ont pu se transmettre. Notons enfin que Ch. Rinn,
qui eut entre les mains la correspondance du sénateur,
affirme y avoir trouvé une lettre datée du 13 juillet 1817
où Bernard-François Balzac assure Clément de Ris de
«son véritable attachement» et se propose de lui rendre visite.

Il faut bien noter d'ailleurs que Balzac ne prend pas

_____

1. — Balzac reçut une caisse plombée; il la remit au caissier
ouverte et en désordre. Mais la somme qu'elle était censée contenir
y était, ce qui arrêta les poursuites, bien que le Trésor ait eu ses
raisons de croire que la caisse contenait plus que le compte. Person-
nellement, nous inclinons à penser que Balzac reçut dans cet envoi
prélevé sur les caisses de l'État, le paiement secret de quelque
marché frauduleux, hypothèse que rend vraisemblable ce que le
ministre appelle bonnement « le désordre des finances d'alors ».
2. — Archives N[les], F[1] B[1], 166[8].

pour lui autant de responsabilités qu'on l'a voulu croire.
Si l'on relit la *Préface* de 1842 on constatera qu'il limite
singulièrement la portée de son témoignage. Peu de jours
après le retour du Sénateur, dit-il, Bernard-François alla
le voir, et remarqua, en se promenant dans le parc, un gazon
brûlé. Le Sénateur troublé aurait alors raconté... Mais
qu'a-t-il raconté? Balzac se garde bien de préciser. Le
sénateur aurait laissé entendre qu'il avait lui-même à cette
place brûlé les papiers, cause de son enlèvement. Quant
aux origines de ces papiers, à ce que Balzac appelle « la
scène dans le cabinet du ministre des affaires étrangères »
elle fut, dit Balzac, racontée « par un des triumvirs »,
« à propos de l'horrible procès d'Angers ». Par qui? A qui?
Balzac ne le dit pas. Il faut convenir que la duchesse était
plus à portée que lui d'être bien renseignée.

Quoi qu'il en soit, il y avait là un magnifique sujet de
roman et Balzac le berça longuement dans ses rêves. Qu'on
juge de sa colère lorsqu'en lisant les *Mémoires* de
Madame d'Abrantès, il s'aperçut qu'elle le lui avait défloré.
« Elle m'a privé d'un sujet » s'écrie-t-il dans sa *Préface* de
1842 avec une rancune que les ans n'ont pas désarmée et
qui fut peut-être pour quelque chose dans la hargne inexplicable avec laquelle il traita la malheureuse femme dans les
derniers et les plus tristes de ses jours.

Ainsi arrivons-nous à un problème capital : à quel
moment Balzac commença-t-il à rédiger *Une Ténébreuse
Affaire*. Est-ce en novembre 1840? avant que de répondre
il faut considérer au moins sommairement un document
passionnant : le manuscrit de *Une Ténébreuse Affaire* qui
appartint jadis à la célèbre collection Champion, puis qui
fut vendu à Monsieur J. Loubet et conservé à Tucson (Ari-
zona) et qui enfin, après avoir passé entre les mains de
Monsieur Goudeket, trouve, on l'espère, le terme de ses
aventures parmi les collections de la Bibliothèque nationale.
Ce manuscrit complété par des jeux d'épreuves qui appar-
tinrent à Stefan Zweig et dont les photographies très affaiblies
se trouvent déposées à la bibliothèque de l'université de Chicago, fut étudié et fort attentivement par Master Wells Penton
Chamberlin sous la direction de Monsieur R. Vigneron, pro-

fesseur à l'université de Chicago, dans une thèse intitulée
Genèse et structure d'une Ténébreuse Affaire. Cette thèse malheureusement n'a pas été imprimée; une dactylographie en
est conservée à cette même bibliothèque de l'université de
Chicago qui a bien voulu nous en communiquer un microfilm.

Nous ne pouvons reproduire ici toutes les conclusions de
cette savante et fort complexe étude. Nous lui en emprun-
terons néanmoins quelques-unes que nous compléterons
ou interpréterons, s'il nous semble qu'il y a lieu.

La remarque la plus importante de Master Wells
Chamberlin — remarque à laquelle lui-même est loin d'avoir
attaché toute sa valeur — est qu'il faut chercher le véritable
premier manuscrit du roman au folio 53 du manuscrit actuel,
auquel il sert en quelque sorte de conclusion [1]. Il représente
la solution de l'énigme, la clef du mystère, le secret que n'a
jamais pu percer Laurence de Cinq-Cygne et qui lui per-
mettrait d'éclaircir la longue histoire de ses malheurs.
C'est le récit du complot organisé à la veille de Marengo par
Fouché, Sieyès, Talleyrand et Carnot, complot auquel le
futur sénateur vint sottement se mêler.

Le manuscrit primitif comprenait sept feuillets, et un
huitième sur lequel quelques mots seulement furent écrits.
L'écriture, la pagination [2], certaines particularités du
récit [3], tout concourt à nous assurer qu'il s'agit bien là d'un
bloc homogène, préexistant au manuscrit actuel qui ne
serait en somme que la seconde rédaction du récit.

Ce texte primitif s'intitulait *Une Affaire Secrète*. Il se
divisait en deux chapitres. Du second, *Les Emigrés*, il ne
fut jamais écrit que vingt-quatre lignes. Il orientait le
lecteur vers la société d'anciens chouans et de conspirateurs

---

1. — Nous donnons ce texte en appendice.
2. — Sous le numéro de la page 53 on distingue mal le chiffre 1.
En tout cas sous 54 on lit nettement 2, et ainsi de suite. Le folio 8 du
manuscrit primitif a été remployé plus haut et porte le numéro 51*bis*.
3. — En particulier le futur Malin n'est jamais nommé mais
désigné par des périphrases. Talleyrand, au contraire, figure sous
son nom que Balzac, plus tard, empruntant peut-être cette médiocre
astuce aux *Mémoires* de Mme D'ABRANTÈS, remplacera partout
par une périphrase transparente.

qui seront plus tard mêlés aux responsabilités de l'*Affaire*. L'ordre du récit était donc naïvement chronologique et peut-être le roman y eût-il gagné en clarté.

A quelle date fut composée cette première ébauche? On imaginerait volontiers qu'elle remonte à la jeunesse du romancier; on aimerait qu'elle eût été jetée sur le papier en 1823, à l'époque des soirées de Versailles, après quelqu'une de ces passionnantes conversations où la Duchesse, auréolée des souvenirs prestigieux de l'Empire, apparaissait à Balzac comme un « bienheureux qui viendrait s'asseoir à ses côtés, après avoir vécu au Ciel tout près de Dieu ». La réalité est moins poétique. Lorsque l'écrivain présente ses conspirateurs, nomme Talleyrand, Fouché, Sieyès, Carnot, il s'écrie : « Ces quatre hommes d'État sont morts ». Talleyrand mourut le dernier d'entre eux en 1838. La première version d'*une Ténébreuse Affaire* n'est pas antérieure à cette date.

Le manuscrit, remanié et définitif, fut donné en bloc à l'impression et les placards, renvoyés à Balzac, furent, comme d'habitude, dépecés, d'énormes ajoutés s'introduisant dans le texte pour le distendre. Master W. Chamberlin a longuement étudié les transformations que subit alors le roman. Il n'est pas question ici de résumer ni de refaire ce travail. Il faut savoir cependant que le roman policier embryonnaire dans le manuscrit, se développe sur les épreuves, que le redoutable Corentin prend tout son relief, passant de l'arrière-plan au devant de la scène. C'est là que pour donner plus de relief à Corentin, Balzac lui donne un compagnon, Peyrade [1], destiné à faire contraste et qu'il

---

1. — Balzac aime présenter ses personnages par couples tels David Séchard et Lucien de Rubempré; Rastignac et Bianchon. Dans les premiers feuillets du manuscrit, l'enquête est menée au château de Cinq Cygne par deux personnages anonymes « l'agent de la police générale » et « le commissaire ». Il est possible, mais non certain que Balzac ait eu dès ce moment là, l'intention d'identifier cet «agent», avec Corentin, le policier déjà créé pour *les Chouans*. Néanmoins à la fin du manuscrit, l'identification est certaine. C'est aux f°s 50-51 qu'est ébauchée la scène où Talleyrand convoque Corentin, nommément désigné, dans son bureau. Il faudra encore attendre le travail sur épreuves pour que le roman de police prenne tout son développement.

écrit la belle scène, inconnue sur le manuscrit, par laquelle,
à présent, commence tout l'ouvrage, où Peyrade et Corentin
se profilent, entre les ombres de la nuit et celle des feuillages,
devant le pavillon où Michu nettoie son fusil.

C'est encore sur les épreuves que Balzac donne à Michu
tout son relief. Il songeait peut-être à créer un doublet à cet
étrange Tascheron qu'il venait de concevoir pour *Le Curé
de Village*, figure complexe de criminel et de saint, qui donne
beaucoup à réfléchir lorsqu'on se souvient que l'oncle
d'Honoré eut, pour un crime de droit commun, la tête
tranchée en place publique.

C'est enfin sur les épreuves qu'apparaît, superflue et
superbe à la fois, la veillée d'armes de Iéna, l'entrevue au
cours de laquelle Laurence se mesurant avec Napoléon,
lui arrache la grâce de ses cousins. A l'époque du manuscrit
Laurence ayant refusé de solliciter Bonaparte, Bordin et
Chargebœuf se chargeaient de « sauver ces enfants malgré
eux »; ils rapportaient la grâce sans que leur entrevue avec
l'Empereur fût narrée.

Le récit de cette entrevue fut sans doute inspiré à Balzac
par un épisode, qu'il connaissait certainement bien, puisqu'il concernait Madame Acquet de Férolles cette « brigande »
qui se profile sur le fond de ce beau et curieux roman :
L'Envers de l'Histoire Contemporaine. Il est vrai aussi que
cet épisode avait été raconté par Cadet de Gassicourt dans
son *Voyage en Autriche*, un livre que Balzac — on en a
d'autres preuves — a fort pratiqué. Madame Acquet ayant été
condamnée à mort, on fit partir ses deux petites filles pour
Schoenbrunn où, au lendemain de Wagram, elles vinrent
se jeter aux pieds de l'Empereur. Celui-ci les releva doucement, mais refusa la grâce.

Quoi qu'il en soit, la Veillée d'Iéna a pour nous un autre
et bien plus considérable intérêt : elle représente en effet
un débris de ce roman que Balzac n'écrivit jamais, mais qui
le hanta toute sa vie, *La Bataille* [1].

---

1. — Sur *La Bataille*, on verra les deux études de notre cher et
regretté maître Marcel BOUTERON, dans le *Cahier Balzacien* n° 1,
et dans ses *Etudes Balzaciennes*.

Le sujet de *La Bataille* a été parfaitement défini par Balzac lui-même dans une note jetée sur ce carnet que tous les balzaciens connaissent et désignent du nom de son éditeur comme l'*Album Crépet*. Cette note ne porte pas de date, mais elle ressemble singulièrement à la définition que Balzac donnait de ce même sujet à Madame Hanska en janvier 1833, et remonte certainement à la même époque : « faire un roman — écrit Balzac — où l'on entende à la première page gronder le canon, et à la dernière le cri de la victoire, et pendant la lecture duquel le lecteur croit assister à une véritable bataille comme s'il la voyait du haut d'une montagne, avec tous les accessoires, uniformes, blessés, détails. La plus pratique à faire est Wagram ». C'est, en somme, le sujet avec lequel se mesureront Stendhal et Victor Hugo, et que, seul, Tolstoï était destiné à maîtriser.

C'est en janvier 1830 que Balzac propose à Mame, avec qui il aura bientôt des démêlés épiques, mais qui est encore un frère et un ami, de lui écrire « une Bataille de Wagram pour deux mille francs ». En 1832, il travaille avec passion à ce difficile roman chez Monsieur de Margonne à Saché, puis chez sa fidèle amie Zulma Carraud, « de huit heures à quatre heures du matin ». Le manuscrit est tout prêt dit-il, il s'agit seulement de savoir si l'éditeur veut bien le payer. Si prêt que cela ? Mystère ! D'Aix où il termine l'été près de sa belle amie la marquise de Castries, il écrit à sa mère, le 1er septembre 1832 : « J'ai commencé *La Bataille* ». En tout cas, s'il l'a commencée, il ne la finira pas, puisqu'en octobre il confirme à Zulma : « Vous avez gagné. Il n'y a pas une ligne d'écrite sur *La Bataille*, mais j'en ai tant livré ». Pas une ligne ! Au moins deux qui ont été retrouvées et puis, mieux que cela, l'immortel récit de Goguelat glissé dans *Le Médecin de Campagne*.

En 1833, nouveaux efforts : Balzac se rend à Vienne auprès de la divine Polonaise. Entre les scènes d'amour dont elle l'enivre et les scènes de jalousie dont elle l'étourdit, Balzac court se documenter sur les champs de bataille tout proches. Rien n'y fera !

Il ne cessa jamais pourtant de s'intéresser à *La Bataille*, ou encore à la série grandiose — mais aujourd'hui presque vide — qu'il avait organisée autour d'elle : les *Scènes de la Vie militaire*. Ces scènes joueront même un rôle de premier plan dans les projets un peu délirants qui occuperont le romancier après 1840. Non seulement il hésite entre Wagram, Essling, Iéna, Dresde mais après la campagne d'Autriche de 1809 ou le retour de Russie, ce sont les guerres de la République, la campagne d'Italie qui le préoccupent; et les deux intérêts, on le voit, vont se réunir et s'équilibrer aux pôles du roman qui nous occupe.

Considérons, par exemple, un feuillet, malheureusement sans date, de l'*Album Crépet*. « Scènes de la vie militaire, écrit Balzac et plus bas en désordre : « Bataille de Montenotte (le capitaine Farrabesche). Le pont de Lodi — Caporal; Bataille de Wagram — Voir les pays traversés par le prince Eugène, Gross-Aspern, le mois passé dans la Lobau ». Plus bas : « aller à Dresde voir les champs de bataille de la bataille de Dresde, étudier les montagnes au bas desquelles a eu lieu l'affaire de Vandamme malheur de Napoléon — chercher une scène militaire du temps de la République; avoir la collection des uniformes prussiens ». Plus tard encore sur les notes du Carnet rose [1] dont tant de feuillets sont datés de 1843, 1844, sur le fameux *Catalogue des titres des ouvrages que contiendra la Comédie Humaine*, catalogue publié en 1845, se multiplient les titres tels que *Les Soldats de la République*, *Dans les Alpes*, l'*Entrée en campagne*, appelée ailleurs *Montenotte*. La grande fresque dont il a rêvé autrefois, toute en « grondements de canons » se monnaye en épisodes plus pittoresques, plus humains.

Balzac a donc porté, rêvé, préparé, manqué le grand et difficile sujet du roman militaire. Il l'a rêvé comme Dresde ou Wagram, l'engagement gigantesque, *La Bataille* où le destin se fond au souffle des canons; il l'a rêvé comme l'armée en marche, la naissance, l'ascension d'une jeune élite militaire et d'un jeune chef. Les deux se retrouvent, embryonnaires, dans *Une Ténébreuse Affaire* : l'un c'est, à peine profilée à l'arrière-plan, la prise de Gênes, les revers

---

1. — Sp. Lov. A. 159, f°s 6, 9, 21, 22.

épisodiques où se débat encore Bonaparte, revers qui mettent en marche ce rouage compliqué où viennent finalement se prendre des victimes innocentes; l'autre c'est le Bivouac, la Veillée d'Iéna, reste de *La Bataille* pratiquement abandonnée et qui se décompose.

Une dernière question reste pendante...

Il est particulièrement difficile de savoir pourquoi Balzac, déplaçant le théâtre de l'enlèvement de Clément de Ris situe l'action de son roman en Champagne, aux environs de Troyes, région où pour autant qu'on le sache, avant que d'écrire le roman qui nous occupe, il n'avait jamais séjourné mais à laquelle il s'intéressait puisqu'il projetait d'y situer l'action du *Député d'Arcis*, ouvrage dont les trois quarts furent écrits et dont l'intrigue continue celle d'*Une Ténébreuse Affaire*. Remarquons aussi qu'à peu près à la même époque il publiait *Pierrette*, roman localisé à Provins sur la route de Troyes. Remarquons aussi que Provins et Troyes se trouvent sur la route normalement suivie pour aller à Genève et à Bâle. On sait si Balzac, en quête de Madame Hanska, a souvent suivi cette route là!

Quel est le château minutieusement décrit sous le nom de Gondreville? La pensée nous était venue que Balzac avait simplement transporté dans l'Aube le château de Beauvais authentiquement habité par Clément de Ris. Cette hypothèse, malheureusement, ne se vérifie pas. Le château de Beauvais situé entre le Cher et la route de Bléré ne présente plus rien aujourd'hui qui puisse rappeler ce qu'a connu Balzac. L'ancien bâtiment a été fort restauré en 1852, dans un caractère faussement gothique. Mais, au temps où Balzac a pu connaître Beauvais, le gros de l'ouvrage datait du XVIIIe siècle, où l'on s'était au contraire efforcé de détruire l'inconfortable et massif bâtiment médiéval. Quoi qu'il en soit, si Balzac s'est inspiré de Beauvais, ce n'est qu'en prenant appui sur deux ou trois détails insignifiants que son imagination a largement développés et amplifiés : Beauvais a été reconstruit au XVIIIe siècle, et Gondreville est aménagé sur les plans de Mansart. D'autre part, la grille, les allées de tilleuls, les modestes pavillons de concierge qui constituent l'entrée du château de Beauvais ont pu devenir, par l'alchimie du cerveau magique, le rond-point, les « magnifiques avenues d'ormes et les grilles défendues par des sauts de loup ». Nous concevons que ces hypothèses sont fragiles.

Commenter un roman de Balzac est une tâche qui n'a point de limites. Chaque ouvrage tient au romancier, à ses souvenirs, à ses désirs, à ses phantasmes, aux traits de son caractère, à ses travaux achevés ou inachevés par tant de fils divers qu'on ne se lasse point d'expliquer, croyant toujours pénétrer plus avant dans les mystères de cette création géniale. C'est un leurre peut-être; et de toute façon on ne saurait abuser de la patience du public. Notre dessein n'est pas rempli : il ne saurait se remplir puisque sans cesse de nouvelles recherches font apparaître quelque lumière nouvelle et mieux apprécier l'imagination et les ressources du romancier. Il faut s'en tenir là cependant, heureux si le lecteur qui a bien voulu nous suivre a entrevu, comme nous avons cru l'entrevoir nous-mêmes, la complexité des voies et des détours qui ont amené Balzac à écrire *Une Ténébreuse Affaire*.

UNE TÉNÉBREUSE AFFAIRE

A Monsieur de Margone[1],
Son hôte du château de Saché reconnaissant,

DE BALZAC.

CHAPITRE PREMIER [2]

LES CHAGRINS DE LA POLICE

L'AUTOMNE de l'année 1803 fut un des plus beaux de la première période de ce siècle que nous nommons l'Empire. En octobre, quelques pluies avaient rafraîchi les prés, les arbres étaient encore verts et feuillés au milieu du mois de novembre. Aussi le peuple commençait-il à établir entre le ciel et Bonaparte, alors déclaré consul à vie, une entente à laquelle cet homme a dû l'un de ses prestiges; et, chose étrange! le jour où, en 1812, le soleil lui manqua, ses prospérités cessèrent. Le 15 novembre de cette année, vers quatre heures du soir, le soleil jetait comme une poussière rouge sur les cimes centenaires de quatre rangées d'ormes d'une longue avenue seigneuriale; il faisait briller le sable et les touffes d'herbes d'un de ces immenses ronds-points qui se trouvent dans les campagnes où la terre fut jadis assez peu coûteuse pour être sacrifiée à l'ornement. L'air était si pur, l'atmosphère était si douce, qu'une famille prenait alors le frais comme en été. Un homme vêtu d'une veste de chasse en coutil vert, à boutons verts, et d'une culotte de même étoffe, chaussé de souliers à semelles minces, et qui avait des guêtres de coutil montant jusqu'au genou, nettoyait une carabine avec le soin que mettent à cette occupation les chasseurs adroits, dans leurs moments de loisir. Cet homme n'avait ni carnier, ni gibier, enfin aucun des agrès qui annoncent ou le départ ou le retour de la chasse, et deux femmes, assises auprès de lui, le regardaient et paraissaient en proie à une terreur mal déguisée. Quiconque eût pu contempler cette scène, caché dans un buisson, aurait sans doute frémi comme frémissaient la vieille belle-mère et la femme de cet homme. Évidemment un chasseur ne prend pas de si minutieuses précautions pour tuer le gibier, et n'emploie pas, dans le département de l'Aube, une lourde carabine rayée.

— Tu veux tuer des chevreuils, Michu? lui dit sa belle jeune femme en tâchant de prendre un air riant.

Avant de répondre, Michu examina son chien qui, couché au soleil, les pattes en avant, le museau sur les pattes, dans la charmante attitude des chiens de chasse, venait de lever la tête et flairait alternativement en avant de lui dans l'avenue d'un quart de lieue de longueur et vers un chemin de traverse qui débouchait à gauche dans le rond-point.

— Non, répondit Michu, mais un monstre que je ne veux pas manquer, un loup-cervier. Le chien, un magnifique épagneul, à robe blanche tachetée de brun, grogna.

— Bon, dit Michu en se parlant à lui-même, des espions! le pays en fourmille.

Madame Michu leva douloureusement les yeux au ciel. Belle blonde aux yeux bleus, faite comme une statue antique, pensive et recueillie, elle paraissait être dévorée par un chagrin noir et amer. L'aspect du mari pouvait expliquer jusqu'à un certain point la terreur des deux femmes. Les lois de la physionomie sont exactes, nonseulement dans leur application au caractère, mais encore relativement à la fatalité de l'existence. Il y a des physionomies prophétiques. S'il était possible, et cette statistique vivante importe à la Société, d'avoir un dessin exact de ceux qui périssent sur l'échafaud, la science de Lavater et celle de Gall prouveraient invinciblement qu'il y avait dans la tête de tous ces gens, même chez les innocents, des signes étranges. Oui, la Fatalité met sa marque aux visages de ceux qui doivent mourir d'une mort violente quelconque! Or, ce sceau, visible aux yeux de l'observateur, était empreint sur la figure expressive de l'homme à la carabine. Petit et gros, brusque et leste comme un singe, quoique d'un caractère calme, Michu avait une face blanche, injectée de sang, ramassée comme celle d'un Calmouque et à laquelle des cheveux rouges, crépus, donnaient une expression sinistre. Ses yeux jaunâtres et clairs offraient, comme ceux des tigres, une profondeur intérieure où le regard de qui l'examinait allait se perdre, sans y rencontrer de mouvement ni de chaleur. Fixes, lumineux et rigides, ces yeux finissaient par épouvanter. L'opposition constante de l'immobilité des yeux avec la vivacité du corps ajoutait encore à l'impression glaciale que Michu causait au premier abord. Prompte chez cet homme, l'action devait desservir une pensée unique; de même que, chez les animaux, la vie est sans réflexion au service de l'instinct. Depuis 1793, il avait aménagé sa barbe rousse en éventail. Quand même il n'aurait pas été, pendant la Terreur, président d'un club de Jacobins, cette particularité de sa figure l'eût, à elle seule, rendu terrible à voir. Cette figure socratique à nez camus était couronnée par un très beau front, mais si bombé qu'il paraissait être en surplomb sur le visage. Les oreilles bien détachées possédaient une sorte de mobilité comme celles des bêtes sauvages, toujours sur le qui-vive. La bouche, entr'ouverte par une habitude assez ordinaire chez les campagnards, laissait voir des dents fortes et blanches comme des amandes, mais mal rangées. Des favoris épais et luisants encadraient cette face blanche et violacée par places. Les cheveux coupés ras sur le devant, longs sur les joues et derrière la tête, faisaient, par leur rougeur fauve, parfaitement ressortir tout ce que cette physionomie avait d'étrange et de fatal. Le cou, court et gros, tentait le couperet de la Loi. En ce moment, le soleil, prenant ce groupe en écharpe, illuminait en plein ces trois têtes que le chien regardait par moments. Cette scène se passait d'ailleurs sur un magnifique théâtre. Ce rond-point est à l'extrémité du parc de Gondreville, une des plus riches terres de France, et, sans contredit, la plus belle du département de l'Aube : magnifiques avenues d'ormes, château construit sur les dessins de Mansard, parc de quinze cents arpents enclos de murs, neuf grandes fermes, une forêt, des moulins et des prairies. Cette terre quasi royale appartenait avant la Révolution à la famille de Simeuse. Ximeuse est un fief situé en Lorraine. Le nom se prononçait Simeuse, et l'on avait fini par l'écrire comme il se prononçait.

La grande fortune des Simeuse, gentilshommes attachés à la maison de Bourgogne, remonte au temps où les
Guises menacèrent les Valois. Richelieu d'abord, puis
Louis XIV se souvinrent du dévouement des Simeuse à
la factieuse maison de Lorraine, et les rebutèrent. Le marquis de Simeuse d'alors, vieux bourguignon, vieux guisard,
vieux ligueur, vieux frondeur (il avait hérité des quatre
grandes rancunes de la noblesse contre la royauté), vint
vivre à Cinq-Cygne. Ce courtisan, repoussé du Louvre,
avait épousé la veuve du comte de Cinq-Cygne, la branche
cadette de la fameuse maison de Chargebœuf, une des
plus illustres de la vieille comté de Champagne, mais
qui devint aussi célèbre et plus opulente que l'aînée.
Le marquis, un des hommes les plus riches de ce temps,
au lieu de se ruiner à la Cour, bâtit Gondreville, en composa
les domaines, et y joignit des terres, uniquement pour se
faire une belle chasse. Il construisit également à Troyes
l'hôtel de Simeuse, à peu de distance de l'hôtel de Cinq-
Cygne. Ces deux vieilles maisons et l'Évêché furent pendant
longtemps à Troyes les seules maisons en pierre. Le marquis
vendit Simeuse au duc de Lorraine. Son fils dissipa les
économies et quelque peu de cette grande fortune, sous le
règne de Louis XV; mais ce fils devint d'abord chef
d'escadre, puis vice-amiral, et répara les folies de sa jeunesse par d'éclatants services. Le marquis de Simeuse,
fils de ce marin, avait péri sur l'échafaud, à Troyes, laissant
deux enfants jumeaux qui émigrèrent et qui se trouvaient
en ce moment à l'étranger, suivant le sort de la maison de
Condé.

Ce rond-point était jadis le rendez-vous de chasse du
Grand Marquis. On nommait ainsi dans la famille le
Simeuse qui érigea Gondreville. Depuis 1789, Michu
habitait ce rendez-vous, sis à l'intérieur du parc, bâti du
temps de Louis XIV, et appelé le pavillon de Cinq-Cygne.
Le village de Cinq-Cygne est au bout de la forêt de Nodesme
(corruption de Notre-Dame), à laquelle mène l'avenue
à quatre rangs d'ormes où Couraut flairait des espions.
Depuis la mort du Grand Marquis, ce pavillon avait été

tout-à-fait négligé. Le vice-amiral hanta beaucoup plus la mer et la Cour que la Champagne, et son fils donna ce pavillon délabré pour demeure à Michu.

Ce noble bâtiment est en briques, orné de pierre vermiculée aux angles, aux portes et aux fenêtres. De chaque côté s'ouvre une grille d'une belle serrurerie, mais rongée de rouille. Après la grille s'étend un large, un profond saut-de-loup d'où s'élancent des arbres vigoureux, dont les parapets sont hérissés d'arabesques en fer qui présentent leurs innombrables piquants aux malfaiteurs.

Les murs du parc ne commencent qu'au-delà de la circonférence produite par le rond-point. En dehors, la magnifique demi-lune est dessinée par des talus plantés d'ormes, de même que celle qui lui correspond dans le parc est formée par des massifs d'arbres exotiques. Ainsi le pavillon occupe le centre du rond-point tracé par ces deux fers-à-cheval. Michu avait fait des anciennes salles du rez-de-chaussée une écurie, une étable, une cuisine et un bûcher. De l'antique splendeur, la seule trace est une antichambre dallée en marbre noir et blanc, où l'on entre, du côté du parc, par une de ces portes-fenêtres vitrées en petits carreaux, comme il y en avait encore à Versailles avant que Louis-Philippe n'en fît l'hôpital des gloires de la France. A l'intérieur, ce pavillon est partagé par un vieil escalier en bois vermoulu, mais plein de caractère, qui mène au premier étage, où se trouvent cinq chambres, un peu basses d'étage. Au-dessus s'étend un immense grenier. Ce vénérable édifice est coiffé d'un de ces grands combles à quatre pans dont l'arête est ornée de deux bouquets en plomb, et percé de quatre de ces œils-de-bœuf que Mansard affectionnait avec raison; car en France l'attique et les toits plats à l'italienne sont un non-sens contre lequel le climat proteste. Michu mettait là ses fourrages. Toute la partie du parc qui environne ce vieux pavillon est à l'anglaise. A cent pas, un ex-lac, devenu simplement un étang bien empoissonné, atteste sa présence autant par un léger brouillard au-dessus des arbres que par le cri de mille grenouilles, crapauds et autres amphibies bavards au coucher du soleil. La vétusté des choses, le profond silence des bois, la perspective de l'avenue, la forêt au loin, mille détails, les fers rongés de rouille, les masses de pierres veloutées par les mousses, tout poëtise cette construction qui existe encore.

Au moment où commence cette histoire, Michu était appuyé à l'un des parapets moussus sur lequel se voyaient sa poire à poudre, sa casquette, son mouchoir, un tourne-vis, des chiffons, enfin tous les ustensiles nécessaires à sa suspecte opération. La chaise de sa femme se trouvait adossée à côté de la porte extérieure du pavillon, au-dessus de laquelle existaient encore les armes de Simeuse riche-ment sculptées avec leur belle devise : *Si meurs !* La mère, vêtue en paysanne, avait mis sa chaise devant madame Michu pour qu'elle eût les pieds à l'abri de l'humidité, sur un des bâtons.

— Le petit est là ? demanda Michu à sa femme.

— Il rôde autour de l'étang, il est fou des grenouilles et des insectes, dit la mère.

Michu siffla de façon à faire trembler. La prestesse avec laquelle son fils accourut démontrait le despotisme exercé par le régisseur de Gondreville. Michu, depuis 1789, mais surtout depuis 1793, était à peu près le maître de cette terre. La terreur qu'il inspirait à sa femme, à sa belle-mère, à un petit domestique nommé Gaucher, et à une servante nommée Marianne, était partagée à dix lieues à la ronde. Peut-être ne faut-il pas tarder plus longtemps de donner les raisons de ce sentiment, qui, d'ailleurs, achè-veront au moral le portrait de Michu.

Le vieux marquis de Simeuse s'était défait de ses biens en 1790 ; mais, devancé par les événements, il n'avait pu mettre en des mains fidèles sa belle terre de Gondreville. Accusés de correspondre avec le duc de Brunswick et le prince de Cobourg, le marquis de Simeuse et sa femme furent mis en prison et condamnés à mort par le tribunal révolutionnaire de Troyes, que présidait le père de Marthe. Ce beau domaine fut donc vendu nationalement. Lors de l'exécution du marquis et de la marquise, on y remarqua, non sans une sorte d'horreur, le garde général de la terre de Gondreville, qui, devenu président du club des Jacobins d'Arcis, vint à Troyes pour y assister. Fils d'un simple paysan et orphelin, Michu, comblé des bienfaits de la marquise qui lui avait donné la place de garde-général, après l'avoir fait élever au château, fut regardé comme un Brutus par les exaltés; mais dans le pays tout le monde cessa de le voir après ce trait d'ingratitude. L'acquéreur fut un homme d'Arcis nommé Marion, petit-fils d'un intendant de la maison de Simeuse. Cet homme, avocat avant et après la Révolution, eut peur du garde, il en fit son régisseur en lui donnant trois mille livres de gages et un intérêt dans les ventes. Michu, qui passait déjà pour avoir une dizaine de mille francs, épousa, protégé par sa renommée de patriote, la fille d'un tanneur de Troyes, l'apôtre de la Révolution dans cette ville où il présida le tribunal révolutionnaire. Ce tanneur, homme de conviction, qui, pour le caractère, ressemblait à Saint-Just, se trouva mêlé plus tard à la conspiration de Babœuf, et il se tua pour échapper à une condamnation. Marthe était la plus belle fille de Troyes. Aussi, malgré sa touchante modestie, avait-elle été forcée par son redoutable père de faire la déesse de la Liberté dans une cérémonie républicaine. L'acquéreur ne vint pas trois fois en sept ans à Gondreville. Son grand-père avait été l'intendant des Simeuse, tout Arcis crut alors que le citoyen Marion représentait messieurs de Simeuse. Tant que dura la Terreur, le régisseur de Gondreville, patriote dévoué, gendre du président du tribunal révolutionnaire de Troyes, caressé par Malin (de l'Aube), l'un des Représentants du Département, se vit l'objet d'une sorte de respect. Mais quand la Montagne fut vaincue, lorsque son beau-père se fut tué, Michu devint un bouc émissaire; tout le monde s'empressa de lui attribuer, ainsi qu'à son beau-père, des actes auxquels il était, pour son compte, parfaitement étranger. Le régisseur se banda contre l'injustice de la foule; il se roidit et prit une attitude hostile. Sa parole se fit audacieuse. Cependant, depuis le dix-huit Brumaire, il gardait ce profond silence qui est la philosophie des gens forts; il ne luttait plus contre l'opinion générale, il se contentait d'agir; cette sage conduite le fit regarder comme un sournois, car il possédait en terres une fortune d'environ cent mille francs. D'abord il ne dépensait rien; puis cette fortune lui venait légitimement, tant de la succession de son beau-père que des six mille francs par an que lui donnait sa place en profits et en appointements. Quoiqu'il fût régisseur depuis douze ans, quoique chacun pût faire le compte de ses économies, quand, au début du Consulat, il acheta une ferme de cinquante mille francs, il s'éleva des accusations contre l'ancien Montagnard, les gens d'Arcis lui prêtaient l'intention de recouvrer la considération en faisant une grande fortune. Malheureusement, au moment où chacun l'oubliait, une sotte affaire, envenimée par le caquet des campagnes raviva la croyance générale sur la férocité de son caractère.

Un soir, à la sortie de Troyes, en compagnie de quelques paysans parmi lesquels se trouvait le fermier de Cinq-Cygne, il laissa tomber un papier sur la grande route; ce fermier, qui marchait le dernier, se baisse et le ramasse; Michu se retourne, voit le papier dans les mains de cet homme, il tire aussitôt un pistolet de sa ceinture, l'arme et menace le fermier, qui savait lire, de lui brûler la cervelle s'il ouvrait le papier. L'action de Michu fut si rapide, si violente, le son de sa voix si effrayant, ses yeux si flamboyants, que tout le monde eut froid de peur. Le fermier de Cinq-Cygne était naturellement un ennemi de Michu. Mademoiselle de Cinq-Cygne, cousine des Simeuse, n'avait plus qu'une ferme pour toute fortune et habitait son château de Cinq-Cygne. Elle ne vivait que pour ses cousins les jumeaux, avec lesquels elle avait joué dans son enfance à Troyes et à Gondreville. Son frère unique, Jules de Cinq-Cygne, émigré avant les Simeuse, était mort devant Mayence; mais par un privilège assez rare et dont il sera parlé, le nom de Cinq-Cygne ne périssait point faute de mâles. Cette affaire entre Michu et le fermier de Cinq-Cygne fit un tapage épouvantable dans l'Arrondissement, et rembrunit les teintes mystérieuses qui voilaient Michu; mais cette circonstance ne fut pas la seule qui le rendit redoutable. Quelques mois après cette scène, le citoyen Marion vint avec le citoyen Malin à

Gondreville. Le bruit courut que Marion allait vendre la terre à cet homme que les événements politiques avaient bien servi, et que le Premier Consul venait de placer au Conseil-d'État pour le récompenser de ses services au dix-huit Brumaire. Les politiques de la petite ville d'Arcis devinèrent alors que Marion avait été le prête-nom du citoyen Malin au lieu d'être celui de messieurs de Simeuse. Le tout-puissant Conseiller-d'État était le plus grand personnage d'Arcis. Il avait envoyé l'un de ses amis politiques à la Préfecture de Troyes, il avait fait exempter du service le fils d'un des fermiers de Gondreville, appelé Beauvisage, il rendait service à tout le monde. Cette affaire ne devait donc point rencontrer de contradicteurs dans le pays où Malin régnait et où il règne encore. On était à l'aurore de l'Empire. Ceux qui lisent aujourd'hui des histoires de la Révolution française ne sauront jamais quels immenses intervalles la pensée publique mettait entre les événements si rapprochés de ce temps. Le besoin général de paix et de tranquillité que chacun éprouvait après de violentes commotions, engendrait un complet oubli des faits antérieurs les plus graves. L'Histoire vieillissait promptement, constamment mûrie par des intérêts nouveaux et ardents. Ainsi personne, excepté Michu, ne rechercha le passé de cette affaire, qui fut trouvée toute simple. Marion qui, dans le temps, avait acheté Gondreville six cent mille francs en assignats, le vendit un million en écus; mais la seule somme déboursée par Malin fut le droit de l'Enregistrement. Grévin, un camarade de cléricature de Malin, favorisait naturellement ce tripotage, et le Conseiller-d'État le récompensa en le faisant nommer notaire à Arcis. Quand cette nouvelle parvint au pavillon, apportée par le fermier d'une ferme sise entre la forêt et le parc, à gauche de la belle avenue, et nommée Grouage, Michu devint pâle et sortit; il alla épier Marion, et finit par le rencontrer seul dans une allée du parc. — « Monsieur vend Gondreville? — Oui, Michu, oui. Vous aurez un homme puissant pour maître. Le Conseiller-d'État est l'ami du Premier Consul, il est lié très-intimement avec tous les ministres, il vous protégera. — Vous gardiez donc la terre pour lui? — Je ne dis pas cela, reprit Marion. Je ne savais dans le temps comment placer mon argent, et pour ma sécurité, je l'ai mis dans les biens nationaux; mais il ne me convient pas de garder la terre qui appartenait à la maison où mon père... — A été domestique, intendant, dit violemment Michu. Mais vous ne la vendrez pas? je la veux, et je puis vous la payer, moi. — Toi? — Oui, moi, sérieusement et en bon or, huit cent mille francs... — Huit cent mille francs? où les as-tu pris? dit Marion. Cela ne vous regarde pas, répondit Michu. Puis en se radoucissant, il ajouta tout bas : — Mon beau-père a sauvé bien des gens! — Tu viens trop tard, Michu, l'affaire est faite. — Vous la déferez, monsieur! s'écria le régisseur en prenant son maître par la main et la lui serrant comme dans un étau. Je suis haï, je veux être riche et puissant; il me faut Gondreville! Sachez-le, je ne tiens pas à la vie, et vous allez me vendre la terre, ou je vous ferai sauter la cervelle... — Mais au moins faut-il le temps de me retourner avec Malin, qui n'est pas commode... — Je vous donne vingt-quatre heures. Si vous dites un mot de ceci, je me soucie de vous couper la tête comme de couper une rave... » Marion et Malin quittèrent le château pendant la nuit. Marion eut peur, et instruisit le Conseiller-d'État de cette rencontre en lui disant d'avoir l'œil sur le régisseur. Il était impossible à Marion de se soustraire à l'obligation de rendre cette terre à celui qui l'avait réellement payée, et Michu ne paraissait homme ni à comprendre ni à admettre une pareille raison. D'ailleurs, ce service rendu par Marion à Malin devait être et fut l'origine de sa fortune politique et de celle de son frère. Malin fit nommer, en 1806, l'avocat Marion Premier Président d'une Cour Impériale, et dès la création des Receveurs-généraux, il procura la Recette-générale de l'Aube au frère de l'avocat. Le Conseiller-d'État dit à Marion de demeurer à Paris, et prévint le ministre de la Police qui mit le garde en surveillance. Néanmoins, pour ne pas le pousser à des extrémités, et pour le mieux surveiller peut-être, Malin laissa Michu régisseur, sous la férule du notaire d'Arcis. Depuis ce moment, Michu, qui devint de plus en plus taciturne et songeur, eut la réputation d'un homme capable de faire un mauvais coup. Malin, Conseiller-d'État, fonction que le Premier Consul rendit alors égale à celle de ministre, et l'un des rédacteurs du Code, jouait un grand rôle à Paris, où il avait acheté l'un des plus beaux hôtels du faubourg Saint-Germain, après avoir épousé la fille unique de Sibuelle, un riche fournisseur assez déconsidéré, qu'il associa pour la Recette-générale de l'Aube à Marion. Aussi n'était-il pas venu plus d'une fois à Gondreville, il s'en reposait d'ailleurs sur Grévin de tout ce qui concernait ses intérêts. Enfin, qu'avait-il à craindre, lui, ancien Représentant de l'Aube, d'un ancien président du club des Jacobins d'Arcis ? Cependant, l'opinion, déjà si défavorable à Michu dans les basses classes, fut naturellement partagée par la bourgeoisie ; et Marion, Grévin, Malin, sans s'expliquer ni se compromettre, le signalèrent comme un homme excessivement dangereux. Obligées de veiller sur le garde par le ministre de la Police générale, les autorités ne détruisirent pas cette croyance. On avait fini, dans le pays, par s'étonner de ce que Michu gardait sa place ; mais on prit cette concession pour un effet de la terreur qu'il inspirait. Qui maintenant ne comprendrait pas la profonde mélancolie exprimée par la femme de Michu ?

D'abord, Marthe avait été pieusement élevée par sa mère. Toutes deux, bonnes catholiques, avaient souffert des opinions et de la conduite du tanneur. Marthe ne se souvenait jamais sans rougir d'avoir été promenée dans la ville de Troyes en costume de déesse. Son père l'avait contrainte d'épouser Michu, dont la mauvaise réputation allait croissant, et qu'elle redoutait trop pour pouvoir jamais le juger. Néanmoins, cette femme se sentait aimée ; et au fond de son cœur, il s'agitait pour cet homme effrayant la plus vraie des affections ; elle ne lui avait jamais vu rien faire que de juste, jamais ses paroles n'étaient brutales, pour elle du moins ; enfin il s'efforçait de deviner tous ses désirs. Ce pauvre paria, croyant être désagréable à sa femme, restait presque toujours dehors. Marthe et Michu, en défiance l'un de l'autre, vivaient dans ce qu'on appelle aujourd'hui *une paix armée*. Marthe, qui ne voyait personne, souffrait vivement de la réprobation qui, depuis sept ans, la frappait comme une fille d'un coupe-tête, et de celle qui frappait son mari comme traître. Plus d'une fois, elle avait entendu les gens de la ferme qui se trouvait dans la plaine à droite de l'avenue, appelée Bellache et tenue par Beauvisage, un homme attaché aux Simeuse dire en passant devant le pavillon : « Voilà la maison des Judas! » La singulière ressemblance de la tête du régisseur avec celle du treizième apôtre, et qu'il semblait avoir voulu compléter, lui valait en effet cet odieux surnom dans tout le pays. Aussi ce malheur et de vagues, de constantes appréhensions de l'avenir, rendaient-ils Marthe pensive et recueillie. Rien n'attriste plus profondément qu'une dégradation imméritée et de laquelle il est impossible de se relever. Un peintre n'eût-il pas fait un beau tableau de cette famille de parias au sein d'un des plus jolis sites de la Champagne, où le paysage est généralement triste.

— François! cria le régisseur pour faire encore hâter son fils.

François Michu, enfant âgé de dix ans, jouissait du parc, de la forêt, et levait ses menus suffrages en maître; il mangeait les fruits, il chassait, il n'avait ni soins ni peines; il était le seul être heureux de cette famille, isolée dans le pays par sa situation entre le parc et la forêt, comme elle l'était moralement par la répulsion générale.

— Ramasse-moi tout ce qui est là, dit le père à son fils en lui montrant le parapet, et serre-moi cela. Regarde-moi! tu dois aimer ton père et ta mère? L'enfant se jeta sur son père pour l'embrasser; mais Michu fit un mouvement pour déplacer la carabine et le repoussa. — Bien! Tu as quelquefois jasé sur ce qui se fait ici, dit-il en fixant sur lui ses deux yeux redoutables comme ceux d'un chat sauvage. Retiens bien ceci : révéler la plus indifférente des choses qui se font ici, à Gaucher, aux gens de Grouage ou de Bellache, et même à Marianne qui nous aime, ce serait tuer ton père. Que cela ne t'arrive plus, et je te pardonne tes indiscrétions d'hier. L'enfant se mit à pleurer. — Ne pleure pas, mais à quelques questions qu'on te fasse, réponds comme les paysans : « Je ne sais pas! » Il y a des gens qui rôdent dans le pays, et qui ne me reviennent pas. Va! Vous avez entendu, vous deux? dit Michu aux femmes, ayez aussi la gueule morte.

— Mon ami, que vas-tu faire?

Michu, qui mesurait avec attention une charge de poudre et la versait dans le canon de sa carabine, posa l'arme contre le parapet et dit à Marthe : « Personne ne me connaît cette carabine, mets-toi devant! »

Couraut, dressé sur ses quatre pattes, aboyait avec fureur.

— Belle et intelligente bête! s'écria Michu, je suis sûr que c'est des espions...

On se sait espionné. Couraut et Michu, qui semblaient avoir une seule et même âme, vivaient ensemble comme l'Arabe et son cheval vivent dans le désert. Le régisseur connaissait toutes les modulations de la voix de Couraut et les idées qu'elles exprimaient, de même que le chien lisait la pensée de son maître dans ses yeux et la sentait exhalée dans l'air de son corps.

— Qu'en dis-tu? s'écria tout bas Michu en montrant à sa femme deux sinistres personnages qui apparurent dans une contre-allée en se dirigeant vers le rond-point.

— Que se passe-t-il dans le pays? C'est des Parisiens? dit la vieille.

— Ah! voilà, s'écria Michu. Cache donc ma carabine, dit-il à l'oreille de sa femme, ils viennent à nous [3].

Les deux Parisiens qui traversèrent le rond-point offraient des figures qui, certes, eussent été typiques pour un peintre. L'un, celui qui paraissait être le subalterne, avait des bottes à revers, tombant un peu bas, qui laissaient voir de mièvres mollets et des bas de soie chinés d'une propreté douteuse. La culotte, en drap côtelé couleur abricot et à boutons de métal, était un peu trop large; le corps s'y trouvait à l'aise, et les plis usés indiquaient par leur disposition un homme de cabinet. Le gilet de piqué surchargé de broderies saillantes, ouvert, boutonné par un seul bouton sur le haut du ventre, donnait à ce personnage un air d'autant plus débraillé que ses cheveux noirs, frisés en tire-bouchons, lui cachaient le front et

descendaient le long des joues. Deux chaînes de montre
en acier pendaient sur la culotte. La chemise était ornée
d'une épingle à camée blanc et bleu. L'habit, couleur
cannelle, se recommandait au caricaturiste par une longue
queue qui, vue par derrière, avait une si parfaite ressemblance avec une morue que le nom lui en fut appliqué.
La mode des habits en queue de morue a duré dix ans,
presque autant que l'empire de Napoléon. La cravate
lâche et à grands plis nombreux, permettait à cet individu
de s'y enterrer le visage jusqu'au nez. Sa figure bour-
geonnée, son gros nez long couleur de brique, ses pom-
mettes animées, sa bouche démeublée, mais menaçante
et gourmande, ses oreilles ornées de grosses boucles en or,
son front bas, tous ces détails qui semblent grotesques
étaient rendus terribles par deux petits yeux placés et
percés comme ceux des cochons d'une implacable avidité,
d'une cruauté goguenarde et quasi joyeuse. Ces deux
yeux fureteurs et perspicaces, d'un bleu glacial et glacé,
pouvaient être pris pour le modèle de ce fameux œil, le
redoutable emblème de la police, inventé pendant la
Révolution. Il avait des gants de soie noire et une badine
à la main. Il devait être quelque personnage officiel, car
il avait, dans son maintien, dans sa manière de prendre
son tabac et de le fourrer dans le nez l'importance bureau-
cratique d'un homme secondaire, mais qui émarge ostensiblement, et que des ordres partis de haut rendent momen-
tanément souverain.

L'autre [4], dont le costume était dans le même goût,
mais élégant et très-élégamment porté, soigné dans les
moindres détails, qui faisait, en marchant, crier des bottes
à la Suwaroff [5], mises par-dessus un pantalon collant,
avait sur son habit un spencer, mode aristocratique adoptée
par les Clichyens [6], par la jeunesse dorée, et qui survivait
aux Clichyens et à la jeunesse dorée. Dans ce temps, il y eut
des modes qui durèrent plus longtemps que des partis,
symptôme d'anarchie que 1830 nous a présenté déjà.
Ce parfait *muscadin* paraissait âgé de trente ans. Ses manières
sentaient la bonne compagnie, il portait des bijoux de
prix. Le col de sa chemise venait à la hauteur de ses oreilles.

Son air fat et presque impertinent accusait une sorte de supériorité cachée; sa figure blafarde semblait ne pas avoir une goutte de sang, son nez camus et fin avait la tournure sardonique du nez d'une tête de mort, et ses yeux verts étaient impénétrables; leur regard était aussi discret que devait l'être sa bouche mince et serrée. Le premier semblait être un bon enfant comparé à ce jeune homme sec et maigre qui fouettait l'air avec un jonc dont la pomme d'or brillait au soleil. Le premier pouvait couper lui-même une tête, mais le second était capable d'entortiller, dans les filets de la calomnie et de l'intrigue, l'innocence, la beauté, la vertu, de les noyer, ou de les empoisonner froidement. L'homme rubicond aurait consolé sa victime par des lazzis, l'autre n'aurait pas même souri. Le premier avait quarante-cinq ans, il devait aimer la bonne chère et les femmes. Ces sortes d'hommes ont tous des passions qui les rendent esclaves de leur métier. Mais le jeune homme était sans passions et sans vices. S'il était espion, il appartenait à la diplomatie, et travaillait pour l'art pur. Il concevait, l'autre exécutait; il était l'idée, l'autre était la forme.

— Nous devons être à Gondreville, ma bonne femme? dit le jeune homme.

— On ne dit pas ici *ma bonne femme*, répondit Michu. Nous avons encore la simplicité de nous appeler *citoyenne* et *citoyen*, nous autres!

— Ah! fit le jeune homme de l'air le plus naturel et sans paraître choqué.

Les joueurs ont souvent, dans le monde, au jeu de l'écarté surtout, éprouvé comme une déroute intérieure en voyant s'attabler devant eux au milieu de leur veine, un joueur, dont les manières, le regard, la voix, la façon de mêler les cartes leur prédisent une défaite. A l'aspect du jeune homme, Michu sentit une prostration prophétique de ce genre. Il fut atteint par un pressentiment mortel, il entrevit confusément l'échafaud; une voix lui cria que ce muscadin lui serait fatal, quoiqu'ils n'eussent encore rien de commun. Aussi sa parole avait-elle été rude, il voulait être et fut grossier.

— N'appartenez-vous pas au Conseiller-d'État Malin ? demanda le second Parisien.

— Je suis mon maître, répondit Michu.

— Enfin, mesdames ? dit le jeune homme en prenant les façons les plus polies, sommes-nous à Gondreville ! nous y sommes attendus par monsieur Malin.

— Voici le parc, dit Michu en montrant la grille ouverte.

— Et pourquoi cachez-vous cette carabine, ma belle enfant ? dit le jovial compagnon du jeune homme qui en passant par la grille aperçut le canon.

— Tu *travailles* toujours, même à la campagne, s'écria le jeune homme en souriant.

Tous deux revinrent, saisis par une pensée de défiance que le régisseur comprit malgré l'impassibilité de leurs visages ; Marthe les laissa regarder la carabine, au milieu des abois de Couraut, car elle avait la conviction que Michu méditait quelque mauvais coup et fut presque heureuse de la perspicacité des inconnus. Michu jeta sur sa femme un regard qui la fit frémir, il prit alors la carabine et se mit en devoir d'y chasser une balle, en acceptant les fatales chances de cette découverte et de cette rencontre ; il parut ne plus tenir à la vie, et sa femme comprit bien alors sa funeste résolution.

— Vous avez donc des loups par ici ? dit le jeune homme à Michu.

— Il y a toujours des loups là où il y a des moutons. Vous êtes en Champagne et voilà une forêt ; mais nous avons aussi du sanglier, nous avons de grosses et de petites bêtes, nous avons un peu de tout, dit Michu d'un air goguenard.

— Je parie, Corentin, dit le plus vieux des deux après avoir échangé un regard avec l'autre, que cet homme est mon Michu...

— Nous n'avons pas gardé les cochons ensemble, dit le régisseur.

— Non, mais nous avons présidé les Jacobins, citoyen, répliqua le vieux cynique, vous à Arcis, moi ailleurs. Tu as conservé la politesse de la Carmagnole ; mais elle n'est plus à la mode, mon petit.

— Le parc me paraît bien grand, nous pourrions nous y perdre; si vous êtes le régisseur, faites-nous conduire au château, dit Corentin d'un ton péremptoire.

Michu siffla son fils et continua de chasser sa balle. Corentin contemplait Marthe d'un œil indifférent, tandis que son compagnon semblait charmé; mais il remarquait en elle les traces d'une angoisse qui échappait au vieux libertin, lui que la carabine avait effarouché. Ces deux natures se peignaient tout entières dans cette petite chose si grande.

— J'ai rendez-vous au-delà de la forêt, disait le régisseur, je ne puis pas vous rendre ce service moi-même; mais mon fils vous mènera jusqu'au château. Par où venez-vous donc à Gondreville? Auriez-vous pris par Cinq-Cygne.

— Nous avions, comme vous, des affaires dans la forêt, dit Corentin sans aucune ironie apparente.

— François, s'écria Michu, conduis ces messieurs au château par les sentiers, afin qu'on ne les voie pas, ils ne prennent point les routes battues. Viens ici d'abord! dit-il en voyant les deux étrangers qui leur avaient tourné le dos, et marchaient en se parlant à voix basse. Michu saisit son enfant, l'embrassa presque saintement et avec une expression qui confirma les appréhensions de sa femme; elle eut froid dans le dos et regarda sa mère d'un œil sec, car elle ne pouvait pas pleurer. — Va, dit-il. Et il le regarda jusqu'à ce qu'il l'eût entièrement perdu de vue. Couraut aboya du côté de la ferme de Grouage. — Oh! c'est Violette, reprit-il. Voilà la troisième fois qu'il passe depuis ce matin? Qu'y a-t-il donc dans l'air? Assez, Couraut!

Quelques instants après, on entendit le petit trot d'un cheval.

Violette *, monté sur un de ces bidets dont se servent les fermiers aux environs de Paris, montra sous un chapeau de forme ronde et à grands bords, sa figure couleur de bois et fortement plissée, laquelle paraissait encore plus sombre. Ses yeux gris, malicieux et brillants, dissimulaient la traîtrise de son caractère. Ses jambes sèches, habillées de guêtres en toile blanche montant jusqu'au genou, pendaient sans être appuyées sur des étriers, et semblaient maintenues par le poids de ses gros souliers ferrés. Il portait par-dessus sa veste de drap bleu une limousine à raies blanches et noires. Ses cheveux gris retombaient en boucles derrière sa tête. Ce costume, le cheval gris à petites jambes basses, la façon dont s'y tenait Violette, le ventre en avant, le haut du corps en arrière, la grosse main crevassée et couleur de terre qui soutenait une méchante bride rongée et déchiquetée, tout peignait en lui un paysan avare, ambitieux, qui veut posséder de la terre et qui l'achète à tout prix. Sa bouche aux lèvres bleuâtres, fendue comme si quelque chirurgien l'eût ouverte avec un bistouri, les innombrables rides de son visage et de son front, empêchaient le jeu de la physionomie dont les contours seulement parlaient. Ces lignes dures, arrêtées, paraissaient exprimer la menace, malgré l'air humble que se donnent presque tous les gens de la campagne, et sous lequel ils cachent leurs émotions et leurs calculs, comme les Orientaux et les Sauvages enveloppent les leurs sous une imperturbable gravité. De simple paysan faisant des journées, devenu fermier de Grouage par un système de méchanceté croissante, il le continuait encore après avoir conquis une position qui surpassait ses premiers désirs. Il voulait le mal du prochain et le lui souhaitait ardemment. Quand il y pouvait contribuer, il y aidait avec amour. Violette était franchement envieux; mais, dans toutes ses malices, il restait dans les limites de la légalité, ni plus ni moins qu'une Opposition parlementaire. Il croyait que sa fortune dépendait de la ruine des autres, et tout ce qui se trouvait au-dessus de lui était pour lui un ennemi envers lequel tous les moyens devaient être bons. Ce caractère est très-commun chez les paysans. Sa grande affaire du moment était d'obtenir de Malin une prorogation du bail de sa ferme qui n'avait plus que six ans à courir. Jaloux de la fortune du régisseur, il le surveillait de près; les gens du pays lui faisaient la guerre sur ses liaisons avec les Michu; mais, dans l'espoir de faire continuer son bail pendant douze autres années, le rusé fermier épiait une occasion de rendre service au gouvernement ou à Malin qui se défiait de Michu. Violette, aidé par le garde particulier de Gondreville, par le garde-champêtre et par quelques faiseurs de fagots, tenait le commissaire de police d'Arcis au courant des moindres actions de Michu. Ce fonctionnaire avait tenté, mais inutilement, de mettre Marianne, la servante de Michu, dans les intérêts du gouvernement; mais Violette et ses affidés savaient tout par Gaucher, le petit domestique sur la fidélité duquel Michu comptait, et qui le trahissait pour des vétilles, pour des gilets, des boucles, des bas de coton, des friandises. Ce garçon ne soupçonnait pas d'ailleurs l'importance de ses bavardages. Violette noircissait toutes les actions de Michu, il les rendait criminelles par les plus absurdes suppositions à l'insu du régisseur, qui savait néanmoins le rôle ignoble joué chez lui par le fermier, et qui se plaisait à le mystifier.

— Vous avez donc bien des affaires à Bellache, que vous voilà encore! dit Michu.

— Encore! c'est un mot de reproche, monsieur Michu. Vous ne comptez pas siffler aux moineaux avec une pareille clarinette! Je ne vous connaissais point cette carabine-là...

— Elle a poussé dans un de mes champs où il vient des carabines, répondit Michu. Tenez, voilà comme je les sème.

Le régisseur mit en joue une vipérine à trente pas de lui et la coupa net.

— Est-ce pour garder votre maître que vous avez cette arme de bandit? Il vous en aura peut-être fait cadeau.

— Il est venu de Paris exprès pour me l'apporter, répondit Michu.

— Le fait est qu'on jase bien, dans tout le pays, de son voyage; les uns le disent en disgrâce, et qu'il se retire des affaires, les autres qu'il veut voir clair ici; au fait, pourquoi qu'il arrive sans dire gare, absolument comme le Premier Consul? saviez-vous qu'il venait?

— Je ne suis pas assez bien avec lui pour être dans sa confidence.

— Vous ne l'avez donc pas encore vu?

— Je n'ai su son arrivée qu'à mon retour de ma ronde dans la forêt, répliqua Michu, qui rechargeait sa carabine.

— Il a envoyé chercher monsieur Grévin à Arcis, ils vont *tribuner* quelque chose...

Malin avait été tribun.

— Si vous allez du côté de Cinq-Cygne, dit le régisseur à Violette, prenez-moi, j'y vais.

Violette était trop peureux pour garder en croupe un homme de la force de Michu; il piqua des deux. Le Judas mit sa carabine sur l'épaule et s'élança dans l'avenue.

— A qui donc Michu en veut-il? dit Marthe à sa mère.

— Depuis qu'il a su l'arrivée de monsieur Malin, il est devenu bien sombre, répondit-elle. Mais il fait humide, rentrons.

Quand les deux femmes furent assises sous le manteau de la cheminée, elles entendirent Couraut.

— Voilà mon mari! s'écria Marthe.

En effet, Michu montait l'escalier; sa femme inquiète le rejoignit dans leur chambre.

— Vois s'il n'y a personne, dit-il à Marthe d'une voix émue.

— Personne, répondit-elle : Marianne est aux champs avec la vache, et Gaucher...

— Où est Gaucher? reprit-il.

— Je ne sais pas.

— Je me défie de ce petit drôle; monte au grenier, fouille le grenier, et cherche-le dans les moindres coins de ce pavillon.

Marthe sortit et alla; quand elle revint, elle trouva Michu, les genoux en terre, et priant.

— Qu'as-tu donc? dit-elle effrayée.

Le régisseur prit sa femme par la taille, l'attira sur lui, la baisa au front et lui répondit d'une voix émue : « Si nous ne nous revoyons plus, sache, ma pauvre femme, que je t'aimais bien. Suis de point en point les instructions qui sont écrites dans une lettre enterrée au pied du mélèze de ce massif, dit-il après une pause en lui désignant un arbre, elle est dans un rouleau de fer-blanc. N'y touche qu'après ma mort. Enfin, quoi qu'il m'arrive, pense, malgré l'injustice des hommes, que mon bras a servi la justice de Dieu. »

Marthe, qui pâlit par degrés, devint blanche comme son linge, elle regarda son mari d'un œil fixe et agrandi par l'effroi; elle voulut parler, elle se trouva le gosier sec. Michu s'évada comme une ombre, il avait attaché au pied de son lit Couraut, qui se mit à hurler comme hurlent les chiens au désespoir [7].

La colère de Michu contre monsieur Marion avait eu de sérieux motifs, mais elle s'était reportée sur un homme beaucoup plus criminel à ses yeux, sur Malin dont les secrets s'étaient dévoilés aux yeux du régisseur, plus en position que personne d'apprécier la conduite du Conseiller d'État. Le beau-père de Michu avait eu, politiquement parlant, la confiance de Malin, nommé Représentant de l'Aube à la Convention par les soins de Grévin.

Peut-être n'est-il pas inutile de raconter les circonstances qui mirent les Simeuse et les Cinq-Cygne en présence avec Malin, et qui pesèrent sur la destinée des deux jumeaux et de mademoiselle de Cinq-Cygne, mais plus encore sur celle de Marthe et de Michu. A Troyes, l'hôtel de Cinq-Cygne faisait face à celui de Simeuse. Quand la populace, déchaînée par des mains aussi savantes que prudentes, eut pillé l'hôtel de Simeuse, découvert le marquis et la marquise accusés de correspondre avec les ennemis, et les eut livrés à des gardes nationaux qui les menèrent en prison, la foule conséquente cria : « Aux Cinq-Cygne! » Elle ne concevait pas que les Cinq-Cygne fussent innocents du crime des Simeuse. Le digne et courageux marquis de Simeuse, pour sauver ses deux fils, âgés de dix-huit ans, que leur courage pouvait compromettre, les avait confiés, quelques instants avant l'orage, à leur tante, la comtesse de Cinq-Cygne. Deux domestiques attachés à la maison de Simeuse tenaient les jeunes gens renfermés. Le vieillard, qui ne voulait pas voir finir son nom, avait recommandé de tout cacher à ses fils, en cas de malheurs extrêmes. Laurence, alors âgée de douze ans, était également aimée par les deux frères, et les aimait également aussi. Comme beaucoup de jumeaux, les deux Simeuse se ressemblaient tant, que pendant longtemps leur mère leur donna des vêtements de couleurs différentes pour ne pas se tromper. Le premier venu, l'aîné, s'appelait Paul-Marie, l'autre Marie-Paul. Laurence de Cinq-Cygne, à qui l'on avait confié le secret de la situation, joua très bien son rôle de femme; elle supplia ses cousins, les amadoua, les garda jusqu'au moment où la populace entoura l'hôtel de Cinq-Cygne. Les deux frères comprirent alors le danger au même moment, et se le dirent par un même regard. Leur résolution fut aussitôt prise, ils armèrent leurs deux domestiques, ceux de la comtesse de Cinq-Cygne, barricadèrent la porte, se mirent aux fenêtres, après en avoir fermé les persiennes, avec cinq domestiques et l'abbé de Hauteserre, un parent des Cinq-Cygne. Les huit courageux champions firent un feu terrible sur cette masse. Chaque coup tuait ou blessait un assaillant. Laurence, au lieu de se désoler, chargeait les fusils avec un sang-froid extraordinaire, passait des balles et de la poudre à ceux qui en manquaient. La comtesse de Cinq-Cygne était tombée sur ses genoux. — Que faites-vous, ma mère? lui dit Laurence. — Je prie, répondit-elle, et pour eux et pour vous! Mot sublime, que dit aussi la mère du prince de la Paix [8] en Espagne, dans une circonstance semblable. En un instant onze personnes furent tuées et mêlées à terre aux blessés. Ces sortes d'événements refroidissent ou exaltent la populace, elle s'irrite à son œuvre ou la discontinue. Les plus avancés, épouvantés, reculèrent; mais la masse entière, qui venait tuer, voler, assassiner, en voyant les morts, se mit à crier : « A l'assassinat! au meurtre! » Les gens prudents allèrent chercher le Représentant du peuple. Les deux frères, alors instruits des funestes événements de la journée, soupçonnèrent le Conventionnel de vouloir la ruine de leur maison, et leur soupçon fut bientôt une conviction. Animés par la vengeance, ils se postèrent sous la porte cochère et armèrent leurs fusils pour tuer Malin au moment où il se présenterait. La comtesse avait perdu la tête, elle voyait sa maison en cendres et sa fille assassinée, elle blâmait ses parents de

l'héroïque défense qui occupa la France pendant huit
jours. Laurence entr'ouvrit la porte à la sommation faite
par Malin; en la voyant, le Représentant se fia sur son
caractère redouté, sur la faiblesse de cette enfant, et il
entra. — Comment, monsieur, répondit-elle au premier
mot qu'il dit en demandant raison de cette résistance,
vous voulez donner la liberté à la France, et vous ne pro-
tégez pas les gens chez eux! On veut démolir notre hôtel,
nous assassiner, et nous n'aurions pas le droit de
repousser la force par la force! Malin resta cloué sur ses
pieds. — Vous, le petit-fils d'un maçon employé par le
Grand Marquis aux constructions de son château, lui dit
Marie-Paul, vous venez de laisser traîner notre père en
prison, en accueillant une calomnie! — Il sera mis en
liberté, dit Malin, qui se crut perdu en voyant chaque
jeune homme remuer convulsivement son fusil. — Vous
devez la vie à cette promesse, dit solennellement Marie-
Paul. Mais si elle n'est pas exécutée ce soir, nous saurons
vous retrouver! — Quant à cette population qui hurle,
dit Laurence, si vous ne la renvoyez pas, le premier coup
sera pour vous. Maintenant, monsieur Malin, sortez! Le
Conventionnel sortit et harangua la multitude, en parlant
des droits sacrés du foyer, de l'*habeas corpus* et du domicile
anglais. Il dit que la Loi et le Peuple étaient souverains,
que la Loi était le peuple, que le peuple ne devait agir
que par la Loi et que force resterait à la Loi. La loi de la
nécessité le rendit éloquent, il dissipa le rassemblement.
Mais il n'oublia jamais, ni l'expression du mépris des
deux frères, ni le : « Sortez! » de mademoiselle de Cinq-
Cygne. Aussi, quand il fut question de vendre nationalement
les biens du comte de Cinq-Cygne, frère de Laurence, le
partage fut-il strictement fait. Les agents du District ne
laissèrent à Laurence que le château, le parc, les jardins
et la ferme dite de Cinq-Cygne. D'après les instructions
de Malin, Laurence n'avait droit qu'à sa légitime, la Nation
étant aux lieu et place de l'émigré, surtout quand il portait
les armes contre la République. Le soir de cette furieuse
tempête, Laurence supplia tellement ses deux cousins de
partir, en craignant pour eux quelque trahison et les

embûches du Représentant, qu'ils montèrent à cheval et gagnèrent les avant-postes de l'armée prussienne. Au moment où les deux frères atteignirent la forêt de Gondreville, l'hôtel de Cinq-Cygne fut cerné; le Représentant venait, lui-même et en force, arrêter les héritiers de la maison de Simeuse. Il n'osa pas s'emparer de la comtesse de Cinq-Cygne alors au lit et en proie à une horrible fièvre nerveuse, ni de Laurence, un enfant de douze ans. Les domestiques, craignant la sévérité de la République, avaient disparu. Le lendemain matin, la nouvelle de la résistance des deux frères et de leur fuite en Prusse, disait-on, se répandit dans les environs; il se fit un rassemblement de trois mille personnes devant l'hôtel de Cinq-Cygne, qui fut démoli avec une inexplicable rapidité. Madame de Cinq-Cygne, transportée à l'hôtel de Simeuse, y mourut dans un redoublement de fièvre. Michu n'avait paru sur la scène politique qu'après ces événements, car le marquis et la marquise restèrent environ cinq mois en prison. Pendant ce temps, le Représentant de l'Aube eut une mission. Mais quand monsieur Marion vendit Gondreville à Malin, quand tout le pays eut oublié les effets de l'effervescence populaire, Michu comprit alors Malin tout entier, Michu crut le comprendre, du moins; car Malin est comme Fouché, l'un de ces personnages qui ont tant de faces et tant de profondeur sous chaque face, qu'ils sont impénétrables au moment où ils jouent et qu'ils ne peuvent être expliqués que longtemps après la partie.

Dans les circonstances majeures de sa vie, Malin ne manquait jamais de consulter son fidèle ami Grévin, le notaire d'Arcis, dont le jugement sur les choses et sur les hommes était, à distance, net, clair et précis. Cette habitude est la sagesse, et fait la force des hommes secondaires. Or, en novembre 1803, les conjonctures furent si graves pour le Conseiller-d'État, qu'une lettre eût compromis les deux amis. Malin, qui devait être nommé sénateur, craignit de s'expliquer dans Paris; il quitta son hôtel et vint à Gondreville, en donnant au Premier Consul une seule des raisons qui lui faisaient désirer d'y être, et qui lui donnait un air de zèle aux yeux de Bonaparte, tandis qu'au lieu de s'agir de l'État, il ne s'agissait que de lui-même. Or, pendant que Michu guettait et suivait dans le parc, à la manière des Sauvages, un moment propice à sa vengeance, le politique Malin, habitué à pressurer les événements pour son compte, emmenait son ami vers une petite prairie du jardin anglais, endroit désert et favorable à une conférence mystérieuse. Ainsi, en s'y tenant au milieu et parlant à voix basse, les deux amis étaient à une trop grande distance pour être entendus, si quelqu'un se cachait pour les écouter, et pouvaient changer de conversation s'il venait des indiscrets.

— Pourquoi n'être pas resté dans une chambre au château? dit Grévin.

— N'as-tu pas vu les deux hommes que m'envoie le Préfet de Police?

Quoique Fouché ait été, dans l'affaire de la conspiration de Pichegru, Georges, Moreau et Polignac, l'âme du cabinet consulaire, il ne dirigeait pas le ministère de la Police et se trouvait alors simplement Conseiller-d'État comme Malin.

— Ces deux hommes sont les deux bras de Fouché. L'un, ce jeune muscadin dont la figure ressemble à une carafe de limonade, qui a du vinaigre sur les lèvres et du verjus dans les yeux, a mis fin à l'insurrection de l'Ouest [9] en l'an VII, dans l'espace de quinze jours. L'autre est un enfant de Lenoir [10], il est le seul qui ait les grandes traditions de la Police. J'avais demandé un agent sans consé-quence, appuyé d'un personnage officiel, et l'on m'envoie ces deux compères-là. Ah! Grévin, Fouché veut sans doute lire dans mon jeu. Voilà pourquoi j'ai laissé ces messieurs dînant au château; qu'ils examinent tout, ils n'y trouveront ni Louis XVIII, ni le moindre indice.

— Ah! çà, mais, dit Grévin, quel jeu joues-tu donc?

— Eh! mon ami, un jeu double est bien dangereux; mais par rapport à Fouché, il est triple, et il a peut-être flairé que je suis dans les secrets de la maison de Bourbon.

— Toi!

— Moi, reprit Malin.

— Tu ne te souviens donc pas de Favras [11]?

Ce mot fit impression sur le Conseiller.

— Et depuis quand? demanda Grévin après une pause.

— Depuis le Consulat à vie.

— Mais, pas de preuves?

— Pas ça! dit Malin en faisant claquer l'ongle de son pouce sous une de ses palettes.

En peu de mots, Malin dessina nettement la position critique où Bonaparte mettait l'Angleterre menacée de mort par le camp de Boulogne, en expliquant à Grévin la portée inconnue à la France et à l'Europe, mais que Pitt soupçonnait, de ce projet de descente; puis la position critique où l'Angleterre allait mettre Bonaparte. Une coalition imposante, la Prusse, l'Autriche et la Russie soldées par l'or anglais, devait armer sept cent mille hommes. En même temps une conspiration formidable étendait à l'intérieur son réseau et réunissait les Montagnards, les Chouans, les Royalistes et leurs princes.

— Tant que Louis XVIII a vu trois consuls, il a cru que l'anarchie continuait et qu'à la faveur d'un mouvement quelconque il prendrait sa revanche du treize Vendémiaire et du dix-huit Fructidor, dit Malin; mais le Consulat à vie a démasqué les desseins de Bonaparte, il sera bientôt empereur. Cet ancien sous-lieutenant veut créer une dynastie! or, cette fois, on en veut à sa vie, et le coup est monté plus habilement encore que celui de la rue Saint-Nicaise. Pichegru, Georges, Moreau, le duc d'Enghien, Polignac et Rivière, les deux amis du comte d'Artois, en sont.

— Quel amalgame! s'écria Grévin.

— La France est envahie sourdement, on veut donner un assaut général, on y emploie le vert et le sec! Cent hommes d'exécution, commandés par Georges, doivent attaquer la garde consulaire et le consul corps à corps.

— Eh! bien, dénonce-les.

— Voilà deux mois que le Consul, son ministre de la Police, le Préfet et Fouché tiennent une partie des fils de cette trame immense; mais ils n'en connaissent pas toute l'étendue, et dans le moment actuel, ils laissent libres presque tous les conjurés pour savoir tout.

— Quant au droit, dit le notaire, les Bourbons ont bien plus le droit de concevoir, de conduire, d'exécuter une entreprise contre Bonaparte, que Bonaparte n'en avait de conspirer au dix-huit Brumaire contre la République, de laquelle il était l'enfant; il assassinait sa mère, et ceux-ci veulent rentrer dans leur maison. Je conçois qu'en voyant fermer la liste des émigrés, multiplier les radiations, rétablir le culte catholique, et accumuler des arrêtés contre-révolutionnaires, les princes aient compris que leur retour se faisait difficile, pour ne pas dire impossible. Bonaparte devient le seul obstacle à leur rentrée, et ils veulent enlever l'obstacle, rien de plus simple. Les conspirateurs vaincus seront des brigands; victorieux, ils seront des héros, et ta perplexité me semble alors assez naturelle.

— Il s'agit, dit Malin, de faire jeter aux Bourbons, par Bonaparte, la tête du duc d'Enghien, comme la Convention a jeté aux rois la tête de Louis XVI, afin de le tremper aussi avant que nous dans le cours de la Révolution; ou de renverser l'idole actuelle du peuple français et son futur empereur, pour asseoir le vrai trône sur ses débris. Je suis à la merci d'un événement, d'un heureux coup de pistolet, d'une machine de la rue Saint-Nicaise qui réussirait. On ne m'a pas tout dit. On m'a proposé de rallier le Conseil-d'État au moment critique, de diriger l'action légale de la restauration des Bourbons.

— Attends, répondit le notaire.

— Impossible! Je n'ai plus que le moment actuel pour prendre une décision.

— Et pourquoi?

— Les deux Simeuse conspirent, ils sont dans le pays; je dois, ou les faire suivre, les laisser se compromettre et m'en faire débarrasser, ou les protéger sourdement. J'avais demandé des subalternes, et l'on m'envoie des lynx de choix qui ont passé par Troyes pour avoir à eux la gendarmerie.

— Gondreville est le *Tiens* et la Conspiration le *Tu auras*, dit Grévin. Ni Fouché, ni Talleyrand, tes deux partenaires, n'en sont; joue franc jeu avec eux. Comment! tous ceux qui ont coupé le cou à Louis XVI sont dans le gouvernement, la France est pleine d'acquéreurs de biens nationaux, et tu voudrais ramener ceux qui te redemanderont Gondreville? S'ils ne sont pas imbéciles, les Bourbons devront passer l'éponge sur tout ce que nous avons fait. Avertis Bonaparte.

— Un homme de mon rang ne dénonce pas, dit Malin vivement.

— De ton rang? s'écria Grévin en souriant.

— On m'offre les Sceaux.

— Je comprends ton éblouissement, et c'est à moi d'y voir clair dans ces ténèbres politiques, d'y flairer la porte de sortie. Or, il est impossible de prévoir les événements qui peuvent ramener les Bourbons, quand un général Bonaparte a quatre-vingts vaisseaux et quatre cent mille hommes. Ce qu'il y a de plus difficile, dans la politique expectante, c'est de savoir quand un pouvoir qui penche tombera; mais, mon vieux, celui de Bonaparte est dans sa période ascendante. Ne serait-ce pas Fouché qui t'a fait sonder pour connaître le fond de ta pensée et se débarrasser de toi?

— Non, je suis sûr de l'ambassadeur. D'ailleurs Fouché ne m'enverrait pas deux singes pareils, que je connais trop pour ne pas concevoir des soupçons.

— Ils me font peur, dit Grévin. Si Fouché ne se défie pas de toi, ne veut pas t'éprouver, pourquoi te les a-t-il envoyés? Fouché ne joue pas un tour pareil sans une raison quelconque...

— Ceci me décide, s'écria Malin, je ne serai jamais tranquille avec ces deux Simeuse; peut-être Fouché, qui connaît ma position, ne veut-il pas les manquer, et arriver par eux jusqu'aux Condé.

— Hé! mon vieux, ce n'est pas sous Bonaparte qu'on inquiétera le possesseur de Gondreville.

En levant les yeux, Malin aperçut dans le feuillage d'un gros tilleul touffu le canon d'un fusil.

— Je ne m'étais pas trompé, j'avais entendu le bruit sec d'un fusil qu'on arme, dit-il à Grévin après s'être mis derrière un gros tronc d'arbre où le suivit le notaire inquiet du brusque mouvement de son ami.

— C'est Michu, dit Grévin, je vois sa barbe rousse.

— N'ayons pas l'air d'avoir peur, reprit Malin qui s'en alla lentement en disant à plusieurs reprises : « Que veut cet homme aux acquéreurs de cette terre? Ce n'est certes pas toi qu'il visait. S'il nous a entendus, je dois le recommander au prône! Nous aurions mieux fait d'aller en plaine. Qui diable eût pensé à se défier des airs? »

— On apprend toujours! dit le notaire; mais il était bien loin et nous causions de bouche à oreille.

— Je vais en dire deux mots à Corentin, répondit Malin [12].

Quelques instants après, Michu rentra chez lui, pâle et le visage contracté.

— Qu'as-tu? lui dit sa femme épouvantée.

— Rien, répondit-il en voyant Violette dont la présence fut pour lui un coup de foudre.

Michu prit une chaise, se mit devant le feu tranquillement et y jeta une lettre en la tirant d'un de ces tubes en fer-blanc que l'on donne aux soldats pour serrer leurs papiers. Cette action, qui permit à Marthe de respirer comme une personne déchargée d'un poids énorme, intrigua beaucoup Violette. Le régisseur posa sa carabine sur le manteau de la cheminée avec un admirable sang-froid. Marianne et la mère de Marthe filaient à la lueur d'une lampe.

— Allons, François, dit le père, couchons-nous. Veux-tu te coucher?

Il prit brutalement son fils par le milieu du corps et l'emporta. — Descends à la cave, lui dit-il à l'oreille quand il fut dans l'escalier, remplis deux bouteilles de vin de Mâcon après en avoir vidé le tiers, avec de cette eau-de-vie de Cognac qui est sur la planche à bouteilles; puis, mêle dans une bouteille de vin blanc moitié d'eau-de-vie. Fais cela bien adroitement, et mets les trois bouteilles sur le tonneau vide qui est à l'entrée de la cave. Quand j'ouvrirai la fenêtre, sors de la cave, selle mon cheval, monte dessus, et va m'attendre au Poteau-des-Gueux. — Le petit drôle ne veut jamais se coucher, dit le régisseur en rentrant, il veut faire comme les grandes personnes, tout voir, tout entendre, tout savoir. Vous me gâtez mon monde, père Violette.

— Bon Dieu! bon Dieu! s'écria Violette, qui vous a délié la langue? vous n'en avez jamais tant dit.

— Croyez-vous que je me laisse espionner sans m'en apercevoir? Vous n'êtes pas du bon côté, mon père Violette. Si, au lieu de servir ceux qui m'en veulent, vous étiez pour moi, je ferais mieux pour vous que de vous renouveler votre bail...

— Quoi encore? dit le paysan avide en ouvrant de grands yeux.

— Je vous vendrais mon bien à bon marché.

— Il n'y a point de bon marché quand faut payer, dit sentencieusement Violette.

— Je veux quitter le pays, et je vous donnerai ma ferme du Mousseau, les bâtiments, les semailles, les bestiaux, pour cinquante mille francs.

— Vrai!

— Ça vous va?

— Dame, faut voir.

— Causons de ça... Mais je veux des arrhes.

— J'ai rien.

— Une parole.

— Encore!

— Dites-moi qui vient de vous envoyer ici.

— Je suis revenu d'où j'allais tantôt, et j'ai voulu vous dire un petit bonsoir.

— Revenu sans ton cheval? Pour quel imbécile me prends-tu? Tu mens, tu n'auras pas ma ferme.

— Eh! bien, c'est monsieur Grévin, quoi! Il m'a dit: « Violette, nous avons besoin de Michu, va le quérir. S'il n'y est pas, attends-le... » J'ai compris qu'il me fallait rester, ce soir, ici...

— Les escogriffes de Paris étaient-ils encore au château?

— Ah! je ne sais pas trop; mais il y avait du monde dans le salon.

— Tu auras ma ferme, convenons des faits! Ma femme, va chercher le vin du contrat. Prends du meilleur vin de Roussillon, le vin de l'ex-marquis... Nous ne sommes pas des enfants. Tu en trouveras deux bouteilles sur le tonneau vide à l'entrée, et une bouteille de blanc.

— Ça va! dit Violette qui ne se grisait jamais. Buvons!

— Vous avez cinquante mille francs sous les carreaux de votre chambre, dans toute l'étendue du lit, vous me les donnerez quinze jours après le contrat passé chez Grévin... Violette regarda fixement Michu, et devint blême. — Ah! tu viens moucharder un jacobin fini qui a eu l'honneur de présider le club d'Arcis, et tu crois qu'il ne te pincera pas? J'ai des yeux, j'ai vu tes carreaux fraîchement replâtrés, et j'ai conclu que tu ne les avais pas levés pour semer du blé. Buvons.

Violette troublé but un grand verre de vin sans faire attention à la qualité, la terreur lui avait mis comme un fer chaud dans le ventre, l'eau-de-vie y fut brûlée par l'avarice; il aurait donné bien des choses pour être rentré chez lui, pour y changer de place son trésor. Les trois femmes souriaient.

— Ça vous va-t-il? dit Michu à Violette en lui remplissant encore son verre.

— Mais oui.

— Tu seras chez toi, vieux coquin!

Après une demi-heure de discussions animées sur l'époque de l'entrée en jouissance, sur les mille pointilleries que se font les paysans en concluant un marché, au milieu des assertions, des verres de vin vidés, des paroles pleines de promesses, des dénégations, des — pas vrai? — bien vrai! — ma fine parole! — comme je le dis! — que j'aie le cou coupé si... — que ce verre de vin me soit du poison si ce que je dis n'est pas la pure *varté*... Violette tomba, la tête sur la table, non pas gris, mais ivre-mort; et, dès qu'il lui avait vu les yeux troublés, Michu s'était empressé d'ouvrir la fenêtre.

— Où est ce drôle de Gaucher? demanda-t-il à sa femme.

— Il est couché.

— Toi, Marianne, dit le régisseur à sa fidèle servante, va te mettre en travers de sa porte, et veille-le. Vous, ma mère, dit-il, restez en bas, gardez-moi cet espion-là, soyez aux aguets, et n'ouvrez qu'à la voix de François. Il s'agit de vie et de mort! ajouta-t-il d'une voix profonde. Pour toutes les créatures qui sont sous mon toit, je ne l'ai pas quitté de cette nuit, et la tête sous le billot, vous soutiendrez cela. — Allons, dit-il à sa femme, allons, la mère, mets tes souliers, prends ta coiffe, et détalons! Pas de questions, je t'accompagne.

Depuis trois quarts d'heure, cet homme avait dans le geste et dans le regard une autorité despotique, irrésistible, puisée à la source commune et inconnue où puisent leurs pouvoirs extraordinaires et les grands généraux sur le champ de bataille où ils enflamment les masses, et les grands orateurs qui entraînent les assemblées, et disons-le aussi, les grands criminels dans leurs coups audacieux! Il semble alors qu'il s'exhale de la tête et que la parole porte une influence invincible, que le geste injecte le vouloir de l'homme chez autrui. Les trois femmes se savaient au milieu d'une horrible crise; sans en être averties, elles la pressentaient à la rapidité des actes de cet homme dont le visage étincelait, dont le front était parlant, dont les yeux brillaient alors comme des étoiles; elles lui avaient vu de la sueur à la racine des cheveux, plus d'une fois sa parole avait vibré d'impatience et de rage. Aussi Marthe obéit-elle passivement. Armé jusqu'aux dents, le fusil sur l'épaule, Michu sauta dans l'avenue, suivi de sa femme; et ils atteignirent promptement le carrefour où François s'était caché dans des broussailles.

— Le petit a de la compréhension, dit Michu en le voyant.

Ce fut sa première parole. Sa femme et lui avaient couru jusque-là sans pouvoir prononcer un mot.

— Retourne au pavillon, cache-toi dans l'arbre le plus touffu, observe la campagne, le parc, dit-il à son fils. Nous sommes tous couchés, nous n'ouvrons à personne, ta grand'mère veille, et ne remuera qu'en t'entendant parler! Retiens mes moindres paroles. Il s'agit de la vie de ton père et de celle de ta mère. Que la Justice ne sache jamais que nous avons découché. Après ces phrases dites à l'oreille de son fils, qui fila, comme une anguille dans la vase, à travers les bois, Michu dit à sa femme : « A cheval! et prie Dieu d'être pour nous. Tiens-toi bien! La bête peut en crever. »

A peine ces mots furent-ils dits, que le cheval, dans le ventre duquel Michu donna deux coups de pied, et qu'il pressa de ses genoux puissants, partit avec la célérité d'un cheval de course; l'animal sembla comprendre son maître, en un quart-d'heure la forêt fut traversée. Michu, sans avoir dévié de la route la plus courte, se trouva sur un point de la lisière d'où les cimes du château de Cinq-Cygne apparaissaient éclairées par la lune. Il lia son cheval à un arbre et gagna lestement le monticule d'où l'on dominait la vallée de Cinq-Cygne.

Le château[13], que Marthe et Michu regardèrent ensemble pendant un moment, fait un effet charmant dans le paysage. Quoiqu'il n'ait aucune importance comme étendue ni comme architecture, il ne manque point d'un certain mérite archéologique. Ce vieil édifice du quinzième siècle, assis sur une éminence, environné de douves profondes, larges et encore pleines d'eau, est bâti en cailloux et en mortier, mais les murs ont sept pieds de largeur. Sa simplicité rappelle admirablement la vie rude et guerrière aux temps féodaux. Ce château, vraiment naïf, consiste dans deux grosses tours rougeâtres, séparées par un long corps de logis percé de véritables croisées en pierre, dont les croix grossièrement sculptées ressemblent à des sarments de vigne. L'escalier est en dehors, au milieu, et placé dans une tour pentagone à petite porte en ogive. Le rez-de-chaussée, intérieurement modernisé sous Louis XIV, ainsi que le premier étage, est surmonté de toits immenses, percés de croisées à tympans sculptés. Devant le château se trouve une immense pelouse dont les arbres avaient été récemment abattus. De chaque côté du pont d'entrée sont deux bicoques où habitent les jardiniers, et séparées par une grille maigre, sans caractère, évidemment moderne. A droite et à gauche de la pelouse, divisée en deux parties par une chaussée pavée, s'étendent les écuries, les étables, les granges, le bûcher, la boulangerie, les poulaillers, les communs pratiqués sans doute dans les restes de deux ailes semblables au château actuel. Autrefois, ce castel devait être carré, fortifié aux quatre angles, défendu par une énorme tour à porche cintré, au bas de laquelle était,

à la place de la grille, un pont-levis. Les deux grosses tours
dont les toits en poivrière n'avaient pas été rasés, le cloche-
ton de la tour du milieu donnaient de la physionomie au
village. L'église, vieille aussi, montrait à quelques pas son
clocher pointu, qui s'harmoniait aux masses de ce castel.
La lune faisait resplendir toutes les cimes et les cônes
autour desquels se jouait et pétillait la lumière. Michu
regarda cette habitation seigneuriale de façon à renverser
les idées de sa femme, car son visage plus calme offrait
une expression d'espérance et une sorte d'orgueil. Ses
yeux embrassèrent l'horizon avec une certaine défiance;
il écouta la campagne : il devait être alors neuf heures, la
lune jetait sa lueur sur la marge de la forêt, et le monticule
était surtout fortement éclairé. Cette position parut dangereuse au garde-général, il descendit en paraissant craindre
d'être vu. Cependant aucun bruit suspect ne troublait
la paix de cette belle vallée enceinte de ce côté par la forêt
de Nodesme. Marthe, épuisée, tremblante, s'attendait
à un dénoûment quelconque après une pareille course.
A quoi devait-elle servir ? à une bonne action ou à un crime ?
En ce moment, Michu s'approcha de l'oreille de sa femme.

— Tu vas aller chez la comtesse de Cinq-Cygne, tu
demanderas à lui parler; quand tu la verras, tu la prieras
de venir à l'écart. Si personne ne peut vous écouter, tu
lui diras : « Mademoiselle, la vie de vos deux cousins est
en danger, et celui qui vous expliquera le pourquoi, le
comment, vous attend. » Si elle a peur, si elle se défie,
ajoute : « Ils sont de la conspiration contre le Premier
Consul, et la conspiration est découverte. » Ne te nomme
pas, on se défie trop de nous.

Marthe Michu leva la tête vers son mari, et lui dit :
« Tu les sers donc ? »

— Eh! bien, après? dit-il en fronçant les sourcils et
croyant à un reproche.

— Tu ne me comprends pas, s'écria Marthe en prenant
la large main de Michu aux genoux duquel elle tomba en
baisant cette main qui fut tout-à-coup couverte de larmes.

— Cours, tu pleureras après, dit-il en l'embrassant
avec une force brusque.

Quand il n'entendit plus le pas de sa femme, cet homme
de fer eut des larmes aux yeux. Il s'était défié de Marthe
à cause des opinions du père, il lui avait caché les secrets
de sa vie ; mais la beauté du caractère simple de sa femme
lui avait apparu soudain, comme la grandeur du sien venait
d'éclater pour elle. Marthe passait de la profonde humilia-
tion que cause la dégradation d'un homme dont on porte
le nom, au ravissement que donne sa gloire ; elle y passait
sans transition, n'y avait-il pas de quoi défaillir ? En proie
aux plus vives inquiétudes, elle avait, comme elle le lui
dit plus tard, marché dans le sang depuis le pavillon jusqu'à
Cinq-Cygne, et s'était en un moment sentie enlevée au
ciel parmi les anges. Lui qui ne se sentait pas apprécié,
qui prenait l'attitude chagrine et mélancolique de sa femme
pour un manque d'affection, qui la laissait à elle-même en
vivant au dehors, en rejetant toute sa tendresse sur son
fils, avait compris en un moment tout ce que signifiaient
les larmes de cette femme : elle maudissait le rôle que sa
beauté, que la volonté paternelle l'avaient forcée à jouer.
Le bonheur avait brillé de sa plus belle flamme pour eux,
au milieu de l'orage, comme un éclair. Et ce devait être
un éclair ! Chacun d'eux pensait à dix ans de mésintelligence
et s'en accusait tout seul. Michu resta debout, immobile,
le coude sur sa carabine et le menton sur son coude, perdu
dans une profonde rêverie. Un semblable moment fait
accepter toutes les douleurs du passé le plus douloureux.

Agitée de mille pensées semblables à celles de son mari,
Marthe eut alors le cœur oppressé par le danger des Simeuse,
car elle comprit tout, même les figures des deux Parisiens ;
mais elle ne pouvait s'expliquer la carabine. Elle s'élança
comme une biche et atteignit le chemin du château ; elle
fut surprise d'entendre derrière elle les pas d'un homme,
elle jeta un cri, la large main de Michu lui ferma la bouche.

— Du haut de la butte, j'ai vu reluire au loin l'argent
des chapeaux bordés ! Entre par une brèche de la douve
qui est entre la tour de Mademoiselle et les écuries ; les
chiens n'aboieront pas après toi. Passe dans le jardin,
appelle la jeune comtesse par la fenêtre, fais seller son cheval,
dis-lui de le conduire par la douve, j'y serai, après avoir

étudié le plan des Parisiens et trouvé les moyens de leur échapper.

Ce danger, qui roulait comme une avalanche, et qu'il fallait prévenir, donna des ailes à Marthe [14].

Le nom Franc [15], commun aux Cinq-Cygne et aux Chargebœuf, est Duineff. Cinq-Cygne devint le nom de la branche cadette des Chargebœuf après la défense d'un castel faite, en l'absence de leur père, par cinq filles de cette maison, toutes remarquablement blanches, et de qui personne n'eût attendu pareille conduite. Un des premiers comtes de Champagne voulut, par ce joli nom, perpétuer ce souvenir aussi long-temps que vivrait cette famille. Depuis ce fait d'armes singulier, les filles de cette famille furent fières, mais elles ne furent peut-être pas toujours blanches. La dernière, Laurence, était, contrairement à la loi salique, héritière du nom, des armes et des fiefs. Le roi de France avait approuvé la charte du comte de Champagne en vertu de laquelle, dans cette famille, le ventre anoblissait et succédait. Laurence était donc comtesse de Cinq-Cygne, son mari devait prendre et son nom et son blason où se lisait pour devise la sublime réponse faite par l'aînée des cinq sœurs à la sommation de rendre le château : *Mourir en chantant !* Digne de ces belles héroïnes, Laurence possédait une blancheur qui semblait être une gageure du hasard. Les moindres linéaments de ses veines bleues se voyaient sous la trame fine et serrée de son épiderme. Sa chevelure, du plus joli blond, seyait merveilleusement à ses yeux du bleu le plus foncé. Tout chez elle appartenait au genre mignon. Dans son corps frêle, malgré sa taille déliée, en dépit de son teint de lait, vivait une âme trempée comme celle d'un homme du plus beau caractère; mais que personne, pas même un observateur, n'aurait devinée à l'aspect d'une physionomie douce et d'une figure busquée dont le profil offrait une vague ressemblance avec une tête de brebis. Cette excessive douceur, quoique noble, paraissait aller jusqu'à la stupidité de l'agneau. — J'ai l'air d'un mouton qui rêve! disait-elle quelquefois en souriant. Laurence, qui parlait peu, semblait non pas songeuse, mais engourdie. Surgissait-il une circonstance sérieuse, la Judith cachée se révélait aussitôt et devenait sublime, et les circonstances ne lui avaient malheureusement pas manqué. A treize ans, Laurence, après les événements que vous savez, se vit orpheline, devant la place où la veille s'élevait à Troyes une des maisons les plus curieuses de l'architecture du seizième siècle, l'hôtel de Cinq-Cygne. monsieur d'Hauteserre, un de ses parents, devenu son tuteur, emmena sur-le-champ l'héritière à la campagne. Ce brave gentilhomme de province, effrayé de la mort de l'abbé d'Hauteserre, son frère, atteint d'une balle sur la place, au moment où il se sauvait en paysan, n'était pas en position de pouvoir défendre les intérêts de sa pupille : il avait deux fils à l'armée des princes, et tous les jours, au moindre bruit, il croyait que les municipaux d'Arcis venaient l'arrêter. Fière d'avoir soutenu un siège et de posséder la blancheur historique de ses ancêtres, Laurence méprisait cette sage lâcheté du vieillard courbé sous le vent de la tempête, elle ne songeait qu'à s'illustrer. Aussi mit-elle audacieusement dans son pauvre salon de Cinq-Cygne, le portrait de Charlotte Corday, couronné de petites branches de chêne tressées. Elle correspondait par un exprès avec les jumeaux au mépris de la loi qui l'eût punie de mort. Le messager, qui risquait aussi sa vie, rapportait les réponses. Laurence ne vécut, depuis les catastrophes de Troyes, que pour le triomphe de la cause royale. Après avoir sainement jugé monsieur et madame d'Hauteserre, et reconnu chez eux une honnête nature, mais sans énergie, elle les mit en dehors des lois de sa sphère; Laurence avait trop d'esprit et de véritable indulgence pour leur en vouloir de leur caractère; bonne, aimable, affectueuse avec eux, elle ne leur livra pas un seul de ses secrets. Rien ne forme l'âme comme une dissimulation constante au sein de la famille. A sa majorité, Laurence laissa gérer ses affaires au bonhomme d'Hauteserre, comme par le passé. Que sa jument favorite fût bien pansée, que sa servante Catherine fût mise à son goût et son petit domestique Gothard vêtu convenablement, elle se souciait peu du reste. Elle dirigeait sa pensée vers un but trop élevé pour descendre aux occupations qui, dans d'autres temps, lui eussent sans doute plu. La toilette fut peu de chose pour elle, et d'ailleurs ses cousins n'étaient pas là. Laurence avait une amazone vert-bouteille pour se promener à cheval, une robe en étoffe commune à canezou orné de brandebourgs pour aller à pied, et chez elle une robe de chambre en soie. Gothard, son petit écuyer, un adroit et courageux garçon de quinze ans, l'escortait, car elle était presque toujours dehors, et elle chassait sur toutes les terres de Gondreville, sans que les fermiers ni Michu s'y opposassent. Elle montait admirablement bien à cheval, et son adresse à la chasse tenait du miracle. Dans la contrée, on ne l'appelait en tout temps que Mademoiselle, même pendant la Révolution.

Quiconque a lu le beau roman de *Rob-Roy* [16] doit se souvenir d'un des rares caractères de femme pour la conception duquel Walter Scott soit sorti de ses habitudes de froideur, de Diana Vernon. Ce souvenir peut servir à faire comprendre Laurence, si vous ajoutez aux qualités de la chasseresse écossaise l'exaltation contenue de Charlotte Corday, mais en supprimant l'aimable vivacité qui rend Diana si attrayante. La jeune comtesse avait vu mourir sa mère, tomber l'abbé d'Hauteserre, le marquis et la marquise de Simeuse périr sur l'échafaud ; son frère unique était mort de ses blessures, ses deux cousins qui servaient à l'armée de Condé pouvaient être tués à tout moment, enfin la fortune des Simeuse et des Cinq-Cygne venait d'être dévorée par la République, sans profit pour la République. Sa gravité, dégénérée en stupeur apparente, doit se concevoir.

Monsieur d'Hauteserre se montra d'ailleurs le tuteur le plus probe et le mieux entendu. Sous son administration, Cinq-Cygne prit l'air d'une ferme. Le bonhomme, qui ressemblait beaucoup moins à un preux qu'à un propriétaire faisant valoir, avait tiré parti du parc et des jardins, dont l'étendue était d'environ deux cents arpents, et où il trouva la nourriture des chevaux, celle des gens et le bois de chauffage. Grâce à la plus sévère économie, à sa majorité, la comtesse avait déjà recouvré, par suite du placement des revenus sur l'État, une fortune suffisante. En 1798, l'héritière possédait vingt mille francs de

rentes sur l'État dont, à la vérité, les arrérages étaient
dus, et douze mille francs à Cinq-Cygne dont les baux
avaient été renouvelés avec de notables augmentations.
Monsieur et madame d'Hauteserre s'étaient retirés aux
champs avec trois mille livres de rentes viagères dans les
tontines Lafarge [17] : ce débris de leur fortune ne leur permettait pas d'habiter ailleurs qu'à Cinq-Cygne; aussi le
premier acte de Laurence fut-il de leur donner la jouissance pour toute la vie du pavillon qu'ils y occupaient.
Les d'Hauteserre, devenus avares pour leur pupille
comme pour eux-mêmes, et qui, tous les ans, entassaient
leurs mille écus en songeant à leurs deux fils, faisaient
faire une misérable chère à l'héritière. La dépense totale
de Cinq-Cygne ne dépassait pas cinq mille francs par an.
Mais Laurence, qui ne descendait dans aucun détail,
trouvait tout bon. Le tuteur et sa femme, insensiblement
dominés par l'influence imperceptible de ce caractère qui
s'exerçait dans les plus petites choses, avaient fini par
admirer celle qu'ils avaient connue enfant, sentiment assez
rare. Mais Laurence avait dans les manières, dans sa voix
gutturale, dans son regard impérieux, ce je ne sais quoi,
ce pouvoir inexplicable qui impose toujours, même quand
il n'est qu'apparent, car chez les sots le vide ressemble à
la profondeur. Pour le vulgaire, la profondeur est incom-
préhensible. De là vient peut-être l'admiration du peuple
pour tout ce qu'il ne comprend pas. Monsieur et Madame
d'Hauteserre, saisis par le silence habituel et impressionnés
par la sauvagerie de la jeune comtesse, étaient toujours
dans l'attente de quelque chose de grand. En faisant
le bien avec discernement et en ne se laissant pas tromper,
Laurence obtenait de la part des paysans un grand respect, quoiqu'elle fût aristocrate. Son sexe, son nom, ses
malheurs, l'originalité de sa vie, tout contribuait à lui
donner de l'autorité sur les habitants de la vallée de Cinq-
Cygne. Elle partait quelquefois pour un ou deux jours,
accompagnée de Gothard; et jamais au retour ni monsieur ni madame d'Hauteserre ne l'interrogeaient sur les
motifs de son absence. Laurence, remarquez-le, n'avait
rien de bizarre en elle. La virago se cachait sous la forme

la plus féminine et la plus faible en apparence. Son cœur
était d'une excessive sensibilité, mais elle portait dans sa
tête une résolution virile et une fermeté stoïque. Ses yeux
clairvoyants ne savaient pas pleurer. A voir son poignet
blanc et délicat nuancé de veines bleues, personne n'eût
imaginer qu'il pouvait défier celui du cavalier le plus
endurci. Sa main, si molle, si fluide, maniait un pistolet, un
fusil, avec la vigueur d'un chasseur exercé. Au dehors, elle
n'était jamais autrement coiffée que comme les femmes
le sont pour monter à cheval, avec un coquet petit
chapeau de castor et le voile vert rabattu. Aussi son visage
si délicat, son cou blanc enveloppé d'une cravate noire,
n'avaient-ils jamais souffert de ses courses en plein air.
Sous le Directoire, et au commencement du Consulat,
Laurence avait pu se conduire ainsi, sans que personne
s'occupât d'elle ; mais depuis que le gouvernement se
régularisait, les nouvelles autorités, le préfet de l'Aube,
les amis de Malin, et Malin lui-même, essayaient de la
déconsidérer. Laurence ne pensait qu'au renversement de
Bonaparte, dont l'ambition et le triomphe avaient excité
chez elle comme une rage, mais une rage froide et calculée. Ennemie obscure et inconnue de cet homme couvert de gloire, elle le visait, du fond de sa vallée et de ses
forêts, avec une fixité terrible, elle voulait parfois aller le
tuer aux environs de Saint-Cloud ou de la Malmaison.
L'exécution de ce dessein eût expliqué déjà les exercices
et les habitudes de sa vie ; mais, initiée depuis la rupture de
la paix d'Amiens, à la conspiration des hommes qui ten-
tèrent de retourner le dix-huit Brumaire contre le Premier
Consul, elle avait dès lors subordonné sa force et sa haine
au plan très-vaste et très-bien conduit qui devait atteindre
Bonaparte à l'extérieur par la vaste coalition de la Russie,
de l'Autriche et de la Prusse, qu'empereur il vainquit à
Austerlitz, et à l'intérieur par la coalition des hommes les
plus opposés les uns aux autres, mais réunis par une
haine commune, et dont plusieurs méditaient, comme
Laurence, la mort de cet homme, sans s'effrayer du mot
assassinat. Cette jeune fille, si frêle à voir, si forte pour
qui la connaissait bien, était donc en ce moment le guide

fidèle et sûr des gentilshommes qui vinrent d'Allemagne prendre part à cette attaque sérieuse. Fouché se fonda sur cette coopération des émigrés d'au-delà du Rhin pour envelopper le duc d'Enghien dans le complot. La présence de ce prince sur le territoire de Bade, à peu de distance de Strasbourg, donna plus tard du poids à ces suppositions. La grande question de savoir si le prince eut vraiment connaissance de l'entreprise, s'il devait entrer en France après la réussite, est un des secrets sur lesquels, comme sur quelques autres, les princes de la maison de Bourbon ont gardé le plus profond silence. A mesure que l'histoire de ce temps vieillira, les historiens impartiaux trouveront au moins de l'imprudence chez le prince à se rapprocher de la frontière au moment où devait éclater une immense conspiration, dans le secret de laquelle toute la famille royale a certainement été. La prudence que Malin venait de déployer en conférant avec Grévin en plein air, cette jeune fille l'appliquait à ses moindres relations. Elle recevait les émissaires, conférait avec eux, soit sur les diverses lisières de la forêt de Nodesme, soit au-delà de la vallée de Cinq-Cygne, entre Sézanne et Brienne. Elle faisait souvent quinze lieues d'une seule traite avec Gothard, et revenait à Cinq-Cygne sans qu'on pût apercevoir sur son frais visage la moindre trace de fatigue ni de préoccupation. Elle avait d'abord surpris dans les yeux de ce petit vacher, alors âgé de neuf ans, la naïve admiration qu'ont les enfants pour l'extraordinaire; elle en fit son palefrenier et lui apprit à panser les chevaux avec le soin et l'attention qu'y mettent les Anglais. Elle reconnut en lui le désir de bien faire, de l'intelligence et l'absence de tout calcul; elle essaya son dévouement, et lui en trouva non-seulement l'esprit, mais la noblesse : il ne concevait pas de récompense; elle cultiva cette âme encore si jeune, elle fut bonne pour lui, bonne avec grandeur, elle se l'attacha en s'attachant à lui, en polissant elle-même ce caractère à demi sauvage, sans lui enlever sa verdeur ni sa simplicité. Quand elle eut suffisamment éprouvé la fidélité quasi canine qu'elle avait nourrie, Gothard devint son ingénieux et ingénu complice. Le petit paysan, que personne ne pouvait soupçonner, allait de Cinq-Cygne jusqu'à Nancy, et revenait quelquefois sans que personne sût qu'il avait quitté le pays. Toutes les ruses employées par les espions, il les pratiquait. L'excessive défiance que lui avait donnée sa maîtresse, n'altérait en rien son naturel. Gothard, qui possédait à la fois la ruse des femmes, la candeur de l'enfant et l'attention perpétuelle du conspirateur, cachait ces admirables qualités sous la profonde ignorance et la torpeur des gens de la campagne. Ce petit homme paraissait niais, faible et maladroit; mais une fois à l'œuvre il était agile comme un poisson, il échappait comme une anguille, il comprenait, à la manière des chiens, sur un regard; il flairait la pensée. Sa bonne grosse figure, ronde et rouge, ses yeux bruns endormis, ses cheveux coupés comme ceux des paysans, son costume, sa croissance très retardée, lui laissaient l'apparence d'un enfant de dix ans. Sous la protection de leur cousine qui, depuis Strasbourg jusqu'à Bar-sur-Aube, veilla sur eux, messieurs d'Hauteserre et de Simeuse, accompagnés de plusieurs autres émigrés, vinrent par l'Alsace, la Lorraine et la Champagne, tandis que d'autres conspirateurs, non moins courageux, abordèrent la France par les falaises de la Normandie. Vêtus en ouvriers, les d'Hauteserre et les Simeuse avaient marché, de forêt en forêt, guidés de proche en proche par des personnes choisies depuis trois mois dans chaque département par Laurence parmi les gens les plus dévoués aux Bourbons et les moins soupçonnés. Les émigrés se couchaient le jour et voyageaient pendant la nuit. Chacun d'eux amenait deux soldats dévoués, dont l'un allait en avant à la découverte, et l'autre demeurait en arrière afin de protéger la retraite en cas de malheur. Grâce à ces précautions militaires, ce précieux détachement avait atteint sans malheur la forêt de Nodesme prise pour lieu de rendez-vous. Vingt-sept autres gentilshommes entrèrent aussi par la Suisse et traversèrent la Bourgogne, guidés vers Paris avec des précautions pareilles. Monsieur de Rivière comptait sur cinq cents hommes, dont cent jeunes gens nobles, les officiers de ce bataillon sacré. Messieurs de Polignac et de Rivière, dont la conduite

fut, comme chefs, excessivement remarquable, gardèrent
un secret impénétrable à tous ces complices qui ne furent
pas découverts. Aussi peut-on dire aujourd'hui, d'accord
avec les révélations faites pendant la Restauration, que
Bonaparte ne connut pas plus l'étendue des dangers qu'il
courut alors, que l'Angleterre ne connaissait le péril où la
mettait le camp de Boulogne; et, cependant, en aucun
temps, la police ne fut plus spirituellement ni plus habilement dirigée. Au moment où cette histoire commence,
un lâche, comme il s'en trouve toujours dans les conspirations qui ne sont pas restreintes à un petit nombre
d'hommes également forts, un conjuré mis face à face
avec la mort [18] donnait des indications, heureusement insuf-
fisantes quant à l'étendue, mais assez précises sur le but de
l'entreprise. Aussi la police laissait-elle, comme l'avait dit
Malin à Grévin, les conspirateurs surveillés agir en liberté,
pour embrasser toutes les ramifications du complot. Néanmoins, le gouvernement eut en quelque sorte la main
forcée par Georges Cadoudal, homme d'exécution, qui
ne prenait conseil que de lui-même, et qui s'était caché
dans Paris avec vingt-cinq Chouans pour attaquer le Premier Consul. Laurence unissait dans sa pensée la haine
et l'amour. Détruire Bonaparte et ramener les Bourbons,
n'était-ce pas reprendre Gondreville et faire la fortune de
ses cousins? Ces deux sentiments, dont l'un est la contre-
partie de l'autre, suffisent, à vingt-trois ans surtout, pour
déployer toutes les facultés de l'âme et toutes les forces
de la vie. Aussi, depuis deux mois, Laurence paraissait-
elle plus belle aux habitants de Cinq-Cygne qu'elle ne
fut en aucun moment. Ses joues étaient devenues roses,
l'espérance donnait par instants de la fierté à son front;
mais quand on lisait la *Gazette* du soir, et que les actes
conservateurs du Premier Consul s'y déroulaient, elle
baissait les yeux pour n'y pas laisser lire la menaçante
certitude de la chute prochaine de cet ennemi des Bourbons. Personne au château ne se doutait donc que la
jeune comtesse eût revu ses cousins la nuit dernière. Les
deux fils de monsieur et madame d'Hauteserre avaient
passé la nuit dans la propre chambre de la comtesse;

sous le même toit que leurs père et mère ; car Laurence,
pour ne donner aucun soupçon, après avoir couché les
deux d'Hauteserre, entre une heure et deux du matin,
alla rejoindre ses cousins au rendez-vous et les emmena
au milieu de la forêt où elle les avait cachés dans la cabane
abandonnée d'un garde-vente [19]. Sûre de les revoir, elle
ne montra pas le moindre air de joie, rien ne trahit en
elle les émotions de l'attente ; enfin elle avait su effacer
les traces du plaisir de les avoir revus, elle fut impassible.
La jolie Catherine, la fille de sa nourrice, et Gothard,
tous deux dans le secret, modelèrent leur conduite sur
celle de leur maîtresse. Catherine avait dix-neuf ans. A cet
âge, comme à celui de Gothard, une jeune fille est fana-
tique et se laisse couper le cou sans dire un mot. Quant à
Gothard, sentir le parfum que la comtesse mettait dans
ses cheveux et dans ses habits, lui eût fait endurer la
question extraordinaire sans dire une parole [20].

Au moment où Marthe, avertie de l'imminence du
péril, glissait avec la rapidité d'une ombre vers la brèche
indiquée par Michu, le salon du château de Cinq-Cygne
offrait le plus paisible spectacle. Ses habitants étaient si
loin de soupçonner l'orage près de fondre sur eux, que
leur attitude eût excité la compassion de la première personne qui aurait connu leur situation. Dans la haute cheminée, ornée d'un trumeau où dansaient au-dessus de la
glace des bergères en paniers, brillait un de ces feux
comme il ne s'en fait que dans les châteaux situés au bord
des bois. Au coin de cette cheminée, sur une grande bergère carrée en bois doré, garnie en magnifique lampasse [21]
vert, la jeune comtesse était en quelque sorte étalée dans
l'attitude que donne un accablement complet. Revenue à
six heures seulement des confins de la Brie, après avoir
battu l'estrade en avant de la troupe afin de faire arriver à
bon port les quatre gentilshommes au gîte où ils devaient
faire leur dernière étape avant d'entrer à Paris, elle avait
surpris monsieur et madame d'Hauteserre à la fin de leur
dîner. Pressée par la faim, elle s'était mise à table sans
quitter ni son amazone crottée ni ses brodequins. Au lieu
de se déshabiller après le dîner, elle s'était sentie accablée

par toutes ses fatigues, et avait laissé aller sa belle tête
nue, couverte de ses mille boucles blondes, sur le dossier de l'immense bergère, en gardant ses pieds en avant
sur un tabouret. Le feu séchait les éclaboussures de son
amazone et de ses brodequins. Ses gants de peau de daim,
son petit chapeau de castor, son voile vert et sa cravache
étaient sur la console où elle les avait jetés. Elle regardait
tantôt la vieille horloge de Boule qui se trouvait sur le
chambranle de la cheminée entre deux candélabres à
fleurs, pour voir si, d'après l'heure, les quatre conspirateurs étaient couchés; tantôt la table de boston placée
devant la cheminée et occupée par monsieur d'Hauteserre
et par sa femme, par le curé de Cinq-Cygne et sa sœur.

Quand même ces personnages ne seraient pas incrustés
dans ce drame, leurs têtes auraient encore le mérite de
représenter une des faces que prit l'aristocratie après sa
défaite de 1793. Sous ce rapport, la peinture du salon de
Cinq-Cygne a la saveur de l'histoire vue en déshabillé.

Le gentilhomme, alors âgé de cinquante-deux ans,
grand, sec, sanguin, et d'une santé robuste, eût paru
capable de vigueur sans de gros yeux d'un bleu faïence
dont le regard annonçait une extrême simplicité. Il existait dans sa figure terminée par un menton de galoche,
entre son nez et sa bouche, un espace démesuré par rapport aux lois du dessin, qui lui donnait un air de soumission en parfaite harmonie avec son caractère, auquel
concordaient les moindres détails de sa physionomie.
Ainsi sa chevelure grise, feutrée par son chapeau qu'il
gardait presque toute la journée, formait comme une
calotte sur sa tête, en en dessinant le contour piriforme.
Son front, très ridé par sa vie campagnarde et par de
continuelles inquiétudes, était plat et sans expression. Son
nez aquilin relevait un peu sa figure; le seul indice de
force se trouvait dans ses sourcils touffus qui conservaient
leur couleur noire, et dans la vive coloration de son
teint; mais cet indice ne mentait point; le gentilhomme
quoique simple et doux avait la foi monarchique et catholique, aucune considération ne l'eût fait changer de parti.
Ce bonhomme se serait laissé arrêter, il n'eût pas tiré sur

les municipaux, et serait allé tout doucettement à l'échafaud. Ses trois mille livres de rentes viagères, sa seule
ressource, l'avaient empêché d'émigrer. Il obéissait donc
au gouvernement de Fait, sans cesser d'aimer la famille
royale et d'en souhaiter le rétablissement; mais il eût
refusé de se compromettre en participant à une tentative
en faveur des Bourbons. Il appartenait à cette portion de
royalistes qui se sont éternellement souvenus d'avoir été
battus et volés; qui, dès lors, sont restés muets, éco-
nomes, rancuniers, sans énergie, mais incapables d'aucune
abjuration, ni d'aucun sacrifice; tout prêts à saluer la
royauté triomphante, amis de la religion et des prêtres,
mais résolus à supporter toutes les avanies du malheur.
Ce n'est plus alors avoir une opinion, mais de l'entêtement. L'action est l'essence des partis. Sans esprit, mais
loyal, avare comme un paysan, et néanmoins noble de
manières, hardi dans ses vœux mais discret en paroles et
en actions, tirant parti de tout, et prêt à se laisser nommer
maire de Cinq-Cygne, monsieur d'Hauteserre représentait
admirablement ces honorables gentilshommes auxquels
Dieu a écrit sur le front le mot *mites*, qui laissèrent passer
au-dessus de leurs gentilhommières et de leurs têtes les
orages de la Révolution, qui se redressèrent sous la Restauration riches de leurs économies cachées, fiers de leur
attachement discret et qui rentrèrent dans leurs campagnes
après 1830. Son costume, expressive enveloppe de ce
caractère, peignait l'homme et le temps. Monsieur d'Hauteserre portait une de ces houppelandes, couleur noisette,
à petit collet, que le dernier duc d'Orléans avait mises à la
mode à son retour d'Angleterre, et qui furent, pendant
la Révolution, comme une transaction entre les hideux
costumes populaires et les élégantes redingotes de l'aristocratie. Son gilet de velours, à raies fleuretées dont la
façon rappelait ceux de Roberspierre [22] et de Saint-Just,
laissait voir le haut d'un jabot à petits plis dormant [23] sur la
chemise. Il conservait la culotte, mais la sienne était de
gros drap bleu, à boucles d'acier bruni. Ses bas de filoselle noire moulaient des jambes de cerf, chaussées de
gros souliers maintenus par des guêtres en drap noir. Il

avait gardé le col en mousseline à mille plis, serré par
une boucle en or sur le cou. Le bonhomme n'avait point
entendu faire de l'éclectisme politique en adoptant ce costume à la fois paysan, révolutionnaire et aristocrate, il
avait obéi très-innocemment aux circonstances.

Madame d'Hauteserre, âgée de quarante ans, et usée
par les émotions, avait une figure passée qui semblait
toujours poser pour un portrait; et son bonnet de den-
telle, orné de coques en satin blanc, contribuait singulièrement à lui donner cet air solennel. Elle mettait encore
de la poudre malgré le fichu blanc, la robe en soie puce
à manches plates, à jupon très-ample, triste et dernier
costume de la reine Marie-Antoinette. Elle avait le nez
pincé, le menton pointu, le visage presque triangulaire,
des yeux qui avaient pleuré; mais elle mettait un *soupçon*
de rouge qui ravivait ses yeux gris. Elle prenait du tabac,
et à chaque fois elle pratiquait ces jolies précautions dont
abusaient autrefois les petites maîtresses; tous les détails
de sa prise constituaient une cérémonie qui s'explique par
ce mot : elle avait de jolies mains.

Depuis deux ans, l'ancien précepteur des deux Simeuse,
ami de l'abbé d'Hauteserre, nommé Goujet, abbé des
Minimes, avait pris pour retraite la cure de Cinq-Cygne
par amitié pour les d'Hauteserre et pour la jeune comtesse.
Sa sœur, mademoiselle Goujet, riche de sept cents francs
de rente, les réunissait aux faibles appointements de
la cure, et tenait le ménage de son frère. Ni l'église, ni
le presbytère n'avaient été vendus par suite de leur peu
de valeur. L'abbé Goujet logeait donc à deux pas du
château, car le mur du jardin de la cure et celui du parc
étaient mitoyens en quelques endroits. Aussi, deux fois
par semaine, l'abbé Goujet et sa sœur dînaient-ils à Cinq-
Cygne, où tous les soirs ils venaient faire la partie des
d'Hauteserre. Laurence ne savait pas tenir une carte. L'abbé
Goujet, vieillard en cheveux blancs et à la figure blanche
comme celle d'une vieille femme, doué d'un sourire
aimable, d'une voix douce et insinuante, relevait la fadeur
de sa face assez poupine par un front où respirait l'intelligence et par des yeux très-fins. De moyenne taille et

bien fait, il gardait l'habit noir à la française, portait des boucles d'argent à sa culotte et à ses souliers, des bas de soie noire, un gilet noir sur lequel tombait son rabat, ce qui lui donnait un grand air, sans rien ôter à sa dignité. Cet abbé, qui devint évêque de Troyes à la Restauration, habitué par son ancienne vie à juger les jeunes gens, avait deviné le grand caractère de Laurence, il l'appréciait à toute sa valeur, et il avait de prime abord témoigné une respectueuse déférence à cette jeune fille qui contribua beaucoup à la rendre indépendante à Cinq-Cygne et à faire plier sous elle l'austère vieille dame et le bon gentil-homme, auxquels, selon l'usage, elle aurait dû certaine-ment obéir. Depuis six mois, l'abbé Goujet observait Lau-rence avec le génie particulier aux prêtres, qui sont les gens les plus perspicaces; et, sans savoir que cette jeune fille de vingt-trois ans pensait à renverser Bonaparte au moment où ses faibles mains détortillaient un brandebourg défait de son amazone, il la supposait cependant agitée d'un grand dessein.

Mademoiselle Goujet était une de ces filles dont le por-trait est fait en deux mots qui permettent aux moins ima-ginatifs de se les représenter : elle appartenait au genre des grandes haquenées. Elle se savait laide, elle riait la première de sa laideur en montrant ses longues dents jaunes comme son teint et ses mains ossues. Elle était entièrement bonne et gaie. Elle portait le fameux casaquin du vieux temps, une jupe très-ample à poches toujours pleine de clefs, un bonnet à rubans et un tour de che-veux. Elle avait eu quarante ans de très-bonne heure; mais elle se rattrapait, disait-elle, en s'y tenant depuis vingt ans. Elle vénérait la noblesse, et savait garder sa propre dignité, en rendant aux personnes nobles tout ce qui leur était dû de respects et d'hommages.

Cette compagnie était venue fort à propos à Cinq-Cygne pour madame d'Hauteserre, qui n'avait pas, comme son mari, des occupations rurales, ni, comme Laurence, le tonique d'une haine pour soutenir le poids d'une vie solitaire. Aussi tout s'était-il en quelque sorte amé-lioré depuis six ans. Le culte catholique rétabli permettait de remplir les devoirs religieux, qui ont plus de retentissement dans la vie de campagne que partout ailleurs. Monsieur et madame d'Hauteserre, rassurés par les actes conservateurs du Premier Consul, avaient pu correspondre avec leurs fils, avoir de leurs nouvelles, ne plus trembler pour eux, les prier de solliciter leur radiation et de rentrer en France. Le Trésor avait liquidé les arrérages des rentes, et payait régulièrement les semestres. Les d'Hauteserre possédaient alors de plus que leur viager huit mille francs de rente. Le vieillard s'applaudissait de la sagesse de ses prévisions, il avait placé toutes ses économies, vingt mille francs, en même temps que sa pupille, avant le dix-huit Brumaire, qui fit, comme on le sait monter les fonds de douze à dix-huit francs.

Long-temps Cinq-Cygne était resté nu, vide et dévasté. Par calcul, le prudent tuteur n'avait pas voulu, durant les commotions révolutionnaires, en changer l'aspect; mais, à la paix d'Amiens, il avait fait un voyage à Troyes, pour en rapporter quelques débris des deux hôtels pillés, rachetés chez des fripiers. Le salon avait alors été meublé par ses soins. De beaux rideaux de lampasse blanc à fleurs vertes provenant de l'hôtel de Simeuse ornaient les six croisées du salon où se trouvaient alors ces personnages. Cette immense pièce était entièrement revêtue de boiseries divisées en panneaux, encadrés de baguettes perlées, décorés de mascarons aux angles, et peints en deux tons de gris. Les dessus des quatre portes offraient de ces sujets en grisaille qui furent à la mode sous Louis XV. Le bonhomme avait trouvé à Troyes des consoles dorées, un meuble en lampasse vert, un lustre de cristal, une table à jouer en marqueterie, et tout ce qui pouvait servir à la restauration de Cinq-Cygne. En 1792, tout le mobilier du château avait été pris, car le pillage des hôtels eut son contre-coup dans la vallée. Chaque fois que le vieillard allait à Troyes, il en revenait avec quelques reliques de l'ancienne splendeur, tantôt un beau tapis comme celui qui était tendu sur le parquet du salon, tantôt une partie [24] de vaisselle ou de vieilles porcelaines de Saxe et de Sèvres. Depuis six mois, il avait osé déterrer l'argenterie de Cinq-

Cygne, que le cuisinier avait enterrée dans une petite maison à lui appartenant et située au bout d'un des longs faubourgs de Troyes.

Ce fidèle serviteur, nommé Durieu, et sa femme, avaient toujours suivi la fortune de leur jeune maîtresse. Durieu était le factotum du château, comme sa femme en était la femme de charge. Durieu avait pour se faire aider à la cuisine la sœur de Catherine, à laquelle il enseignait son art, et qui devenait une excellente cuisinière. Un vieux jardinier, sa femme, son fils payé à la journée, et leur fille qui servait de vachère, complétaient le personnel du château. Depuis six mois, la Durieu avait fait faire en secret une livrée aux couleurs des Cinq-Cygne pour le fils du jardinier et pour Gothard. Quoique bien grondée pour cette imprudence par le gentilhomme, elle s'était donné le plaisir de voir le dîner servi, le jour de Saint-Laurent, pour la fête de Laurence, presque comme autrefois. Cette pénible et lente restauration des choses faisait la joie de monsieur et de madame d'Hauteserre et des Durieu. Laurence souriait de ce qu'elle appelait des enfantillages. Mais le bonhomme d'Hauteserre pensait également au solide, il réparait les bâtiments, rebâtissait les murs, plantait partout où il y avait chance de faire venir un arbre, et ne laissait pas un pouce de terrain sans le mettre en valeur. Aussi la vallée de Cinq-Cygne le regardait-elle comme un oracle en fait d'agriculture. Il avait su reprendre cent arpents de terrain contesté, non vendu, et confondu par la Commune dans ses communaux; il les avait convertis en prairies artificielles qui nourrissaient les bestiaux du château, et les avait encadrés de peupliers qui, depuis six ans, poussaient à ravir. Il avait l'intention de racheter quelques terres, et d'utiliser tous les bâtiments du château en y faisant une seconde ferme qu'il se promettait de conduire lui-même.

La vie était donc, depuis deux ans, devenue presque heureuse au château. Monsieur d'Hauteserre décampait au lever du soleil, il allait surveiller ses ouvriers, car il employait du monde en tout temps; il revenait déjeuner, montait après sur un bidet de fermier et faisait sa tournée comme un garde; puis, de retour pour le dîner, il finissait sa journée par le boston. Tous les habitants du château avaient leurs occupations, la vie y était aussi réglée que dans un monastère. Laurence seule y jetait le trouble par ses voyages subits, par ses absences, par ce que madame d'Hauteserre nommait ses fugues. Cependant il existait à Cinq-Cygne deux politiques, et des causes de dissension. D'abord, Durieu et sa femme étaient jaloux de Gothard et de Catherine qui vivaient plus avant qu'eux dans l'intimité de leur jeune maîtresse, l'idole de la maison. Puis les deux d'Hauteserre, appuyés par mademoiselle Goujet et par le curé, voulaient que leurs fils, ainsi que les jumeaux de Simeuse, rentrassent et prissent part au bonheur de cette vie paisible, au lieu de vivre péniblement à l'étranger. Laurence flétrissait cette odieuse transaction, et représentait le royalisme pur, militant et implacable. Les quatre vieilles gens, qui ne voulaient plus voir compromettre une existence heureuse, ni ce coin de terre conquis sur les eaux furieuses du torrent révolutionnaire, essayaient de convertir Laurence à leurs doctrines vraiment sages, en prévoyant qu'elle était pour beaucoup dans la résistance que leurs fils et les deux Simeuse opposaient à leur rentrée en France. Le superbe dédain de leur pupille épouvantait ces pauvres gens qui ne se trompaient point en appréhendant ce qu'ils appelaient *un coup de tête!* Cette dissension avait éclaté lors de l'explosion de la machine infernale de la rue Saint-Nicaise, la première tentative royaliste dirigée contre le vainqueur de Marengo, après son refus de traiter avec la maison de Bourbon. Les d'Hauteserre regardèrent comme un bonheur que Bonaparte eût échappé à ce danger, en croyant que les Républicains étaient les auteurs de cet attentat. Laurence pleura de rage de voir le Premier Consul sauvé. Son désespoir l'emporta sur sa dissimulation habituelle, elle accusa Dieu de trahir les fils de saint Louis! — Moi, s'écria-t-elle, j'aurais réussi. N'a-t-on pas, dit-elle à l'abbé Goujet en remarquant la profonde stupéfaction produite par son mot sur toutes les figures, le droit d'attaquer l'usurpation par tous les moyens possibles? — Mon enfant, répondit l'abbé Goujet, l'Église a été bien attaquée et blâmée par les philosophes pour avoir jadis soutenu qu'on pouvait employer contre les usurpateurs les armes que les usurpateurs avaient employées pour réussir; mais aujourd'hui l'Église doit trop à monsieur le Premier Consul pour ne pas le protéger et le garantir contre cette maxime, due d'ailleurs aux Jésuites. — Ainsi l'Église nous abandonne! avait-elle répondu d'un air sombre.

Dès ce jour, toutes les fois que ces quatre vieillards parlaient de se soumettre à la Providence, la jeune comtesse quittait le salon. Depuis, quelque temps, le curé, plus adroit que le tuteur, au lieu de discuter les principes, faisait ressortir les avantages matériels du gouvernement consulaire, moins pour convertir la comtesse que pour surprendre dans ses yeux des expressions qui pussent l'éclairer sur ses projets. Les absences de Gothard, les courses multipliées de Laurence et sa préoccupation qui, dans ces derniers jours, parut à la surface de sa figure, enfin une foule de petites choses qui ne pouvaient échapper dans le silence et la tranquillité de la vie à Cinq-Cygne, surtout aux yeux inquiets des d'Hauteserre, de l'abbé Goujet et des Durieu, tout avait réveillé les craintes de ces royalistes soumis. Mais comme aucun événement ne se produisait, et que le calme le plus parfait régnait dans la sphère politique depuis quelques jours, la vie de ce petit château était redevenue paisible. Chacun avait attribué les courses de la comtesse à sa passion pour la chasse.

On peut imaginer le profond silence qui régnait dans le parc, dans les cours, au dehors, à neuf heures, au château de Cinq-Cygne, où dans ce moment les choses et les personnes étaient si harmonieusement colorées, où régnait la paix la plus profonde, où l'abondance revenait, où le bon et sage gentilhomme espérait convertir sa pupille à son système d'obéissance par la continuité des heureux résultats. Ces royalistes continuaient à jouer le jeu de *boston* qui répandit par toute la France les idées d'indépendance sous une forme frivole, qui fut inventé en l'honneur des insurgés d'Amérique, et dont tous les termes rappellent la lutte encouragée par Louis XVI.

Tout en faisant des *indépendances* ou des *misères*, ils obser-
vaient Laurence, qui, bientôt vaincue par le sommeil,
s'endormit avec un sourire d'ironie sur les lèvres : sa dernière pensée avait embrassé le tableau paisible de cette
table où deux mots, qui eussent appris aux d'Hauteserre
que leurs fils avaient couché la nuit dernière sous leur
toit, pouvaient jeter la plus vive terreur. Quelle jeune
fille de vingt-trois ans n'eût été, comme Laurence, orgueil-
leuse de se faire le Destin, et n'aurait eu, comme elle, un
léger mouvement de compassion pour ceux qu'elle voyait
si fort au-dessous d'elle?

— Elle dort, dit l'abbé, jamais je ne l'ai vue si fatiguée.

— Durieu m'a dit que sa jument est comme fourbue,
reprit madame d'Hauteserre, son fusil n'a pas servi, le
bassinet était clair, elle n'a donc pas chassé.

— Ah! sac à papier! reprit le curé, voilà qui ne vaut
rien.

— Bah! s'écria mademoiselle Goujet, quand j'ai eu
mes vingt-trois ans et que je me voyais condamnée à
rester fille, je courais, je me fatiguais bien autrement. Je
comprends que la comtesse se promène à travers le pays
sans penser à tuer le gibier. Voilà bientôt douze ans qu'elle
n'a vu ses cousins, elle les aime; eh! bien, à sa place,
moi, si j'étais comme elle jeune et jolie, j'irais d'une seule
traite en Allemagne! Aussi la pauvre mignonne, peut-être
est-elle attirée vers la frontière.

— Vous êtes leste, mademoiselle Goujet, dit le curé
en souriant.

— Mais, reprit-elle, je vous vois inquiet des allées et
venues d'une jeune fille de vingt-trois ans, je vous les
explique.

— Ses cousins rentreront, elle se trouvera riche, elle
finira par se calmer, dit le bonhomme d'Hauteserre.

— Dieu le veuille! s'écria la vieille dame en prenant
sa tabatière d'or qui depuis le Consulat à vie avait revu
le jour.

— Il y a du nouveau dans le pays, dit le bonhomme
d'Hauteserre au curé, Malin est depuis hier soir à Gondreville.

— Malin! s'écria Laurence réveillée par ce nom malgré son profond sommeil.

— Oui, reprit le curé; mais il repart cette nuit, et l'on se perd en conjectures au sujet de ce voyage précipité.

— Cet homme, dit Laurence, est le mauvais génie de nos deux maisons.

La jeune comtesse venait de rêver à ses cousins et aux Hauteserre, elle les avait vus menacés. Ses beaux yeux devinrent fixes et ternes en pensant aux dangers qu'ils couraient dans Paris; elle se leva brusquement, et remonta chez elle sans rien dire. Elle habitait dans la chambre d'honneur, auprès de laquelle se trouvaient un cabinet et un oratoire, situés dans la tourelle qui regardait la forêt. Quand elle eut quitté le salon, les chiens aboyèrent, on entendit sonner à la petite grille, et Durieu vint, la figure effarée, dire au salon : « Voici le maire! il y a quelque chose de nouveau. »

Ce maire, ancien piqueur de la maison de Simeuse, venait quelquefois au château, où, par politique, les d'Hauteserre lui témoignaient une déférence à laquelle il attachait le plus haut prix. Cet homme, nommé Goulard, avait épousé une riche marchande de Troyes dont le bien se trouvait sur la commune de Cinq-Cygne, et qu'il avait augmenté de toutes les terres d'une riche abbaye à l'acquisition de laquelle il mit toutes ses économies. La vaste abbaye du Val-des-Preux, située à un quart de lieue du château, lui faisait une habitation presque aussi splendide que Gondreville, et où ils figuraient, sa femme et lui, comme deux rats dans une cathédrale. — Goulard, tu as été goulu! lui dit en riant Mademoiselle la première fois qu'elle le vit à Cinq-Cygne. Quoique très-attaché à la Révolution et froidement accueilli par la comtesse, le maire se sentait toujours tenu par les liens du respect envers les Cinq-Cygne et les Simeuse. Aussi fermait-il les yeux sur tout ce qui se passait au château. Il appelait fermer les yeux, ne pas voir les portraits de Louis XVI, de Marie-Antoinette, des enfants de France, de Monsieur, du comte d'Artois, de Cazalès [25], de Charlotte Corday qui ornaient les panneaux du salon; ne pas trouver mauvais

qu'on souhaitât, en sa présence, la ruine de la République,
qu'on se moquât des cinq directeurs, et de toutes les combinaisons d'alors. La position de cet homme qui, semblable à beaucoup de parvenus, une fois sa fortune faite,
recroyait aux vieilles familles et voulait s'y rattacher,
venait d'être mise à profit par les deux personnages dont
la profession avait été si promptement devinée par Michu
et qui, avant d'aller à Gondreville, avaient exploré le
pays [26].

L'homme aux belles traditions de l'ancienne police et
Corentin, ce phénix des espions, avaient une mission
secrète. Malin ne se trompait pas en prêtant un double
rôle à ces deux artistes en farces tragiques; aussi, peut-
être avant de les voir à l'œuvre, est-il nécessaire de montrer la tête à laquelle ils servaient de bras. Bonaparte, en
devenant Premier Consul, trouva Fouché dirigeant la
Police générale. La Révolution avait fait franchement
et avec raison un ministère spécial de la Police. Mais, à
son retour de Marengo, Bonaparte créa la Préfecture de
Police, y plaça Dubois [27], et appela Fouché au Conseil-
d'État en lui donnant pour successeur au ministère de la
Police le Conventionnel Cochon [28], devenu depuis comte
de Lapparent. Fouché, qui regardait le ministère de la
Police comme le plus important dans un gouvernement
à grandes vues, à politique arrêtée, vit une disgrâce, ou
tout au moins une méfiance, dans ce changement. Après
avoir reconnu, dans les affaires de la machine infernale
et de la conspiration dont il s'agit ici, l'excessive supériorité de ce grand homme d'État, Napoléon lui rendit le
ministère de la Police. Puis, plus tard, effrayé des talents
que Fouché déploya pendant son absence, lors de l'affaire
de Walcheren [29], l'Empereur donna ce ministère au duc de
Rovigo, et envoya le duc d'Otrante gouverner les provinces
Illyriennes, un véritable exil.

Ce singulier génie qui frappa Napoléon d'une sorte de
terreur ne se déclara pas tout-à-coup chez Fouché. Cet
obscur Conventionnel, l'un des hommes les plus extraordinaires et les plus mal jugés de ce temps, se forma
dans les tempêtes. Il s'éleva, sous le Directoire, à la hauteur

d'où les hommes profonds savent voir l'avenir en jugeant le passé, puis tout-à-coup, comme certains acteurs médiocres qui deviennent excellents éclairés par une lueur soudaine, il donna des preuves de dextérité pendant la rapide révolution du dix-huit Brumaire. Cet homme au pâle visage, élevé dans les dissimulations monastiques, qui possédait les secrets des Montagnards auxquels il appartint, et ceux des Royalistes auxquels il finit par appartenir, avait lentement et silencieusement étudié les hommes, les choses, les intérêts de la scène politique; il pénétra les secrets de Bonaparte, lui donna d'utiles conseils et des renseignements précieux. Satisfait d'avoir démontré son savoir-faire et son utilité, Fouché s'était bien gardé de se dévoiler tout entier, il voulait rester à la tête des affaires; mais les incertitudes de Napoléon à son égard lui rendirent sa liberté politique. L'ingratitude ou plutôt la méfiance de l'Empereur après l'affaire de Walcheren explique cet homme qui, malheureusement pour lui, n'était pas un grand seigneur, et dont la conduite fut calquée sur celle du prince de Talleyrand. En ce moment, ni ses anciens ni ses nouveaux collègues ne soupçonnaient l'ampleur de son génie purement ministériel, essentiellement gouvernemental, juste dans toutes ses prévisions, et d'une incroyable sagacité. Certes, aujourd'hui, pour tout historien impartial, l'amour-propre excessif de Napoléon est une des mille raisons de sa chute qui, d'ailleurs, a cruellement expié ses torts. Il se rencontrait chez ce défiant souverain une jalousie de son jeune pouvoir qui influa sur ses actes autant que sa haine secrète contre les hommes habiles, legs précieux de la Révolution, avec lesquels il aurait pu se composer un cabinet dépositaire de ses pensées. Talleyrand et Fouché ne furent pas les seuls qui lui donnèrent de l'ombrage. Or, le malheur des usurpateurs est d'avoir pour ennemis et ceux qui leur ont donné la couronne, et ceux auxquels ils l'ont ôtée. Napoléon ne convainquit jamais entièrement de sa souveraineté ceux qu'il avait eus pour supérieurs et pour égaux, ni ceux qui tenaient pour le droit : personne ne se croyait donc obligé par le serment envers lui. Malin, homme médiocre, incapable d'apprécier le ténébreux

génie de Fouché ni de se défier de son prompt coup-d'œil,
se brûla, comme un papillon à la chandelle, en allant le
prier confidentiellement de lui envoyer des agents à Gondreville où, dit-il, il espérait obtenir des lumières sur la conspiration. Fouché, sans effaroucher son ami par une interrogation, se demanda pourquoi Malin allait à Gondreville,
comment il ne donnait pas à Paris et immédiatement les
renseignements qu'il pouvait avoir. L'ex-oratorien, nourri
de fourberies et au fait du double rôle joué par bien des
Conventionnels, se dit : « Par qui Malin peut-il savoir
quelque chose, quand nous ne savons pas encore grand-
chose ? » Fouché conclut donc à quelque complicité latente
ou expectante, et se garda bien de rien dire au Premier
Consul. Il aimait mieux se faire un instrument de Malin
que de le perdre. Fouché se réservait ainsi une grande
partie des secrets qu'il surprenait, et se ménageait sur les
personnes un pouvoir supérieur à celui de Bonaparte.
Cette duplicité fut un des griefs de Napoléon contre son
ministre. Fouché connaissait les roueries auxquelles Malin
devait sa terre de Gondreville, et qui l'obligeaient à surveiller messieurs de Simeuse. Les Simeuse servaient à
l'armée de Condé, mademoiselle de Cinq-Cygne était leur
cousine, ils pouvaient donc se trouver aux environs et
participer à l'entreprise, leur participation impliquait dans le
complot la maison de Condé à laquelle ils s'étaient dévoués.
Monsieur de Talleyrand et Fouché tenaient à éclaircir ce
coin très-obscur de la Conspiration de 1803. Ces considérations furent embrassées par Fouché rapidement et avec
lucidité. Mais il existait entre Malin, Talleyrand et lui des
liens qui le forçaient à employer la plus grande circonspection, et lui faisaient désirer de connaître parfaitement
l'intérieur du château de Gondreville. Corentin était attaché
sans réserve à Fouché, comme monsieur de la Besnardière [30]
au prince de Talleyrand, comme Gentz [31] à monsieur de
Metternich, comme Dundas [32] à Pitt, comme Duroc [33] à
Napoléon, comme Chavigny [34] au cardinal de Richelieu.
Corentin fut, non pas le conseil de ce ministre, mais son
âme damnée, le Tristan secret de ce Louis XI au petit pied ;
aussi Fouché l'avait-il laissé naturellement au ministère de

la Police, afin d'y conserver un œil et un bras. Ce garçon
devait, disait-on, appartenir à Fouché par une de ces
parentés qui ne s'avouent point, car il le récompensait avec
profusion toutes les fois qu'il le mettait en activité. Corentin
s'était fait un ami de Peyrade, le vieil élève du dernier
Lieutenant de police; néanmoins, il eut des secrets pour
Peyrade. Corentin reçut de Fouché l'ordre d'explorer le
château de Gondreville, d'en inscrire le plan dans sa
mémoire, et d'y reconnaître les moindres cachettes. —
Nous serons peut-être obligés d'y revenir, lui dit l'ex-
ministre absolument comme Napoléon dit à ses lieute-
nants de bien examiner le champ de bataille d'Austerlitz,
jusqu'où il comptait reculer. Corentin devait encore étudier
la conduite de Malin, se rendre compte de son influence
dans le pays, observer les hommes qu'il y employait.
Fouché regardait comme certaine la présence des Simeuse
dans la contrée. En espionnant avec adresse ces deux officiers
aimés du prince de Condé, Peyrade et Corentin pouvaient
acquérir de précieuses lumières sur les ramifications du
complot au-delà du Rhin. Dans tous les cas, Corentin
eut les fonds, les ordres et les agents nécessaires pour
cerner Cinq-Cygne et moucharder le pays depuis la forêt
de Nodesme jusqu'à Paris. Fouché recommanda la plus
grande circonspection et ne permit la visite domiciliaire à
Cinq-Cygne qu'en cas de renseignements positifs donnés
par Malin. Enfin, comme renseignement, il mit Corentin
au fait du personnage inexplicable de Michu, surveillé
depuis trois ans. La pensée de Corentin fut celle de son
chef : « Malin connaît la conspiration ! — Mais qui sait,
se dit-il, si Fouché n'en est pas aussi ! »
   Corentin, parti pour Troyes avant Malin, s'était entendu
avec le commandant de la gendarmerie, et avait choisi les
hommes les plus intelligents en leur donnant pour chef
un capitaine habile. Corentin indiqua pour lieu de rendez-
vous le château de Gondreville à ce capitaine, en lui disant
d'envoyer à la nuit, sur quatre points différents de la
vallée de Cinq-Cygne et à d'assez grandes distances pour
ne pas donner l'alarme, un piquet de douze hommes.
Ces quatre piquets devaient décrire un carré et le resserrer

autour du château de Cinq-Cygne. En le laissant maître
au château pendant sa consultation avec Grévin, Malin
avait permis à Corentin de remplir une partie de sa mission.
A son retour du parc, le Conseiller-d'État avait si positive-
ment dit à Corentin que les Simeuse et les d'Hauteserre
étaient dans le pays, que les deux agents expédièrent le
capitaine qui, fort heureusement pour les gentilshommes,
traversa la forêt par l'avenue pendant que Michu grisait
son espion Violette. Le Conseiller-d'État avait commencé
par expliquer à Peyrade et à Corentin le guet-apens auquel
il venait d'échapper. Les deux Parisiens lui racontèrent
alors l'épisode de la carabine, et Grévin envoya Violette
pour obtenir quelques renseignements sur ce qui se passait
au pavillon. Corentin dit au notaire d'emmener, pour
plus de sûreté, son ami le Conseiller-d'État coucher à la
petite ville d'Arcis, chez lui. Au moment où Michu se
lançait dans la forêt et courait à Cinq-Cygne, Peyrade et
Corentin partirent donc de Gondreville dans un méchant
cabriolet d'osier, attelé d'un cheval de poste, et conduit
par le brigadier d'Arcis, un des hommes les plus rusés
de la légion, et que le commandant de Troyes leur avait
recommandé de prendre.

— Le meilleur moyen de tout saisir est de les prévenir,
dit Peyrade à Corentin. Au moment où ils seront effarou-
chés, où ils voudront sauver leurs papiers ou s'enfuir, nous
tomberons chez eux comme la foudre. Le cordon de gendarmes en se resserrant autour du château fera l'effet d'un
coup de filet. Ainsi, nous ne manquerons personne.

— Vous pouvez leur envoyer le maire, dit le brigadier,
il est complaisant, il ne leur veut pas de mal, ils ne se
défieront pas de lui.

Au moment où Goulard allait se coucher, Corentin,
qui fit arrêter le cabriolet dans un petit bois, était donc
venu lui dire confidentiellement que dans quelques instants
un agent du gouvernement allait le requérir de cerner le
château de Cinq-Cygne afin d'y empoigner messieurs
d'Hauteserre et de Simeuse; que, dans le cas où ils auraient
disparu, l'on voulait s'assurer s'ils y avaient couché la nuit
dernière, fouiller les papiers de mademoiselle de Cinq-

Cygne, et peut-être arrêter les gens et les maîtres du château.

— Mademoiselle de Cinq-Cygne, dit Corentin, est, sans doute, protégée par de grands personnages, car j'ai la mission secrète de la prévenir de cette visite, et de tout faire pour la sauver, sans me compromettre. Une fois sur le terrain, je ne serai plus le maître, je ne suis pas seul, ainsi courez au château.

Cette visite du maire au milieu de la soirée étonna d'autant plus les joueurs, que Goulard leur montrait une figure bouleversée.

— Où se trouve la comtesse? demanda-t-il.

— Elle se couche, dit madame d'Hauteserre.

Le maire incrédule se mit à écouter les bruits qui se faisaient au premier étage.

— Qu'avez-vous aujourd'hui, Goulard? lui dit madame d'Hauteserre.

Goulard roulait dans les profondeurs de l'étonnement, en examinant ces figures pleines de la candeur qu'on peut avoir à tout âge. A l'aspect de ce calme et de cette innocente partie de boston interrompue, il ne concevait rien aux soupçons de la police de Paris. En ce moment, Laurence agenouillée dans son oratoire, priait avec ferveur pour le succès de la conspiration! Elle priait Dieu de prêter aide et secours aux meurtriers de Bonaparte! Elle implorait Dieu avec amour de briser cet homme fatal! Le fanatisme des Harmodius, des Judith, des Jacques Clément, des Ankastroëm[35], des Charlotte Corday, des Limoëlan animait cette belle âme, vierge et pure. Catherine préparait le lit, Gothard fermait les volets, en sorte que Marthe Michu, arrivée sous les fenêtres de Laurence, et qui y jetait des cailloux, put être remarquée.

— Mademoiselle, il y a du nouveau, dit Gothard en voyant une inconnue.

— Silence! dit Marthe à voix basse, venez me parler.

Gothard fut dans le jardin en moins de temps qu'un oiseau n'en aurait mis à descendre d'un arbre à terre.

— Dans un instant le château sera cerné par la gendarmerie. Toi, dit-elle à Gothard, selle sans bruit le cheval de Mademoiselle, et fais-le descendre par la brèche de la douve, entre cette tour et les écuries.

Marthe tressaillit en voyant à deux pas d'elle Laurence qui suivit Gothard.

— Qu'y a-t-il? dit Laurence simplement et sans paraître émue.

— La conspiration contre le Premier Consul est découverte, répondit Marthe dans l'oreille de la jeune comtesse, mon mari, qui songe à sauver vos deux cousins, m'envoie vous dire de venir vous entendre avec lui.

Laurence recula de trois pas, et regarda Marthe. — Qui êtes-vous? dit-elle.

— Marthe Michu.

— Je ne sais pas ce que vous me voulez, répliqua froidement mademoiselle de Cinq-Cygne.

— Allons, vous les tuez. Venez, au nom des Simeuse! dit Marthe en tombant à genoux et tendant ses mains à Laurence. N'y a-t-il aucun papier ici, rien qui puisse vous compromettre? Du haut de la forêt, mon mari vient de voir briller les chapeaux bordés et les fusils des gendarmes.

Gothard avait commencé par grimper au grenier, il aperçut de loin les broderies des gendarmes, il entendit par le profond silence de la campagne le bruit de leurs chevaux; il dégringola dans l'écurie, sella le cheval de sa maîtresse, aux pieds duquel, sur un seul mot de lui, Catherine attacha des linges.

— Où dois-je aller? dit Laurence à Marthe dont le regard et la parole la frappèrent par l'inimitable accent de la sincérité.

— Par la brèche! dit-elle en entraînant Laurence, mon noble homme y est, vous allez apprendre ce que vaut un Judas!

Catherine entra vivement au salon, y prit la cravache, les gants, le chapeau, le voile de sa maîtresse, et sortit. Cette brusque apparition et l'action de Catherine étaient un si parlant commentaire des paroles du maire, que madame d'Hauteserre et l'abbé Goujet échangèrent un regard par lequel ils se communiquèrent cette horrible pensée : « Adieu tout notre bonheur! Laurence conspire, elle a perdu ses cousins et les deux d'Hauteserre! »

— Que voulez-vous dire? demanda monsieur d'Hauteserre à Goulard.

— Mais le château est cerné, vous allez avoir à subir
une visite domiciliaire. Enfin, si vos fils sont ici, faites-les
sauver ainsi que messieurs de Simeuse.

— Mes fils! s'écria madame d'Hauteserre stupéfaite.

— Nous n'avons vu personne, dit monsieur d'Hauteserre.

— Tant mieux! dit Goulard. Mais j'aime trop la famille
de Cinq-Cygne et celle de Simeuse pour leur voir arriver
malheur. Écoutez-moi bien. Si vous avez des papiers
compromettants...

— Des papiers?... répéta le gentilhomme.

— Oui, si vous en avez, brûlez-les, reprit le maire, je
vais aller amuser les agents.

Goulard, qui voulait ménager la chèvre royaliste et le
chou républicain, sortit, et les chiens aboyèrent alors avec
violence.

— Vous n'avez plus le temps, les voici, dit le curé.
Mais qui préviendra la comtesse, où est-elle?

— Catherine n'est pas venue prendre sa cravache, ses
gants et son chapeau pour en faire des reliques, dit
mademoiselle Goujet.

Goulard essaya de retarder pendant quelques minutes
les deux agents en leur annonçant la parfaite ignorance
des habitants du château de Cinq-Cygne.

— Vous ne connaissez pas ces gens-là, dit Peyrade en
riant au nez de Goulard.

Ces deux hommes si doucereusement sinistres entrèrent
alors suivis du brigadier d'Arcis et d'un gendarme. Cet aspect
glaça d'effroi les quatre paisibles joueurs de boston qui restèrent à leurs places, épouvantés par un pareil déploiement
de forces. Le bruit produit par une dizaine de gendarmes,
dont les chevaux piaffaient, retentissait sur la pelouse.

— Il ne manque ici que mademoiselle de Cinq-Cygne, dit
Corentin.

— Mais elle dort, sans doute, dans sa chambre, répondit
monsieur d'Hauteserre.

— Venez avec moi, mesdames, dit Corentin en s'élan-
çant dans l'antichambre et de là dans l'escalier où

mademoiselle Goujet et madame d'Hauteserre le suivirent.

— Comptez sur moi, reprit Corentin en parlant à l'oreille de la vieille dame, je suis un des vôtres, je vous ai envoyé déjà le maire. Défiez-vous de mon collègue et confiez-vous à moi, je vous sauverai tous!

— De quoi s'agit-il donc? demanda mademoiselle Goujet.

— De vie et de mort! ne le savez-vous pas? répondit Corentin.

Madame d'Hauteserre s'évanouit. Au grand étonnement de mademoiselle Goujet et au grand désappointement de Corentin, l'appartement de Laurence était vide. Sûr que personne ne pouvait s'échapper ni du parc ni du château dans la vallée, dont toutes les issues étaient gardées, Corentin fit monter un gendarme dans chaque pièce, il ordonna de fouiller les bâtiments, les écuries et redescendit au salon, où déjà Durieu, sa femme et tous les gens s'étaient précipités dans le plus violent émoi. Peyrade étudiait de son petit œil bleu toutes les physionomies, il restait froid et calme au milieu de ce désordre. Quand Corentin reparut seul, car mademoiselle Goujet donnait des soins à madame d'Hauteserre, on entendit un bruit de chevaux, mêlé à celui des pleurs d'un enfant. Les chevaux entraient par la petite grille. Au milieu de l'anxiété générale, un brigadier se montra poussant Gothard les mains attachées et Catherine qu'il amena devant les agents.

— Voilà des prisonniers, dit-il. Ce petit drôle était à cheval, et se sauvait.

— Imbécile! dit Corentin à l'oreille du brigadier stupéfait, pourquoi ne l'avoir pas laissé aller? Nous aurions su quelque chose en le suivant.

Gothard avait pris le parti de fondre en larmes à la façon des idiots. Catherine restait dans une attitude d'innocence et de naïveté qui fit profondément réfléchir le vieil agent. L'élève de Lenoir, après avoir comparé ces deux enfants l'un à l'autre, après avoir examiné l'air niais du vieux gentilhomme qu'il crut rusé, le spirituel curé qui jouait avec les fiches, la stupéfaction de tous les gens et des Durieu, vint à Corentin et lui dit à l'oreille: « Nous n'avons pas affaire à des *gnioles* [36]! »

Corentin répondit d'abord par un regard en montrant la table de jeu, puis il ajouta : « Ils jouaient au boston! On faisait le lit de la maîtresse du logis, elle s'est sauvée, ils sont surpris, nous allons les serrer [37]. »

Une brèche a toujours sa cause et son utilité. Voici comment et pourquoi celle qui se trouve entre la tour aujourd'hui dite de Mademoiselle, et les écuries, avait été pratiquée. Dès son installation à Cinq-Cygne, le bonhomme d'Hauteserre fit d'une longue ravine par laquelle les eaux de la forêt tombaient dans la douve, un chemin qui sépare deux grandes pièces de terre appartenant à la réserve du château, mais uniquement pour y planter une centaine de noyers qu'il trouva dans une pépinière. En onze ans, ces noyers étaient devenus assez touffus et couvraient presque ce chemin encaissé déjà par des berges de six pieds de hauteur, et par lequel on allait à un petit bois de trente arpents récemment acheté. Quand le château eut tous ses habitants, chacun d'eux aima mieux passer par la douve pour prendre le chemin communal qui longeait les murs du parc et conduisait à la ferme, que de faire le tour par la grille. En y passant, sans le vouloir, on élargissait la brèche des deux côtés, avec d'autant moins de scrupule qu'au dix-neuvième siècle les douves sont parfaitement inutiles et que le tuteur parlait souvent d'en tirer parti. Cette constante démolition produisait de la terre, du gravier, des pierres qui finirent par combler le fond de la douve. L'eau dominée par cette espèce de chaussée ne la couvrait que dans les temps de grandes pluies. Néanmoins, malgré ces dégradations, auxquelles tout le monde et la comtesse elle-même avait aidé, la brèche était assez abrupte pour qu'il fût difficile d'y faire descendre un cheval et surtout de le faire remonter sur le chemin communal; mais il semble que, dans les périls, les chevaux épousent la pensée de leurs maîtres. Pendant que la jeune comtesse hésitait à suivre Marthe et lui demandait des explications, Michu qui du haut de son monticule avait suivi les lignes décrites par les gendarmes et compris le plan des espions, désespérait du succès en ne voyant venir personne. Un piquet de gendarmes suivait le mur du parc en s'espaçant comme des sentinelles, et ne laissant entre chaque homme que la distance à laquelle ils pouvaient se comprendre de la voix et du regard, écouter et surveiller les plus légers bruits et les moindres choses. Michu, couché à plat ventre, l'oreille collée à la terre, estimait, à la manière des Indiens, le temps qui lui restait par la force du son. — Je suis arrivé trop tard! se disait-il à lui-même. Violette me le paiera! A-t-il été longtemps avant de se griser! Que faire? Il entendait le piquet qui descendait de la forêt par le chemin passer devant la grille, et qui, par une manœuvre semblable à celle du piquet venant du chemin communal, allaient se rencontrer. — Encore cinq à six minutes! se dit-il. En ce moment, la comtesse se montra; Michu la prit d'une main vigoureuse et la jeta dans le chemin couvert.

— Allez droit devant vous! Mène-la, dit-il à sa femme, à l'endroit où est mon cheval, et songez que les gendarmes ont des oreilles.

En voyant Catherine qui apportait la cravache, les gants et le chapeau, mais surtout en voyant la jument et Gothard, cet homme, de conception si vive dans le danger, résolut de jouer les gendarmes avec autant de succès qu'il venait de se jouer de Violette. Gothard avait, comme par magie, forcé la jument à escalader la douve.

— Du linge aux pieds du cheval?... je t'embrasse! dit le régisseur en serrant Gothard dans ses bras.

Michu laissa la jument aller auprès de sa maîtresse et prit les gants, le chapeau, la cravache.

— Tu as de l'esprit, tu vas me comprendre, reprit-il. Force ton cheval à grimper aussi sur ce chemin, monte-le à poil, entraîne après toi les gendarmes en te sauvant à fond de train à travers champs vers la ferme, et ramasse-moi tout ce piquet qui s'étale, ajouta-t-il en achevant sa pensée par un geste qui indiquait la route à suivre. — Toi, ma fille, dit-il à Catherine, il nous vient d'autres gendarmes par le chemin de Cinq-Cygne à Gondreville, élance-toi dans une direction contraire à celle que va suivre Gothard, et ramasse-les du château vers la forêt. Enfin, faites en sorte que nous ne soyons point inquiétés dans le chemin creux.

Catherine et l'admirable enfant qui devait donner dans cette affaire tant de preuves d'intelligence, exécutèrent leur manœuvre de manière à faire croire à chacune des lignes de gendarmes que leur gibier se sauvait. La lueur trompeuse de la lune ne permettait de distinguer ni la taille, ni les vêtements, ni le sexe, ni le nombre de ceux qu'on poursuivait. L'on courut après eux en vertu de ce faux axiome : Il faut arrêter ceux qui se sauvent! dont la niaiserie en haute police venait d'être énergiquement démontrée par Corentin au brigadier. Michu, qui avait compté sur l'instinct des gendarmes, put atteindre la forêt quelque temps après la jeune comtesse que Marthe avait guidée à l'endroit indiqué.

— Cours au pavillon, dit-il à Marthe. La forêt doit être gardée par les Parisiens, il est dangereux de rester ici. Nous aurons sans doute besoin de toute notre liberté.

Michu délia son cheval, et pria la comtesse de le suivre.

— Je n'irai pas plus loin, dit Laurence, sans que vous me donniez un gage de l'intérêt que vous me portez, car enfin, vous êtes Michu.

— Mademoiselle, répondit-il d'une voix douce, mon rôle va vous être expliqué en deux mots. Je suis, à l'insu de messieurs de Simeuse, le gardien de leur fortune. J'ai reçu à cet égard des instructions de défunt leur père et de leur chère mère, ma protectrice. Aussi ai-je joué le rôle d'un jacobin enragé, pour rendre service à mes jeunes maîtres; malheureusement, j'ai commencé mon jeu trop tard, et n'ai pu sauver les anciens! Ici, la voix de Michu s'altéra. — Depuis la fuite des jeunes gens, je leur ai fait passer les sommes qui leur étaient nécessaires pour vivre honorablement.

— Par la maison Breintmayer de Strasbourg? dit-elle.

— Oui, mademoiselle, les correspondants de M. Girel de Troyes, un royaliste qui, pour sa fortune, a fait, comme moi, le jacobin. Le papier que votre fermier a ramassé un soir, à la sortie de Troyes, était relatif à cette affaire qui pouvait nous compromettre : ma vie n'était plus à moi, mais à eux, vous comprenez? Je n'ai pu me rendre maître de Gondreville. Dans ma position, on m'aurait coupé

le cou en me demandant où j'avais pris tant d'or. J'ai
préféré racheter la terre un peu plus tard; mais ce scélérat
de Marion était l'homme d'un autre scélérat, de Malin.
Gondreville reviendra tout de même à ses maîtres. Cela
me regarde. Il y a quatre heures, je tenais Malin au bout
de mon fusil, oh! il était fumé! Dame! une fois mort,
on licitera Gondreville, on le vendra, et vous pouvez
l'acheter. En cas de ma mort, ma femme vous aurait remis
une lettre qui vous en eût donnés les moyens. Mais ce
brigand disait à son compère Grévin, une autre canaille, que
messieurs de Simeuse conspiraient contre le Premier Consul,
qu'ils étaient dans le pays et qu'il valait mieux les livrer
et s'en débarrasser, pour être tranquille à Gondreville.
Or comme j'avais vu venir deux maîtres espions, j'ai
désarmé ma carabine, et je n'ai pas perdu de temps pour
accourir ici, pensant que vous deviez savoir où et comment
prévenir les jeunes gens. Voilà.

— Vous êtes digne d'être noble, dit Laurence en tendant
sa main à Michu qui voulut se mettre à genoux pour
baiser cette main. Laurence vit son mouvement, le prévint
et lui dit : « Debout, Michu! » d'un son de voix et avec
un regard qui le rendirent en ce moment aussi heureux
qu'il avait été malheureux depuis douze ans.

— Vous me récompensez comme si j'avais fait tout
ce qui me reste à faire, dit-il. Les entendez-vous, les hussards
de la guillotine? Allons causer ailleurs. Michu prit la
bride de la jument en se mettant du côté par lequel la
comtesse se présentait de dos, et lui dit : « Ne soyez occupée
qu'à vous bien tenir, à frapper votre bête et à vous garantir
la figure des branches d'arbre qui voudront vous la fouetter. »

Puis il dirigea la jeune fille pendant une demi-heure au
grand galop, en faisant des détours, des retours, coupant
son propre chemin à travers des clairières pour y perdre
la trace, vers un endroit où il s'arrêta.

— Je ne sais plus où je suis, moi qui connais la forêt
aussi bien que vous la connaissez, dit la comtesse en regardant autour d'elle.

— Nous sommes au centre même, répondit-il. Nous
avons deux gendarmes après nous, mais nous sommes sauvés !

Le lieu pittoresque [38] où le régisseur avait amené Laurence devait être si fatal aux principaux personnages de ce drame et à Michu lui-même, que le devoir d'un historien est de le décrire. Ce paysage est d'ailleurs, comme on le verra, devenu célèbre dans les fastes judiciaires de l'Empire.

La forêt de Nodesme appartenait à un monastère dit de Notre-Dame. Ce monastère, pris, saccagé, démoli, disparut entièrement, moines et biens. La forêt, objet de convoitise, entra dans le domaine des comtes de Champagne, qui plus tard l'engagèrent et la laissèrent vendre. En six siècles, la nature couvrit les ruines avec son riche et puissant manteau vert, et les effaça si bien, que l'existence d'un des plus beaux couvents n'était plus indiquée que par une assez faible éminence, ombragée de beaux arbres, et cerclée par d'épais buissons impénétrables que depuis 1794, Michu s'était plu à épaissir en plantant de l'acacia épineux dans les intervalles dénués d'arbustes. Une mare se trouvait au pied de cette éminence, et attestait une source perdue, qui sans doute avait jadis déterminé l'assiette du monastère. Le possesseur des titres de la forêt de Nodesme avait pu seul reconnaître l'étymologie de ce mot âgé de huit siècles, et découvrir qu'il y avait eu jadis un couvent au centre de la forêt. En entendant les premiers coups de tonnerre de la Révolution, le marquis de Simeuse, qu'une contestation avait obligé de recourir à ses titres, instruit de cette particularité par le hasard, se mit, dans une arrière-pensée assez facile à concevoir, à rechercher la place du monastère. Le garde, à qui la forêt était si connue, avait naturellement aidé son maître dans ce travail, et sa sagacité de forestier lui fit reconnaître la situation du monastère. En observant la direction des cinq principaux chemins de la forêt, dont plusieurs étaient effacés, il vit que tous aboutissaient au monticule et à la mare, où jadis on devait venir de Troyes, de la vallée d'Arcis, de celle de Cinq-Cygne et de Bar-sur-Aube. Le marquis voulut sonder le monticule, mais il ne pouvait prendre pour cette opération que des gens étrangers au pays. Pressé par les circonstances, il abandonna ses recherches, en laissant dans l'esprit de Michu l'idée que l'éminence

cachait ou des trésors ou les fondations de l'abbaye. Michu
continua cette œuvre archéologique; il sentit le terrain
sonner le creux, au niveau même de la mare, entre deux
arbres, au pied du seul point escarpé de l'éminence. Par
une belle nuit, il vint armé d'une pioche, et son travail
mit à découvert une baie de cave où l'on descendait par
des degrés en pierre. La mare, qui dans son endroit le plus
creux a trois pieds de profondeur, forme une spatule dont
le manche semble sortir de l'éminence, et ferait croire
qu'il sort de ce rocher factice une fontaine perdue par
infiltration dans cette vaste forêt. Ce marécage, entouré
d'arbres aquatiques, d'aulnes, de saules, de frênes, est le
rendez-vous de sentiers, reste des routes anciennes et
d'allées forestières, aujourd'hui désertes. Cette eau, vive
et qui paraît dormante, couverte de plantes à larges feuilles,
de cresson, offre une nappe entièrement verte, à peine
distinctible de ses bords où croît une herbe fine et fournie.
Elle est trop loin de toute habitation pour qu'aucune bête,
autre que le fauve, vienne en profiter. Bien convaincus
qu'il ne pouvait rien exister au-dessous de ce marais, et
rebutés par les bords inaccessibles du monticule, les gardes
particuliers ou les chasseurs n'avaient jamais visité, fouillé
ni sondé ce coin qui appartenait à la plus vieille coupe de
la forêt, et que Michu réserva pour une futaie, quand
arriva son tour d'être exploité. Au bout de la cave se trouve
un caveau voûté, propre et sain, tout en pierres de taille,
du genre de ceux qu'on nommait l'*in pace*, le
cachot des couvents. La salubrité de ce caveau,
la conservation de ce reste d'escalier et de ce
berceau s'expliquait par la source que les démolisseurs
avaient respectée et par une muraille vraisemblablement
d'une grande épaisseur, en brique et en ciment semblable
à celui des Romains, qui contenait les eaux supérieures.
Michu couvrit de grosses pierres l'entrée de cette retraite;
puis, pour s'en approprier le secret et le rendre impénétrable, il s'imposa la loi de remonter l'éminence boisée,
et de descendre à la cave par l'escarpement, au lieu d'y
aborder par la mare. Au moment où les deux fugitifs y
arrivèrent, la lune jetait sa belle lueur d'argent aux cimes

des arbres centenaires du monticule, elle se jouait dans les magnifiques touffes des langues de bois diversement découpées par les chemins qui débouchaient là, les unes arrondies, les autres pointues, celle-ci terminée par un seul arbre, celle-là par un bosquet.

De là, l'œil s'engageait irrésistiblement en de fuyantes perspectives où les regards suivaient soit la rondeur d'un sentier, soit la vue sublime d'une longue allée de forêt, soit une muraille de verdure presque noire. La lumière filtrée à travers les branchages de ce carrefour faisait briller, entre les clairs du cresson et les nénuphars, quelques diamants de cette eau tranquille et ignorée. Le cri des grenouilles troubla le profond silence de ce joli coin de forêt dont le parfum sauvage réveillait dans l'âme des idées de liberté.

— Sommes-nous bien sauvés? dit la comtesse à Michu.

— Oui, mademoiselle. Mais nous avons chacun notre besogne. Allez attacher nos chevaux à des arbres en haut de cette petite colline, et nouez-leur à chacun un mouchoir autour de la bouche, dit-il en lui tendant sa cravate; le mien et le vôtre sont intelligents, il sauront qu'ils doivent se taire. Quand vous aurez fini, descendez droit au-dessus de l'eau par cet escarpement, ne vous laissez pas accrocher par votre amazone : vous me trouverez en bas.

Pendant que la comtesse cachait les chevaux, les attachait et les bâillonnait, Michu débarrassa ses pierres et découvrit l'entrée du caveau. La comtesse, qui croyait savoir sa forêt, fut surprise au dernier point en se voyant sous un berceau de cave. Michu remit les pierres en voûte au-dessus de l'entrée avec une adresse de maçon. Quand il eut achevé, le bruit des chevaux et de la voix des gendarmes retentit dans le silence de la nuit; mais il n'en battit pas moins tranquillement le briquet, alluma une petite branche de sapin, et mena la comtesse dans l'*in pace* où se trouvait encore un bout de la chandelle qui lui avait servi à reconnaître ce caveau. La porte en fer et de plusieurs lignes d'épaisseur, mais percée en quelques endroits par la rouille, avait été remise en état par le garde, et se fermait extérieurement avec des barres qui s'adaptaient de chaque côté dans des trous. La comtesse, morte de fatigue, s'assit sur un banc de pierre, au-dessus duquel il existait encore un anneau scellé dans le mur.

— Nous avons un salon pour causer, dit Michu. Maintenant les gendarmes peuvent tourner tant qu'ils voudront, le pis de ce qui nous arriverait serait qu'ils prissent nos chevaux.

— Nous enlever nos chevaux, dit Laurence, ce serait tuer mes cousins et monsieur d'Hauteserre! Voyons, que savez-vous?

Michu raconta le peu qu'il avait surpris de la conversation entre Malin et Grévin.

— Ils sont en route pour Paris, ils y entreront ce matin, dit la comtesse quand il eut fini.

— Perdus! s'écria Michu. Vous comprenez que les entrants et les sortants seront surveillés aux Barrières. Malin a le plus grand intérêt à laisser mes maîtres se bien compromettre pour les tuer.

— Et moi qui ne sais rien du plan général de l'affaire! s'écria Laurence. Comment prévenir Georges, Rivière et Moreau? où sont-ils? Enfin ne songeons qu'à mes cousins et aux d'Hauteserre, rejoignez-les à tout prix.

— Le télégraphe va plus vite que les meilleurs chevaux, dit Michu, et de tous les nobles fourrés dans cette conspiration, vos cousins seront les mieux traqués; si je les retrouve, il faut les loger ici, nous les y garderons jusqu'à la fin de l'affaire; leur pauvre père avait peut-être une vision en me mettant sur la piste de cette cachette : il a pressenti que ses fils s'y sauveraient!

— Ma jument vient des écuries du comte d'Artois, elle est née de son plus beau cheval anglais, mais elle a fait trente-six lieues, elle mourrait sans vous avoir porté au but, dit-elle.

— Le mien est bon, dit Michu, et si vous avez fait trente-six lieues, je ne dois en avoir que dix-huit à faire?

— Vingt-trois, dit-elle, car depuis cinq heures ils marchent! Vous les trouverez au-dessus de Lagny, à Coupvrai d'où ils doivent au petit jour sortir déguisés en mariniers; ils comptent entrer à Paris sur des bateaux. Voici, reprit-elle en ôtant de son doigt la moitié de l'alliance de sa mère, la seule chose à laquelle ils ajouteront foi, je leur ai donné l'autre moitié. Le garde de Coupvrai, le père d'un de leurs soldats, les cache cette nuit dans une baraque abandonnée par des charbonniers, au milieu des bois. Ils sont huit en tout. messieurs d'Hauteserre et quatre hommes sont avec mes cousins.

— Mademoiselle, on ne courra pas après les soldats, ne nous occupons que de messieurs de Simeuse, et laissons les autres se sauver comme il leur plaira. N'est-ce pas assez que de leur crier : « Casse-cou » ?

— Abandonner les d'Hauteserre ? jamais ! dit-elle. Ils doivent périr ou se sauver tous ensemble !

— De petits gentilshommes ? reprit Michu.

— Ils ne sont que chevaliers, répondit-elle, je le sais ; mais ils se sont alliés aux Cinq-Cygne et aux Simeuse. Ramenez donc mes cousins et les d'Hauteserre, en tenant conseil avec eux sur les meilleurs moyens de gagner cette forêt.

— Les gendarmes y sont ! les entendez-vous ? ils se consultent.

— Enfin vous avez eu déjà deux fois du bonheur ce soir, allez ! et ramenez-les, cachez-les dans cette cave, ils y seront à l'abri de toute recherche ! Je ne puis vous être bonne à rien, dit-elle avec rage, je serais un phare qui éclairerait l'ennemi. La police n'imaginera jamais que mes parents puissent revenir dans la forêt, en me voyant tranquille. Ainsi, toute la question consiste à trouver cinq bons chevaux pour venir, en six heures de Lagny dans notre forêt, cinq chevaux à laisser morts dans un fourré.

— Et de l'argent ? répondit Michu qui réfléchissait profondément en écoutant la jeune comtesse.

— J'ai donné cent louis cette nuit à mes cousins.

— Je réponds d'eux, s'écria Michu. Une fois cachés, vous devez vous priver de les voir ; ma femme ou mon petit leur porteront à manger deux fois la semaine. Mais, comme je ne réponds pas de moi, sachez, en cas de malheur, mademoiselle, que la maîtresse poutre du grenier de mon pavillon a été percée avec une tarière. Dans le trou qui est bouché par une grosse cheville, se trouve le plan d'un coin de la forêt. Les arbres auxquels vous verrez un point rouge sur le plan ont une marque noire au pied sur le terrain. Chacun de ces arbres est un indicateur. Le troisième chêne vieux qui se trouve à gauche de chaque indicateur recèle, à deux pieds en avant du tronc, des rouleaux de fer-blanc enterrés à sept pieds de profondeur qui contiennent chacun cent mille francs en or. Ces onze arbres, il n'y en a que onze, sont toute la fortune des Simeuse, maintenant que Gondreville leur a été pris.

— La noblesse sera cent ans à se remettre des coups qu'on lui a portés! dit lentement mademoiselle de Cinq-Cygne.

— Y a-t-il un mot d'ordre? demanda Michu.

— France et Charles! pour les soldats; Laurence et Louis! pour messieurs d'Hauteserre et de Simeuse. Mon Dieu! les avoir revus hier pour la première fois depuis onze ans et les savoir en danger de mort aujourd'hui, et quelle mort! Michu, dit-elle avec une expression de mélancolie, soyez aussi prudent pendant ces quinze heures que vous avez été grand et dévoué pendant ces douze années. S'il arrivait malheur à mes cousins, je mourrais. Non, dit-elle, je vivrais assez pour tuer Bonaparte!

— Nous serons deux pour ça, le jour où tout sera perdu.

Laurence prit la rude main de Michu et la lui serra vivement à l'anglaise. Michu tira sa montre, il était minuit.

— Sortons à tout prix, dit-il. Gare au gendarme qui me barrera le passage. Et vous, sans vous commander, madame la comtesse, retournez à bride abattue à Cinq-Cygne, ils y sont, amusez-les.

Le trou débarrassé, Michu n'entendit plus rien; il se jeta l'oreille à terre, et se releva précipitamment : — Ils sont sur la lisière vers Troyes! dit-il, je leur ferai la barbe!

Il aida la comtesse à sortir, et replaça le tas de pierres. Quand il eut fini, il s'entendit appeler par la douce voix de Laurence, qui voulut le voir à cheval avant de remonter sur le sien. L'homme rude avait les larmes aux yeux en échangeant un dernier regard avec sa jeune maîtresse qui, elle, avait les yeux secs.

— Amusons-les, il a raison! se dit-elle quand elle

n'entendit plus rien. Et elle s'élança vers Cinq-Cygne, au grand galop [39].

En sachant ses fils menacés de mort, madame d'Haute-serre, qui ne croyait pas la Révolution finie et qui connaissait la sommaire justice de ce temps, reprit ses sens et ses forces par la violence même de la douleur qui les lui avait fait perdre. Ramenée par une horrible curiosité, elle descen-dit au salon dont l'aspect offrait alors un tableau vraiment digne du pinceau des peintres de genre. Toujours assis à la table de jeu, le curé jouait machinalement avec les fiches en observant à la dérobée Peyrade et Corentin qui, debout à l'un des coins de la cheminée, se parlaient à voix basse. Plusieurs fois le fin regard de Corentin rencontra le regard non moins fin du curé; mais, comme deux adver-saires qui se trouvent également forts et qui reviennent en garde après avoir croisé le fer, l'un et l'autre jetaient promptement leurs regards ailleurs. Le bonhomme d'Haute-serre, planté sur ses deux jambes comme un héron, restait à côté du gros, grand et avare Goulard, dans l'attitude que lui avait donnée la stupéfaction. Quoiqu'il fût vêtu en bourgeois, le maire avait toujours l'air d'un domestique. Tous deux ils regardaient d'un œil hébété les gendarmes entre lesquels pleurait toujours Gothard, dont les mains avaient été si vigoureusement attachées qu'elles étaient violettes et enflées. Catherine ne quittait pas sa position pleine de simplesse et de naïveté, mais impénétrable. Le brigadier qui, selon Corentin, venait de faire la sottise d'arrêter ces petites bonnes gens, ne savait plus s'il devait partir ou rester. Il était tout pensif au milieu du salon, la main appuyée sur la poignée de son sabre, et l'œil sur les deux Parisiens. Les Durieu, stupéfaits, et tous les gens du château formaient un groupe admirable d'inquiétude. Sans les pleurs convulsifs de Gothard, on eût entendu les mouches voler.

Quand la mère, épouvantée et pâle, ouvrit la porte et se montra presque traînée par mademoiselle Goujet, dont les yeux rouges avaient pleuré, tous ces visages se tour-nèrent vers les deux femmes. Les deux agents espéraient autant que tremblaient les habitants du château de voir entrer Laurence. Le mouvement spontané des gens et des maîtres sembla produit par un de ces mécanismes qui font accomplir à des figures de bois un seul et unique geste ou un clignement d'yeux.

Madame d'Hauteserre s'avança par trois grands pas précipités vers Corentin, et lui dit d'une voix entrecoupée mais violente : « Par pitié, monsieur, de quoi mes fils sont-ils accusés ? Et croyez-vous donc qu'ils soient venus ici ? »

Le curé, qui semblait s'être dit en voyant la vieille dame : « Elle va faire quelque sottise ! » baissa les yeux.

— Mes devoirs et la mission que j'accomplis me défendent de vous le dire, répondit Corentin d'un air à la fois gracieux et railleur.

Ce refus, que la détestable courtoisie de ce mirliflor rendait encore plus implacable, pétrifia cette vieille mère, qui tomba sur un fauteuil auprès de l'abbé Goujet, joignit les mains et fit un vœu.

— Où avez-vous arrêté ce pleurard ? demanda Corentin au brigadier en désignant le petit écuyer de Laurence.

— Dans le chemin qui mène à la ferme, le long des murs du parc; le drôle allait gagner le bois des Closeaux.

— Et cette fille ?

— Elle ? c'est Olivier qui l'a pincée.

— Où allait-elle ?

— Vers Gondreville.

— Ils se tournaient le dos ? dit Corentin.

— Oui, répondit le gendarme.

— N'est-ce pas le petit domestique et la femme de chambre de la citoyenne Cinq-Cygne ? dit Corentin au maire.

— Oui, répondit Goulard.

Après avoir échangé deux mots avec Corentin de bouche à oreille, Peyrade sortit aussitôt en emmenant le brigadier.

En ce moment le brigadier d'Arcis entra, vint à Corentin et lui dit tout bas : « Je connais bien les localités [40], j'ai tout fouillé dans les communs; à moins que les gars ne soient enterrés, il n'y a personne. Nous en sommes à faire sonner les planchers et les murailles avec les crosses de nos fusils. »

Peyrade, qui rentra, fit signe à Corentin de venir, et l'emmena voir la brèche de la douve en lui signalant le chemin creux qui y correspondait.

— Nous avons deviné la manœuvre, dit Peyrade.

— Et moi! je vais vous la dire, répliqua Corentin. Le petit drôle et la fille ont donné le change à ces imbéciles de gendarmes pour assurer une sortie au gibier.

— Nous ne saurons la vérité qu'au jour, reprit Peyrade. Ce chemin est humide, je viens de le faire barrer en haut et en bas par deux gendarmes; quand nous pourrons y voir clair, nous reconnaîtrons à l'empreinte des pieds, quels sont les êtres qui ont passé par là.

— Voici les traces d'un sabot de cheval, dit Corentin, allons aux écuries.

— Combien y a-t-il de chevaux ici? demanda Peyrade à monsieur d'Hauteserre et à Goulard en rentrant au salon avec Corentin.

— Allons, monsieur le maire, vous le savez, répondez? lui cria Corentin en voyant ce fonctionnaire hésiter à répondre.

— Mais il y a la jument de la comtesse, le cheval de Gothard et celui de monsieur d'Hauteserre.

— Nous n'en avons vu qu'un à l'écurie, dit Peyrade.

— Mademoiselle se promène, dit Durieu.

— Se promène-t-elle ainsi souvent la nuit, votre pupille? dit le libertin Peyrade à monsieur d'Hauteserre.

— Très souvent, répondit avec simplicité le bonhomme, monsieur le maire vous l'attestera.

— Tout le monde sait qu'elle a des lubies, répondit Catherine. Elle regardait le ciel avant de se coucher, et je crois bien que vos baïonnettes qui brillaient au loin l'auront intriguée. Elle a voulu savoir, m'a-t-elle dit en sortant, s'il s'agissait encore d'une nouvelle révolution.

— Quand est-elle sortie? demanda Peyrade.

— Quand elle a vu vos fusils.

— Et par où est-elle allée?

— Je ne sais pas.

— Et l'autre cheval? demanda Corentin.

— Les es… geeen…daaarmes me me me… me l'on… ont priiiis, dit Gothard.

— Et où allais-tu donc? lui dit un des gendarmes.

— Je suuvi…ai…ais… ma maî…aî…aîtresse à la fer…me.

Le gendarme leva la tête vers Corentin en attendant un ordre, mais ce langage était à la fois si faux et si vrai, si profondément innocent et si rusé, que les deux Parisiens s'entre-regardèrent comme pour se répéter le mot de Peyrade : « Ils ne sont pas gnioles! »

Le gentilhomme paraissait ne pas avoir assez d'esprit pour comprendre une épigramme. Le maire était stupide. La mère, imbécile de maternité, faisait aux agents des questions d'une innocence bête. Tous les gens avaient été bien réellement surpris dans leur sommeil. En présence de ces petits faits, en jugeant ces divers caractères, Corentin comprit aussitôt que son seul adversaire était mademoiselle de Cinq-Cygne. Quelque adroite qu'elle soit, la Police a d'innombrables désavantages. Non-seulement elle est forcée d'apprendre tout ce que sait le conspirateur, mais encore elle doit supposer mille choses avant d'arriver à une seule qui soit vraie. Le conspirateur pense sans cesse à sa sûreté, tandis que la Police n'est éveillée qu'à ses heures. Sans les trahisons, il n'y aurait rien de plus facile que de conspirer. Un conspirateur a plus d'esprit à lui seul que la Police avec ses immenses moyens d'action. En se sentant arrêtés moralement comme ils l'eussent été physiquement par une porte qu'ils auraient cru trouver ouverte, qu'ils auraient crochetée et derrière laquelle des hommes pèseraient sans rien dire, Corentin et Peyrade se voyaient devinés et joués sans savoir par qui.

— J'affirme, vint leur dire à l'oreille le brigadier d'Arcis, que si les deux messieurs de Simeuse et d'Hauteserre ont passé la nuit ici, on les a couchés dans les lits du père, de la mère, de mademoiselle de Cinq-Cygne, de la servante, des domestiques, ou ils se sont promenés dans le parc, car il n'y a pas la moindre trace de leur passage.

— Qui donc a pu les prévenir? dit Corentin à Peyrade. Il n'y a encore que le Premier Consul, Fouché, les ministres, le Préfet de Police, et Malin qui savent quelque chose.

— Nous laisserons des *moutons* dans le pays, dit Peyrade à l'oreille de Corentin.

— Vous ferez d'autant mieux qu'ils seront en Champagne, répliqua le curé qui ne put s'empêcher de sourire en entendant le mot mouton et qui devina tout d'après ce seul mot surpris.

— Mon Dieu! pensa Corentin qui répondit au curé par un autre sourire, il n'y a qu'un homme d'esprit ici, je ne puis m'entendre qu'avec lui, je vais l'entamer.

— Messieurs... dit le maire qui voulait cependant donner une preuve de dévouement au Premier Consul et qui s'adressait aux deux agents.

— Dites : « Citoyens », la République existe encore, lui répliqua Corentin en regardant le curé d'un air railleur.

— Citoyens, reprit le maire, au moment où je suis entré dans ce salon et avant que j'eusse ouvert la bouche, Catherine s'y est précipitée pour y prendre la cravache, les gants et le chapeau de sa maîtresse.

Un sombre murmure d'horreur sortit du fond de toutes les poitrines, excepté de celle de Gothard. Tous les yeux, moins ceux des gendarmes et des agents, menacèrent Goulard, le dénonciateur en lui jetant des flammes.

— Bien, citoyen maire, lui dit Peyrade, nous y voyons clair. On a prévenu la citoyenne Cinq-Cygne bien à temps, ajouta-t-il en regardant Corentin avec une visible défiance.

— Brigadier, mettez les poucettes à ce petit gars, dit Corentin au gendarme, et emmenez-le dans une chambre à part. Renfermez aussi cette petite fille, ajouta-t-il en désignant Catherine. — Tu vas présider à la perquisition des papiers, reprit-il en s'adressant à Peyrade auquel il parla dans l'oreille. Fouille tout, n'épargne rien. — Monsieur l'abbé, dit-il confidentiellement au curé, j'ai d'importantes communications à vous faire. Et il l'emmena dans le jardin.

— Écoutez, monsieur l'abbé, vous me paraissez avoir tout l'esprit d'un évêque, et (personne ne peut nous entendre) vous me comprendrez ; je n'ai plus d'espoir qu'en vous pour sauver deux familles qui, par sottise, vont se laisser rouler dans un abîme d'où rien ne revient. Messieurs de Simeuse et d'Hauteserre ont été trahis par un de ces infâmes espions que les gouvernements glissent dans toutes les conspirations pour bien en connaître le but, les moyens et les personnes. Ne me confondez pas avec ce misérable qui m'accompagne, il est de la Police ; mais moi, je suis attaché très-honorablement au cabinet consulaire et j'en ai le dernier mot. On ne souhaite pas la perte de messieurs de Simeuse ; si Malin les voudrait voir fusiller, le Premier Consul, s'ils sont ici, s'ils n'ont pas de mauvaises intentions, veut les arrêter sur le bord du précipice, car il aime les bons militaires. L'agent qui m'accompagne a tous les pouvoirs, moi je ne suis rien en apparence, mais je sais où est le complot. L'agent a le mot de Malin, qui sans doute lui a promis sa protection, une place et peut-être de l'argent, s'il peut trouver les deux Simeuse et les livrer. Le Premier Consul, qui est vraiment un grand homme, ne favorise point les pensées cupides. Je ne veux point savoir si les deux jeunes gens sont ici, fit-il en apercevant un geste chez le curé ; mais ils ne peuvent être sauvés que d'une seule manière. Vous connaissez la loi du 6 floréal an X, elle amnistie les émigrés qui sont encore à l'étranger, à la condition de rentrer avant le premier vendémiaire de l'an XI, c'est-à-dire, en septembre de l'année dernière ; mais messieurs de Simeuse ayant, ainsi que messieurs d'Hauteserre, exercé des commandements dans l'armée de Condé, sont dans le cas de l'exception posée par cette loi ; leur présence en France est donc un crime, et suffit, dans les circonstances où nous sommes, pour les rendre complices d'un horrible complot. Le Premier Consul a senti le vice de cette exception qui fait à son gouvernement des ennemis irréconciliables ; il voudrait faire savoir à messieurs de Simeuse qu'aucune poursuite ne sera faite contre eux, s'ils lui adressent une pétition dans laquelle ils diront qu'ils rentrent en France dans l'intention de se soumettre aux lois, en promettant de prêter serment à la constitution. Vous comprenez que cette pièce doit être entre ses mains avant leur arrestation et datée d'il y a quelques jours; je puis en être porteur. Je ne vous demande pas où sont les jeunes gens, dit-il en voyant le curé faire un nouveau geste de dénégation, nous sommes malheureusement sûrs de les trouver; la forêt est gardée, les entrées de Paris sont surveillées et la frontière aussi. Écoutez-moi bien! si ces messieurs sont entre cette forêt et Paris, ils seront pris; s'ils sont à Paris, on les y trouvera; s'ils rétrogradent, les malheureux seront arrêtés. Le Premier Consul aime les ci-devant et ne peut souffrir les républicains, et cela est tout simple : s'il veut un trône, il doit égorger la Liberté. Que ce secret reste entre nous. Ainsi, voyez! J'attendrai jusqu'à demain, je serai aveugle, mais défiez-vous de l'agent; ce maudit Provençal est le valet du diable, il a le mot de Fouché, comme j'ai celui du Premier Consul.

— Si messieurs de Simeuse sont ici, dit le curé, je donnerais dix pintes de mon sang et un bras pour les sauver; mais si mademoiselle de Cinq-Cygne est leur confidente, elle n'a pas commis, je le jure par mon salut éternel, la moindre indiscrétion et ne m'a pas fait l'honneur de me consulter. Je suis maintenant très-content de sa discrétion, si toutefois discrétion il y a. Nous avons joué hier soir, comme tous les jours, au boston, dans le plus profond silence jusqu'à dix heures et demie, et nous n'avons rien vu ni entendu. Il ne passe pas un enfant dans cette vallée solitaire sans que tout le monde le voie et le sache, et depuis quinze jours il n'y est venu personne d'étranger. Or, messieurs d'Hauteserre et de Simeuse font une troupe à eux quatre. Le bonhomme et sa femme sont soumis au gouvernement, et ils ont fait tous les efforts imaginables pour ramener leurs fils auprès d'eux; ils leur ont encore écrit avant-hier. Aussi, dans mon âme et conscience, a-t-il fallu votre descente ici pour ébranler la ferme croyance où je suis de leur séjour en Allemagne. Entre nous, il n'y a ici que la jeune comtesse qui ne rende pas justice aux éminentes qualités de monsieur le Premier Consul.

— Finaud! pensa Corentin. — Si ces jeunes gens sont

fusillés, c'est qu'on l'aura bien voulu! répondit-il à haute voix, maintenant je m'en lave les mains.

Il avait amené l'abbé Goujet dans un endroit fortement éclairé par la lune, et il le regarda brusquement en disant ces fatales paroles. Le prêtre était fortement affligé, mais en homme surpris et complètement ignorant.

— Comprenez donc, monsieur l'abbé, reprit Corentin, que leurs droits sur la terre de Gondreville les rendent doublement criminels aux yeux des gens en sous-ordre! Enfin, je veux leur faire avoir affaire à Dieu et non à ses saints.

— Il y a donc un complot? demanda naïvement le curé.

— Ignoble, odieux, lâche, et si contraire à l'esprit généreux de la nation, reprit Corentin, qu'il sera couvert d'un opprobre général.

— Eh! bien, mademoiselle de Cinq-Cygne est incapable de lâcheté, s'écria le curé.

— Monsieur l'abbé, reprit Corentin, tenez, il y a pour nous (toujours de vous à moi) des preuves évidentes de sa complicité; mais il n'y en a point encore assez pour la Justice. Elle a pris la fuite à notre approche... Et cependant je vous avais envoyé le maire.

— Oui, mais pour quelqu'un qui tient tant à les sauver, vous marchiez un peu trop sur les talons du maire, dit l'abbé.

Sur ce mot, ces deux hommes se regardèrent, et tout fut dit entre eux : ils appartenaient l'un et l'autre à ces profonds anatomistes de la pensée auxquels il suffit d'une simple inflexion de voix, d'un regard, d'un mot pour deviner une âme, de même que le Sauvage [41] devine ses ennemis à des indices invisibles à l'œil d'un Européen.

— J'ai cru tirer quelque chose de lui, je me suis découvert, pensa Corentin.

— Ah! le drôle, se dit en lui-même le curé.

Minuit sonnait à la vieille horloge de l'église au moment où Corentin et le curé rentrèrent au salon. On entendait ouvrir et fermer les portes des chambres et des armoires. Les gendarmes défaisaient les lits. Peyrade avec la prompte intelligence de l'espion, fouillait et sondait tout. Ce pillage excitait à la fois la terreur et l'indignation chez les fidèles serviteurs toujours immobiles et debout. Monsieur d'Hauteserre échangeait avec sa femme et mademoiselle Goujet des regards de compassion. Une horrible curiosité tenait tout le monde éveillé. Peyrade descendit et vint au salon en tenant à la main une cassette en bois de sandal sculpté, qui devait avoir été jadis rapportée de la Chine par l'amiral de Simeuse. Cette jolie boîte était plate et de la dimension d'un volume in-quarto.

Peyrade fit un signe à Corentin, et l'emmena dans l'embrasure de la croisée : — J'y suis! lui dit-il. Ce Michu, qui pouvait payer huit cent mille francs en or Gondreville à Marion, et qui voulait tuer tout-à-l'heure Malin, doit être l'homme des Simeuse; l'intérêt qui lui a fait menacer Marion doit être le même que celui qui lui a fait coucher Malin en joue. Il m'a paru capable d'avoir des idées, il n'en a eu qu'une, il est instruit de la chose, et sera venu les avertir ici.

— Malin aura causé de la conspiration avec son ami le notaire, dit Corentin en continuant les inductions de son collègue, et Michu, qui se trouvait embusqué, l'aura sans doute entendu parler des Simeuse. En effet, il n'a pu remettre son coup de carabine que pour prévenir un malheur qui lui a semblé plus grand que la perte de Gondreville.

— Il nous avait bien reconnus pour ce que nous sommes, dit Peyrade. Aussi, sur le moment, l'intelligence de ce paysan m'a-t-elle paru tenir du prodige.

— Oh! cela prouve qu'il était sur ses gardes, répondit Corentin. Mais, après tout, mon vieux, ne nous abusons pas : la trahison pue énormément, et les gens primitifs la sentent de loin.

— Nous n'en sommes que plus forts, dit le Provençal.

— Faites venir le brigadier d'Arcis, s'écria Corentin à un des gendarmes. Envoyons à son pavillon, dit-il à Peyrade.

— Violette, notre oreille, y est, dit le Provençal.

— Nous sommes partis sans en avoir eu de nouvelles,

dit Corentin. Nous aurions dû emmener avec nous Sabatier.
Nous ne sommes pas assez de deux. — Brigadier, dit-il
en voyant entrer le gendarme et le serrant entre Peyrade
et lui, n'allez pas vous laisser faire la barbe comme le
brigadier de Troyes tout-à-l'heure. Michu nous paraît
être dans l'affaire; allez à son pavillon, ayez l'œil à tout,
et rendez-nous-en compte.

— Un de mes hommes a entendu des chevaux dans
la forêt au moment où l'on arrêtait les petits domestiques,
et j'ai quatre fiers gaillards aux trousses de ceux qui vou-
draient s'y cacher, répondit le gendarme.

Il sortit, et le bruit du galop de son cheval, qui retentit
sur le pavé de la pelouse, diminua rapidement.

— Allons! ils vont sur Paris ou rétrogradent vers
l'Allemagne se dit Corentin. Il s'assit, tira de la poche
de son spencer un carnet, écrivit deux ordres au crayon,
les cacheta et fit signe à l'un des gendarmes de venir :
— Au grand galop à Troyes, éveillez le préfet, et dites-
lui de profiter du petit jour pour faire marcher le télégraphe.

Le gendarme partit au grand galop. Le sens de ce mouvement et l'intention de Corentin étaient si clairs que tous
les habitants du château eurent le cœur serré; mais cette
nouvelle inquiétude fut en quelque sorte un coup de
plus dans leur martyre, car en ce moment ils avaient les
yeux sur la précieuse cassette. Tout en causant, les deux
agents épiaient le langage de ces regards flamboyants. Une
sorte de rage froide remuait le cœur insensible de ces
deux êtres qui savouraient la terreur générale. L'homme
de police a toutes les émotions du chasseur; mais en
déployant les forces du corps et de l'intelligence, là où l'un
cherche à tirer un lièvre, une perdrix ou un chevreuil, il
s'agit pour l'autre de sauver l'État ou le prince, de gagner
une large gratification. Ainsi la chasse à l'homme est supérieure à l'autre chasse de toute la distance qui existe entre
les hommes et les animaux. D'ailleurs, l'espion a besoin
d'élever son rôle à toute la grandeur et à l'importance des
intérêts auxquels il se dévoue. Sans tremper dans ce métier,
chacun peut donc concevoir que l'âme y dépense autant

de passion que le chasseur en met à poursuivre le gibier. Ainsi, plus ils avançaient vers la lumière, plus ces deux hommes étaient ardents; mais leur contenance, leurs yeux restaient calmes et froids, de même que leurs soupçons, leurs idées, leur plan restaient impénétrables. Mais, pour qui eût suivi les effets du flair moral de ces deux limiers à la piste des faits inconnus et cachés, pour qui eût compris les mouvements d'agilité canine qui les portaient à trouver le vrai par le rapide examen des probabilités, il y avait de quoi frémir! Comment et pourquoi ces hommes de génie étaient-ils si bas quand ils pouvaient être si haut? Quelle imperfection, quel vice, quelle passion les ravalait ainsi? Est-on homme de police comme on est penseur, écrivain, homme d'État, peintre, général, à la condition de ne savoir faire qu'espionner, comme ceux-là parlent, écrivent, administrent, peignent ou se battent? Les gens du château n'avaient dans le cœur qu'un même souhait : Le tonnerre ne tombera-t-il pas sur ces infâmes? Ils avaient tous soif de vengeance. Aussi, sans la présence des gendarmes, y aurait-il eu révolte.

— Personne n'a la clef du coffret? demanda le cynique Peyrade en interrogeant l'assemblée autant par le mouvement de son gros nez rouge que par sa parole.

Le Provençal remarqua, non sans un mouvement de crainte, qu'il n'y avait plus de gendarmes. Corentin et lui se trouvaient seuls. Corentin tira de sa poche un petit poignard et se mit en devoir de l'enfoncer dans la fente de la boîte. En ce moment, on entendit d'abord sur le chemin, puis sur le petit pavé de la pelouse, le bruit horrible d'un galop désespéré; mais ce qui causa bien plus d'effroi fut la chute et le soupir du cheval qui s'abattit des quatre jambes à la fois au pied de la tourelle du milieu. Une commotion pareille à celle que produit la foudre ébranla tous les spectateurs, quand on vit Laurence que le frôlement de son amazone avait annoncée; ses gens s'étaient vivement mis en haie pour la laisser passer. Malgré la rapidité de sa course, elle avait ressenti la douleur que devait lui causer la découverte de la conspiration : toutes ses espérances écroulées! elle avait galopé dans des ruines

en pensant à la nécessité d'une soumission au gouvernement consulaire. Aussi, sans le danger que couraient les
quatre gentilshommes et qui fut le topique à l'aide duquel
elle dompta sa fatigue et son désespoir, fût-elle tombée
endormie. Elle avait presque tué sa jument pour venir se
mettre entre la mort et ses cousins. En apercevant cette
héroïque fille, pâle et les traits tirés, son voile d'un côté,
sa cravache à la main, sur le seuil d'où son regard brûlant
embrassa toute la scène et la pénétra, chacun comprit,
au mouvement imperceptible qui remua la face aigre et
trouble de Corentin, que les deux véritables adversaires
étaient en présence. Un terrible duel allait commencer [42].
En voyant cette cassette aux mains de Corentin, la jeune
comtesse leva sa cravache et sauta sur lui si vivement,
elle lui appliqua sur les mains un si violent coup, que la
cassette tomba par terre; elle la saisit, la jeta dans le milieu
de la braise [43] et se plaça devant la cheminée dans une
attitude menaçante, avant que les deux agents fussent
revenus de leur surprise. Le mépris flamboyait dans les
yeux de Laurence, son front pâle et ses lèvres dédaigneuses
insultaient à ces hommes encore plus que le geste auto-
cratique avec lequel elle avait traité Corentin en bête
venimeuse. Le bonhomme d'Hauteserre se sentit chevalier,
il eut la face rougie de tout son sang, et regretta de ne pas
avoir une épée. Les serviteurs tressaillirent d'abord de joie.
Cette vengeance tant appelée venait de foudroyer l'un de
ces hommes. Mais leur bonheur fut refoulé dans le fond
des âmes par une affreuse crainte : ils entendaient toujours
les gendarmes allant et venant dans les greniers. L'*espion*,
substantif énergique sous lequel se confondent toutes les
nuances qui distinguent les gens de police, car le public
n'a jamais voulu spécifier dans la langue les divers caractères de ceux qui se mêlent de cette apothicairerie nécessaire aux gouvernements, l'espion donc a ceci de magnifique et de curieux, qu'il ne se fâche jamais; il a l'humilité
chrétienne des prêtres, il a les yeux faits au mépris et
l'oppose de son côté comme une barrière au peuple de niais
qui ne le comprennent pas; il a le front d'airain pour les
injures, il marche à son but comme un animal dont la

carapace solide ne peut être entamée que par le canon;
mais aussi, comme l'animal, il est d'autant plus furieux
quand il est atteint, qu'il a cru sa cuirasse impénétrable.
Le coup de cravache sur les doigts fut pour Corentin,
douleur à part, le coup de canon qui troue la carapace;
de la part de cette sublime et noble fille, ce mouvement
plein de dégoût l'humilia, non pas seulement aux regards
de ce petit monde, mais encore à ses propres yeux. Peyrade,
le Provençal, s'élança sur le foyer, il reçut un coup de
pied de Laurence; mais il lui prit le pied, le lui leva et la
força, par pudeur, de se renverser sur la bergère où elle
dormait naguère. Ce fut le burlesque au milieu de la terreur,
contraste fréquent dans les choses humaines. Peyrade se
roussit la main pour s'emparer de la cassette en feu; mais
il l'eut, il la posa par terre et s'assit dessus. Ces petits
événements se passèrent avec rapidité, sans une parole.
Corentin, remis de la douleur causée par le coup de
cravache, maintint mademoiselle de Cinq-Cygne en lui
prenant les mains.

— Ne m'obligez pas, *belle citoyenne*, à employer la
force contre vous, dit-il avec sa flétrissante courtoisie.

L'action de Peyrade eut pour résultat d'éteindre le feu
par une compression qui supprima l'air.

— Gendarmes, à nous! cria-t-il en gardant sa position
bizarre.

— Promettez-vous d'être sage? dit insolemment Corentin
à Laurence en ramassant son poignard et sans commettre
la faute de l'en menacer.

— Les secrets de cette cassette ne concernent pas le
gouvernement, répondit-elle avec un mélange de mélancolie dans son air et dans son accent. Quand vous aurez
lu les lettres qui y sont, vous aurez, malgré votre infamie,
honte de les avoir lues; mais avez-vous encore honte de
quelque chose? demanda-t-elle après une pause.

Le curé jeta sur Laurence un regard comme pour lui
dire: « Au nom de Dieu! calmez-vous. »

Peyrade se leva. Le fond de la cassette, en contact avec
les charbons et presque entièrement brûlé, laissa sur le
tapis une empreinte roussie. Le dessus de la cassette était

déjà charbonné, les côtés cédèrent. Ce grotesque Scævola, qui venait d'offrir au dieu de la Police, à la Peur, le fond de sa culotte abricot, ouvrit les deux côtés de la boîte comme s'il s'agissait d'un livre, et fit glisser sur le tapis de la table à jouer trois lettres et deux mèches de cheveux. Il allait sourire en regardant Corentin, quand il s'aperçut que les cheveux étaient de deux blancs différents. Corentin quitta mademoiselle de Cinq-Cygne pour venir lire la lettre d'où les cheveux étaient tombés.

Laurence aussi se leva, se mit auprès des deux espions et dit :

« Oh! lisez à haute voix, ce sera votre punition. »

Comme ils lisaient des yeux seulement, elle lut elle-même la lettre suivante :

« CHÈRE LAURENCE,

« Nous avons connu votre belle conduite dans la triste « journée de notre arrestation, mon mari et moi. Nous « savons que vous aimez nos jumeaux chéris autant et tout « aussi également que nous les aimons nous-mêmes; aussi « est-ce vous que nous chargeons d'un dépôt à la fois pré- « cieux et triste pour eux. Monsieur l'exécuteur vient de « nous couper les cheveux, car nous allons mourir dans « quelques instants, et il nous a promis de vous faire tenir « les deux seuls souvenirs de nous qu'il nous soit possible « de donner à nos orphelins bien-aimés. Gardez-leur donc « ces restes de nous, vous les leur donnerez en des temps « meilleurs. Nous avons mis là un dernier baiser pour « eux avec notre bénédiction. Notre dernière pensée sera « d'abord pour nos fils, puis pour vous, enfin pour Dieu! « Aimez-les bien.

« Berthe DE CINQ-CYGNE.
« Jean DE SIMEUSE. »

Chacun eut les larmes aux yeux à la lecture de cette lettre.

Laurence dit aux deux agents, d'une voix ferme, en leur jetant un regard pétrifiant : « Vous avez moins de pitié que *monsieur l'exécuteur*. »

Corentin mit tranquillement les cheveux dans la lettre, et la lettre de côté sur la table en y plaçant un panier plein de fiches pour qu'elle ne s'envolât point. Ce sang-froid au milieu de l'émotion générale était affreux. Peyrade dépliait les deux autres lettres.

— Oh! quant à celles-ci, reprit Laurence, elles sont à peu près pareilles. Vous avez entendu le testament, en voici l'accomplissement. Désormais mon cœur n'aura plus de secrets pour personne, voilà tout.

«1794, Andernach, avant le combat.

« Ma chère Laurence, je vous aime pour la vie et je
« veux que vous le sachiez bien; mais, dans le cas où je
« viendrais à mourir, apprenez que mon frère Paul-Marie
« vous aime autant que je vous aime. Ma seule consolation
« en mourant sera d'être certain que vous pourrez un jour
« faire de mon cher frère votre mari, sans me voir dépérir
« de jalousie comme cela certes arriverait si, vivants tous
« deux, vous me le préfériez. Après tout, cette préférence
« me semblerait bien naturelle, car peut-être vaut-il mieux
« que moi, etc.

« MARIE-PAUL. »

— Voici l'autre, reprit-elle avec une charmante rougeur au front.

«Andernach, avant le combat.

« Ma bonne Laurence, j'ai quelque tristesse dans l'âme :
« mais Marie-Paul a trop de gaîté dans le caractère pour
« ne pas vous plaire beaucoup plus que je ne vous plais. Il
« vous faudra quelque jour choisir entre nous, eh! bien,
« quoique je vous aime avec une passion... »

— Vous correspondiez avec des émigrés, dit Peyrade en interrompant Laurence et mettant par précaution les lettres entre lui et la lumière pour vérifier si elles ne contenaient pas dans l'entre-deux des lignes une écriture en encre sympathique.

— Oui, dit Laurence qui replia les précieuses lettres dont le papier avait jauni. Mais en vertu de quel droit violez-vous ainsi mon domicile, ma liberté personnelle et toutes les vertus domestiques?

— Ah! au fait! dit Peyrade. De quel droit? il faut vous le dire, belle aristocrate, reprit-il en tirant de sa poche un ordre émané du ministre de la Justice et contresigné du ministre de l'Intérieur. Tenez, citoyenne, les ministres ont pris cela sous leur bonnet...

— Nous pourrions vous demander, lui dit Corentin à l'oreille, de quel droit vous logez chez vous les assassins du Premier Consul? Vous m'avez appliqué sur les doigts un coup de cravache qui m'autoriserait à donner quelque jour un coup de main pour expédier messieurs vos cousins, moi qui venais pour les sauver.

Au seul mouvement des lèvres et au regard que Laurence jeta sur Corentin, le curé comprit ce que disait ce grand artiste inconnu, et fit à la comtesse un signe de défiance qui ne fut vu que par Goulard. Peyrade frappait sur le dessus de la boîte de petits coups pour savoir si elle ne serait pas composée de deux planches creuses.

— Oh! mon Dieu, dit-elle à Peyrade en lui arrachant le dessus, ne la brisez pas, tenez.

Elle prit une épingle, poussa la tête d'une figure, les deux planches chassées par un ressort se disjoignirent, et celle qui était creuse offrit les deux miniatures de messieurs de Simeuse en uniforme de l'armée de Condé, deux portraits sur ivoire faits en Allemagne. Corentin, qui se trouvait face à face avec un adversaire digne de toute sa colère, attira par un geste Peyrade dans un coin et conféra secrètement avec lui.

— Vous jetiez cela au feu, dit l'abbé Goujet à Laurence en lui montrant par un regard la lettre de la marquise et les cheveux.

Pour toute réponse, la jeune fille haussa significativement les épaules. Le curé comprit qu'elle sacrifiait tout pour amuser les espions et gagner du temps et il leva les yeux au ciel par un geste d'admiration.

— Où donc a-t-on arrêté Gothard que j'entends pleurer? lui dit-elle assez haut pour être entendue.

— Je ne sais pas, répondit le curé.

— Était-il allé à la ferme?

— La ferme! dit Peyrade à Corentin. Envoyons-y du monde.

— Non, reprit Corentin, cette fille n'aurait pas confié le salut de ses cousins à un fermier. Elle nous amuse. Faites ce que je vous dis, afin qu'après avoir commis la faute de venir ici, nous en remportions au moins quelques éclaircissements.

Corentin vint se mettre devant la cheminée, releva les longues basques pointues de son habit pour se chauffer et prit l'air, le ton, les manières d'un homme qui se trouve en visite.

— Mesdames, vous pouvez vous coucher, et vos gens également. Monsieur le maire, vos services nous sont maintenant inutiles. La sévérité de nos ordres ne nous permet pas d'agir autrement que nous venons de le faire; mais quand toutes les murailles, qui me semblent bien épaisses, seront examinées, nous partirons.

Le maire salua la compagnie et sortit. Ni le curé, ni mademoiselle Goujet ne bougèrent. Les gens étaient trop inquiets pour ne pas suivre le sort de leur jeune maîtresse. Madame d'Hauteserre, qui, depuis l'arrivée de Laurence, l'étudiait avec la curiosité d'une mère au désespoir, se leva, la prit par le bras, l'emmena dans un coin et lui dit à voix basse : « Les avez-vous vus ? »

— Comment aurais-je laissé vos enfants venir sous notre toit sans que vous le sachiez ? répondit Laurence.

— Durieu, dit-elle, voyez s'il est possible de sauver ma pauvre Stella qui respire encore.

— Elle a fait beaucoup de chemin, dit Corentin.

— Quinze lieues en trois heures, répondit-elle au curé, qui la contemplait avec stupéfaction. Je suis sortie à neuf heures et demie, et suis revenue à une heure bien passée.

Elle regarda la pendule, qui marquait deux heures et demie.

— Ainsi, reprit Corentin, vous ne niez pas d'avoir fait une course de quinze lieues ?

— Non, dit-elle. J'avoue que mes cousins et messieurs de Simeuse, dans leur parfaite innocence, comptaient demander à ne pas être exceptés de l'amnistie, et revenaient à Cinq-Cygne. Aussi, quand j'ai pu croire que le sieur Malin voulait les envelopper dans quelque trahison, suis-je allée les prévenir de retourner en Allemagne, où ils seront avant que le télégraphe de Troyes ne les ait signalés à la frontière. Si j'ai commis un crime, on m'en punira.

Cette réponse, profondément méditée par Laurence, et si probable dans toutes ses parties, ébranla les convictions de Corentin, que la jeune comtesse observait du coin de l'œil. Dans cet instant si décisif, et quand toutes les âmes étaient en quelque sorte suspendues à ces deux visages, que tous les regards allaient de Corentin à Laurence et de Laurence à Corentin, le bruit d'un cheval au galop venant de la forêt retentit sur le chemin, et de la grille sur le pavé de la pelouse. Une affreuse anxiété se peignit sur tous les visages.

Peyrade entra l'œil brillant de joie, il vint avec empressement à son collègue et lui dit assez haut pour que la comtesse l'entendît : « Nous tenons Michu. »

Laurence, à qui l'angoisse, la fatigue et la tension de toutes ses facultés intellectuelles donnaient une couleur rose aux joues, reprit sa pâleur et tomba presque évanouie, foudroyée, sur un fauteuil. La Durieu, mademoiselle Goujet et madame d'Hauteserre s'élancèrent auprès d'elle, car elle étouffait ; elle indiqua par un geste de couper les brandebourgs de son amazone.

— Elle a donné dedans, *ils* vont sur Paris, dit Corentin à Peyrade, changeons les ordres.

Ils sortirent en laissant un gendarme à la porte du salon. L'adresse infernale de ces deux hommes venait de remporter un horrible avantage dans ce duel en prenant Laurence au piège d'une de leurs ruses habituelles.

A six heures du matin, au petit jour, les deux agents revinrent. Après avoir exploré le chemin creux, ils s'étaient assurés que les chevaux y avaient passé pour aller dans la forêt. Ils attendaient les rapports du capitaine de gendarmerie chargé d'éclairer le pays. Tout en laissant le château cerné sous la surveillance d'un brigadier, ils allèrent pour déjeuner chez un cabaretier de Cinq-Cygne, mais toute-

fois après avoir donné l'ordre de mettre en liberté Gothard
qui n'avait cessé de répondre à toutes les questions par des
torrents de pleurs; et Catherine qui restait dans sa silen-
cieuse immobilité. Catherine et Gothard vinrent au salon,
et baisèrent les mains de Laurence qui gisait étendue dans
la bergère. Durieu vint annoncer que Stella ne mourrait
pas; mais elle exigeait bien des soins.

Le maire, inquiet et curieux, rencontra Peyrade et
Corentin dans le village. Il ne voulut pas souffrir que des
employés supérieurs déjeunassent dans un méchant cabaret,
il les emmena chez lui. L'abbaye était à un quart de lieue.
Tout en cheminant, Peyrade remarqua que le brigadier
d'Arcis n'avait fait parvenir aucune nouvelle de Michu ni
de Violette.

— Nous avons affaire à des gens de qualité, dit Corentin,
ils sont plus forts que nous. Le prêtre y est sans doute pour
quelque chose.

Au moment où madame Goulard faisait entrer les deux
employés dans une vaste salle à manger sans feu, le lieutenant de gendarmerie arriva, l'air assez effaré.

— Nous avons rencontré le cheval du brigadier d'Arcis
dans la forêt, sans son maître, dit-il à Peyrade.

— Lieutenant, s'écria Corentin, courez au pavillon de
Michu, sachez ce qui s'y passe! On aura tué le brigadier.

Cette nouvelle nuisit au déjeuner du maire. Les Parisiens avalèrent tout avec une rapidité de chasseurs mangeant à une halte, et revinrent au château dans leur cabriolet
d'osier attelé du cheval de poste, pour pouvoir se porter
rapidement sur tous les points où leur présence serait
nécessaire. Quand ces deux hommes reparurent dans ce
salon, où ils avaient jeté le trouble, l'effroi, la douleur et
les plus cruelles anxiétés, ils y trouvèrent Laurence en
robe de chambre, le gentilhomme et sa femme, l'abbé
Goujet et sa sœur groupés autour du feu, tranquilles en
apparence.

— Si l'on tenait Michu, s'était dit Laurence, on l'aurait
amené. J'ai le chagrin de n'avoir pas été maîtresse de moi-
même, d'avoir jeté quelque clarté dans les soupçons de
ces infâmes; mais tout peut se réparer. — Serons-nous

long-temps vos prisonniers, demanda-t-elle aux deux
agents d'un air railleur et dégagé.

— Comment peut-elle savoir quelque chose de notre
inquiétude sur Michu? personne du dehors n'est entré
dans le château; elle nous *gouaille* [44], se dirent les deux
espions par un regard.

— Nous ne vous importunerons pas long-temps encore,
répondit Corentin; dans trois heures d'ici nous vous
offrirons nos regrets d'avoir troublé votre solitude.

Personne ne répondit. Ce silence du mépris redoubla
la rage intérieure de Corentin, sur le compte de qui Laurence et le curé, les deux intelligences de ce petit monde,
s'étaient édifiés. Gothard et Catherine mirent le couvert
auprès du feu pour le déjeuner, auquel prirent part le curé
et sa sœur. Les maîtres ni les domestiques ne firent aucune
attention aux deux espions qui se promenaient dans le
jardin, dans la cour, sur le chemin, et qui revenaient de
temps en temps au salon.

A deux heures et demie le lieutenant revint.

— J'ai trouvé le brigadier, dit-il à Corentin, étendu
dans le chemin qui mène du pavillon dit de Cinq-Cygne à
la ferme de Bellache, sans aucune blessure autre qu'une
horrible contusion à la tête; et vraisemblablement produite par sa chute. Il a été, dit-il, enlevé de dessus son
cheval si rapidement, et jeté si violemment en arrière,
qu'il ne peut expliquer de quelle manière cela s'est fait;
ses pieds ont quitté les étriers, sans cela il était mort, son
cheval effrayé l'aurait traîné à travers champs: nous l'avons
confié à Michu et à Violette...

— Comment! Michu se trouve à son pavillon? dit
Corentin, qui regarda Laurence.

La comtesse souriait d'un œil fin, en femme qui prenait sa revanche.

— Je viens de le voir en train d'achever avec Violette
un marché qu'ils ont commencé hier au soir, reprit le lieutenant. Violette et Michu m'ont paru gris; mais il n'y a
pas de quoi s'en étonner, ils ont bu pendant toute la nuit,
et ne sont pas encore d'accord.

— Violette vous l'a dit? s'écria Corentin.

— Oui, dit le lieutenant.

— Ah! il faudrait tout faire soi-même, s'écria Peyrade en regardant Corentin, qui se défiait tout autant que Peyrade de l'intelligence du lieutenant.

Le jeune homme répondit au vieillard par un signe de tête.

— A quelle heure êtes-vous arrivé au pavillon de Michu? dit Corentin en remarquant que mademoiselle de Cinq-Cygne avait regardé l'horloge sur la cheminée.

— A deux heures environ, dit le lieutenant.

Laurence couvrit d'un même regard monsieur et madame d'Hauteserre, l'abbé Goujet et sa sœur, qui se crurent sous un manteau d'azur; la joie du triomphe pétillait dans ses yeux, elle rougit, et des larmes roulèrent entre ses paupières. Forte contre les plus grands malheurs, cette jeune fille ne pouvait pleurer que de plaisir. En ce moment elle fut sublime, surtout pour le curé, qui, presque chagrin de la virilité du caractère de Laurence, y aperçut alors l'excessive tendresse de la femme; mais cette sensibilité gisait, chez elle, comme un trésor caché à une profondeur infinie sous un bloc de granit. En ce moment un gendarme vint demander s'il fallait laisser entrer le fils de Michu qui venait de chez son père pour parler aux messieurs de Paris. Corentin répondit par un signe affirmatif. François Michu, ce rusé petit chien qui chassait de race, était dans la cour où Gothard, mis en liberté, put causer avec lui pendant un instant sous les yeux du gendarme. Le petit Michu s'acquitta d'une commission en glissant quelque chose dans la main de Gothard sans que le gendarme s'en aperçut. Gothard se coula derrière François et arriva jusqu'à mademoiselle de Cinq-Cygne pour lui remettre innocemment son alliance entière qu'elle baisa bien ardemment, car elle comprit que Michu lui disait, en la lui envoyant ainsi, que les quatre gentils hommes étaient en sûreté.

— *M'n p'a* (mon papa) fait demander où faut mettre *el brigadiais* qui ne va point *ben* du tout?

— De quoi se plaint-il? dit Peyrade.

— *Eu d'la tête*, il *s'a fiché* par *tare ben* drument tout de même. Pour un *gindarme*, qui savions *montar à chevâlle*, c'est du guignon; mais il aura buté! Il a un trou, oh! gros comme *eul' poing darrière la tâte*. Paraît qu'il a évu la chance *ed' timber* sur un méchant caillou, pauvre homme! Il a beau *ette* gindarme, *i souffe* tout de même, *qué çâ fû* pitié.

Le capitaine de gendarmerie de Troyes entra dans la cour, mit pied à terre, fit signe à Corentin qui, en le reconnaissant, se précipita vers la croisée et l'ouvrit pour ne pas perdre de temps.

— Qu'y a-t-il?

— Nous avons été ramenés comme des Hollandais [45]! On a trouvé cinq chevaux morts de fatigue, le poil hérissé de sueur, au beau milieu de la grande avenue de la forêt, je les fais garder pour savoir d'où ils viennent et qui les a fournis. La forêt est cernée, ceux qui s'y trouvent n'en pourront pas sortir.

— A quelle heure croyez-vous que ces cavaliers-là soient entrés dans la forêt?

— A midi et demi.

— Que pas un lièvre ne sorte de cette forêt sans qu'on le voie, lui dit Corentin à l'oreille. Je vous laisse ici Peyrade, et vais voir le pauvre brigadier. — Reste chez le maire, je t'enverrai un homme adroit pour te relever, dit-il à l'oreille du Provençal. Il faudra nous servir des gens du pays, examine-s'y toutes les figures. Il se tourna vers la compagnie et dit : « Au revoir! » d'un ton effrayant.

Personne ne salua les agents, qui sortirent.

— Que dira Fouché d'une visite domiciliaire sans résultat? s'écria Peyrade quand il aida Corentin à monter dans le cabriolet d'osier.

— Oh! tout n'est pas fini, répondit Corentin à l'oreille de Peyrade, les gentilshommes doivent être dans la forêt. Il montra Laurence, qui les regardait à travers les petits carreaux des grandes fenêtres du salon : — J'en ai fait crever une qui la valait bien [46], et qui m'avait par trop échauffé la bile! Si elle retombe sous ma coupe, je lui paierai son coup de cravache.

— L'autre était une fille, dit Peyrade, et celle-là se trouve dans une position...

— Est-ce que je distingue? tout est poisson dans la mer! dit Corentin en faisant signe au gendarme qui le menait de fouetter le cheval de poste.

Dix minutes après, le château de Cinq-Cygne était entièrement et complètement évacué.

— Comment s'est-on défait du brigadier? dit Laurence à François Michu qu'elle avait fait asseoir et à qui elle donnait à manger.

— Mon père et ma mère m'ont dit qu'il s'agissait de vie et de mort, que personne ne devait entrer chez nous. Donc, j'ai entendu, au mouvement des chevaux dans la forêt, que j'avais affaire à des chiens de gendarmes, et j'ai voulu les empêcher d'entrer chez nous. J'ai pris de grosses cordes que nous avons dans notre grenier, je les ai attachées à l'un des arbres qui se trouvent au débouché de chaque chemin. Pour lors, j'ai tiré la corde à la hauteur de la poitrine d'un cavalier, et je l'ai serrée autour de l'arbre d'en face, dans le chemin où j'ai entendu le galop d'un cheval. Le chemin se trouvait barré. L'affaire n'a pas manqué. Il n'y avait plus de lune, mon brigadier s'est fiché par terre, mais il ne s'est pas tué. Que voulez-vous? ça a la vie dure, les gendarmes! Enfin, on fait ce qu'on peut.

— Tu nous as sauvés! dit Laurence en embrassant François Michu qu'elle reconduisit jusqu'à la grille. Là, ne voyant personne, elle lui dit dans l'oreille : « Ont-ils des vivres? »

— Je viens de leur porter un pain de douze livres et quatre bouteilles de vin. On se tiendra coi pendant six jours.

En revenant au salon, la jeune fille se vit l'objet des muettes interrogations de monsieur et de madame d'Hauteserre, de mademoiselle et de l'abbé Goujet, qui la regardaient avec autant d'admiration que d'anxiété.

— Mais vous les avez donc revus? s'écria madame d'Hauteserre.

La comtesse se mit un doigt sur les lèvres en souriant, et monta chez elle pour se coucher; car, une fois le triomphe obtenu, ses fatigues l'écrasèrent [47].

Le chemin le plus court pour aller de Cinq-Cygne au

pavillon de Michu était celui qui menait de ce village à la
ferme de Bellache, et qui aboutissait au rond-point où les
espions avaient apparu la veille à Michu. Aussi le gendarme qui conduisait Corentin suivit-il cette route que le
brigadier d'Arcis avait prise. Tout en allant, l'agent cherchait les moyens par lesquels un brigadier avait pu être
désarçonné. Il se gourmandait de n'avoir envoyé qu'un
seul homme sur un point si important, et il tirait de cette
faute un axiome pour un Code de police qu'il faisait à son
usage. — Si l'on s'est débarrassé du gendarme, pensait-il,
on se sera défait aussi de Violette. Les cinq chevaux morts
ont évidemment ramené des environs de Paris dans la forêt
les quatre conspirateurs et Michu. — Michu a-t-il un cheval ? dit-il au gendarme qui était de la brigade d'Arcis.

— Ah ! et un fameux bidet, répondit le gendarme, un
cheval de chasse qui vient des écuries du ci-devant marquis de Simeuse. Quoiqu'il ait bien quinze ans, il n'en est
que meilleur : Michu lui fait faire vingt lieues, l'animal a
le poil sec comme mon chapeau. Oh ! il en a bien soin, il
en a refusé de l'argent.

— Comment est son cheval ?

— Une robe brune tirant sur le noir, des taches blanches
au-dessus des sabots, maigre, tout nerfs, comme un cheval
arabe.

— Tu as vu des chevaux arabes ?

— Je suis revenu d'Égypte il y a un an, et j'ai monté
des chevaux de mameluck. On a onze ans de service dans
la cavalerie : je suis allé sur le Rhin avec le général Steingel [48],
de là en Italie, et j'ai suivi le Premier Consul en Égypte.
Aussi vais-je passer brigadier.

— Quand je serai au pavillon de Michu, va donc à
l'écurie, et si tu vis depuis onze ans avec les chevaux, tu
dois savoir reconnaître quand un cheval a couru.

— Tenez, c'est là que notre brigadier a été jeté par
terre, dit le gendarme en montrant l'endroit où le chemin
débouchait au rond-point.

— Tu diras au capitaine de venir me prendre à ce pavillon, nous nous en irons ensemble à Troyes.

Corentin mit pied à terre et resta pendant quelques

instants à observer le terrain. Il examina les deux ormes qui
se trouvaient en face, l'un adossé au mur du parc, l'autre
sur le talus du rond-point que coupait le chemin vicinal;
puis il vit, ce que personne n'avait su voir, un bouton
d'uniforme dans la poussière du chemin, et il le ramassa.
En entrant dans le pavillon, il aperçut Violette et Michu
attablés dans la cuisine et disputant toujours. Violette se
leva, salua Corentin, et lui offrit à boire.

— Merci, je voudrais voir le brigadier, dit le jeune
homme, qui d'un regard devina que Violette était gris
depuis plus de douze heures.

— Ma femme le garde en haut, dit Michu.

— Eh! bien, brigadier, comment allez-vous? dit Corentin qui s'élança dans l'escalier et qui trouva le gendarme
la tête enveloppée d'une compresse et couché sur le lit de
madame Michu.

Le chapeau, le sabre et le fourniment étaient sur une
chaise. Marthe, fidèle aux sentiments de la femme et ne
sachant pas d'ailleurs la prouesse de son fils, gardait le
brigadier en compagnie de sa mère.

— On attend monsieur Varlet, le médecin d'Arcis, dit
madame Michu, Gaucher est allé le chercher.

— Laissez-nous pendant un moment, dit Corentin
assez surpris de ce spectacle où éclatait l'innocence des
deux femmes. — Comment avez-vous été atteint? demanda-
t-il en regardant l'uniforme.

— A la poitrine, répondit le brigadier.

— Voyons votre buffleterie? demanda Corentin.

Sur la bande jaune bordée de lisérés blancs, qu'une loi
récente avait donnée à la gendarmerie dite *nationale*, en
stipulant les moindres détails de son uniforme, se trouvait
une plaque assez semblable à la plaque actuelle des gardes-
champêtres, et où la loi avait enjoint de graver ces singuliers
mots : *Respect aux personnes et aux propriétés!* La corde
avait porté nécessairement sur la buffleterie et l'avait vigoureusement machurée. Corentin prit l'habit et regarda
l'endroit où manquait le bouton trouvé sur le chemin.

— A quelle heure vous a-t-on ramassé? demanda
Corentin.

— Mais au petit jour.

— Vous a-t-on monté sur-le-champ ici? dit Corentin en remarquant l'état du lit qui n'était pas défait.

— Oui.

— Qui vous a monté?

— Les femmes et le petit Michu qui m'a trouvé sans connaissance.

— Bon! ils ne se sont pas couchés, se dit Corentin. Le brigadier n'a été atteint ni par un coup de feu, ni par un coup de bâton, car son adversaire, pour le frapper, aurait dû se mettre à sa hauteur, et se fût trouvé à cheval; il n'a donc pu être désarmé que par un obstacle opposé à son passage. Une pièce de bois? pas possible. Une chaîne de fer? elle aurait laissé des marques. — Qu'avez-vous senti? dit-il tout haut au brigadier en venant l'examiner.

— J'ai été renversé si brusquement...

— Vous avez la peau écorchée sous le menton.

— Il me semble, répondit le brigadier, que j'ai eu la figure labourée par une corde...

— J'y suis, dit Corentin. On a tendu d'un arbre à l'autre une corde pour vous barrer le passage...

— Ça se pourrait bien, dit le brigadier.

Corentin descendit et entra dans la salle.

— Eh! bien, vieux coquin, finissons-en, disait Michu en parlant à Violette et regardant l'espion. Cent vingt mille francs du tout, et vous êtes le maître de mes terres. Je me ferai rentier.

— Je n'en ai, comme il n'y a qu'un Dieu, que soixante mille.

— Mais puisque je vous offre du terme pour le reste! Nous voilà pourtant depuis hier sans pouvoir finir ce marché-là... Des terres de première qualité.

— Les terres sont bonnes, répondit Violette.

— Du vin! ma femme, s'écria Michu.

— N'avez-vous donc pas assez bu? s'écria la mère de Marthe. Voilà la quatorzième bouteille depuis hier neuf heures...

— Vous êtes là depuis neuf heures ce matin? dit Corentin à Violette.

— Non, faites excuse. Depuis hier au soir, je n'ai pas quitté la place, et je n'ai rien gagné : plus il me fait boire, plus il me surfait ses biens.

— Dans les marchés, qui hausse le coude, fait hausser le prix, dit Corentin.

Une douzaine de bouteilles vides, rangées au bout de la table, attestaient le dire de la vieille. En ce moment, le gendarme fit signe du dehors à Corentin et lui dit à l'oreille, sur le pas de la porte :

— Il n'y a point de cheval à l'écurie.

— Vous avez envoyé votre petit sur votre cheval à la ville, dit Corentin en rentrant, il ne peut tarder à revenir.

— Non, monsieur, dit Marthe, il est à pied.

— Eh! bien, qu'avez-vous fait de votre cheval?

— Je l'ai prêté, répondit Michu d'un ton sec.

— Venez ici, bon apôtre, fit Corentin en parlant au régisseur, j'ai deux mots à vous glisser dans le tuyau de l'oreille.

Corentin et Michu sortirent.

— La carabine que vous chargiez hier à quatre heures devait vous servir à tuer le Conseiller-d'État : Grévin, le notaire, vous a vu; mais on ne peut pas vous pincer là-dessus : il y a eu beaucoup d'intention, et peu de témoins. Vous avez, je ne sais comment, endormi Violette, et vous, votre femme, votre petit gars, vous avez passé la nuit dehors pour avertir mademoiselle de Cinq-Cygne de notre arrivée et faire sauver ses cousins que vous avez amenés ici, je ne sais pas encore où. Votre fils ou votre femme ont jeté le brigadier par terre assez spirituellement. Enfin vous nous avez battus. Vous êtes un fameux luron. Mais tout n'est pas dit, nous n'aurons pas le dernier. Voulez-vous transiger ? vos maîtres y gagneront.

— Venez par ici, nous causerons sans pouvoir être entendus, dit Michu en emmenant l'espion dans le parc jusqu'à l'étang.

Quand Corentin vit la pièce d'eau, il regarda fixement Michu, qui comptait sans doute sur sa force pour jeter cet homme dans sept pieds de vase sous trois pieds d'eau. Michu répondit par un regard non moins fixe. Ce fut absolument comme si un boa flasque et froid eût défié un de ces roux et fauves jaguars du Brésil.

— Je n'ai pas soif, répondit le muscadin qui resta sur le bord de la prairie et mit la main dans sa poche de côté pour y prendre son petit poignard.

— Nous ne pouvons pas nous comprendre, dit Michu froidement.

— Tenez-vous sage, mon cher, la Justice aura l'œil sur vous.

— Si elle n'y voit pas plus clair que vous, il y a du danger pour tout le monde, dit le régisseur.

— Vous refusez? dit Corentin d'un ton expressif.

— J'aimerais mieux avoir cent fois le cou coupé, si l'on pouvait couper cent fois le cou à un homme, que de me trouver d'intelligence avec un drôle tel que toi.

Corentin remonta vivement en voiture après avoir toisé Michu, le pavillon et Couraut qui aboyait après lui. Il donna quelques ordres en passant à Troyes, et revint à Paris. Toutes les brigades de gendarmerie eurent une consigne et des instructions secrètes.

Pendant les mois de décembre, janvier et février, les recherches furent actives et incessantes dans les moindres villages. On écouta dans tous les cabarets. Corentin apprit trois choses importantes : un cheval semblable à celui de Michu fut trouvé mort dans les environs de Lagny. Les cinq chevaux enterrés dans la forêt de Nodesme avaient été vendus cinq cents francs chaque, par des fermiers et des meuniers, à un homme qui, d'après le signalement, devait être Michu. Quand la loi sur les recéleurs et les complices de Georges fut rendue, Corentin restreignit sa surveillance à la forêt de Nodesme. Puis quand Moreau, les royalistes et Pichegru furent arrêtés, on ne vit plus de figures étrangères dans le pays. Michu perdit alors sa place, le notaire d'Arcis lui apporta la lettre par laquelle le Conseiller-d'État, devenu Sénateur, priait Grévin de recevoir les comptes du régisseur et de le congédier. En trois jours, Michu se fit donner un quitus en bonne forme, et devint libre. Au grand étonnement du pays, il alla vivre à Cinq-Cygne où Laurence le prit pour fermier de toutes les réserves du château. Le jour de son installation coïncida fatalement avec l'exécution du duc d'Enghien. On apprit dans presque toute la France à la fois, l'arrestation, le jugement, la condamnation et la mort du prince, terribles représailles qui précédèrent le procès de Polignac, Rivière et Moreau.

CHAPITRE II.

REVANCHE DE CORENTIN

En attendant que la ferme destinée à Michu fût construite, le faux Judas se logea dans les communs au-dessus des écuries, du côté de la fameuse brèche. Michu se procura deux chevaux, un pour lui et un pour son fils, car tous deux se joignirent à Gothard pour accompagner mademoiselle de Cinq-Cygne dans toutes ses promenades qui avaient pour but, comme on le pense, de nourrir les quatre gentilshommes et de veiller à ce qu'ils ne manquassent de rien. François et Gothard, aidés par Couraut et par les chiens de la comtesse, éclairaient les alentours de la cachette, et s'assuraient qu'il n'y avait personne aux environs. Laurence et Michu apportaient les vivres que Marthe, sa mère et Catherine apprêtaient à l'insu des gens afin de concentrer le secret, car aucun d'eux ne mettait en doute qu'il y eût des espions dans le village. Aussi, par prudence, cette expédition n'eut-elle jamais lieu que deux fois par semaine et toujours à des heures différentes, tantôt le jour et tantôt la nuit. Ces précautions durèrent autant que le procès Rivière, Polignac et Moreau. Quand le Sénatus-consulte qui appelait à l'Empire la famille Bonaparte et nommait Napoléon Empereur fut soumis à l'acceptation du peuple français, monsieur d'Hauteserre signa sur le registre que vint lui présenter Goulard. Enfin on apprit que le pape viendrait sacrer Napoléon. Mademoiselle de Cinq-Cygne ne s'opposa plus dès lors à ce qu'une demande fût adressée par les deux jeunes d'Hauteserre et par ses cousins pour être rayés de la liste des émigrés et reprendre leurs droits de citoyens. Le bonhomme courut aussitôt à Paris et y alla voir le ci-devant marquis de Chargebœuf qui connaissait monsieur de Talleyrand. Ce ministre, alors en faveur, fit parvenir la pétition à Joséphine, et Joséphine la remit à son mari qu'on nommait Empereur, Majesté, Sire, avant de connaître le résultat du scrutin populaire. Monsieur de Chargebœuf, monsieur d'Hauteserre et l'abbé Goujet, qui vint aussi à Paris, obtinrent une audience de Talleyrand, et ce ministre leur promit son appui. Déjà Napoléon avait fait grâce aux principaux acteurs de la grande conspiration royaliste dirigée contre lui; mais, quoique les quatre gentilshommes ne fussent que soupçonnés, au sortir d'une séance du Conseil-d'État, l'Empereur appela dans son cabinet le sénateur Malin, Fouché, Talleyrand, Cambacérès, Lebrun, et Dubois, le Préfet de Police.

— Messieurs, dit le futur Empereur qui conservait encore son costume de Premier Consul, nous avons reçu des sieurs de Simeuse et d'Hauteserre, officiers de l'armée du prince de Condé, une demande d'être autorisés à rentrer en France.

— Ils y sont, dit Fouché.

— Comme mille autres que je rencontre dans Paris, répondit Talleyrand.

— Je crois, répondit Malin, que vous n'avez point rencontré ceux-ci, car ils sont cachés dans la forêt de Nodesme, et s'y croient chez eux.

Il se garda bien de dire au Premier Consul et à Fouché les paroles auxquelles il avait dû la vie; mais, en s'appuyant des rapports faits par Corentin, il convainquit le Conseil de la participation des quatre gentilshommes au complot de messieurs de Rivière et de Polignac, en leur donnant Michu pour complice. Le Préfet de Police confirma les assertions du Sénateur.

— Mais comment ce régisseur aurait-il su que la conspiration était découverte, au moment où l'Empereur, son conseil et moi, nous étions les seuls qui eussent ce secret? demanda le Préfet de Police.

Personne ne fit attention à la remarque de Dubois.

— S'ils sont cachés dans une forêt et que vous ne les ayez pas trouvés depuis sept mois, dit l'Empereur à Fouché, ils ont bien expié leurs torts.

— Il suffit, dit Malin effrayé de la perspicacité du Préfet de Police, que ce soient mes ennemis pour que j'imite la conduite de Votre Majesté; je demande donc leur radiation et me constitue leur avocat auprès d'elle.

— Ils seront moins dangereux pour vous, réintégrés qu'émigrés, car ils auront prêté serment aux constitutions de l'Empire et aux lois, dit Fouché qui regarda fixement Malin.

— En quoi menacent-ils monsieur le sénateur? dit Napoléon.

Talleyrand s'entretint pendant quelque temps à voix basse avec l'Empereur. La radiation et la réintégration de messieurs de Simeuse et d'Hauteserre parut alors accordée.

— Sire, dit Fouché, vous pourrez encore entendre parler de ces gens-là.

Talleyrand, sur les sollicitations du duc de Grandlieu, venait de donner, au nom de ces messieurs, leur foi de gentilhomme, mot qui exerçait des séductions sur Napoléon, qu'ils n'entreprendraient rien contre l'Empereur, et faisaient leur soumission sans arrière-pensée.

— Messieurs d'Hauteserre et de Simeuse ne veulent plus porter les armes contre la France après les derniers événements. Ils ont peu de sympathie pour le gouvernement impérial, et sont de ces gens que Votre Majesté devra conquérir; mais ils se contenteront de vivre sur le sol français en obéissant aux lois, dit le ministre.

Puis il mit sous les yeux de l'Empereur une lettre qu'il avait reçue, et où ces sentiments étaient exprimés.

— Ce qui est si franc doit être sincère, dit l'Empereur en regardant Lebrun et Cambacérès. Avez-vous encore des objections? demanda-t-il à Fouché.

— Dans l'intérêt de Votre Majesté, répondit le futur ministre de la Police générale, je demande à être chargé de transmettre à ces messieurs leur radiation *quand elle sera définitivement accordée*, dit-il à haute voix.

— Soit, dit Napoléon en trouvant une expression soucieuse dans le visage de Fouché.

Ce petit conseil fut levé sans que cette affaire parût terminée ; mais il eut pour résultat de mettre dans la mémoire de Napoléon une note douteuse sur les quatre gentils-hommes. Monsieur d'Hauteserre, qui croyait au succès, avait écrit une lettre où il annonçait cette bonne nouvelle. Les habitants de Cinq-Cygne ne furent donc pas étonnés de voir, quelques jours après, Goulard qui vint dire à madame d'Hauteserre et à Laurence qu'elles eussent à envoyer les quatre gentilshommes à Troyes, où le préfet leur remettrait l'arrêté qui les réintégrait dans tous leurs droits après leur prestation de serment et leur adhésion aux lois de l'Empire. Laurence répondit au maire qu'elle ferait avertir ses cousins et messieurs d'Hauteserre.

— Ils ne sont donc pas ici ? dit Goulard.

Madame d'Hauteserre regardait avec anxiété la jeune fille, qui sortit en laissant le maire pour aller consulter Michu. Michu ne vit aucun inconvénient à délivrer immédiatement les émigrés. Laurence, Michu, son fils et Gothard partirent donc à cheval pour la forêt en emmenant un cheval de plus, car la comtesse devait accompagner les quatre gentils-hommes à Troyes et revenir avec eux. Tous les gens qui apprirent cette bonne nouvelle s'attroupèrent sur la pelouse pour voir partir la joyeuse cavalcade. Les quatre jeunes gens sortirent de leur cachette, montèrent à cheval sans être vus et prirent la route de Troyes, accompagnés de mademoiselle de Cinq-Cygne. Michu, aidé par son fils et Gothard, referma l'entrée de la cave et tous trois revinrent à pied. En route, Michu se souvint d'avoir laissé dans le caveau les couverts et le gobelet d'argent qui servaient à ses maîtres, il y retourna seul. En arrivant sur le bord de la mare, il entendit des voix dans la cave, et alla directe-ment vers l'entrée à travers les broussailles.

— Vous venez sans doute chercher votre argenterie ? lui dit Peyrade en souriant et lui montrant son gros nez rouge dans le feuillage.

Sans savoir pourquoi, car enfin les jeunes gens étaient sauvés, Michu sentit à toutes ses articulations une douleur, tant fut vive chez lui cette espèce d'appréhension vague, indéfinissable, que cause un malheur à venir ; néanmoins il s'avança et trouva Corentin sur l'escalier, un rat de cave à la main.

— Nous ne sommes pas méchants, dit-il à Michu, nous aurions pu pincer vos ci-devant depuis une semaine, mais nous les savions radiés... Vous êtes un rude gaillard! et vous nous avez donné trop de mal pour que nous ne satisfassions pas au moins notre curiosité.

— Je donnerais bien quelque chose, s'écria Michu, pour savoir comment et par qui nous avons été vendus.

— Si cela vous intrigue beaucoup, mon petit, dit en souriant Peyrade, regardez les fers de vos chevaux, et vous verrez que vous vous êtes trahis vous-mêmes.

— Sans rancune, dit Corentin en faisant signe au capi-taine de gendarmerie de venir avec les chevaux.

— Ce misérable ouvrier parisien qui ferrait si bien les chevaux à l'anglaise et qui a quitté Cinq-Cygne, était un des leurs! s'écria Michu, il leur a suffi de faire reconnaître et suivre sur le terrain, quand il a fait humide, par un des leurs déguisés en fagotteur, et braconnier, les pas de nos chevaux ferrés avec quelques crampons. Nous sommes quittes.

Michu se consola bientôt en pensant que la découverte de cette cachette était maintenant sans danger, puisque les gentilshommes redevenaient Français, et avaient recouvré leur liberté. Cependant, il avait raison dans tous ses pres-sentiments. La Police et les Jésuites ont la vertu de ne jamais abandonner ni leurs ennemis ni leurs amis [49].

Le bonhomme d'Hauteserre revint de Paris, et fut assez étonné de ne pas avoir été le premier à donner la bonne nouvelle. Durieu préparait le plus succulent des dîners. Les gens s'habillaient, et l'on attendait avec impatience les proscrits, qui, vers quatre heures, arrivèrent à la fois joyeux et humiliés, car ils étaient pour deux ans sous la surveillance de la haute police, obligés de se présenter tous les mois à la préfecture, et tenus de demeurer pendant ces deux années dans la commune de Cinq-Cygne.

— Je vous enverrai à signer le registre, leur avait dit le préfet. Puis, dans quelques mois, vous demanderez la suppression de ces conditions, imposées d'ailleurs à tous

les complices de Pichegru. J'appuierai votre demande.
Ces restrictions assez méritées attristèrent un peu les jeunes
gens. Laurence se mit à rire.

— L'Empereur des Français, dit-elle, est un homme
assez mal élevé, qui n'a pas encore l'habitude de faire
grâce.

Les gentilshommes trouvèrent à la grille tous les habitants du château, et sur le chemin une bonne partie des
gens du village, venus pour voir ces jeunes gens que leurs
aventures avaient rendus fameux dans le Département.
Madame d'Hauteserre tint ses fils long-temps embrassés et
montra un visage couvert de larmes ; elle ne put rien dire,
et resta saisie mais heureuse pendant une partie de la
soirée. Dès que les jumeaux de Simeuse se montrèrent
et descendirent de cheval, il y eut un cri général de surprise,
causé par leur étonnante ressemblance : même regard,
même voix, mêmes façons. L'un et l'autre, ils firent exactement le même geste en se levant sur leur selle, en passant
la jambe au-dessus de la croupe du cheval pour le quitter,
et en jetant les guides par un mouvement pareil. Leur
mise, absolument la même, aidait encore à les prendre pour
de véritables Ménechmes. Ils portaient des bottes à la
Suwaroff façonnées au cou-de-pied, des pantalons collants
en peau blanche, des vestes de chasse vertes à boutons de
métal, des cravates noires et des gants de daim. Ces deux
jeunes gens, alors âgés de trente et un ans, étaient, selon
une expression de ce temps, de charmants cavaliers. De
taille moyenne, mais bien prise, ils avaient les yeux vifs,
ornés de longs cils et nageant dans un fluide comme ceux
des enfants, des cheveux noirs, de beaux fronts et un
teint d'une blancheur olivâtre. Leur parler, doux comme
celui des femmes, tombait gracieusement de leurs belles
lèvres rouges. Leurs manières, plus élégantes et plus
polies que celles des gentilshommes de province, annon-
çaient que la connaissance des hommes et des choses leur
avait donné cette seconde éducation, plus précieuse encore
que la première, et qui rend les hommes accomplis. Grâce
à Michu, l'argent ne leur ayant pas manqué durant leur
émigration, ils avaient pu voyager et furent bien accueillis

dans les cours étrangères. Le vieux gentilhomme et l'abbé leur trouvèrent un peu de hauteur ; mais, dans leur situation, peut-être était-ce l'effet d'un beau caractère. Ils possédaient les éminentes petites choses d'une éducation soignée, et déployaient une adresse supérieure à tous les exercices du corps. La seule dissemblance qui pût les faire remarquer existait dans les idées. Le cadet charmait autant par sa gaieté que l'aîné par sa mélancolie ; mais ce contraste, purement moral, ne pouvait s'apercevoir qu'après une longue intimité.

— Ah ! ma fille, dit Michu à l'oreille de Marthe, comment ne pas se dévouer à ces deux garçons-là ?

Marthe, qui admirait et comme femme et comme mère les jumeaux, fit un joli signe de tête à son mari, en lui serrant la main. Les gens eurent la permission d'embrasser leurs nouveaux maîtres.

Pendant les sept mois de réclusion à laquelle les quatre jeunes gens s'étaient condamnés, ils commirent plusieurs fois l'imprudence assez nécessaire de quelques promenades, surveillées, d'ailleurs, par Michu, son fils et Gothard. Durant ces promenades, éclairées par de belles nuits, Laurence, en rejoignant au présent le passé de leur vie commune, avait senti l'impossibilité de choisir entre les deux frères. Un amour égal et pur pour les jumeaux lui partageait le cœur. Elle croyait avoir deux cœurs. De leur côté, les deux Paul n'avaient point osé se parler de leur imminente rivalité. Peut-être s'en étaient-ils déjà tous trois remis au hasard ? La situation d'esprit où elle était agit sans doute sur Laurence, car après un moment d'hésitation visible, elle donna le bras aux deux frères pour entrer au salon, et fut suivie de monsieur et madame d'Hauteserre, qui tenaient et questionnaient leurs fils. En ce moment, tous les gens crièrent : « Vivent les Cinq-Cygne et les Simeuse ! » Laurence se retourna, toujours entre les deux frères, et fit un charmant geste pour remercier.

Quand ces neuf personnes arrivèrent à s'observer : car, dans toute réunion, même au cœur de la famille, il arrive toujours un moment où l'on s'observe après de longues absences ; au premier regard qu'Adrien d'Hauteserre jeta sur Laurence, et qui fut surpris par sa mère et par l'abbé Goujet, il leur sembla que ce jeune homme aimait la comtesse. Adrien, le cadet des d'Hauteserre, avait une âme tendre et douce. Chez lui, le cœur était resté adolescent, malgré les catastrophes qui venaient d'éprouver l'homme. Semblable en ceci à beaucoup de militaires chez qui la continuité des périls laisse l'âme vierge, il se sentait oppressé par les belles timidités de la jeunesse. Aussi différait-il entièrement de son frère, homme d'aspect brutal, grand chasseur, militaire intrépide, plein de résolution, mais matériel et sans agilité d'intelligence comme sans délicatesse dans les choses du cœur. L'un était tout âme, l'autre était tout action; cependant ils possédaient l'un et l'autre au même degré l'honneur qui suffit à la vie des gentilshommes. Brun, petit, maigre et sec, Adrien d'Hauteserre avait néanmoins une grande apparence de force; tandis que son frère, de haute taille, pâle et blond, paraissait faible. Adrien, d'un tempérament nerveux, était fort par l'âme; Robert, quoique lymphatique, se plaisait à prouver sa force purement corporelle. Les familles offrent de ces bizarreries dont les causes pourraient avoir de l'intérêt; mais il ne peut en être question ici que pour expliquer comment Adrien ne devait pas rencontrer un rival dans son frère. Robert eut pour Laurence l'affection d'un parent, et le respect d'un noble pour une jeune fille de sa caste. Sous le rapport des sentiments, l'aîné des d'Hauteserre appartenait à cette secte d'hommes qui considèrent la femme comme dépendante de l'homme, en restreignant au physique son droit de maternité, lui voulant beaucoup de perfections et ne lui en tenant aucun compte. Selon eux, admettre la femme dans la Société, dans la Politique, dans la Famille, est un bouleversement social. Nous sommes aujourd'hui si loin de cette vieille opinion des peuples primitifs, que presque toutes les femmes, même celles qui ne veulent pas de la liberté funeste offerte par les nouvelles sectes, pourront s'en choquer; mais Robert d'Hauteserre avait le malheur de penser ainsi. Robert était l'homme du Moyen Age, le cadet était un homme d'aujourd'hui. Ces différences, au lieu d'empêcher l'affection, l'avaient au contraire resserrée entre les deux frères. Dès la première soirée, ces nuances furent saisies et appréciées par le curé, par mademoiselle Goujet et madame d'Hauteserre, qui, tout en faisant leur boston, aperçurent déjà des difficultés dans l'avenir.

A vingt-trois ans, après les réflexions de la solitude et les angoisses d'une vaste entreprise manquée, Laurence, redevenue femme, éprouvait un immense besoin d'affection; elle déploya toutes les grâces de son esprit, et fut charmante. Elle révéla les charmes de sa tendresse avec la naïveté d'un enfant de quinze ans. Durant ces treize dernières années, Laurence n'avait été femme que par la souffrance, elle voulut se dédommager; elle se montra donc aussi aimante et coquette qu'elle avait été jusque-là grande et forte. Aussi les quatre vieillards, qui restèrent les derniers au salon, furent-ils assez inquiétés par la nouvelle attitude de cette charmante fille. Quelle force n'aurait pas la passion chez une jeune personne de ce caractère et de cette noblesse? Les deux frères aimaient également la même femme et avec une aveugle tendresse; qui des deux Laurence choisirait-elle? en choisir un, n'était-ce pas tuer l'autre? Comtesse de son chef, elle apportait à son mari un titre et de beaux privilèges, une longue illustration; peut-être en pensant à ces avantages, le marquis de Simeuse se sacrifierait-il pour faire épouser Laurence à son frère, qui, selon les vieilles lois, était pauvre et sans titre. Mais le cadet voudrait-il priver son frère d'un aussi grand bonheur que celui d'avoir Laurence pour femme! De loin, ce combat d'amour avait eu peu d'inconvénients; et d'ailleurs, tant que les deux frères coururent des dangers, le hasard des combats pouvait trancher cette difficulté; mais qu'allait-il advenir de leur réunion? Quand Marie-Paul et Paul-Marie, arrivés l'un et l'autre à l'âge où les passions sévissent de toute leur force, se partageraient les regards, les expressions, les attentions, les paroles de leur cousine, ne se déclarerait-il pas entre eux une jalousie dont les suites pouvaient être horribles? Que deviendrait la belle existence égale et simultanée des jumeaux? A ces suppositions, jetées une à une par chacun,

pendant la dernière partie de boston, madame d'Hauteserre
répondit qu'elle ne croyait pas que Laurence épouserait
un de ses cousins. La vieille dame avait éprouvé durant
la soirée un de ces pressentiments inexplicables, qui sont
un secret entre les mères et Dieu. Laurence, dans son
for intérieur, n'était pas moins effrayée de se voir en tête
à tête avec ses cousins. Au drame animé de la conspiration,
aux dangers que coururent les deux frères, aux malheurs
de leur émigration, succédait un drame auquel elle n'avait
jamais songé. Cette noble fille ne pouvait pas recourir
au moyen violent de n'épouser ni l'un ni l'autre des jumeaux,
elle était trop honnête femme pour se marier en gardant
une passion irrésistible au fond de son cœur. Rester fille,
lasser ses deux cousins en ne se décidant pas, et prendre
pour mari celui qui lui serait fidèle malgré ses caprices,
fut une décision moins cherchée qu'entrevue. En s'endor-
mant, elle se dit que le plus sage était de se laisser aller au
hasard. Le hasard est, en amour, la providence des femmes.

Le lendemain matin, Michu partit pour Paris d'où il
revint quelques jours après avec quatre beaux chevaux
pour ses nouveaux maîtres. Dans six semaines, la chasse
devait s'ouvrir, et la jeune comtesse avait sagement pensé
que les violentes distractions de cet exercice seraient un
secours contre les difficultés du tête-à-tête au château. Il
arriva d'abord un effet imprévu qui surprit les témoins de
ces étranges amours, en excitant leur admiration. Sans
aucune convention méditée, les deux frères rivalisèrent
auprès de leur cousine de soins et de tendresse, en y trouvant un plaisir d'âme qui sembla leur suffire. Entre eux
et Laurence, la vie fut aussi fraternelle qu'entre eux deux.
Rien de plus naturel. Après une si longue absence, ils
sentaient la nécessité d'étudier leur cousine, de la bien
connaître, et de se bien faire connaître à elle l'un et l'autre
en lui laissant le droit de choisir, soutenus dans cette
épreuve par cette mutuelle affection qui faisait de leur
double vie une même vie. L'amour, de même que la maternité, ne savait pas distinguer entre les deux frères. Laurence
fut obligée, pour les reconnaître et ne pas se tromper,
de leur donner des cravates différentes, une blanche à

l'aîné, une noire pour le cadet. Sans cette parfaite ressemblance, sans cette identité de vie à laquelle tout le monde se trompait, une pareille situation paraîtrait justement impossible. Elle n'est même explicable que par le fait, qui est un de ceux auxquels on ne croit qu'en les voyant; et quand on les a vus, l'esprit est plus embarrassé de se les expliquer qu'il ne l'était d'avoir à les croire. Laurence parlait-elle? sa voix retentissait de la même manière dans deux cœurs également aimants et fidèles. Exprimait-elle une idée ingénieuse, plaisante ou belle? son regard rencontrait le plaisir exprimé par deux regards qui la suivaient dans tous ses mouvements, interprétaient ses moindres désirs et lui souriaient toujours avec de nouvelles expressions, gaies chez l'un, tendrement mélancoliques chez l'autre. Quand il s'agissait de leur maîtresse, les deux frères avaient de ces admirables primes-sauts du cœur en harmonie avec l'action, et qui, selon l'abbé Goujet, arrivaient au sublime. Ainsi, souvent s'il fallait aller chercher quelque chose, s'il était question d'un de ces petits soins que les hommes aiment tant à rendre à une femme aimée, l'aîné laissait le plaisir de s'en acquitter à son cadet, en reportant sur sa cousine un regard à la fois touchant et fier. Le cadet mettait de l'orgueil à payer ces sortes de dettes. Ce combat de noblesse dans un sentiment où l'homme arrive jusqu'à la jalouse férocité de l'animal confondait toutes les idées des vieilles gens qui le contemplaient.

Ces menus détails attiraient souvent des larmes dans les yeux de la comtesse. Une seule sensation, mais qui peut-être est immense chez certaines organisations privilégiées, peut donner une idée des émotions de Laurence; on la comprendra par le souvenir de l'accord parfait de deux belles voix comme celles de la Sontag et de la Malibran dans quelque harmonieux duo, par l'unisson complet de deux instruments que manient des exécutants de génie, et dont les sons mélodieux entrent dans l'âme comme les soupirs d'un seul être passionné. Quelquefois, en voyant le marquis de Simeuse plongé dans un fauteuil jeter un regard profond et mélancolique sur son frère qui causait et riait avec Laurence, le curé le croyait capable d'un immense sacrifice; mais il surprenait bientôt dans ses yeux l'éclair de la passion invincible. Chaque fois qu'un des jumeaux se trouvait seul avec Laurence, il pouvait se croire exclusivement aimé. — Il me semble alors qu'ils ne sont plus qu'un, disait la comtesse à l'abbé Goujet qui la questionnait sur l'état de son cœur. Le prêtre reconnut alors en elle un manque total de coquetterie. Laurence ne se croyait réellement pas aimée par deux hommes.

— Mais, chère petite, lui dit un soir madame d'Hauteserre dont le fils se mourait silencieusement d'amour pour Laurence, il faudra cependant bien choisir !

— Laissez-nous être heureux, répondit-elle. Dieu nous sauvera de nous-mêmes !

Adrien d'Hauteserre cachait au fond de son cœur une jalousie qui le dévorait, et gardait le secret sur ses tortures, en comprenant combien il avait peu d'espoir. Il se contentait du bonheur de voir cette charmante personne, qui pendant quelques mois que dura cette lutte, brilla de tout son éclat. En effet, Laurence, devenue coquette, eut alors tous les soins que les femmes aimées prennent d'elles-mêmes. Elle suivait les modes et courut plus d'une fois à Paris pour paraître plus belle avec des chiffons ou quelque nouveauté. Enfin, pour donner à ses cousins les moindres jouissances du chez-soi, desquelles ils avaient été sevrés pendant si long-temps, elle fit de son château, malgré les hauts cris de son tuteur, l'habitation la plus complétement comfortable qu'il y eût alors dans la Champagne.

Robert d'Hauteserre ne comprenait rien à ce drame sourd. Il ne s'apercevait pas de l'amour de son frère pour Laurence. Quand à la jeune fille, il aimait à la railler sur sa coquetterie, car il confondait ce détestable défaut avec le désir de plaire; mais il se trompait ainsi sur toutes les choses de sentiment, de goût ou de haute instruction. Aussi, quand l'homme du Moyen Age se mettait en scène, Laurence en faisait-elle aussitôt, à son insu, le *niais* du drame; elle égayait ses cousins en discutant avec Robert, en l'amenant à petits pas au beau milieu des marécages où s'enfoncent la bêtise et l'ignorance. Elle excellait à ces mystifications spirituelles qui, pour être parfaites, doivent laisser la victime heureuse. Cependant, quelque grossière que fût sa nature, Robert, durant cette belle époque, la seule heureuse que devaient connaître ces trois êtres charmants, n'intervint jamais entre les Simeuse et Laurence par une parole virile qui peut-être eût décidé la question. Il fut frappé de la sincérité des deux frères. Robert devina sans doute combien une femme pouvait trembler d'accorder à l'un des témoignages de tendresse que l'autre n'eût pas eus ou qui l'eussent chagriné; combien l'un des frères était heureux de ce qui advenait de bien à l'autre, et combien il en pouvait souffrir au fond de son cœur. Ce respect de Robert explique admirablement cette situation qui, certes, aurait obtenu des privilèges dans les temps de foi où le Souverain Pontife avait le pouvoir d'intervenir pour trancher le nœud gordien de ces rares phénomènes [50], voisins des mystères les plus impénétrables. La Révolution avait retrempé ces cœurs dans la foi catholique; ainsi la religion rendait cette crise plus terrible encore, car la grandeur des caractères augmente la grandeur des situations. Aussi monsieur et madame d'Hauteserre, ni le curé, ni sa sœur, n'attendaient-ils rien de vulgaire des deux frères ou de Laurence.

Ce drame, qui resta mystérieusement enfermé dans les limites de la famille où chacun l'observait en silence, eut un cours si rapide et si lent à la fois; il comportait tant de jouissances inespérées, de petits combats, de préférences déçues, d'espoirs renversés, d'attentes cruelles, de remises au lendemain pour s'expliquer, de déclarations muettes, que les habitants de Cinq-Cygne ne firent aucune attention au couronnement de l'empereur Napoléon. Ces passions faisaient d'ailleurs trêve en cherchant une distraction violente dans les plaisirs de la chasse, qui, en fatiguant excessivement le corps, ôtent à l'âme les occasions de voyager dans les steppes si dangereux de la rêverie. Ni Laurence ni ses cousins ne songeaient aux affaires, car chaque jour avait un intérêt palpitant.

— En vérité, dit un soir mademoiselle Goujet, je ne sais pas qui de tous ces amants aime le plus ?

Adrien se trouvait seul au salon avec les quatre joueurs

de boston, il leva les yeux sur eux et devint pâle. Depuis quelques jours, il n'était plus retenu dans la vie que par le plaisir de voir Laurence et de l'entendre parler.

— Je crois, dit le curé, que la comtesse, en sa qualité de femme, aime avec beaucoup plus d'abandon.

Laurence, les deux frères et Robert revinrent quelques instants après. Les journaux venaient d'arriver. En voyant l'inefficacité des conspirations tentées à l'intérieur, l'Angleterre armait l'Europe contre la France. Le désastre de Trafalgar avait renversé l'un des plans les plus extraordinaires que le génie humain ait inventés, et par lequel l'Empereur eût payé son élection à la France avec les ruines de la puissance anglaise. En ce moment, le camp de Boulogne était levé. Napoléon, dont les soldats étaient inférieurs en nombre comme toujours, allait livrer bataille à l'Europe sur des champs où il n'avait pas encore paru. Le monde entier se préoccupait du dénoûment de cette campagne.

— Oh! cette fois, il succombera, dit Robert en achevant la lecture du journal.

— Il a sur les bras toutes les forces de l'Autriche et de la Russie, dit Marie-Paul.

— Il n'a jamais manœuvré en Allemagne, ajouta Paul-Marie.

— De qui parlez-vous? demanda Laurence.

— De l'Empereur, répondirent les trois gentilshommes.

Laurence jeta sur ses deux amants un regard de dédain qui les humilia, mais qui ravit Adrien. Le dédaigné fit un geste d'admiration, et il eut un regard d'orgueil où il disait assez qu'il ne pensait plus, lui! qu'à Laurence.

— Vous le voyez? l'amour lui a fait oublier sa haine, dit l'abbé Goujet à voix basse.

Ce fut le premier, le dernier, l'unique reproche que les deux frères encoururent; mais, en ce moment, ils se trouvèrent inférieurs en amour à leur cousine qui, deux mois après, n'apprit l'étonnant triomphe d'Austerlitz que par la discussion que le bonhomme d'Hauteserre eut avec ses deux fils. Fidèle à son plan, le vieillard voulait que ses enfants demandassent à servir; ils seraient sans doute employés dans leurs grades, et pourraient encore faire une belle fortune militaire. Le parti du royalisme pur était devenu le plus fort à Cinq-Cygne. Les quatre gentils-hommes et Laurence se moquèrent du prudent vieillard, qui semblait flairer les malheurs dans l'avenir. La prudence est peut-être moins une vertu que l'exercice d'un *sens* de l'esprit, s'il est possible d'accoupler ces deux mots; mais un jour viendra sans doute où les physiologistes et les philosophes admettront que les sens sont en quelque sorte la gaîne d'une vive et pénétrante action qui procède de l'esprit[51].

Après la conclusion de la paix entre la France et l'Autriche, vers la fin du mois de février 1806, un parent, qui, lors de la demande en radiation, s'était employé pour messieurs de Simeuse, et devait plus tard leur donner de grandes preuves d'attachement, le ci-devant marquis de Chargebœuf, dont les propriétés s'étendent de Seine-et-Marne dans l'Aube, arriva de sa terre à Cinq-Cygne, dans une espèce de calèche que, dans ce temps, on nommait par raillerie un berlingot. Quand cette pauvre voiture enfila le petit pavé, les habitants du château, qui déjeunaient, eurent un accès de rire; mais, en reconnaissant la tête chauve du vieillard, qui sortit entre les deux rideaux de cuir du berlingot, monsieur d'Hauteserre le nomma, et tous levèrent le siège pour aller au-devant du chef de la maison de Chargebœuf.

— Nous avons le tort de nous laisser prévenir, dit le marquis de Simeuse à son frère et aux d'Hauteserre, nous devions aller le remercier.

Un domestique, vêtu en paysan, qui conduisait de dessus un siège attenant à la caisse, planta dans un tuyau de cuir grossier un fouet de charretier, et vint aider le marquis à descendre, mais Adrien et le cadet de Simeuse le prévinrent, défirent la portière qui s'accrochait à des boutons de cuivre, et sortirent le bonhomme malgré ses réclamations. Le marquis avait la prétention de donner son berlingot jaune, à portière en cuir, pour une voiture excellente et commode. Le domestique, aidé par Gothard, dételait déjà les deux bons gros chevaux à croupe luisante, et qui servaient sans doute autant à des travaux agricoles qu'à la voiture.

— Malgré le froid? Mais vous êtes un preux des anciens jours, dit Laurence à son vieux parent en lui prenant le bras et l'emmenant au salon.

— Ce n'est pas à vous à venir voir un vieux bonhomme comme moi, dit-il avec finesse en adressant ainsi des reproches à ses jeunes parents.

— Pourquoi vient-il? se demandait le bonhomme d'Hauteserre.

Monsieur de Chargebœuf, joli vieillard de soixante-sept ans, en culotte pâle, à petites jambes frêles et vêtues de bas chinés, portait un crapaud, de la poudre et des ailes de pigeon. Son habit de chasse, en drap vert, à boutons d'or, était orné de brandebourgs en or. Cet attirail, encore à la mode parmi les vieilles gens, seyait à sa figure, assez semblable à celle du grand Frédéric. Il ne mettait jamais son tricorne pour ne pas détruire l'effet de la demi-lune dessinée sur son crâne par une couche de poudre. Il s'appuyait la main droite sur une canne à bec-de-corbin, en tenant à la fois et sa canne et son chapeau par un geste digne de Louis XIV. Ce digne vieillard se débarrassa d'une douillette en soie et se plongea dans un fauteuil, en gardant entre ses jambes son tricorne et sa canne, par une pose dont le secret n'a jamais appartenu qu'aux roués de la cour de Louis XV, et qui laissait les mains libres de jouer avec la tabatière, bijou toujours précieux. Aussi le marquis tira-t-il de la poche de son gilet qui se fermait par une garde brodée en arabesque d'or une riche tabatière. Tout en préparant sa prise et offrant du tabac à la ronde par un autre geste charmant, accompagné de regards affectueux, il remarqua le plaisir que causait sa visite. Il parut alors comprendre pourquoi les jeunes émigrés avaient manqué à leur devoir envers lui. Il eut l'air de se dire : « Quand on fait l'amour, on ne fait pas de visite. »

— Nous vous garderons pendant quelques jours, dit Laurence.

— C'est chose impossible, répondit-il. Si nous n'étions pas si séparés par les événements, car vous avez franchi de plus grandes distances que celles qui nous éloignent les uns des autres, vous sauriez, chère enfant, que j'ai

des filles, des belles-filles, des petites-filles, des petits-
enfants. Tout ce monde serait inquiet de ne pas me voir
ce soir, et j'ai dix-huit lieues à faire.

— Vous avez de biens bons chevaux, dit le marquis de
Simeuse.

— Oh! je viens de Troyes où j'avais affaire hier.

Après les demandes voulues sur la famille, sur la marquise de Chargebœuf et sur ces choses réellement indif-
férentes auxquelles la politesse veut qu'on s'intéresse
vivement, il parut à monsieur d'Hauteserre que monsieur
de Chargebœuf venait engager ses jeunes parents à ne
commettre aucune imprudence. Selon le marquis, les
temps étaient bien changés, et personne ne pouvait plus
savoir ce que deviendrait l'Empereur.

— Oh! dit Laurence, il deviendra Dieu.

Le bon vieillard parla de concessions à faire. En entendant exprimer la nécessité de se soumettre, avec beaucoup
plus d'assurance et d'autorité qu'il n'en mettait à toutes
ses doctrines, monsieur d'Hauteserre regarda ses fils d'un
air presque suppliant.

— Vous serviriez cet homme-là? dit le marquis de
Simeuse au marquis de Chargebœuf.

— Mais oui, s'il le fallait dans l'intérêt de ma famille.

Enfin le vieillard fit entrevoir, mais vaguement, des
dangers lointains; quand Laurence le somma de s'expliquer, il engagea les quatre gentilshommes à ne plus chasser
et à se tenir cois chez eux.

— Vous regardez toujours les domaines de Gondreville comme à vous, dit-il à messieurs de Simeuse, vous
ravivez ainsi une haine terrible. Je vois, à votre étonnement, que vous ignorez qu'il existe contre vous de mauvais
vouloirs à Troyes, où l'on se souvient de votre courage.
Personne ne se gêne pour raconter comment vous avez
échappé aux recherches de la Police Générale de l'Empire,
les uns en vous louant, les autres en vous regardant comme
les ennemis de l'Empereur. Quelques séides s'étonnent de
la clémence de Napoléon envers vous. Ceci n'est rien.
Vous avez joué des gens qui se croyaient plus fins que vous,
et les gens de bas étage ne pardonnent jamais. Tôt ou tard,

la Justice, qui dans votre Département procède de votre
ennemi le sénateur Malin, car il a placé partout ses créatures,
même les officiers ministériels, sa justice donc sera très-
contente de vous trouver engagés dans une mauvaise affaire.
Un paysan vous cherchera querelle sur son champ quand
vous y serez, vous aurez des armes chargées, vous êtes vifs,
un malheur est alors bientôt arrivé. Dans votre position, il
faut avoir cent fois raison pour ne pas avoir tort. Je ne
vous parle pas ainsi sans raison. La Police surveille toujours l'arrondissement où vous êtes et maintient un commissaire dans ce petit trou d'Arcis, exprès pour protéger
le sénateur d'Empire contre vos entreprises. Il a peur de
vous, et il le dit.

— Mais il nous calomnie! s'écria le cadet des Simeuse.

— Il vous calomnie! je le crois, moi! Mais que croit
le public? voilà l'important. Michu a mis en joue le sénateur, qui ne l'a pas oublié. Depuis votre retour, la comtesse a pris Michu chez elle. Pour bien des gens, et pour
la majeure partie du public, Malin a donc raison. Vous
ignorez combien la position des émigrés est délicate en
face de ceux qui se trouvent posséder leurs biens. Le
Préfet, homme d'esprit, m'a touché deux mots de vous
hier, qui m'ont inquiété. Enfin, je ne voudrais pas vous
voir ici...

Cette réponse fut accueillie par une profonde stupéfaction. Marie-Paul sonna vivement.

— Gothard, dit-il au petit bonhomme qui vint, allez
chercher Michu.

L'ancien régisseur de Gondreville ne se fit pas attendre.

— Michu, mon ami, dit le marquis de Simeuse, est-il
vrai que tu aies voulu tuer Malin?

— Oui, monsieur le marquis; et quand il reviendra,
je le guetterai.

— Sais-tu que nous sommes soupçonnés de t'avoir
aposté; que notre cousine, en te prenant pour fermier,
est accusée d'avoir trempé dans ton dessein?

— Bonté du ciel! s'écria Michu, je suis donc maudit?
je ne pourrai donc jamais vous défaire tranquillement de
Malin?

— Non, mon garçon, non, reprit Paul-Marie. Mais il va falloir quitter le pays et notre service, nous aurons soin de toi; nous te mettrons en position d'augmenter ta fortune. Vends tout ce que tu possèdes ici, réalise tes fonds, nous t'enverrons à Trieste chez un de nos amis qui a de vastes relations, et qui t'emploiera très-utilement jusqu'à ce qu'il fasse meilleur ici pour nous tous.

Des larmes vinrent aux yeux de Michu qui resta cloué sur la feuille du parquet où il était.

— Y avait-il des témoins, quand tu t'es embusqué pour tirer sur Malin? demanda le marquis de Chargebœuf.

— Grévin le notaire causait avec lui, c'est ce qui m'a empêché de le tuer, et bien heureusement! Madame la comtesse sait le pourquoi, dit Michu en regardant sa maîtresse.

— Ce Grévin n'est pas le seul à le savoir? dit monsieur de Chargebœuf qui parut contrarié de cet interrogatoire, quoique fait en famille.

— Cet espion qui, dans le temps, est venu pour entortiller mes maîtres, le savait aussi, répondit Michu.

Monsieur de Chargebœuf se leva comme pour regarder les jardins, et dit : « Mais vous avez bien tiré parti de Cinq-Cygne? » Puis il sortit, suivi par les deux frères et par Laurence qui devinèrent le sens de cette interrogation.

— Vous êtes francs et généreux, mais toujours imprudents, leur dit le vieillard. Que je vous avertisse d'un bruit public *qui doit être une calomnie*, rien de plus naturel; mais voilà que vous en faites une vérité pour des gens faibles comme monsieur, madame d'Hauteserre, et pour leur fils. Oh! jeunes gens, jeunes gens! Vous devriez laisser Michu ici, et vous en aller, vous! Mais, en tout cas, si vous restez dans ce pays, écrivez un mot au sénateur au sujet de Michu, dites-lui que vous venez d'apprendre par moi les bruits qui couraient sur votre fermier et que vous l'avez renvoyé.

— Nous! s'écrièrent les deux frères, écrire à Malin, à l'assassin de notre père et de notre mère, au spoliateur effronté de notre fortune!

— Tout cela est vrai; mais il est un des plus grands personnages de la Cour impériale, et le roi de l'Aube.

— Lui qui a voté la mort de Louis XVI dans le cas où l'armée de Condé entrerait en France, sinon la réclusion perpétuelle, dit la comtesse de Cinq-Cygne.

— Lui qui peut-être a conseillé la mort du duc d'Enghien! s'écria Paul-Marie.

— Eh! mais, si vous voulez récapituler ses titres de noblesse, s'écria le marquis, lui qui a tiré Roberspierre par le pan de sa redingote pour le faire tomber quand il a vu ceux qui se levaient pour le renverser les plus nombreux, lui qui aurait fait fusiller Bonaparte si le dix-huit Brumaire eût manqué, lui qui ramènerait les Bourbons si Napoléon chancelait, lui que le plus fort trouvera toujours à ses côtés pour lui donner l'épée ou le pistolet avec lequel on achève un adversaire qui inspire des craintes! Mais... raison de plus.

— Nous tombons bien bas, dit Laurence.

— Enfants, dit le vieux marquis de Chargebœuf en les prenant tous trois par la main et les amenant à l'écart vers une des pelouses alors couverte d'une légère couche de neige, vous allez vous emporter en écoutant les avis d'un homme sage, mais je vous les dois, et voici ce que je ferais : je prendrais pour médiateur un vieux bonhomme, comme qui dirait moi, je le chargerais de demander un million à Malin, contre une ratification de la vente de Gondreville... Oh! il y consentirait en tenant la chose secrète. Vous auriez, au taux actuel des fonds, cent mille livres de rente, et vous iriez acheter quelque belle terre dans un autre coin de la France, vous laisseriez régir Cinq-Cygne à monsieur d'Hauteserre, et vous tireriez à la courte-paille à qui de vous deux serait le mari de cette belle héritière. Mais le parler d'un vieillard est dans l'oreille des jeunes gens ce qu'est le parler des jeunes gens dans l'oreille des vieillards, un bruit dont le sens échappe.

Le vieux marquis fit signe à ses trois parents qu'il ne voulait pas de réponse, et regagna le salon où, pendant leur conversation, l'abbé Goujet et sa sœur étaient venus. La proposition de tirer à la courte-paille la main de leur

cousine avait révolté les deux Simeuse, et Laurence était
comme dégoûtée par l'amertume du remède que son
parent indiquait. Aussi furent-ils tous trois moins gracieux
pour le vieillard, sans cesser d'être polis. L'affection était
froissée. Monsieur de Chargebœuf, qui sentit ce froid,
jeta sur ces trois charmants êtres, à plusieurs reprises, des
regards pleins de compassion. Quoique la conversation
devînt générale, il revint sur la nécessité de se soumettre
aux événements en louant monsieur d'Hauteserre de sa
persistance à vouloir que ses fils prissent du
service.

— Bonaparte, dit-il, fait des ducs. Il a créé des fiefs de
l'Empire, il fera des comtes. Malin voudrait être comte
de Gondreville. C'est une idée qui peut, ajouta-t-il en
regardant messieurs de Simeuse, vous être profitable.

— Ou funeste, dit Laurence.

Dès que ses chevaux furent mis, le marquis partit et
fut reconduit par tout le monde. Quand il se trouva dans
sa voiture, il fit signe à Laurence de venir, et elle se posa
sur le marchepied avec une légèreté d'oiseau.

— Vous n'êtes pas une femme ordinaire, et vous devriez
me comprendre, lui dit-il à l'oreille. Malin a trop de
remords pour vous laisser tranquilles, il vous tendra
quelque piège. Au moins prenez bien garde à toutes vos
actions, même aux plus légères! enfin transigez, voilà
mon dernier mot.

Les deux frères restèrent debout près de leur cousine,
eu milieu de la pelouse, regardant dans une profonde
immobilité le berlingot qui tournait la grille et s'envolait sur
le chemin vers Troyes, car Laurence leur avait répété le
dernier mot du bonhomme. L'expérience aura toujours
le tort de se montrer en berlingot, en bas chinés, et avec
un crapaud sur la nuque. Aucun de ces jeunes cœurs ne
pouvait concevoir le changement qui s'opérait en France,
l'indignation leur remuait les nerfs et l'honneur bouillon-
nait dans toutes leurs veines avec leur noble sang.

— Le chef des Chargebœuf! dit le marquis de Simeuse,
un homme qui a pour devise : VIENNE UN PLUS FORT!
(*Adsit fortior!*) un des plus beaux cris de guerre.

— Il est devenu le bœuf, dit Laurence en souriant avec amertume.

— Nous ne sommes plus au temps de saint Louis, reprit le cadet des Simeuse.

— MOURIR EN CHANTANT! s'écria la comtesse. Ce cri des cinq jeunes filles qui firent notre maison sera le mien.

— Le nôtre n'est-il pas : CY MEURS! Ainsi, pas de quartier! reprit l'aîné des Simeuse, car en réfléchissant nous trouverions que notre parent le Bœuf a bien sagement ruminé ce qu'il est venu nous dire. Gondreville devenir le nom d'un Malin!

— La demeure! s'écria le cadet.

— Mansard l'a dessiné pour la Noblesse, et le Peuple y fera ses petits! dit l'aîné.

— Si cela devait être, j'aimerais mieux voir Gondreville brûlé! s'écria mademoiselle de Cinq-Cygne.

Un homme du village qui venait voir un veau que lui vendait le bonhomme d'Hauteserre entendit cette phrase en sortant de l'étable.

— Rentrons, dit Laurence en souriant, nous avons failli commettre une imprudence et donner raison au bœuf à propos d'un veau. Mon pauvre Michu! dit-elle en rentrant au salon, j'avais oublié ta frasque, mais nous ne sommes pas en odeur de sainteté dans le pays, ainsi ne nous compromets pas. As-tu quelque autre peccadille à te reprocher?

— Je me reproche de n'avoir pas tué l'assassin de mes vieux maîtres avant d'accourir au secours de ceux-ci.

— Michu! s'écria le curé.

— Mais je ne quitterai pas le pays, dit-il en continuant sans faire attention à l'exclamation du curé, que je ne sache si vous y êtes en sûreté. J'y vois rôder des gars qui ne me plaisent guère. La dernière fois que nous avons chassé dans la forêt, il est venu à moi cette manière de garde qui m'a remplacé à Gondreville, et qui m'a demandé si nous étions là chez nous. « Oh! mon garçon, lui ai-je dit, il est difficile de se déshabituer en deux mois des choses qu'on fait depuis deux siècles. »

— Tu as tort, Michu, dit en souriant de plaisir le marquis de Simeuse.

— Qu'a-t-il répondu? demanda monsieur d'Hauteserre.

— Il a dit, reprit Michu, qu'il instruirait le sénateur de nos prétentions.

— Comte de Gondreville! reprit l'aîné des d'Hauteserre. Ah! la bonne mascarade! Au fait, on dit Sa Majesté à Bonaparte.

— Et Son Altesse à monseigneur le Grand-duc de Berg, dit le curé.

— Qui celui-là? fit monsieur de Simeuse.

— Murat, le beau-frère de Napoléon, dit le vieux d'Hauteserre.

— Bon, reprit mademoiselle de Cinq-Cygne. Et dit-on Sa Majesté à la veuve du marquis de Beauharnais?

— Oui, mademoiselle, dit le curé.

— Nous devrions aller à Paris, voir tout cela! s'écria Laurence.

— Hélas! mademoiselle, dit Michu, j'y suis allé pour mettre Michu au lycée, je puis vous jurer qu'il n'y a pas à badiner avec ce qu'on appelle la Garde impériale. Si toute l'armée est sur ce modèle-là, la chose peut durer plus que nous.

— On parle de familles nobles qui prennent du service, dit monsieur d'Hauteserre.

— Et d'après les lois actuelles, vos enfants, reprit le curé, seront forcés de servir. La loi ne connaît plus ni les rangs, ni les noms.

— Cet homme nous fait plus de mal avec sa cour que la Révolution avec sa hache! s'écria Laurence.

— L'Église prie pour lui, dit le curé.

Ces mots, dits coup sur coup, étaient autant de commentaires sur les sages paroles du vieux marquis de Chargebœuf; mais ces jeunes gens avaient trop de foi, trop d'honneur pour accepter une transaction. Ils se disaient aussi, ce que se sont dit à toutes les époques les partis vaincus : que la prospérité du parti vainqueur finirait, que l'Empereur n'était soutenu que par l'armée; que le Fait périssait tôt ou tard devant le Droit, etc. Malgré ces avis, ils tombèrent dans la fosse creusée devant eux, et qu'eussent évitée des gens prudents et dociles comme le bonhomme d'Hauteserre. Si les hommes voulaient être francs, ils reconnaîtraient peut-être que jamais le malheur n'a fondu sur eux sans qu'ils aient reçu quelque avertissement patent ou occulte. Beaucoup n'ont aperçu le sens profond de cet avis mystérieux ou visible qu'après leur désastre.

— Dans tous les cas, madame la comtesse sait que je ne peux pas quitter le pays sans avoir rendu mes comptes, dit Michu tout bas à mademoiselle de Cinq-Cygne.

Elle fit pour toute réponse un signe d'intelligence au fermier, qui s'en alla[52]. Michu, qui vendit aussitôt ses terres à Beauvisage, le fermier de Bellache, ne put pas être payé avant une vingtaine de jours. Un mois donc après la visite du marquis, Laurence, qui avait appris à ses deux cousins l'existence de leur fortune, leur proposa de prendre le jour de la mi-carême pour retirer le million enterré dans la forêt. La grande quantité de neige tombée avait jusqu'alors empêché Michu d'aller chercher ce trésor ; mais il aimait faire cette opération avec ses maîtres. Michu voulait absolument quitter le pays, il se craignait luimême.

— Malin vient d'arriver brusquement à Gondreville, sans qu'on sache pourquoi, dit-il à sa maîtresse, et je ne résisterais pas à faire mettre Gondreville en vente par suite du décès du propriétaire. Je me crois comme coupable de ne pas suivre mes inspirations !

— Par quelle raison peut-il quitter Paris au milieu de l'hiver.

— Tout Arcis en cause, répondit Michu, il a laissé sa famille à Paris, et n'est accompagné que de son valet de chambre. Monsieur Grévin, le notaire d'Arcis, madame Marion, la femme du Receveur-général de l'Aube, et belle-sœur du Marion qui a prêté son nom à Malin, lui tiennent compagnie.

Laurence regarda la mi-carême[53] comme un excellent jour, car il permettait de se défaire des gens. Les mascarades attiraient les paysans à la ville, et personne n'était

aux champs. Mais le choix du jour servit précisément la
fatalité qui s'est rencontrée en beaucoup d'affaires criminelles. Le hasard fit ses calculs avec autant d'habileté que
mademoiselle de Cinq-Cygne en mit aux siens. L'inquiétude de monsieur et madame d'Hauteserre devait être si
grande de se savoir onze cent mille francs en or dans un
château situé sur la lisière d'une forêt, que les d'Hauteserre, consultés, furent eux-mêmes d'avis de ne leur rien
dire. Le secret de cette expédition fut concentré entre
Gothard, Michu, les quatre gentilshommes et Laurence.
Après bien des calculs, il parut possible de mettre quarante-huit mille francs dans un long sac sur la croupe de
chaque cheval. Trois voyages suffiraient. Par prudence,
on convint donc d'envoyer tous les gens dont la curiosité
pouvait être dangereuse, à Troyes, y voir les réjouissances de la mi-carême. Catherine, Marthe et Durieu, sur
qui l'on pouvait compter, garderaient le château. Les gens
acceptèrent bien volontiers la liberté qu'on leur donnait,
et partirent avant le jour. Gothard, aidé par Michu, pansa
et sella les chevaux de grand matin. La caravane prit par
les jardins de Cinq-Cygne, et de là maîtres et gens gagnèrent la forêt. Au moment où ils montèrent à cheval, car
la porte du parc était si basse que chacun fit le parc à pied
en tenant son cheval par la bride, le vieux Beauvisage,
le fermier de Bellache, vint à passer.

— Allons! s'écria Gothard, voilà quelqu'un.

— Oh! c'est moi, dit l'honnête fermier en débouchant.
Salut, messieurs. Vous allez donc à la chasse, malgré les
arrêtés de préfecture? Ce n'est pas moi qui me plaindrai,
mais prenez garde! Si vous avez des amis, vous avez aussi
bien des ennemis.

— Oh! dit en souriant le gros d'Hauteserre, Dieu
veuille que notre chasse réussisse et tu retrouveras tes
maîtres.

Ces paroles, auxquelles l'événement donna un tout autre
sens, valurent un regard sévère de Laurence à Robert.
L'aîné des Simeuse croyait que Malin restituerait la terre
de Gondreville contre une indemnité. Ces enfants voulaient faire le contraire de ce que le marquis de Chargebœuf

leur avait conseillé. Robert, qui partageait leurs espérances, y pensait en disant cette fatale parole.

— Dans tous les cas, motus, mon vieux! dit à Beauvisage Michu qui partit le dernier en prenant la clef de la porte.

Il faisait une de ces belles journées de la fin de mars ou l'air est sec, la terre nette, le temps pur, et dont la température forme une espèce de contre-sens avec les arbres sans feuilles. Le temps était si doux, que l'œil apercevait par places des champs de verdure dans la campagne.

— Nous allons chercher un trésor, tandis que vous êtes le vrai trésor de notre maison, cousine, dit en riant l'aîné des Simeuse.

Laurence marchait en avant, ayant de chaque côté de son cheval un de ses cousins. Les deux d'Hautesèrre la suivaient, suivis eux-mêmes par Michu. Gothard allait en avant pour éclairer la route.

— Puisque notre fortune va se retrouver, en partie du moins, épousez mon frère, dit le cadet à voix basse. Il vous adore, vous serez aussi riches que doivent l'être les nobles d'aujourd'hui.

— Non, laissez-lui toute sa fortune, et je vous épouserai, moi qui suis assez riche pour deux, répondit-elle.

— Qu'il en soit ainsi, s'écria le marquis de Simeuse. Moi, je vous quitterai pour aller chercher une femme digne d'être votre sœur.

— Vous m'aimez donc moins que je ne le croyais, reprit Laurence en le regardant avec une expression de jalousie.

— Non; je vous aime plus tous les deux que vous ne m'aimez, répondit le marquis.

— Ainsi vous vous sacrifieriez? demanda Laurence à l'aîné des Simeuse en lui jetant un regard plein d'une préférence momentanée.

Le marquis garda le silence.

— Eh! bien, moi, je ne penserai alors qu'à vous, et ce serait insupportable à mon mari, reprit Laurence à qui ce silence arracha un mouvement d'impatience.

— Comment vivrais-je sans toi? s'écria le cadet en regardant son frère.

— Mais cependant vous ne pouvez pas nous épouser tous deux, dit le marquis. Et, ajouta-t-il avec le ton brusque d'un homme atteint au cœur, il est temps de prendre une décision.

Il poussa son cheval en avant pour que les deux d'Hauteserre n'entendissent rien. Le cheval de son frère et celui de Laurence imitèrent ce mouvement. Quand ils eurent mis un intervalle raisonnable entre eux et les trois autres, Laurence voulut parler, mais les larmes furent d'abord son seul langage.

— J'irai dans un cloître, dit-elle enfin.

— Et vous laisseriez finir les Cinq-Cygne ? dit le cadet des Simeuse. Et au lieu d'un seul malheureux qui consent à l'être, vous en ferez deux ! Non, celui de nous deux qui ne sera que votre frère se résignera. En sachant que nous n'étions pas si pauvres que nous pensions l'être, nous nous sommes expliqués, dit-il en regardant le marquis. Si je suis le préféré, toute notre fortune est à mon frère. Si je suis le malheureux, il me la donne ainsi que les titres de Simeuse, car il deviendra Cinq-Cygne ! De toute manière celui qui ne sera pas heureux aura des chances d'établissement. Enfin, s'il se sent mourir de chagrin, il ira se faire tuer à l'armée, pour ne pas attrister le ménage.

— Nous sommes de vrais chevaliers du Moyen-Age, nous sommes dignes de nos pères ! s'écria l'aîné. Parlez, Laurence ?

— Nous ne voulons pas rester ainsi, dit le cadet.

— Ne crois pas, Laurence, que le dévouement soit sans voluptés, dit l'aîné.

— Mes chers aimés, dit-elle, je suis incapable de me prononcer. Je vous aime tous deux comme si vous n'étiez qu'un seul être, et comme vous aimait votre mère ! Dieu nous aidera. Je ne choisirai pas. Nous nous en remettrons au hasard, et j'y mets une condition.

— Laquelle ?

— Celui de vous qui deviendra mon frère restera près de moi jusqu'à ce que je lui permette de me quitter. Je veux être seule juge de l'opportunité du départ.

— Oui, dirent les deux frères sans s'expliquer la pensée de leur cousine.

— Le premier de vous deux à qui Mme d'Hauteserre adressera la parole ce soir à table, après le *Benedicite*, sera mon mari. Mais aucun de vous n'usera de supercherie, et ne la mettra dans le cas de l'interroger.

— Nous jouerons franc jeu, dit le cadet.

Chacun des deux frères embrassa la main de Laurence. La certitude d'un dénoûment que l'un et l'autre pouvait croire lui être favorable rendit les deux jumeaux extrêmement gais.

— De toute manière, chère Laurence, tu feras un comte de Cinq-Cygne, dit l'aîné.

— Et nous jouons à qui ne sera pas Simeuse, dit le cadet.

— Je crois, de ce coup, que madame ne sera pas longtemps fille, dit Michu derrière les deux d'Hauteserre. Mes maîtres sont bien joyeux. Si ma maîtresse fait son choix, je ne pars pas, je veux voir cette noce-là!

Aucun des deux d'Hauteserre ne répondit. Une pie s'envola brusquement entre les d'Hauteserre et Michu, qui, superstitieux comme les gens primitifs, crut entendre sonner les cloches d'un service mortuaire. La journée commença donc gaiement pour les amants, qui voient rarement des pies quand ils sont ensemble dans les bois. Michu, armé de son plan, reconnut les places; chaque gentilhomme s'était muni d'une pioche : les sommes furent trouvées; la partie de la forêt où elles avaient été cachées était déserte, loin de tout passage et de toute habitation; ainsi la caravane chargée d'or ne rencontra personne. Ce fut un malheur. En venant de Cinq-Cygne pour chercher les derniers deux cent mille francs, la caravane, enhardie par le succès, prit un chemin plus direct que celui par lequel elle s'était dirigée aux voyages précédents. Ce chemin passait par un point culminant d'où l'on voyait le parc de Gondreville.

— Le feu! dit Laurence en apercevant une colonne de feu bleuâtre.

— C'est quelque feu de joie, répondit Michu.

Laurence, qui connaissait les moindres sentiers de la
forêt, laissa la caravane et piqua des deux jusqu'au pavillon de Cinq-Cygne, l'ancienne habitation de Michu.
Quoique le pavillon fût désert et fermé, la grille était ouverte,
et les traces du passage de plusieurs chevaux frappèrent
les yeux de Laurence. La colonne de fumée s'élevait d'une
prairie du parc anglais où elle présuma que l'on brûlait
des herbes.

— Ah! vous en êtes aussi, mademoiselle, s'écria Violette
qui sortit du parc sur son bidet au grand galop et qui
s'arrêta devant Laurence. Mais c'est une farce de carnaval,
n'est-ce pas? on ne le tuera pas?

— Qui?

— Vos cousins ne veulent pas sa mort?

— La mort de qui?

— Du sénateur.

— Tu es fou, Violette!

— Eh! bien, que faites-vous donc là? demanda-t-il.

A l'idée d'un danger couru par ses cousins, l'intrépide
écuyère piqua des deux et arriva sur le terrain au moment
où les sacs se chargeaient.

— Alerte! je ne sais ce qui se passe, mais rentrons à
Cinq-Cygne!

Pendant que les gentilshommes s'employaient au trans-
port de la fortune sauvée par le vieux marquis, il se passait
une étrange scène au château de Gondreville.

A deux heures après midi, le sénateur et son ami Grévin
faisaient une partie d'échecs devant le feu, dans le grand salon
du rez-de-chaussée. Madame Grévin et madame Marion
causaient au coin de la cheminée assises sur un canapé.
Tous les gens du château étaient allés voir une curieuse
mascarade annoncée depuis longtemps dans l'arrondissement d'Arcis. La famille du garde qui remplaçait Michu
au pavillon de Cinq-Cygne y était allée aussi. Le valet
de chambre du sénateur et Violette se trouvaient alors
seuls au château. Le concierge, deux jardiniers et leurs
femmes restaient à leur poste; mais leur pavillon est situé
à l'entrée des cours, au bout de l'avenue d'Arcis, et la
distance qui existe entre ce tournebride et le château ne

permettait pas d'y entendre un coup de fusil. D'ailleurs
ces gens se tenaient sur le pas de la porte et regardaient
dans la direction d'Arcis, qui est à une demi-lieue, espérant
voir arriver la mascarade. Violette attendait dans une
vaste antichambre le moment d'être reçu par le sénateur
et Grévin pour traiter l'affaire relative à la prorogation
de son bail. En ce moment, cinq hommes masqués et
gantés, qui, par la taille, les manières et l'allure, ressemblaient à messieurs d'Hauteserre, de Simeuse et à Michu,
fondirent sur le valet de chambre et sur Violette, auxquels
ils mirent un mouchoir en forme de bâillon, et qu'ils
attachèrent à des chaises dans un office. Malgré la célérité
des agresseurs, l'opération ne se fit pas sans que le valet
de chambre et Violette eussent poussé chacun un cri.
Ce cri fut entendu dans le salon. Les deux femmes voulurent
y reconnaître un cri d'alarme.

— Écoutez! dit madame Grévin, voici des voleurs.

— Bah! c'est un cri de mi-carême! dit Grévin, nous
allons avoir les masques au château.

Cette discussion donna le temps aux cinq inconnus de
fermer les portes du côté de la cour d'honneur, et d'enfer-
mer le valet de chambre et Violette. Madame Grévin, femme
assez entêtée, voulut absolument savoir la cause du bruit;
elle se leva et donna dans les cinq masques, qui la traitèrent
comme ils avaient arrangé Violette et le valet de chambre;
puis ils entrèrent avec violence dans le salon, où les deux
plus forts s'emparèrent du comte de Gondreville, le bâil-
lonnèrent et l'enlevèrent par le parc, tandis que les trois
autres liaient et bâillonnaient également madame Marion et
le notaire chacun sur un fauteuil. L'exécution de cet attentat
ne prit pas plus d'une demi-heure. Les trois inconnus,
bientôt rejoints par ceux qui avaient emporté le sénateur,
fouillèrent le château de la cave au grenier. Ils ouvrirent
toutes les armoires sans crocheter aucune serrure; ils
sondèrent les murs, et furent enfin les maîtres jusqu'à
cinq heures du soir. En ce moment, le valet de chambre
acheva de déchirer avec ses dents les cordes qui liaient
les mains de Violette. Violette, débarrassé de son bâillon,
se mit à crier au secours. En entendant ses cris, les cinq

inconnus rentrèrent dans les jardins, sautèrent sur des
chevaux semblables à ceux de Cinq-Cygne, et se sauvèrent,
mais pas assez lestement pour empêcher Violette de les
apercevoir. Après avoir détaché le valet de chambre, qui
délia les femmes et le notaire, Violette enfourcha son bidet,
et courut après les malfaiteurs. En arrivant au pavillon,
il fut aussi stupéfait de voir les deux battants de la grille
ouverts que de voir mademoiselle de Cinq-Cygne en vedette.

Quand la jeune comtesse eut disparu, Violette fut rejoint
par Grévin à cheval et accompagné du garde-champêtre
de la commune de Gondreville, à qui le concierge avait
donné un cheval des écuries du château. La femme du
concierge était allée avertir la gendarmerie d'Arcis [54].
Violette apprit aussitôt à Grévin sa rencontre avec Laurence et la fuite de cette audacieuse jeune fille, dont le
caractère profond et décidé leur était connu.

— Elle faisait le guet, dit Violette.

— Est-il possible que ce soient les nobles de Cinq-
Cygne qui aient fait le coup! s'écria Grévin.

— Comment! répondit Violette, vous n'avez pas reconnu
ce gros Michu? c'est lui qui s'est jeté sur moi! j'ai bien
senti sa *pogne*. D'ailleurs les cinq chevaux étaient bien
ceux de Cinq-Cygne.

En voyant la marque du fer des chevaux sur le sable du
rond-point et dans le parc, le notaire laissa le garde-champêtre en observation à la grille pour veiller à la conservation de ces précieuses empreintes, et envoya Violette
chercher le juge de paix d'Arcis pour les constater. Puis
il retourna promptement au salon du château de Gondreville, où le lieutenant et le sous-lieutenant de la gendarmerie
impériale arrivaient accompagnés de quatre hommes et
d'un brigadier. Ce lieutenant était, comme on doit le
penser, le brigadier à qui, deux ans auparavant, François
avait troué la tête, et à qui Corentin fit alors connaître son
malicieux adversaire. Cet homme, appelé Giguet, dont
le frère servait et devint un des meilleurs colonels d'artillerie, se recommandait par sa capacité comme officier de
gendarmerie. Plus tard il commanda l'escadron de l'Aube.
Le sous-lieutenant, nommé Welff, avait autrefois mené

Corentin de Cinq-Cygne au pavillon, et du pavillon à
Troyes. Pendant la route, le Parisien avait suffisamment
édifié l'Égyptien sur ce qu'il nomma la rouerie de Laurence
et de Michu. Ces deux officiers devaient donc montrer
et montrèrent une grande ardeur contre les habitants de
Cinq-Cygne. Malin et Grévin avaient l'un pour le compte
de l'autre, tous deux travaillé au Code dit de Brumaire
an IV, l'œuvre judiciaire de la Convention dite nationale,
promulguée par le Directoire. Ainsi Grévin, qui connaissait cette législation à fond, put opérer dans cette affaire
avec une terrible célérité, mais sous une présomption
arrivée à l'état de certitude relativement à la criminalité
de Michu, de messieurs d'Hauteserre et de Simeuse.
Personne aujourd'hui, si ce n'est quelques vieux magistrats,
ne se rappelle l'organisation de cette justice que Napoléon
renversait précisément alors par la promulgation de ses
Codes et par l'institution de sa magistrature qui régit
maintenant la France.

Le Code de Brumaire an IV [55] réservait au directeur du
Jury du Département la poursuite immédiate du délit
commis à Gondreville. Remarquez, en passant, que la
Convention avait rayé de la langue judiciaire le mot crime.
Elle n'admettait que des délits contre la loi, délits empor-
tant des amendes, l'emprisonnement, des peines infa-
mantes ou afflictives. La mort était une peine afflictive.
Néanmoins, la peine afflictive de la mort devait être suppri-
mée à la paix, et remplacée par vingt-quatre années de
travaux forcés. Ainsi la Convention estimait que vingt-
quatre années de travaux forcés égalaient la peine de mort.
Que dire du Code pénal qui inflige les travaux forcés à
perpétuité? L'organisation alors préparée par le Conseil-
d'État de Napoléon supprimait la magistrature des directeurs du Jury qui réunissaient, en effet, des pouvoirs
énormes. Relativement à la poursuite des délits et à la
mise en accusation, le directeur du Jury était en quelque
sorte à la fois agent de police judiciaire, procureur du Roi,
juge d'instruction et Cour royale. Seulement, sa procédure et son acte d'accusation étaient soumis au visa d'un
commissaire du Pouvoir Exécutif et au verdict de huit

jurés auxquels il exposait les faits de son instruction, qui
entendaient les témoins, les accusés, et qui prononçaient
un premier verdict, dit d'accusation. Le directeur devait
exercer sur les jurés, réunis dans son cabinet, une influence
telle qu'ils ne pouvaient être que ses coopérateurs. Ces
jurés constituaient le jury d'accusation. Il existait d'autres
jurés pour composer le jury près le tribunal criminel
chargé de juger les accusés. Par opposition aux jurés d'accusation, ceux-là se nommaient jurés de jugement. Le tribunal criminel, à qui Napoléon venait de donner le nom
de Cour criminelle, se composait d'un Président, de quatre
juges, de l'accusateur public, et d'un commissaire du
gouvernement. Néanmoins, de 1799 à 1806, il exista des
Cours dites spéciales, jugeant sans jurés dans certains
départements certains attentats, composées de juges pris
au Tribunal civil qui se formait en Cour spéciale. Ce
conflit de la justice spéciale et de la justice criminelle amenait
des questions de compétence que jugeait le Tribunal de
cassation. Si le département de l'Aube avait eu sa Cour
spéciale, le jugement de l'attentat commis sur un sénateur
de l'Empire y eût été sans doute déféré; mais ce tranquille
département était exempt de cette juridiction exceptionnelle. Grévin dépêcha donc, le sous-lieutenant au
directeur du jury de Troyes. L'Égyptien y courut bride
abattue, et revint à Gondreville, ramenant en poste ce
magistrat quasi souverain.

Le directeur du jury de Troyes était un ancien lieutenant de Bailliage, ancien secrétaire appointé d'un des
comités de la Convention, ami de Malin, et placé par lui.
Ce magistrat, nommé Lechesneau, vrai praticien de la
vieille justice criminelle, avait, ainsi que Grévin, beaucoup aidé Malin dans ses travaux judiciaires à la Convention. Aussi Malin le recommanda-t-il à Cambacérès, qui
le nomma Procureur-général en Italie. Malheureusement
pour sa carrière, Lechesneau eut des liaisons avec une
grande dame de Turin, et Napoléon fut obligé de le destituer pour le soustraire à un procès correctionnel intenté
par le mari à propos de la soustraction d'un enfant adul-
térin. Lechesneau, devant tout à Malin, et devinant l'impor-

tance d'un pareil attentat, avait amené le capitaine de la gendarmerie et un piquet de douze hommes.

Avant de partir, il s'était entendu naturellement avec le préfet, qui, pris par la nuit, ne put se servir du télégraphe. On expédia sur Paris une estafette afin de prévenir le ministre de la Police Générale, le Grand-Juge et l'Empereur de ce crime inouï. Lechesneau trouva dans le salon de Gondreville mesdames Marion et Grévin, Violette, le valet de chambre du sénateur, et le juge de paix assisté de son greffier. Déjà des perquisitions avaient été pratiquées dans le château. Le juge de paix, aidé par Grévin, recueillait soigneusement les premiers éléments de l'instruction. Le magistrat fut tout d'abord frappé des combinaisons profondes que révélaient et le choix du jour et celui de l'heure. L'heure empêchait de chercher immédiatement des indices et des preuves. Dans cette saison, à cinq heures et demie, moment où Violette avait pu poursuivre les délinquants, il faisait presque nuit; et, pour les malfaiteurs, la nuit est souvent l'impunité. Choisir un jour de réjouissances où tout le monde irait voir la mascarade d'Arcis, et où le sénateur devait se trouver seul chez lui, n'était-ce pas éviter les témoins ?

— Rendons justice à la perspicacité des agents de la Préfecture de Police, dit Lechesneau. Ils n'ont cessé de nous mettre en garde contre les nobles de Cinq-Cygne, et nous ont dit que tôt ou tard ils feraient quelque mauvais coup.

Sûr de l'activité du préfet de l'Aube, qui envoya dans toutes les Préfectures environnant celle de Troyes des estafettes pour faire chercher les traces des cinq hommes masqués et du sénateur, Lechesneau commença par établir les bases de son instruction. Ce travail se fit rapidement avec deux têtes judiciaires aussi fortes que celles de Grévin et du juge de paix. Le juge de paix, nommé Pigoult, ancien premier clerc de l'étude où Malin et Grévin avaient étudié la chicane à Paris, fut nommé trois mois après Président du Tribunal d'Arcis. En ce qui concerne Michu, Lechesneau connaissait les menaces précédemment faites par cet homme à M. Marion, et le guet-apens auquel le sénateur avait échappé dans son parc. Ces deux faits, dont l'un était la conséquence de l'autre, devaient être les prémisses de l'attentat actuel, et désignaient d'autant mieux l'ancien garde comme le chef des malfaiteurs, que Grévin, sa femme, Violette, et madame Marion déclaraient avoir reconnu dans les cinq individus masqués un homme entièrement semblable à Michu. La couleur des cheveux, celle des favoris, la taille trapue de l'individu, rendaient son déguisement à peu près inutile. Quel autre que Michu, d'ailleurs, aurait pu ouvrir la grille de Cinq-Cygne avec une clef? Le garde et sa femme, revenus d'Arcis et interrogés, déposèrent avoir fermé les deux grilles à la clef. Les grilles, examinées par le juge de paix, assisté du garde-champêtre et de son greffier, n'avaient offert aucune trace d'effraction.

— Quand nous l'avons mis à la porte, il aura gardé des doubles clefs du château, dit Grévin. Mais il doit avoir médité quelque coup désespéré, car il a vendu ses biens en vingt jours, et en a touché le prix dans mon Étude avant-hier.

— Ils lui auront tout mis sur le dos, s'écria Lechesneau frappé de cette circonstance. Il s'est montré leur âme damnée.

Qui pouvait, mieux que messieurs de Simeuse et d'Hauteserre, connaître les êtres du château? Aucun des assaillants ne s'était trompé dans ses recherches, ils étaient allés partout avec une certitude qui prouvait que la troupe savait bien ce qu'elle voulait, et savait surtout où l'aller prendre. Aucune des armoires restées ouvertes n'avait été forcée. Ainsi les délinquants en avaient les clefs; et, chose étrange! ils ne s'étaient pas permis le moindre détournement. Il ne s'agissait donc pas d'un vol. Enfin, Violette, après avoir reconnu les chevaux du château de Cinq-Cygne, avait trouvé la comtesse en embuscade devant le pavillon du garde. De cet ensemble de faits et de dépositions il résultait, pour la justice la moins prévenue, des présomptions de culpabilité relativement à messieurs de Simeuse, d'Hauteserre et Michu, qui dégénéraient en certitude pour un directeur du jury. Maintenant que voulaient-ils faire du futur comte de Gondreville? Le forcer à une rétrocession de sa terre, pour l'acquisition de laquelle le régisseur annonçait dès 1799, avoir des capitaux? Ici tout changeait d'aspect.

Le savant criminaliste se demanda quel pouvait être le but des recherches actives faites dans le château. S'il se fût agi d'une vengeance, les délinquants eussent pu tuer Malin. Peut-être le sénateur était-il mort et enterré. L'enlèvement accusait néanmoins une séquestration. Pourquoi la séquestration après les recherches accomplies au château? Certes, il y avait folie à croire que l'enlèvement d'un dignitaire de l'Empire resterait longtemps secret! La rapide publicité que devait avoir cet attentat en annulait les bénéfices.

A ces objections, Pigoult répondit que jamais la Justice ne pouvait deviner tous les motifs des scélérats. Dans tous les procès criminels, il existait du juge au criminel, et du criminel au juge, des parties obscures; la conscience avait des abîmes où la lumière humaine ne pénétrait que par la confession des coupables.

Grévin et Lechesneau firent un hochement de tête en signe d'assentiment, sans pour cela cesser d'avoir les yeux sur ces ténèbres qu'ils tenaient à éclairer.

— L'Empereur leur a pourtant fait grâce, dit Pigoult à Grévin et à madame Marion, il les a radiés de la liste, quoiqu'ils fussent de la dernière conspiration ourdie contre lui!

Lechesneau, sans plus tarder, expédia toute sa gendarmerie sur la forêt et la vallée de Cinq-Cygne, en faisant accompagner Giguet par le juge de paix qui devint, aux termes du Code, son officier de police judiciaire auxiliaire; il le chargea de recueillir dans la commune de Cinq-Cygne les éléments de l'instruction, de procéder au besoin à tous interrogatoires, et, pour plus de diligence, il dicta rapidement et signa le mandat d'arrêt de Michu, sur qui les charges paraissaient évidentes. Après le départ des gendarmes et du juge de paix, Lechesneau reprit le travail important des mandats d'arrêt à décerner contre les Simeuse et les d'Hauteserre. D'après le Code, ces actes devaient contenir toutes les charges qui pesaient sur les délinquants. Giguet et le juge de paix se portèrent si rapidement sur Cinq-Cygne, qu'ils rencontrèrent les gens du château revenant de Troyes. Arrêtés et conduits chez le maire, où ils furent interrogés, chacun d'eux, ignorant l'importance de cette réponse, dit naïvement avoir reçu, la veille, la permission d'aller pendant toute la journée à Troyes. Sur une interpellation du juge de paix, chacun répondit également que Mademoiselle leur avait offert de prendre cette distraction à laquelle ils ne songeaient pas. Ces dépositions parurent si graves au juge de paix, qu'il envoya l'Égyptien à Gondreville prier monsieur Lechesneau de venir procéder lui-même à l'arrestation des gentils-hommes de Cinq-Cygne, afin d'opérer simultanément, car il se transportait à la ferme de Michu, pour y sur-prendre le prétendu chef des malfaiteurs. Ces nouveaux éléments parurent si décisifs, que Lechesneau partit aussitôt pour Cinq-Cygne, en recommandant à Grévin de faire soigneusement garder les empreintes laissées par le pied des chevaux dans le parc. Le directeur du jury savait quel plaisir causerait à Troyes sa procédure contre d'anciens nobles, les ennemis du peuple, devenus les ennemis de l'Empereur. En de pareilles dispositions, un magistrat prend facilement de simples présomptions pour des preuves évidentes. Néanmoins, en allant de Gondreville à Cinq-Cygne dans la propre voiture du sénateur, Lechesneau qui, certes, eût fait un grand magistrat sans la passion à laquelle il dut sa disgrâce, car l'Empereur devint prude, trouva l'audace des jeunes gens et de Michu bien folle et peu en harmonie avec l'esprit de mademoiselle de Cinq-Cygne. Il crut en lui-même à des intentions autres que celles d'arracher au sénateur une rétrocession de Gondreville. En toute chose, même en magistrature, il existe ce qu'il faut appeler la conscience du métier. Les perplexités de Lechesneau résultaient de cette conscience que tout homme met à s'acquitter des devoirs qui lui plaisent, et que les savants portent dans la science, les artistes dans l'art, les juges dans la justice. Aussi peut-être les juges offrent-ils aux accusés plus de garanties que les jurés. Le magistrat ne se fie qu'aux lois de la raison, tandis que le juré se laisse entraîner par les ondes du sentiment. Le directeur du jury se posa plusieurs questions à lui-même, en se proposant d'y chercher des solutions satisfaisantes dans l'arrestation même des délinquants. Quoique la nouvelle de l'enlèvement de Malin agitât déjà la ville de Troyes, elle était encore ignorée dans Arcis à huit heures, car tout le monde soupait quand on y vint chercher la gendarmerie et le juge de paix; enfin personne ne la savait à Cinq-Cygne, dont la vallée et le château étaient pour la seconde fois cernés, mais cette fois par la Justice et non par la Police : les transactions, possibles avec l'une, sont souvent impossibles avec l'autre [56].

Laurence n'avait eu qu'à dire à Marthe, à Catherine et aux Durieu de rester dans le château sans en sortir ni regarder au dehors, pour être strictement obéie par eux. A chaque voyage, les chevaux stationnèrent dans le chemin creux, en face de la brèche, et de là, Robert et Michu, les plus robustes de la troupe, avaient pu transporter secrètement les sacs par la brèche dans une cave située sous l'escalier de la tour dite de Mademoiselle. En arrivant au château vers cinq heures et demie, les quatre gentilshommes et Michu se mirent aussitôt à y enterrer l'or. Laurence et les d'Hauteserre jugèrent convenable de murer le caveau. Michu se chargea de cette opération en se faisant aider par Gothard, qui courut à la ferme chercher quelques sacs de plâtre restés lors de la construction, et Marthe retourna chez elle pour donner secrètement les sacs à Gothard. La ferme bâtie pour Michu se trouvait sur l'éminence d'où jadis il avait aperçu les gendarmes, et l'on y allait par le chemin creux. Michu, très affamé, se dépêcha si bien que, vers sept heures et demie, il eut fini sa besogne. Il revenait d'un pas leste, afin d'empêcher Gothard d'apporter un dernier sac de plâtre dont il avait cru avoir besoin. Sa ferme était déjà cernée par le garde-champêtre de Cinq-Cygne, par le juge de paix, son greffier et trois gendarmes qui se cachèrent et le laissèrent entrer en l'entendant venir.

Michu rencontra Gothard, un sac sur l'épaule, et lui cria de loin : « C'est fini, petit, reporte-le, et dîne avec nous. »

Michu, le front en sueur, les vêtements souillés de

plâtre et de débris de pierres meulières boueuses provenant des décombres de la brèche, entra tout joyeux dans la cuisine de sa ferme, où la mère de Marthe et Marthe servaient la soupe en l'attendant.

Au moment où Michu tournait le robinet de la fontaine pour se laver les mains, le juge de paix se présenta, accompagné de son greffier et du garde-champêtre.

— Que nous voulez-vous monsieur Pigoult? demanda Michu.

— Au nom de l'Empereur et de la Loi, je vous arrête! dit le juge de Paix.

Les trois gendarmes se montrèrent alors amenant Gothard. En voyant les chapeaux bordés, Marthe et sa mère échangèrent un regard de terreur.

— Ah! bah! Et pourquoi? demanda Michu qui s'assit à sa table en disant à sa femme : « Sers-moi, je meurs de faim. »

— Vous le savez aussi bien que nous, dit le juge de paix qui fit signe à son greffier de commencer le procès-verbal, après avoir exhibé le mandat d'arrêt au fermier.

— Eh! bien, tu fais l'étonné, Gothard. Veux-tu dîner, oui ou non? dit Michu. Laisse-leur écrire leurs bêtises.

— Vous reconnaissez l'état dans lequel sont vos vêtements? dit le juge de paix. Vous ne niez pas non plus les paroles que vous avez dites à Gothard dans votre cour.

Michu, servi par sa femme stupéfaite de son sang-froid, mangeait avec l'avidité que donne la faim, et ne répondait point; il avait la bouche pleine et le cœur innocent. L'appétit de Gothard fut suspendu par une horrible crainte.

— Voyons, dit le garde-champêtre à l'oreille de Michu, qu'avez-vous fait du sénateur? Il s'en va, pour vous, à entendre les gens de justice, de la peine de mort.

— Ah! mon Dieu! cria Marthe qui surprit les derniers mots et tomba comme foudroyée.

— Violette nous aura joué quelque vilain tour! s'écria Michu en se souvenant des paroles de Laurence.

— Ah! vous savez donc que Violette vous a vus, dit le juge de paix.

Michu se mordit les lèvres, et résolut de ne plus rien dire. Gothard imita cette réserve. En voyant l'inutilité de

ses efforts pour le faire parler, et connaissant d'ailleurs
ce qu'on nommait dans le pays la perversité de Michu, le
juge de paix ordonna de lui lier les mains ainsi qu'à Gothard,
et de les emmener au château de Cinq-Cygne, sur lequel
il se dirigea pour y rejoindre le directeur du jury.

Les gentilshommes et Laurence avaient trop d'appétit,
et le dîner leur offrait un trop violent intérêt pour qu'ils
le retardassent en faisant leur toilette. Ils vinrent, elle en
amazone, eux en culotte de peau blanche, en bottes à
l'écuyère et dans leur veste de drap vert retrouver au salon
monsieur et madame d'Hauteserre, qui étaient assez inquiets.
Le bonhomme avait remarqué des allées et venues, et surtout
la défiance dont il fut l'objet, car Laurence n'avait pu le
soumettre à la consigne des gens. Donc, à un moment où
l'un de ses fils avait évité de lui répondre en s'enfuyant,
il était venu dire à sa femme : « Je crains que Laurence ne
nous taille encore des croupières ! »

— Quelle espèce de chasse avez-vous faite aujourd'hui ?
demanda madame d'Hauteserre à Laurence.

— Ah ! vous apprendrez quelque jour le mauvais
coup auquel vos enfants ont participé, répondit-elle
en riant.

Quoique dites par plaisanterie, ces paroles firent frémir
la vieille dame. Catherine annonça le dîner. Laurence
donna le bras à monsieur d'Hauteserre, et sourit de la malice
qu'elle faisait à ses cousins, en forçant l'un d'eux à offrir
son bras à la vieille dame, transformée en oracle par leur
convention.

Le marquis de Simeuse conduisit madame d'Hauteserre
à table. La situation devint alors si solennelle, que le *Benedicite* fini, Laurence et ses deux cousins éprouvèrent au
cœur des palpitations violentes. Madame d'Hauteserre, qui
servait, fut frappée de l'anxiété peinte sur le visage des
deux Simeuse et de l'altération que présentait la figure
moutonne de Laurence.

— Mais il s'est passé quelque chose d'extraordinaire ?
s'écria-t-elle en les regardant tous.

— A qui parlez-vous ? dit Laurence.

— A vous tous, répondit la vieille dame.

— Quant à moi, ma mère, dit Robert, j'ai une faim de loup.

Madame d'Hauteserre, toujours troublée, offrit au marquis de Simeuse une assiette qu'elle destinait au cadet.

— Je suis comme votre mère, je me trompe toujours, même malgré vos cravates. Je croyais servir votre frère, lui dit-elle.

— Vous le servez mieux que vous ne pensez, dit le cadet en pâlissant. Le voilà comte de Cinq-Cygne.

Ce pauvre enfant si gai devint triste pour toujours; mais il trouva la force de regarder Laurence en souriant, et de comprimer ses regrets mortels. En un instant, l'amant s'abîma dans le frère.

— Comment! la comtesse aurait fait son choix? s'écria la vieille dame.

— Non, dit Laurence, nous avons laissé agir le sort, et vous en étiez l'instrument.

Elle raconta la convention stipulée le matin. L'aîné des Simeuse, qui voyait s'augmenter la pâleur du visage chez son frère, éprouvait de moment en moment le besoin de s'écrier : « Épouse-la, j'irai mourir, moi! » Au moment où l'on servait le dessert, les habitants de Cinq-Cygne entendirent frapper à la croisée de la salle à manger, du côté du jardin. L'aîné des d'Hauteserre, qui alla ouvrir, livra passage au curé dont la culotte s'était déchirée aux treillis en escaladant les murs du parc.

— Fuyez, on vient vous arrêter!

— Pourquoi?

— Je ne sais pas encore, mais on procède contre vous.

Ces paroles furent accueillies par des rires universels.

— Nous sommes innocents, s'écrièrent les gentils-hommes.

— Innocents ou coupables, dit le curé, montez à cheval et gagnez la frontière. Là, vous serez à même de prouver votre innocence. On revient sur une condamnation par contumace, on ne revient pas d'une condamnation contradictoire obtenue par les passions populaires, et préparée par les préjugés. Souvenez-vous du mot du président de

Harlay : « Si l'on m'accusait d'avoir emporté les tours de Notre-Dame, je commencerais par m'enfuir. »

— Mais fuir, n'est-ce pas s'avouer coupable? dit le marquis de Simeuse.

— Ne fuyez pas!... dit Laurence.

— Toujours de sublimes sottises, dit le curé au désespoir. Si j'avais la puissance de Dieu, je vous enlèverais. Mais si l'on me trouve ici, dans cet état, ils tourneront contre vous et moi cette singulière visite, je me sauve par la même voie. Songez-y! vous avez encore le temps. Les gens de justice n'ont pas pensé au mur mitoyen du presbytère, et vous êtes cernés de tous côtés.

Le retentissement des pas d'une foule et le bruit des sabres de la gendarmerie remplirent la cour et parvinrent dans la salle à manger quelques instants après le départ du pauvre curé, qui n'eut pas plus de succès dans ses conseils que le marquis de Chargebœuf dans les siens.

— Notre existence commune, dit mélancoliquement le cadet de Simeuse à Laurence, est une monstruosité et nous éprouvons un monstrueux amour. Cette monstruosité a gagné votre cœur. Peut-être est-ce parce que les lois de la nature sont bouleversées en eux que les jumeaux dont l'histoire nous est conservée ont tous été malheureux. Quant à nous, voyez avec quelle persistance le sort nous poursuit. Voilà votre décision fatalement retardée.

Laurence était hébétée, elle entendit comme un bourdonnement ces paroles, sinistres pour elle, prononcées par le directeur du jury : — Au nom de l'Empereur et de la Loi, j'arrête les sieurs Paul-Marie et Marie-Paul Simeuse, Adrien et Robert d'Hauteserre. Ces messieurs, ajouta-t-il en montrant à ceux qui l'accompagnaient des traces de boue sur les vêtements des prévenus, ne nieront pas d'avoir passé une partie de cette journée à cheval?

— De quoi les accusez-vous? demanda fièrement mademoiselle de Cinq-Cygne.

— Vous n'arrêtez pas mademoiselle? dit Giguet.

— Je la laisse en liberté, sous caution, jusqu'à un plus ample examen des charges qui pèsent sur elle.

Goulard offrit sa caution en demandant simplement à

la comtesse sa parole d'honneur de ne pas s'évader. Laurence foudroya l'ancien piqueur de la maison de Simeuse par un regard plein de hauteur qui lui fit de cet homme un ennemi mortel, et une larme sortit de ses yeux, une de ces larmes de rage qui annoncent un enfer de douleurs. Les quatre gentilshommes échangèrent un regard terrible et restèrent immobiles. Monsieur et madame d'Hauteserre, craignant d'avoir été trompés par les quatre jeunes gens et par Laurence, étaient dans un état de stupeur indicible. Cloués dans leurs fauteuils, ces parents, qui se voyaient arracher leurs enfants après avoir tant craint pour eux et les avoir reconquis, regardaient sans voir, écoutaient sans entendre.

— Faut-il vous demander d'être ma caution, monsieur d'Hauteserre? cria Laurence à son ancien tuteur, qui fut réveillé par ce cri pour lui clair et déchirant comme le son de la trompette du jugement dernier.

Le vieillard essuya les larmes qui lui vinrent aux yeux, il comprit tout et dit à sa parente d'une voix faible : « Pardon, comtesse, vous savez que je vous appartiens corps et âme. »

Lechesneau, frappé d'abord de la tranquillité de ces coupables qui dînaient, revint à ses premiers sentiments sur leur culpabilité quand il vit la stupeur des parents et l'air songeur de Laurence, qui cherchait à deviner le piège qu'on lui avait tendu.

— Messieurs, dit-il poliment, vous êtes trop bien élevés pour faire une résistance inutile; suivez-moi tous les quatre aux écuries où il est nécessaire de détacher en votre présence les fers de vos chevaux, qui deviendront des pièces importantes au procès, et démontreront peut-être votre innocence ou votre culpabilité. Venez aussi, mademoiselle...

Le maréchal-ferrant de Cinq-Cygne et son garçon avaient été requis par Lechesneau de venir en qualité d'experts. Pendant l'opération qui se faisait aux écuries, le juge de paix amena Gothard et Michu. L'opération de détacher les fers à chaque cheval, et de les réunir en les désignant, afin de procéder à la confrontation des marques laissées dans le parc par les chevaux des auteurs de l'attentat, prit du temps. Néanmoins Lechesneau, prévenu de l'arrivée de Pigoult, laissa les accusés avec les gendarmes, vint dans la salle à manger pour dicter le procès-verbal, et le juge de paix lui montra l'état des vêtements de Michu en racontant les circonstances de l'arrestation.

— Ils auront tué le sénateur et l'auront plâtré dans quelque muraille, dit en finissant Pigoult à Lechesneau.

— Maintenant, j'en ai peur, répondit le magistrat. — Où as-tu porté le plâtre ? dit-il à Gothard.

Gothard se mit à pleurer.

— La Justice l'effraie, dit Michu dont les yeux lançaient des flammes comme ceux d'un lion pris dans un filet.

Tous les gens de la maison retenus chez le maire arrivèrent alors, ils encombrèrent l'antichambre où Catherine et les Durieu pleuraient, et leur apprirent l'importance des réponses qu'ils avaient faites. A toutes les questions du directeur et du juge de paix, Gothard répondit par des sanglots ; en pleurant il finit par se donner une sorte d'attaque convulsive qui les effraya, et ils le laissèrent. Le petit drôle, ne se voyant plus surveillé, regarda Michu en souriant, et Michu l'approuva par un regard. Lechesneau quitta le juge de paix pour aller presser les experts.

— Monsieur, dit enfin madame d'Hauteserre en s'adressant à Pigoult, pouvez-vous nous expliquer la cause de ces arrestations ?

— Ces messieurs sont accusés d'avoir enlevé le sénateur à main armée, et de l'avoir séquestré, car nous ne supposons pas qu'ils l'aient tué, malgré les apparences.

— Et quelles peines encourraient les auteurs de ce crime ? demanda le bonhomme.

— Mais comme les lois auxquelles il n'est pas dérogé par le Code actuel resteront en vigueur, il y a peine de mort, reprit le juge de paix.

— Peine de mort ! s'écria madame d'Hauteserre qui s'évanouit.

Le curé se présenta dans ce moment avec sa sœur, qui appela Catherine et la Durieu.

— Mais nous ne l'avons seulement pas vu, votre maudit sénateur, s'écria Michu.

— Madame Marion, madame Grévin, monsieur Grévin, le valet de chambre du sénateur, Violette, ne peuvent pas en dire autant de vous, répondit Pigoult avec le sourire aigre du magistrat convaincu.

— Je n'y comprends rien, dit Michu, que cette réponse frappa de stupeur et qui commença dès lors à se croire entortillé avec ses maîtres dans quelque trame ourdie contre eux.

En ce moment tout le monde revint des écuries. Laurence accourut à madame d'Hauteserre qui reprit ses sens pour lui dire : « Il y a peine de mort. »

— Peine de mort!... répéta Laurence en regardant les quatre gentilshommes.

Ce mot répandit un effroi dont profita Giguet, en homme instruit par Corentin.

— Tout peut s'arranger encore, dit-il en emmenant le marquis de Simeuse dans un coin de la salle à manger, peut-être n'est-ce qu'une plaisanterie? Que diable! vous avez été militaires. Entre soldats on s'entend. Qu'avez-vous fait du sénateur? Si vous l'avez tué, tout est dit; mais si vous l'avez séquestré, rendez-le, vous voyez bien que votre coup est manqué. Je suis certain que le directeur du jury, d'accord avec le sénateur, étouffera les poursuites.

— Nous ne comprenons absolument rien à vos questions, dit le marquis de Simeuse.

— Si vous le prenez sur ce ton, cela ira loin, dit le lieutenant.

— Chère cousine, dit le marquis de Simeuse, nous allons en prison, mais ne soyez pas inquiète, nous reviendrons dans quelques heures : il y a dans cette affaire des malentendus qui vont s'expliquer.

— Je le souhaite pour vous, messieurs, dit le magistrat en faisant signe à Giguet d'emmener les quatre gentilshommes, Gothard et Michu. — Ne les conduisez pas à Troyes, dit-il au lieutenant, gardez-les à votre poste d'Arcis; ils doivent être présents demain, au jour, à la vérification des fers de leurs chevaux avec les empreintes laissées dans le parc.

Lechesneau et Pigoult ne partirent qu'après avoir

interrogé Catherine, monsieur, madame d'Hauteserre et
Laurence. Les Durieu, Catherine et Marthe déclarèrent
n'avoir vu leurs maîtres qu'au déjeuner; monsieur d'Hauteserre déclara les avoir vus à trois heures. Quant, à minuit,
Laurence se vit entre monsieur et madame d'Hauteserre,
devant l'abbé Goujet et sa sœur, sans les quatre jeunes
gens qui, depuis dix-huit mois, étaient la vie de ce château,
son amour et sa joie, elle garda pendant longtemps un
silence que personne n'osa rompre. Jamais affliction ne fut
plus profonde ni plus complète. Enfin, on entendit un
soupir, on regarda.

Marthe, oubliée dans un coin, se leva, disant : « La mort!
madame!... on nous les tuera, malgré leur innocence.

— Qu'avez-vous fait! dit le curé.

Laurence sortit sans répondre. Elle avait besoin de la
solitude pour retrouver sa force au milieu de ce désastre
imprévu [57].

CHAPITRE III.

UN PROCÈS POLITIQUE SOUS L'EMPIRE

A trente-quatre ans de distance, pendant lesquels il s'est fait trois grandes révolutions, les vieillards seuls peuvent se rappeler aujourd'hui le tapage inouï produit en Europe par l'enlèvement d'un sénateur de l'Empire français. Aucun procès, si ce n'est ceux de Trumeau, l'épicier de la place Saint-Michel et celui de la veuve Morin, sous l'Empire; ceux de Fualdès et de Castaing, sous la Restauration; ceux de madame Lafarge et Fieschi[58], sous le gouvernement actuel, n'égala en intérêt et en curiosité celui des jeunes gens accusés de l'enlèvement de Malin. Un pareil attentat contre un membre de son Sénat excita la colère de l'Empereur, à qui l'on apprit l'arrestation des délinquants presque en même temps que la perpétration du délit et le résultat négatif des recherches. La forêt fouillée dans ses profondeurs, l'Aube et les départements environnants parcourus dans toute leur étendue, n'offrirent pas le moindre indice du passage ou de la séquestration du comte de Gondreville. Le Grand-Juge[59], mandé par Napoléon, vint après avoir pris des renseignements auprès du ministre de la Police, et lui expliqua la position de Malin vis-à-vis des Simeuse. L'Empereur, alors occupé de choses graves, trouva la solution de l'affaire dans les faits antérieurs.

— Ces jeunes gens sont fous, dit-il. Un jurisconsulte comme Malin doit revenir sur des actes arrachés par la violence. Surveillez ces nobles pour savoir comment ils s'y prendront pour relâcher le comte de Gondreville.

Il enjoignit de déployer la plus grande célérité dans une affaire où il vit un attentat contre ses institutions, un fatal exemple de résistance aux effets de la Révolution, une atteinte à la grande question des biens nationaux, et un obstacle à cette fusion des partis qui fut la constante occupation de sa politique intérieure. Enfin il se trouvait joué par ces jeunes gens qui lui avaient promis de vivre tranquillement.

— La prédiction de Fouché s'est réalisée, s'écria-t-il en se rappelant la phrase échappée deux ans auparavant à son ministre actuel de la Police qui ne l'avait dite que sous l'impression du rapport fait par Corentin sur Laurence.

On ne peut pas se figurer, sous un gouvernement constitutionnel où personne ne s'intéresse à une Chose Publique aveugle et muette, ingrate et froide, le zèle qu'un mot de l'Empereur imprimait à sa machine politique ou administrative. Cette puissante volonté semblait se communiquer aux choses aussi bien qu'aux hommes. Une fois son mot dit, l'Empereur, surpris par la coalition de 1806, oublia l'affaire. Il pensait à de nouvelles batailles à livrer, et s'occupait de masser ses régiments pour frapper un grand coup au cœur de la monarchie prussienne. Mais son désir de voir faire prompte justice trouva un puissant véhicule dans l'incertitude qui affectait la position de tous les magistrats de l'Empire. En ce moment Cambacérès, en sa qualité d'archichancelier, et le grand juge Régnier préparaient l'institution des tribunaux de première instance, des cours impériales et de la Cour de cassation; ils agitaient la question des costumes auxquels Napoléon tenait tant et avec tant de raison; ils revisaient le personnel et recherchaient les restes des parlements abolis. Naturellement, les magistrats du département de l'Aube pensèrent que donner des preuves de zèle dans l'affaire de l'enlèvement du comte de Gondreville, serait une excellente recommanndation. Les suppositions de Napoléon devinrent alors des certitudes pour les courtisans et pour les masses.

La paix régnait encore sur le continent, et l'admiration pour l'Empereur était unanime en France : il cajolait les intérêts, les vanités, les personnes, les choses, enfin tout jusqu'aux souvenirs. Cette entreprise parut donc à tout le monde une atteinte au bonheur public. Ainsi les pauvres gentilshommes innocents furent couverts d'un opprobre général. En petit nombre et confinés dans leurs terres, les nobles déploraient cette affaire entre eux, mais pas un n'osait ouvrir la bouche. Comment, en effet, s'opposer au déchaînement de l'opinion publique? Dans tout le département on exhumait les cadavres des onze personnes tuées en 1792, à travers les persiennes de l'hôtel de Cinq-Cygne et l'on en accablait les accusés. On craignait que les émigrés enhardis n'exerçassent tous des violences sur les acquéreurs de leurs biens, pour en préparer la restitution en protestant ainsi contre un injuste dépouillement. Ces nobles gens furent donc traités de brigands, de voleurs, d'assassins, et la complicité de Michu leur devint surtout fatale. Cet homme qui avait coupé, lui ou son beau-père, toutes les têtes tombées dans le département pendant la Terreur, était l'objet des contes les plus ridicules. L'exaspération fut d'autant plus vive que Malin avait à peu près placé tous les fonctionnaires de l'Aube. Aucune voix généreuse ne s'éleva pour contredire la voix publique. Enfin les malheureux n'avaient aucun moyen légal de combattre les préventions; car, en soumettant à des jurés et les éléments de l'accusation et le jugement, le Code de Brumaire an IV n'avait pu donner aux accusés l'immense garantie du recours en cassation pour cause de suspicion légitime. Le surlendemain de l'arrestation, les maîtres et les gens du château de Cinq-Cygne furent assignés à comparaître devant le jury d'accusation. On laissa Cinq-Cygne à la garde du fermier, sous l'inspection de l'abbé Goujet et de sa sœur qui s'y établirent. Mademoiselle de Cinq-Cygne, monsieur et madame d'Hauteserre vinrent occuper la petite maison que possédait Durieu dans un de ces longs et larges faubourgs qui s'étalent autour de la ville de Troyes. Laurence eut le cœur serré quand elle reconnut la fureur des masses, la malignité de la bourgeoisie et l'hostilité de l'administration par plusieurs de ces petits événements qui arrivent toujours aux parents des gens impliqués dans une affaire criminelle, dans les villes de province où elles se jugent. C'est, au lieu

de mots encourageants et pleins de compassion, des conversations entendues où éclatent d'affreux désirs de vengeance;
des témoignages de haine à la place des actes de la stricte
politesse ou de la réserve ordonnée par la décence, mais
surtout un isolement dont s'affectent les hommes ordinaires,
et d'autant plus rapidement senti que le malheur excite la
défiance. Laurence, qui avait recouvré toute sa force, comptait
sur les clartés de l'innocence et méprisait trop la foule
pour s'épouvanter de ce silence désapprobateur par lequel
on l'accueillait. Elle soutenait le courage de monsieur et
madame d'Hauteserre, tout en pensant à la bataille judiciaire qui, d'après la rapidité de la procédure, devait bientôt
se livrer devant la cour criminelle. Mais elle allait recevoir
un coup auquel elle ne s'attendait point et qui diminua son
courage. Au milieu de ce désastre et par le déchaînement
général, au moment où cette famille affligée se voyait comme
dans un désert, un homme grandit tout-à-coup aux yeux de
Laurence et montra toute la beauté de son caractère. Le
lendemain du jour où l'accusation approuvée par la formule : *Oui, il y a lieu*, que le chef du jury écrivait au bas
de l'acte, fut renvoyée à l'accusateur public, et que le
mandat d'arrêt décerné contre les accusés eut été converti
en une ordonnance de prise de corps, le marquis de Chargebœuf vint courageusement dans sa vieille calèche au secours
de sa jeune parente. Prévoyant la promptitude de la justice,
le chef de cette grande famille s'était hâté d'aller à Paris,
d'où il amenait l'un des plus rusés et des plus honnêtes
procureurs du vieux temps, Bordin, qui devint, à Paris,
l'avoué de la noblesse pendant dix ans, et dont le successeur
fut le célèbre avoué Derville. Ce digne procureur choisit
aussitôt pour avocat le petit-fils d'un ancien président du
parlement de Normandie qui se destinait à la magistrature
et dont les études s'étaient faites sous sa tutelle. Ce jeune
avocat, pour employer une dénomination abolie que
l'Empereur allait faire revivre, fut en effet nommé substitut
du Procureur-général à Paris après le procès actuel, et
devint un de nos plus célèbres magistrats. Monsieur de Granville accepta cette défense comme une occasion de débuter
avec éclat. A cette époque, les avocats étaient remplacés par

des défenseurs officieux. Ainsi le droit de défense n'était pas restreint, tous les citoyens pouvaient plaider la cause de l'innocence; mais les accusés n'en prenaient pas moins d'anciens avocats pour se défendre. Le vieux marquis, effrayé des ravages que la douleur avait faits chez Laurence, fut admirable de bon goût et de convenance. Il ne rappela point ses conseils donnés en pure perte; il présenta Bordin comme un oracle dont les avis devaient être suivis à la lettre, et le jeune de Granville comme un défenseur en qui l'on pouvait avoir une entière confiance.

Laurence tendit la main au vieux marquis, et lui serra la sienne avec une vivacité qui le charma.

— Vous aviez raison, lui dit-elle.

— Voulez-vous maintenant écouter mes conseils? demanda-t-il.

La jeune comtesse fit, ainsi que monsieur et madame d'Hauteserre, un signe d'assentiment.

— Eh! bien, venez dans ma maison, elle est au centre de la ville près du tribunal; vous et vos avocats, vous vous y trouverez mieux qu'ici où vous êtes entassés, et beaucoup trop loin du champ de bataille. Vous auriez la ville à traverser tous les jours.

Laurence accepta; le vieillard l'emmena ainsi que madame d'Hauteserre à sa maison, qui fut celle des défenseurs et des habitants de Cinq-Cygne tant que dura le procès. Après le dîner, les portes closes, Bordin se fit raconter exactement par Laurence les circonstances de l'affaire en la priant de n'omettre aucun détail, quoique déjà quelques-uns des faits antérieurs eussent été dits à Bordin et au jeune défenseur par le marquis durant leur voyage de Paris à Troyes. Bordin écouta, les pieds au feu, sans se donner la moindre importance. Le jeune avocat, lui, ne put s'empêcher de se partager entre son admiration pour mademoiselle de Cinq-Cygne et l'attention qu'il devait aux éléments de la cause.

— Est-ce bien tout? demanda Bordin quand Laurence eut raconté les événements du drame tels que ce récit les a présentés jusqu'à présent.

— Oui, répondit-elle.

Le silence le plus profond régna pendant quelques instants dans le salon de l'hôtel de Chargebœuf où se passait cette scène, une des plus graves qui aient lieu durant la vie, et une des plus rares aussi. Tout procès est jugé par les avocats avant les juges, de même que la mort du malade est pressentie par les médecins, avant la lutte que les uns soutiendront avec la nature et les autres avec la justice. Laurence, monsieur et madame d'Hauteserre, le marquis avaient les yeux sur la vieille figure noire et profondément labourée par la petite-vérole de ce vieux procureur qui allait prononcer des paroles de vie ou de mort. Monsieur d'Hauteserre s'essuya des gouttes de sueur sur le front. Laurence regarda le jeune avocat et lui trouva le visage attristé.

— Eh! bien, mon cher Bordin? dit le marquis en lui tendant sa tabatière où le procureur puisa d'une façon distraite.

Bordin frotta le gras de ses jambes vêtues en gros bas de filoselle noire, car il était en culotte de drap noir, et portait un habit qui se rapprochait par sa formne des habits dits à la française; il jeta son regard malicieux sur ses clients en y donnant une expression craintive, mais il les glaça.

— Faut-il vous disséquer cela, dit-il, et vous parler franchement?

— Mais allez donc, monsieur! dit Laurence.

— Tout ce que vous avez fait de bien se tourne en charges contre vous, lui dit alors le vieux praticien. On ne peut pas sauver vos parents, on ne pourra que faire diminuer la peine. La vente que vous avez ordonné à Michu de faire de ses biens, sera prise pour la preuve la plus évidente de vos intentions criminelles sur le sénateur. Vous avez envoyé vos gens exprès à Troyes pour être seuls, et cela sera d'autant plus plausible que c'est la vérité. L'aîné des d'Hauteserre a dit à Beauvisage un mot terrible qui vous perd tous. Vous en avez dit un autre dans votre cour qui prouvait longtemps à l'avance vos mauvais vouloirs contre Gondreville. Quant à vous, vous étiez à la grille en observation au moment du coup; si l'on ne vous poursuit pas, c'est pour ne pas mettre un élément d'intérêt dans l'affaire.

— La cause n'est pas tenable, dit monsieur de Granville.

— Elle l'est d'autant moins, reprit Bordin, qu'on ne peut plus dire la vérité. Michu, messieurs de Simeuse et d'Hauteserre doivent s'en tenir tout simplement à prétendre qu'ils sont allés dans la forêt avec vous pendant une partie de la journée et qu'ils sont venus déjeuner à Cinq-Cygne. Mais si nous pouvons établir que vous y étiez tous à trois heures pendant que l'attentat avait lieu, quels sont vos témoins ? Marthe, la femme d'un accusé, les Durieu, Catherine, gens à votre service, monsieur et madame, père et mère de deux accusés. Ces témoins sont sans valeur, la loi ne les admet pas contre vous, le bon sens les repousse en votre faveur. Si, par malheur, vous disiez être allé chercher onze cent mille francs d'or dans la forêt, vous enverriez tous les accusés aux galères comme voleurs. Accusateur public, jurés, juges, audience, et la France croiraient que vous avez pris cet or à Gondreville, et que vous avez séquestré le sénateur pour faire votre coup. En admettant l'accusation telle qu'elle est en ce moment, l'affaire n'est pas claire : mais, dans sa vérité pure, elle deviendrait limpide : les jurés expliqueraient par le vol toutes les parties ténébreuses, car royaliste aujourd'hui veut dire brigand ! Le cas actuel présente une vengeance admissible dans la situation politique. Les accusés encourent la peine de mort, mais elle n'est pas déshonorante à tous les yeux ; tandis qu'en y mêlant la soustraction des espèces qui ne paraîtra jamais légitime, vous perdrez les bénéfices de l'intérêt qui s'attache à des condamnés à mort, quand leur crime paraît excusable. Dans le premier moment, quand vous pouviez montrer vos cachettes, le plan de la forêt, les tuyaux de fer-blanc, l'or, pour justifier l'emploi de votre journée, il eût été possible de s'en tirer en présence de magistrats impartiaux ; mais dans l'état des choses, il faut se taire. Dieu veuille qu'aucun des six accusés n'ait compromis la cause, mais nous verrons à tirer parti de leurs interrogatoires.

Laurence se tordit les mains de désespoir et leva les yeux au ciel par un regard désolant, car elle aperçut alors dans toute sa profondeur le précipice où ses cousins étaient

tombés. Le marquis et le jeune défenseur approuvaient
le terrible discours de Bordin. Le bonhomme d'Hauteserre
pleurait.

— Pourquoi ne pas avoir écouté l'abbé Goujet qui
voulait les faire enfuir ? dit madame d'Hauteserre exaspérée.

— Ah! s'écria l'ancien procureur, si vous avez pu les
faire sauver, et que vous ne l'ayez pas fait, vous les aurez tués
vous-mêmes. La contumace donne du temps. Avec le
temps, les innocents éclaircissent les affaires. Celle-ci me
semble la plus ténébreuse que j'aie vue de ma vie, pendant
laquelle j'en ai cependant bien débrouillé.

— Elle est inexplicable pour tout le monde, et même
pour nous, dit monsieur de Granville. Si les accusés sont innocents, le coup a été fait par d'autres. Cinq personnes ne
viennent pas dans un pays comme par enchantement,
ne se procurent pas des chevaux ferrés comme ceux des
accusés, n'empruntent pas leur ressemblance et ne mettent
pas Malin dans une fosse, exprès pour perdre Michu,
messieurs d'Hauteserre et de Simeuse. Les inconnus, les vrais
coupables, avaient un intérêt quelconque à se mettre dans
la peau de ces cinq innocents; pour les retrouver, pour
chercher leurs traces, il nous faudrait, comme au gouvernement, autant d'agents et d'yeux qu'il y a de communes
dans un rayon de vingt lieues.

— C'est là chose impossible, dit Bordin. Il n'y faut
même pas songer. Depuis que les sociétés ont inventé la
Justice, elles n'ont jamais trouvé le moyen de donner à
l'innocence accusée un pouvoir égal à celui dont le magistrat dispose contre le crime. La Justice n'est pas bilatérale.
La Défense, qui n'a ni espions, ni police, ne dispose pas
en faveur de ses clients de la puissance sociale. L'innocence n'a que le raisonnement pour elle; et le raisonnement, qui peut frapper des juges, est souvent impuis-
sant sur les esprits prévenus des jurés. Le pays est tout
entier contre vous. Les huit jurés qui ont sanctionné
l'acte d'accusation étaient des propriétaires de biens nationaux. Nous aurons dans nos jurés de jugement des gens
qui seront, comme les premiers, acquéreurs, vendeurs
de biens nationaux ou employés. Enfin, nous aurons un

jury Malin. Aussi faut-il un système complet de défense, n'en sortez pas, et périssez dans votre innocence. Vous serez condamnés. Nous irons au Tribunal de cassation, et nous tâcherons d'y rester longtemps. Si, dans l'intervalle, je puis recueillir des preuves en votre faveur, vous aurez le recours en grâce. Voilà l'anatomie de l'affaire et mon avis. Si nous triomphons (car tout est possible en justice), ce serait un miracle; mais votre avocat est, parmi tous ceux que je connais, le plus capable de faire ce miracle, et j'y aiderai.

— Le sénateur doit avoir la clef de cette énigme, dit alors monsieur de Granville, car on sait toujours qui nous en veut et pourquoi l'on nous en veut. Je le vois quittant Paris à la fin de l'hiver, venant à Gondreville seul, sans suite, s'y enfermant avec son notaire, et se livrant, pour ainsi dire, à cinq hommes qui l'empoignent.

— Certes, dit Bordin, sa conduite est au moins aussi extraordinaire que la nôtre; mais comment, à la face d'un pays soulevé contre nous, devenir accusateurs, d'accusés que nous étions? Il nous faudrait la bienveillance, le secours du gouvernement, et mille fois plus de preuves que dans une situation ordinaire. J'aperçois là de la préméditation, et de la plus raffinée, chez nos adversaires inconnus, qui connaissaient la situation de Michu et de messieurs de Simeuse à l'égard de Malin. Ne pas parler! ne pas voler! il y a prudence. J'aperçois tout autre chose que des malfaiteurs sous ces masques. Mais dites donc ces choses-là aux jurés qu'on nous donnera!

Cette perspicacité dans les affaires privées qui rend certains avocats et certains magistrats si grands, étonnait et confondait Laurence; elle eut le cœur serré par cette épouvantable logique.

— Sur cent affaires criminelles, dit Bordin, il n'y en a pas dix que la Justice développe dans toute leur étendue, et il y en a peut-être un bon tiers dont le secret lui est inconnu. La vôtre est du nombre de celles qui sont indéchiffrables pour les accusés et pour les accusateurs, pour la Justice et pour le public. Quant au souverain, il a d'autres pois à lier qu'à secourir messieurs de Simeuse, quand même ils n'auraient pas voulu le renverser. Mais qui diable en veut à Malin? et que lui voulait-on?

Bordin et monsieur de Granville se regardèrent, ils eurent l'air de douter de la véracité de Laurence. Ce mouvement fut pour la jeune fille une des plus cuisantes des mille douleurs de cette affaire; aussi jeta-t-elle aux deux défenseurs un regard qui tua chez eux tout mauvais soupçon.

Le lendemain la procédure fut remise aux défenseurs qui purent communiquer avec les accusés. Bordin apprit à la famille, qu'en gens de bien, les six accusés *s'étaient bien tenus*, pour employer un terme de métier.

— Monsieur de Granville défendra Michu, dit Bordin.

— Michu?... s'écria monsieur de Chargebœuf, étonné de ce changement.

— Il est le cœur de l'affaire, et là est le danger, répliqua le vieux procureur.

— S'il est le plus exposé, la chose me semble juste! s'écria Laurence.

— Nous apercevons des chances, dit monsieur de Granville, et nous allons bien les étudier. Si nous pouvons les sauver, ce sera parce que monsieur d'Hauteserre a dit à Michu de réparer l'un des poteaux de la barrière du chemin creux, et qu'un loup a été vu dans la forêt, car tout dépend des débats devant une cour criminelle, et les débats rouleront sur de petites choses que vous verrez devenir immenses.

Laurence tomba dans l'abattement intérieur qui doit mortifier l'âme de toutes les personnes d'action et de pensée, quand l'inutilité de l'action et de la pensée leur est démontrée. Il ne s'agissait plus ici de renverser un homme ou le pouvoir à l'aide de gens dévoués, de sympathies fanatiques enveloppées dans les ombres du mystère : elle voyait la société tout entière armée contre elle et ses cousins. On ne prend pas à soi seul une prison d'assaut, on ne délivre pas des prisonniers au sein d'une population hostile et sous les yeux d'une police éveillée par la prétendue audace des accusés. Aussi, quand effrayé de la stupeur de cette noble et courageuse fille que sa physionomie rendait plus stupide encore, le jeune défenseur essaya de relever son courage, lui répondit-elle : « Je me tais, je souffre et j'attends. »

L'accent, le geste et le regard firent de cette réponse une de ces choses sublimes auxquelles il manque un plus vaste théâtre pour devenir célèbres. Quelques instants après, le bonhomme d'Hauteserre disait au marquis de Charge-bœuf : « Me suis-je donné de la peine pour mes deux malheureux enfants ! J'ai déjà refait pour eux près de huit mille livres de rentes sur l'État. S'ils avaient voulu servir, ils auraient gagné des grades supérieurs et pourraient aujourd'hui se marier avantageusement. Voilà tous mes plans à vau-l'eau. »

— Comment, lui dit sa femme, pouvez-vous songer à leurs intérêts, quand il s'agit de leur honneur et de leurs têtes.

— Monsieur d'Hauteserre pense à tout, dit le marquis [60].
Pendant que les habitants de Cinq-Cygne attendaient l'ouverture des débats à la Cour criminelle et sollicitaient la permission de voir les prisonniers sans pouvoir l'obtenir, il se passait au château, dans le plus profond secret, un événement de la plus haute gravité. Marthe était revenue à Cinq-Cygne aussitôt après sa déposition devant le jury d'accusation, qui fut tellement insignifiante qu'elle ne fut pas assignée par l'accusateur public devant la Cour crimi-nelle. Comme toutes les personnes d'une excessive sensi-bilité, la pauvre femme restait assise dans le salon où elle tenait compagnie à mademoiselle Goujet, dans un état de stupeur qui faisait pitié. Pour elle, comme pour le curé d'ailleurs et pour tous ceux qui ne savaient point l'emploi que les accusés avaient fait de la journée, leur innocence paraissait douteuse. Par moments, Marthe croyait que Michu, ses maîtres et Laurence avaient exercé quelque vengeance sur le sénateur. La malheureuse femme connaissait assez le dévouement de Michu pour comprendre qu'il était de tous les accusés le plus en danger, soit à cause de ses antécédents, soit à cause de la part qu'il aurait prise dans l'exécution. L'abbé Goujet, sa sœur et Marthe se perdaient dans les probabilités auxquelles cette opinion donnait lieu ; mais, à force de les méditer, ils laissaient leur esprit s'attacher à un sens quelconque. Le doute absolu que demande Descartes ne peut pas plus s'obtenir dans le cerveau de l'homme que le

vide dans la nature, et l'opération spirituelle par laquelle il aurait lieu serait, comme l'effet de la machine pneumatique, une
situation exceptionnelle et monstrueuse. En quelque matière
que ce soit, on croit à quelque chose. Or, Marthe avait si
peur de la culpabilité des accusés, que sa crainte équivalait
à une croyance; et cette situation d'esprit lui fut fatale.
Cinq jours après l'arrestation des gentilshommes, au
moment où elle allait se coucher, sur les dix heures du soir,
elle fut appelée dans la cour par sa mère qui arrivait à pied
de la ferme.

— Un ouvrier de Troyes veut te parler de la part de
Michu, et t'attend dans le chemin creux, dit-elle à Marthe.

Toutes deux passèrent par la brèche pour aller au plus
court. Dans l'obscurité de la nuit et du chemin, il fut
impossible à Marthe de distinguer autre chose que la
masse d'une personne qui tranchait sur les ténèbres.

— Parlez, madame, afin que je sache si vous êtes bien
madame Michu, dit cette personne d'une voix assez inquiète.

— Certainement, dit Marthe. Et que me voulez-vous ?

— Bien, dit l'inconnu. Donnez-moi votre main, n'ayez
pas peur de moi. Je viens, ajouta-t-il en se penchant à
l'oreille de Marthe, de la part de Michu, vous remettre
un petit mot. Je suis un des employés de la prison, et si
mes supérieurs s'apercevaient de mon absence, nous
serions tous perdus. Fiez-vous à moi. Dans les temps votre
brave père m'a placé là. Aussi Michu a-t-il compté sur moi.

Il mit une lettre dans la main de Marthe et disparut
vers la forêt sans attendre de réponse. Marthe eut comme
un frisson en pensant qu'elle allait sans doute apprendre
le secret de l'affaire. Elle courut à la ferme avec sa mère et
s'enferma pour lire la lettre suivante :

« Ma chère Marthe, tu peux compter sur la discrétion
« de l'homme qui t'apportera cette lettre, il ne sait ni lire
« ni écrire, c'est un des plus solides républicains de la
« conspiration de Babœuf; ton père s'est servi de lui sou-
« vent, et il regarde le sénateur comme un traître. Or, ma
« chère femme, le sénateur a été claquemuré par nous
« dans le caveau où nous avons déjà caché nos maîtres.

« Le misérable n'a de vivres que pour cinq jours, et comme
« il est de notre intérêt qu'il vive, dès que tu auras lu ce
« petit mot, porte-lui de la nourriture pour au moins cinq
« jours. La forêt doit être surveillée, prends autant de pré-
« cautions que nous en prenions pour nos jeunes maîtres.
« Ne dis pas un mot à Malin, ne lui parle point et mets un
« de nos masques que tu trouveras sur une des marches
« de la cave. Si tu ne veux pas compromettre nos têtes, tu
« garderas le silence le plus entier sur le secret que je suis
« forcé de te confier. N'en dis pas un mot à mademoiselle de
« Cinq-Cygne, qui pourrait *caner* [61]. Ne crains rien pour moi.
« Nous sommes certains de la bonne issue de cette affaire,
« et, quand il le faudra, Malin sera notre sauveur. Enfin,
« dès que cette lettre sera lue, je n'ai pas besoin de te dire
« de la brûler, car elle me coûterait la tête si l'on en voyait
« une seule ligne. Je t'embrasse tant et plus. »

« MICHU. »

L'existence du caveau situé sous l'éminence au milieu
de la forêt n'était connue que de Marthe, de son fils, de
Michu, des quatre gentilshommes et de Laurence, du
moins Marthe, à qui son mari n'avait rien dit de sa rencontre avec Peyrade et Corentin, devait le croire. Ainsi
la lettre, qui d'ailleurs lui parut écrite et signée par Michu,
ne pouvait venir que de lui. Certes, si Marthe avait immédiatement consulté sa maîtresse et ses deux conseils, qui
connaissait l'innocence des accusés, le rusé procureur
aurait obtenu quelques lumières sur les perfides combinaisons qui avaient enveloppé ses clients; mais Marthe,
tout à son premier mouvement comme la plupart des
femmes, et convaincue par ces considérations qui lui
sautaient aux yeux, jeta la lettre dans la cheminée. Cependant, mue par une singulière illumination de prudence,
elle retira du feu le côté de la lettre qui n'était pas écrit,
prit les cinq premières lignes, dont le sens ne pouvait
compromettre personne, et les cousit dans le bas de sa
robe. Assez effrayée de savoir que le patient jeûnait depuis
vingt-quatre heures, elle voulut lui porter du vin, du pain
et de la viande dès cette nuit. Sa curiosité ne lui permettait

pas plus que l'humanité de remettre au lendemain. Elle
chauffa son four, et fit, aidée par sa mère, un pâté de lièvre
et de canards, un gâteau de riz, rôtit deux poulets, prit
trois bouteilles de vin, et boulangea elle-même deux pains
ronds. Vers deux heures et demie du matin, elle se mit
en route vers la forêt, portant le tout dans une hotte, et en
compagnie de Couraut qui, dans toutes ces expéditions,
servait d'éclaireur avec une admirable intelligence. Il
flairait des étrangers à des distances énormes, et quand il
avait reconnu leur présence, il revenait auprès de sa maîtresse en grondant tout bas, la regardant et tournant son
museau du côté dangereux.

Marthe arriva sur les trois heures du matin à la mare,
où elle laissa Couraut en sentinelle. Après une demi-
heure de travail pour débarrasser l'entrée, elle vint avec
une lanterne sourde à la porte du caveau, le visage couvert
d'un masque qu'elle avait en effet trouvé sur une marche.
La détention du sénateur semblait avoir été préméditée
longtemps à l'avance. Un trou d'un pied carré, que Marthe
n'avait pas vu précédemment, se trouvait grossièrement
pratiqué dans le haut de la porte de fer qui fermait le caveau ;
mais pour que Malin ne pût, avec le temps et la patience
dont disposent tous les prisonniers, faire jouer la bande de
fer qui barrait la porte, on l'avait assujettie par un cadenas.
Le sénateur, qui s'était levé de dessus son lit de mousse,
poussa un soupir en apercevant une figure masquée, et
devina qu'il ne s'agissait pas encore de sa délivrance.
Il observa Marthe, autant que le lui permettait la lueur
inégale d'une lanterne sourde, et la reconnut à ses vêtements,
à sa corpulence et à ses mouvements ; quand elle lui passa
le pâté par le trou, il laissa tomber le pâté pour lui saisir
les mains, et avec une excessive prestesse il essaya de lui
ôter du doigt deux anneaux, son alliance et une petite bague
donnée par mademoiselle de Cinq-Cygne.

— Vous ne nierez pas que ce ne soit vous, ma chère
madame Michu, dit-il.

Marthe ferma le poing aussitôt qu'elle sentit les doigts
du sénateur, et lui donna un coup vigoureux dans la poitrine. Puis, sans mot dire, elle alla couper une baguette

assez forte, au bout de laquelle elle tendit au sénateur le reste des provisions.

— Que veut-on de moi? dit-il.

Marthe se sauva sans répondre. En revenant chez elle, elle se trouva, sur les cinq heures, à la lisière de la forêt, et fut prévenue par Couraut de la présence d'un importun. Elle rebroussa chemin et se dirigea vers le pavillon qu'elle avait habité si longtemps; mais, quand elle déboucha dans l'avenue, elle fut aperçue de loin par le garde-champêtre de Gondreville; elle prit alors le parti d'aller droit à lui.

— Vous êtes bien matinale, madame Michu? lui dit-il en l'accostant.

— Nous sommes si malheureux, répondit-elle, que je suis forcée de faire l'ouvrage d'une servante; je vais à Bellache y chercher des graines.

— Vous n'avez donc point de graines à Cinq-Cygne? dit le garde.

Marthe ne répondit pas. Elle continua sa route, et, en arrivant à la ferme de Bellache, elle pria Beauvisage de lui donner plusieurs graines pour semence, en lui disant que monsieur d'Hauteserre lui avait recommandé de les prendre chez lui pour renouveler ses espèces. Quand Marthe fut partie, le garde de Gondreville vint à la ferme savoir ce que Marthe y était allée chercher. Six jours après, Marthe, devenue prudente, alla dès minuit porter les provisions afin de ne pas être surprise par les gardes qui surveillaient évidemment la forêt. Après avoir porté pour la troisième fois des vivres au sénateur, elle fut saisie d'une sorte de terreur en entendant lire par le curé les interrogatoires publics des accusés, car alors les débats étaient commencés. Elle prit l'abbé Goujet à part, et après lui avoir fait jurer qu'il lui garderait le secret sur ce qu'elle allait lui dire comme s'il s'agissait d'une confession, elle lui montra les fragments de la lettre qu'elle avait reçue de Michu, en lui disant le contenu, et l'initia au secret de la cachette où se trouvait le sénateur. Le curé demanda sur-le-champ à Marthe si elle avait des lettres de son mari pour pouvoir comparer les écritures. Marthe alla chez elle à la ferme, où elle trouva une assignation pour comparaître

204 UNE TÉNÉBREUSE AFFAIRE

comme témoin à la Cour. Quand elle revint au château, l'abbé Goujet et sa sœur étaient également assignés à la requête des accusés. Ils furent donc obligés de se rendre aussitôt à Troyes. Ainsi tous les personnages de ce drame, et même ceux qui n'en étaient en quelque sorte que les comparses, se trouvèrent réunis sur la scène où les destinées des deux familles se jouaient alors [62].

Il est très-peu de localités en France où la Justice emprunte aux choses ce prestige qui devrait toujours l'accompagner. Après la Religion et la Royauté, n'est-elle pas la plus grande machine des sociétés ? Partout, et même à Paris, la mesquinerie du local, la mauvaise disposition des lieux, et le manque de décors chez la nation la plus vaniteuse et la plus théâtrale en fait de monuments qui soit aujourd'hui, diminuent l'action de cet énorme pouvoir. L'arrangement est le même dans presque toutes les villes. Au fond de quelque longue salle carrée, on voit un bureau couvert en serge verte, élevé sur une estrade, derrière lequel s'asseyent les juges dans des fauteuils vulgaires. A gauche, le siège de l'accusateur public, et, de son côté, le long de la muraille, une longue tribune garnie de chaises pour les jurés. En face des jurés s'étend une autre tribune où se trouve un banc pour les accusés et pour les gendarmes qui les gardent. Le greffier se place au bas de l'estrade auprès de la table où se déposent les pièces à conviction. Avant l'institution de la justice impériale, le commissaire du gouvernement et le directeur du jury avaient chacun un siège et une table, l'un à droite et l'autre à gauche du bureau de la Cour. Deux huissiers voltigent dans l'espace qu'on laisse devant la Cour pour la comparution des témoins. Les défenseurs se tiennent au bas de la tribune des accusés. Une balustrade en bois réunit les deux tribunes vers l'autre bout de la salle, et forme une enceinte où se mettent des bancs pour les témoins entendus et pour les curieux privilégiés. Puis, en face du tribunal, au-dessus de la porte d'entrée, il existe toujours une méchante tribune réservée aux autorités et aux femmes choisies du département par le président, à qui appartient la police de l'audience. Le public non privilégié se tient debout dans l'espace qui reste entre la porte de la salle et la balustrade. Cette physionomie normale des tribunaux français et des cours d'assises actuelles était celle de la Cour criminelle de Troyes.

En avril 1806, ni les quatre juges et le président qui composaient la Cour, ni l'accusateur public, ni le directeur du jury, ni le commissaire du gouvernement, ni les huissiers, ni les défenseurs, personne, excepté les gendarmes, n'avait de costume ni de marque distinctive qui relevât la nudité des choses et l'aspect assez maigre des figures. Le crucifix manquait, et ne donnait son exemple ni à la Justice, ni aux accusés. Tout était triste et vulgaire. L'appareil, si nécessaire à l'intérêt social, est peut-être une consolation pour le criminel. L'empressement du public fut ce qu'il a été, ce qu'il sera dans toutes les occasions de ce genre, tant que les mœurs ne seront pas réformées, tant que la France n'aura pas reconnu que l'admission du public à l'audience n'emporte pas la publicité, que la publicité donnée aux débats constitue une peine tellement exorbitante, que si le législateur avait pu la soupçonner, il ne l'aurait pas infligée. Les mœurs sont souvent plus cruelles que les lois. Les mœurs, c'est les hommes; mais la loi, c'est la raison d'un pays. Les mœurs, qui n'ont souvent pas de raison, l'emportent sur la loi. Il se fit des attroupements autour du palais. Comme dans tous les procès célèbres, le président fut obligé de faire garder les portes par des piquets de soldats. L'auditoire qui restait debout derrière la balustrade, était si pressé qu'on y étouffait. Monsieur de Granville, qui défendait Michu; Bordin, le défenseur de messieurs de Simeuse, et un avocat de Troyes qui plaidait pour messieurs d'Hauteserre et Gothard, les moins compromis des six accusés, furent à leur poste avant l'ouverture de la séance, et leurs figures respiraient la confiance. De même que le médecin ne laisse rien voir de ses appréhensions à son malade, de même l'avocat montre toujours une physionomie pleine d'espoir à son client. C'est un de ces cas rares où le mensonge devient vertu. Quand les accusés entrèrent, il s'éleva de favorables murmures à l'aspect des quatre jeunes gens qui, après vingt jours de détention passés dans l'inquiétude, avaient un peu pâli. La parfaite ressemblance des jumeaux excita l'intérêt le plus puissant. Peut-être chacun pensait-il que la nature devait exercer une protection spéciale sur l'une de ses plus curieuses raretés, et tout le monde était tenté de réparer l'oubli du destin envers eux ; leur contenance noble, simple, et sans la moindre marque de honte, mais aussi sans bravade, toucha beaucoup les femmes. Les quatre gentilshommes et Gothard se présentaient avec le costume qu'ils portaient lors de leur arrestation ; mais Michu, dont les habits faisaient partie des pièces à conviction, avait mis ses meilleurs habits, une redingote bleue, un gilet de velours brun à la Roberspierre, et une cravate blanche. Le pauvre homme paya le loyer de sa mauvaise mine. Quand il jeta son regard jaune, clair et profond sur l'assemblée, qui laissa échapper un mouvement, on lui répondit par un murmure d'horreur. L'audience voulut voir le doigt de Dieu dans sa comparution sur le banc des accusés, où son beau-père avait fait asseoir tant de victimes. Cet homme, vraiment grand, regarda ses maîtres en réprimant un sourire d'ironie. Il eut l'air de leur dire : « Je vous fais tort ! » Ces cinq accusés échangèrent des saluts affectueux avec leurs défenseurs. Gothard faisait encore l'idiot.

Après les récusations exercées avec sagacité par les défenseurs éclairés sur ce point par le marquis de Chargebœuf assis courageusement auprès de Bordin et de monsieur de Granville, quand le jury fut constitué, l'acte d'accusation lu, les accusés furent séparés pour procéder à leurs interrogatoires. Tous répondirent avec un remarquable ensemble. Après être allés le matin se promener à cheval dans la forêt, ils étaient revenus à une heure pour déjeuner à Cinq-Cygne ; après le repas, de trois heures à cinq heures et demie, ils avaient regagné la forêt. Tel fut le fonds commun à chaque accusé, dont les variantes découlèrent de leur position spéciale. Quand le président pria messieurs de Simeuse de donner les raisons qui les avaient fait sortir de si grand matin, l'un et l'autre déclarèrent que, depuis leur retour, ils pensaient à racheter Gondreville, et que, dans l'intention de traiter avec Malin, arrivé la veille, ils étaient sortis avec leur cousine et Michu afin d'examiner la forêt pour baser des offres. Pendant ce temps-là, messieurs d'Hauteserre, leur cousine et Gothard avaient chassé un loup que les paysans avaient aperçu. Si le directeur du jury eût recueilli les traces de leurs chevaux dans la forêt avec autant de soin que celles des chevaux qui avaient traversé le parc de Gondreville, on aurait eu la preuve de leurs courses en des parties bien éloignées du château.

L'interrogatoire de messieurs d'Hauteserre confirma celui de messieurs de Simeuse, et se trouvait en harmonie avec leurs dires, dans l'instruction. La nécessité de justifier leur promenade avait suggéré à chaque accusé l'idée de l'attribuer à la chasse. Des paysans avaient signalé, quelques jours auparavant, un loup dans la forêt, et chacun d'eux s'en fit un prétexte.

Cependant l'accusateur public releva des contradictions entre les premiers interrogatoires où messieurs d'Hauteserre disaient avoir chassé tous ensemble, et le système adopté à l'audience qui laissait messieurs d'Hauteserre et Laurence chassant, tandis que messieurs de Simeuse auraient évalué la forêt.

Monsieur de Granville fit observer que le délit n'ayant été commis que de deux heures à cinq heures et demie, les accusés devaient être crus quand ils expliquaient la manière dont ils avaient employé la matinée.

L'accusateur répondit que les accusés avaient intérêt à cacher les préparatifs pour séquestrer le sénateur.

L'habileté de la Défense apparut alors à tous les yeux. Les juges, les jurés, l'audience comprirent bientôt que la victoire allait être chaudement disputée. Bordin et monsieur de Granville semblaient avoir tout prévu. L'innocence doit un compte clair et plausible de ses actions. Le devoir de la Défense est donc d'opposer un roman probable au roman improbable de l'Accusation. Pour le défenseur qui regarde son client comme innocent, l'Accusation devient une fable. L'interrogatoire public des quatre gentilshommes expliquait suffisamment les choses en leur faveur. Jusque-là tout allait bien. Mais l'interrogatoire de Michu fut plus grave, et engagea le combat. Chacun comprit alors pourquoi monsieur de Granville **avait** préféré la défense du serviteur à celle des maîtres.

Michu avoua ses menaces à Marion, mais il démentit la violence qu'on leur prêtait. Quant au guet-apens sur Malin, il dit qu'il se promenait tout uniment dans le parc; le sénateur et M. Grévin pouvaient avoir eu peur en voyant la bouche du canon de son fusil, et lui supposer une position hostile quand elle était inoffensive. Il fit observer que le soir un homme qui n'a pas l'habitude de la chasse peut croire le fusil dirigé sur lui, tandis qu'il se trouve sur l'épaule au repos. Pour justifier l'état de ses vêtements lors de son arrestation, il dit s'être laissé tomber dans la brèche en retournant chez lui. — N'y voyant plus clair pour la gravir, je me suis en quelque sorte, dit-il, colleté avec les pierres qui éboulaient sous moi quand je m'en aidais pour monter le chemin creux. Quant au plâtre que Gothard lui apportait, il répondit, comme dans tous ses interrogatoires, qu'il avait servi à sceller un des poteaux de la barrière du chemin creux.

L'accusateur public et le président lui demandèrent d'expliquer comment il était à la fois et dans la brèche au château, et en haut du chemin creux à sceller un poteau à la barrière, surtout quand le juge de paix, les gendarmes et le garde-champêtre déclaraient l'avoir entendu venir d'en-bas. Michu dit que monsieur d'Hauteserre lui avait fait des reproches de ne pas avoir exécuté cette petite réparation à laquelle il tenait à cause des difficultés que ce chemin pouvait susciter avec la commune, il était donc allé lui annoncer le rétablissement de la barrière.

Monsieur d'Hauteserre avait effectivement fait poser une barrière en haut du chemin creux pour empêcher que la commune ne s'en emparât. En voyant quelle importance prenait l'état de ses vêtements, et le plâtre dont l'emploi n'était pas niable, Michu avait inventé ce subterfuge. Si, en justice, la vérité ressemble souvent à une fable, la fable aussi ressemble beaucoup à la vérité. Le défenseur et l'accusateur attachèrent l'un et l'autre un grand prix à cette circonstance, qui devint capitale et par les efforts du défenseur et par les soupçons de l'accusateur.

A l'audience, Gothard, sans doute éclairé par monsieur de Granville, avoua que Michu l'avait prié de lui apporter des sacs de plâtre, car jusqu'alors il s'était toujours mis à pleurer quand on le questionnait.

— Pourquoi ni vous ni Gothard n'avez-vous pas aussitôt mené le juge de paix et le garde-champêtre à cette barrière? demanda l'accusateur public.

— Je n'ai jamais cru qu'il pouvait s'agir contre nous d'une accusation capitale, dit Michu.

On fit sortir tous les accusés, à l'exception de Gothard. Quand Gothard fut seul, le président l'adjura de dire la vérité dans son intérêt, en lui faisant observer que sa prétendue idiotie avait cessé. Aucun des jurés ne le croyait imbécile. En se taisant devant la cour, il pouvait encourir des peines graves; tandis qu'en disant la vérité, vraisemblablement il serait hors de cause. Gothard pleura, chancela, puis il finit par dire que Michu l'avait prié de lui porter plusieurs sacs de plâtre; mais, chaque fois, il l'avait rencontré devant la ferme. On lui demanda combien il avait apporté de sacs.

— Trois, répondit-il.

Un débat s'établit entre Gothard et Michu pour savoir si c'était trois en comptant celui qu'il lui apportait au moment de l'arrestation, ce qui réduisait les sacs à deux, ou trois outre le dernier. Ce débat se termina en faveur de Michu. Pour les jurés, il n'y eut que deux sacs employés; mais ils paraissaient avoir déjà une conviction sur ce point; Bordin et monsieur de Granville jugèrent nécessaire de les rassasier de plâtre et de les si bien fatiguer qu'ils n'y comprissent plus rien. Monsieur de Granville présenta des conclusions tendant à ce que des experts fussent nommés pour examiner l'état de la barrière.

— Le directeur du jury, dit le défenseur, s'est contenté d'aller visiter les lieux, moins pour y faire une expertise sévère que pour y voir un subterfuge de Michu; mais il a failli, selon nous, à ses devoirs, et sa faute doit nous profiter.

La cour commit, en effet, des experts pour savoir si l'un des poteaux de la barrière avait été récemment scellé. De son côté, l'accusateur public voulut avoir gain de cause sur cette circonstance avant l'expertise.

— Vous auriez, dit-il à Michu, choisi l'heure à laquelle il ne fait plus clair, de cinq heures et demie à six heures et demie, pour sceller la barrière à vous seul?

— Monsieur d'Hauteserre m'avait grondé!

— Mais, dit l'accusateur public, si vous avez employé le plâtre à la barrière, vous vous êtes servi d'une auge et d'une truelle? Or, si vous êtes venu dire promptement à monsieur d'Hauteserre que vous aviez exécuté ses ordres, il vous est impossible d'expliquer comment Gothard vous apportait encore du plâtre. Vous avez dû passer devant votre ferme, et alors vous avez dû déposer vos outils et prévenir Gothard.

Ces arguments foudroyants produisirent un silence horrible dans l'auditoire.

— Allons, avouez-le, reprit l'accusateur, ce n'est pas un poteau que vous avez enterré.

— Croyez-vous donc que ce soit le sénateur? dit Michu d'un air profondément ironique.

Monsieur de Granville demanda formellement à l'accusateur public de s'expliquer sur ce chef. Michu était accusé d'enlèvement, de séquestration et non pas de meurtre. Rien de plus grave que cette interpellation. Le Code de Brumaire an IV défendait à l'accusateur public d'introduire aucun chef nouveau dans les débats : il devait, à peine de nullité, s'en tenir aux termes de l'acte d'accusation.

L'accusateur public répondit que Michu, principal auteur de l'attentat, et qui dans l'intérêt de ses maîtres avait assumé toute la responsabilité sur sa tête, pouvait avoir eu besoin de condamner l'entrée du lieu encore inconnu où gémissait le sénateur.

Pressé de questions, harcelé devant Gothard, mis en contradiction avec lui-même, Michu frappa sur l'appui de la tribune aux accusés un grand coup de poing, et dit : « Je ne suis pour rien dans l'enlèvement du sénateur, j'aime à croire que ses ennemis l'ont simplement enfermé; mais s'il reparaît, vous verrez que le plâtre n'a pu y servir de rien. »

— Bien, dit l'avocat en s'adressant à l'accusateur public,

vous avez plus fait pour la défense de mon client que tout ce que je pouvais dire.

La première audience fut levée sur cette audacieuse allégation, qui surprit les jurés et donna l'avantage à la Défense. Aussi les avocats de la ville et Bordin félicitèrent-ils le jeune défenseur avec enthousiasme. L'accusateur public, inquiet de cette assertion, craignit d'être tombé dans un piège; et il avait en effet donné dans un panneau très-habilement tendu par les défenseurs, et pour lequel Gothard venait de jouer admirablement son rôle. Les plaisants de la ville dirent qu'on avait replâtré l'affaire, que l'accusateur public avait gâché sa position, et que les Simeuse devenaient blancs comme plâtre. En France, tout est du domaine de la plaisanterie, elle y est la reine : on plaisante sur l'échafaud, à la Bérésina, aux barricades, et quelque Français plaisantera sans doute aux grandes assises du jugement dernier.

Le lendemain, on entendit les témoins à charge : madame Marion, madame Grévin, Grévin, le valet de chambre du sénateur, Violette dont les dépositions peuvent être facilement comprises d'après les événements. Tous reconnurent les cinq accusés avec plus ou moins d'hésitation relativement aux quatre gentilshommes, mais avec certitude quant à Michu. Beauvisage répéta le propos échappé à Robert d'Hauteserre. Le paysan venu pour acheter le veau redit la phrase de mademoiselle de Cinq-Cygne. Les experts entendus confirmèrent leurs rapports sur la confrontation de l'empreinte des fers avec ceux des chevaux des quatre gentilshommes qui, selon l'Accusation, étaient absolument pareils. Cette circonstance fut naturellement l'objet d'un débat violent entre monsieur de Granville et l'accusateur public. Le défenseur prit à partie le maréchal-ferrant de Cinq-Cygne, et réussit à établir aux débats que des fers semblables avaient été vendus quelques jours auparavant à des individus étrangers au pays. Le maréchal déclara d'ailleurs qu'il ne ferrait pas seulement de cette manière les chevaux du château de Cinq-Cygne, mais beaucoup d'autres dans le canton. Enfin le cheval dont se servait habituellement Michu, par extraordinaire,

avait été ferré à Troyes, et l'empreinte de ce fer ne se
trouvait point parmi celles constatées dans le parc.

— Le Sosie de Michu ignorait cette circonstance, dit
monsieur de Granville en regardant les jurés, et l'accusation n'a pas établi que nous nous soyons servis d'un des
chevaux du château.

Il foudroya d'ailleurs la déposition de Violette en ce
qui concernait la ressemblance des chevaux, vus de loin et
par derrière! Malgré les incroyables efforts du défenseur,
la masse des témoignages positifs accabla Michu. L'accusateur, l'auditoire, la Cour et les jurés sentaient tous,
comme l'avait pressenti la Défense, que la culpabilité du
serviteur entraînait celle des maîtres. Bordin avait bien
deviné le nœud du procès en donnant monsieur de Granville
pour défenseur à Michu; mais la Défense avouait ainsi
ses secrets. Aussi, tout ce qui concernait l'ancien régisseur
de Gondreville était-il d'un intérêt palpitant. La tenue de
Michu fut d'ailleurs superbe. Il déploya dans ces débats
toute la sagacité dont l'avait doué la nature; et, à force
de le voir, le public reconnut sa supériorité; mais, chose
étonnante! cet homme en parut plus certainement l'auteur
de l'attentat. Les témoins à décharge, moins sérieux que
les témoins à charge aux yeux des jurés et de la loi, parurent
faire leur devoir, et furent écoutés en manière d'acquit
de conscience. D'abord ni Marthe, ni monsieur et madame
d'Hauteserre ne prêtèrent serment; puis Catherine et les
Durieu, en leur qualité de domestiques, se trouvèrent
dans le même cas. Monsieur d'Hauteserre dit effectivement
avoir donné l'ordre à Michu de replacer le poteau renversé.
La déclaration des experts qui lurent en ce moment leur
rapport, confirma la déposition du vieux gentilhomme,
mais ils donnèrent aussi gain de cause au directeur du
jury en déclarant qu'il leur était impossible de déterminer
l'époque à laquelle ce travail ait été fait : il pouvait, depuis,
s'être écoulé plusieurs semaines tout aussi bien que vingt
jours. L'apparition de mademoiselle de Cinq-Cygne excita
la plus vive curiosité, mais en revoyant ses cousins sur le
banc des accusés après vingt-trois jours de séparation, elle
éprouva des émotions si violentes qu'elle eut l'air coupable.

Elle sentit un effroyable désir d'être à côté des jumeaux, et fut obligée, dit-elle plus tard, d'user de toute sa force pour réprimer la fureur qui la portait à tuer l'accusateur public, afin d'être, aux yeux du monde, criminelle avec eux. Elle raconta naïvement qu'en revenant à Cinq-Cygne, et voyant de la fumée dans le parc, elle avait cru à un incendie. Pendant long-temps elle avait pensé que cette fumée provenait de mauvaises herbes.

— Cependant, dit-elle, je me suis souvenue plus tard d'une particularité que je livre à l'attention de la Justice. J'ai trouvé dans les brandebourgs de mon amazone, et dans les plis de ma collerette, des débris semblables à ceux de papiers brûlés emportés par le vent.

— La fumée était-elle considérable? demanda Bordin.

— Oui, dit mademoiselle de Cinq-Cygne, je croyais à un incendie.

— Ceci peut changer la face du procès, dit Bordin. Je requiers la Cour d'ordonner une enquête immédiate des lieux où l'incendie a eu lieu.

Le président ordonna l'enquête.

Grévin, rappelé sur la demande des défenseurs, et inter-rogé sur cette circonstance, déclara ne rien savoir à ce sujet. Mais entre Bordin et Grévin, il y eut des regards échangés qui les éclairèrent mutuellement.

— Le procès est là, se dit le vieux procureur.

— Ils y sont! pensa le notaire.

Mais, de part et d'autre, les deux fins matois pensèrent que l'enquête était inutile. Bordin se dit que Grévin serait discret comme un mur, et Grévin s'applaudit d'avoir fait disparaître les traces de l'incendie. Pour vider ce point, accessoire dans les débats et qui paraît puéril, mais capital dans la justification que l'histoire doit à ces jeunes gens, les experts et Pigoult commis pour la visite du parc décla-rèrent n'avoir remarqué aucune place où il existât des marques d'incendie. Bordin fit assigner deux ouvriers qui déposèrent avoir labouré, par les ordres du garde, une portion du pré dont l'herbe était brûlée; mais ils dirent n'avoir point observé de quelle substance prove-naient les cendres. Le garde, rappelé sur l'invitation des défenseurs, dit avoir reçu du sénateur, au moment où il avait passé par le château pour aller voir la mascarade d'Arcis, l'ordre de labourer cette partie du pré que le sénateur avait remarquée le matin en se promenant.

— Y avait-on brûlé des herbes ou des papiers?

— Je n'ai rien vu qui pût faire croire qu'on ait brûlé des papiers, répondit le garde.

— Enfin, dirent les défenseurs, si l'on y a brûlé des herbes, quelqu'un a dû les y apporter et y mettre le feu.

La déposition du curé de Cinq-Cygne et celle de mademoiselle Goujet firent une impression favorable. En sortant de vêpres et se promenant vers la forêt, ils avaient vu les gentilshommes et Michu à cheval, sortant du château et se dirigeant sur la forêt. La position, la moralité de l'abbé Goujet donnaient du poids à ses paroles.

La plaidoirie de l'accusateur public, qui se croyait certain d'obtenir une condamnation, fut ce que sont ces sortes de réquisitoires. Les accusés étaient d'incorrigibles ennemis de la France, des institutions et des lois. Ils avaient soif de désordres. Quoiqu'ils eussent été mêlés aux attentats contre la vie de l'Empereur, et qu'ils fissent partie de l'armée de Condé, ce magnanime souverain les avait rayés de la liste des émigrés. Voilà le loyer qu'ils payaient à sa clémence. Enfin toutes les déclamations oratoires qui se sont répétées au nom des Bourbons contre les Bonapartistes, qui se répètent aujourd'hui contre les Républicains et les Légitimistes au nom de la branche cadette. Ces lieux communs, qui auraient un sens chez un gouvernement fixe, paraîtront au moins comiques, quand l'histoire les trouvera semblables à toutes les époques dans la bouche du ministère public. On peut en dire ce mot fourni par des troubles plus anciens : « L'enseigne est changée, mais le vin est toujours le même! » L'accusateur public, qui fut d'ailleurs un des procureurs-généraux les plus distingués de l'Empire, attribua le délit à l'intention prise par les émigrés rentrés de protester contre l'occupation de leurs biens. Il fit assez bien frémir l'auditoire sur la position du sénateur. Puis il massa les preuves, les semi-preuves, les probabilités, avec un certain talent que

stimulait la récompense certaine de son zèle, et il s'assit
tranquillement en attendant le feu des défenseurs.

Monsieur de Granville [63] ne plaida jamais que cette
cause criminelle, mais elle lui fit un nom. D'abord, il
trouva pour son plaidoyer cet entrain d'éloquence que
nous admirons aujourd'hui chez Berryer. Puis il avait la
conviction de l'innocence des accusés, ce qui est un des
plus puissants véhicules de la parole. Voici les points
principaux de sa défense rapportée en entier par les journaux du temps. D'abord il rétablit sous son vrai jour la
vie de Michu. Ce fut un beau récit où sonnèrent les plus
grands sentiments et qui réveilla bien des sympathies. En
se voyant réhabilité par une voix éloquente, il y eut un
moment où des pleurs sortirent des yeux jaunes de Michu
et coulèrent sur son terrible visage. Il apparut alors ce
qu'il était réellement : un homme simple et rusé comme
un enfant, mais un homme dont la vie n'avait eu qu'une
pensée. Il fut soudain expliqué, surtout par ses pleurs
qui produisirent un grand effet sur le jury. L'habile défenseur saisit ce mouvement d'intérêt pour entrer dans la
discussion des charges.

— Où est le corps du délit ? où est le sénateur ? demanda-
t-il ? Vous nous accusez de l'avoir claquemuré, scellé
même avec des pierres et du plâtre! Mais alors, nous
savons seuls où il est, et comme vous nous tenez en prison
depuis vingt-trois jours, il est mort faute d'aliments. Nous
sommes des meurtriers, et vous ne nous avez pas accusés
de meurtre. Mais s'il vit, nous avons des complices; si
nous avions des complices et si le sénateur est vivant, ne
le ferions-nous donc point paraître ? Les intentions que
vous nous supposez, une fois manquées, aggraverions-nous
inutilement notre position ? Nous pourrions nous faire
pardonner, par notre repentir, une vengeance manquée;
et nous persisterions à détenir un homme de qui nous ne
pouvons rien obtenir ? N'est-ce pas absurde ? Remportez
votre plâtre, son effet est manqué, dit-il à l'accusateur
public, car nous sommes ou d'imbéciles criminels, ce que
vous ne croyez pas, ou des innocents, victimes de circonstances inexplicables pour nous comme pour vous! Vous

devez bien plutôt chercher la masse de papiers qui s'est brûlée chez le sénateur et qui révèle des intérêts plus violents que les nôtres, et qui vous rendraient compte de son enlèvement. Il entra dans ces hypothèses avec une habileté merveilleuse. Il insista sur la moralité des témoins à décharge dont la foi religieuse était vive, qui croyaient à un avenir, à des peines éternelles. Il fut sublime en cet endroit et sut émouvoir profondément. — Hé! quoi, dit-il, ces criminels dînent tranquillement en apprenant par leur cousine l'enlèvement du sénateur. Quand l'officier de gendarmerie leur suggère les moyens de tout finir, ils se refusent à rendre le sénateur, ils ne savent ce qu'on leur veut! Il fit alors pressentir une affaire mystérieuse dont la clef se trouvait dans les mains du Temps, qui dévoilerait cette injuste accusation. Une fois sur ce terrain, il eut l'audacieuse et ingénieuse adresse de se supposer juré, il raconta sa délibération avec ses collègues, il se représenta comme tellement malheureux, si, ayant été cause de condamnations cruelles, l'erreur venait à être reconnue, il peignit si bien ses remords, et revint sur les doutes que le plaidoyer lui donnerait avec tant de force, qu'il laissa les jurés dans une horrible anxiété.

Les jurés n'étaient pas encore blasés sur ces sortes d'allocutions; elles eurent alors le charme des choses neuves, et le jury fut ébranlé. Après le chaud plaidoyer de monsieur de Granville, les jurés eurent à entendre le fin et spécieux procureur qui multiplia les considérations, fit ressortir toutes les parties ténébreuses du procès et le rendit inexplicable. Il s'y prit de manière à frapper l'esprit et la raison, comme monsieur de Granville avait attaqué le cœur et l'imagination. Enfin, il sut entortiller les jurés avec une conviction si sérieuse que l'accusateur public vit son échafaudage en pièces. Ce fut si clair que l'avocat de messieurs d'Hauteserre et de Gothard s'en remit à la prudence des jurés, en trouvant l'accusation abandonnée à leur égard. L'accusateur demanda de remettre au lendemain pour sa réplique. En vain, Bordin, qui voyait un acquittement dans les yeux des jurés s'ils délibéraient sur le coup de ces plaidoiries, s'opposa-t-il, par des motifs de droit et de fait, à ce qu'une nuit de plus jetât ses anxiétés au cœur de ses innocents clients, la cour délibéra.

— L'intérêt de la société me semble égal à celui des accusés, dit le président. La Cour manquerait à toutes les notions d'équité si elle refusait une pareille demande à la Défense; elle doit donc l'accorder à l'Accusation.

— Tout est heur et malheur, dit Bordin en regardant ses clients. Acquittés ce soir, vous pouvez être condamnés demain.

— Dans tous les cas, dit l'aîné des Simeuse, nous ne pouvons que vous admirer.

Mademoiselle de Cinq-Cygne avait des larmes aux yeux. Après les doutes exprimés par les défenseurs, elle ne croyait pas à un pareil succès. On la félicitait, et chacun vint lui promettre l'acquittement de ses cousins. Mais cette affaire allait avoir le coup de théâtre le plus éclatant, le plus sinistre et le plus imprévu qui jamais ait changé la face d'un procès criminel! [64]

A cinq heures du matin, le lendemain de la plaidoirie de monsieur de Granville, le sénateur fut trouvé sur le grand chemin de Troyes, délivré de ses fers pendant son sommeil par des libérateurs inconnus, allant à Troyes, ignorant le procès, ne sachant pas le retentissement de son nom en Europe, et heureux de respirer l'air. L'homme qui servait de pivot à ce drame fut aussi stupéfait de ce qu'on lui apprit, que ceux qui le rencontrèrent le furent de le voir. On lui donna la voiture d'un fermier; et il arriva rapidement à Troyes chez le préfet. Le préfet prévint aussitôt le directeur du jury, le commissaire du gouvernement et l'accusateur public, qui, d'après le récit que leur fit le comte de Gondreville, envoyèrent prendre Marthe au lit chez les Durieu, pendant que le directeur du jury motivait et décernait un mandat d'arrêt contre elle. Mademoiselle de Cinq-Cygne, qui n'était en liberté que sous caution, fut également arrachée à l'un des rares moments de sommeil qu'elle obtenait au milieu de ses constante angoisses, et fut gardée à la préfecture pour y être interrogée. L'ordre de tenir les accusés sans communication possible, même avec les avocats, fut envoyé au directeur de la prison. A dix heures, la foule assemblée apprit que l'audience était remise à une heure après midi.

Ce changement, qui coïncidait avec la nouvelle de la délivrance du sénateur, l'arrestation de Marthe, celle de mademoiselle de Cinq-Cygne et la défense de communiquer avec les accusés, portèrent la terreur à l'hôtel de Chargebœuf. Toute la ville et les curieux venus à Troyes pour assister au procès, les tachygraphes des journaux [65], le peuple même fut dans un émoi facile à comprendre. L'abbé Goujet vint sur les dix heures voir monsieur, madame d'Hauteserre et les défenseurs. On déjeunait alors autant qu'on peut déjeuner en de semblables circonstances; le curé prit Bordin et monsieur de Granville à part, il leur communiqua la confidence de Marthe et le fragment de la lettre qu'elle avait reçue. Les deux défenseurs échangèrent un regard, après lequel Bordin dit au curé : « Pas un mot! tout nous paraît perdu, faisons au moins bonne contenance. »

Marthe n'était pas de force à résister au directeur du jury et à l'accusateur public réunis. D'ailleurs les preuves abondaient contre elle. Sur l'indication du sénateur, Lechesneau avait envoyé chercher la croûte de dessous du dernier pain apporté par Marthe, et qu'il avait laissé dans le caveau, ainsi que les bouteilles vides et plusieurs objets. Pendant les longues heures de sa captivité, Malin avait fait des conjectures sur sa situation et cherché les indices qui pouvaient le mettre sur la trace de ses ennemis; il communiqua naturellement ses observations au magistrat. La ferme de Michu, récemment bâtie, devait avoir un four neuf, les tuiles et les briques sur lesquelles reposait le pain offrant un dessin quelconque de joints, on pouvait avoir la preuve de la préparation de son pain dans ce four, en prenant l'empreinte de l'aire dont les rayures se retrouvaient sur cette croûte. Puis, les bouteilles, cachetées en cire verte, étaient sans doute pareilles aux bouteilles qui se trouvaient dans la cave de Michu. Ces subtiles remarques, dites au juge de paix qui alla faire les perquisitions en présence de Marthe, amenèrent les résultats prévus par le sénateur. Victime de la bonhomie apparente avec laquelle

Lechesneau, l'accusateur public et le commissaire du gouvernement lui firent apercevoir que des aveux complets pouvaient seuls sauver la vie à son mari, au moment où elle fut terrassée par ces preuves évidentes, Marthe avoua que la cachette où le sénateur avait été mis n'était connue que de Michu, de messieurs de Simeuse et d'Hauteserre, et qu'elle avait apporté des vivres au sénateur, à trois reprises, pendant la nuit. Laurence, interrogée sur la circonstance de la cachette, fut forcée d'avouer que Michu l'avait découverte, et la lui avait montrée avant l'affaire pour y soustraire les gentilshommes aux recherches de la Police.

Aussitôt ces interrogatoires terminés, le jury, les avocats furent avertis de la reprise de l'audience. A trois heures, le président ouvrit la séance en annonçant que les débats allaient recommencer sur de nouveaux éléments. Le président fit voir à Michu trois bouteilles de vin et lui demanda s'il les reconnaissait pour des bouteilles à lui en lui montrant la parité de la cire de deux bouteilles vides avec celle d'une bouteille pleine, prise dans la matinée à la ferme par le juge de paix, en présence de sa femme; Michu ne voulut pas les reconnaître pour siennes; mais ces nouvelles pièces à conviction furent appréciées par les jurés auxquels le président expliqua que les bouteilles vides venaient d'être trouvées dans le lieu où le sénateur avait été détenu. Chaque accusé fut interrogé relativement au caveau situé sous les ruines du monastère. Il fut acquis aux débats après un nouveau témoignage de tous les témoins à charge et à décharge que cette cachette, découverte par Michu, n'était connue que de lui, de Laurence et des quatre gentilshommes. On peut juger de l'effet produit sur l'audience et sur les jurés quand l'accusateur public annonça que ce caveau, connu seulement des accusés et de deux des témoins, avait servi de prison au sénateur. Marthe fut introduite. Son apparition causa les plus vives anxiétés dans l'auditoire et parmi les accusés. Monsieur de Granville se leva pour s'opposer à l'audition de la femme témoignant contre le mari. L'accusateur public fit observer que d'après ses propres aveux, Marthe était complice du délit : elle n'avait ni à prêter serment, ni à témoigner, elle devait être entendue seulement dans l'intérêt de la vérité.

Nous n'avons d'ailleurs qu'à donner lecture de son interrogatoire devant le directeur du jury, dit le président qui fit lire par le greffier le procès-verbal dressé le matin.

— Confirmez-vous ces aveux? dit le président.

Michu regarda sa femme, et Marthe, qui comprit son erreur, tomba complètement évanouie. On peut dire sans exagération que la foudre éclatait sur le banc des accusés et sur leurs défenseurs.

— Je n'ai jamais écrit de ma prison à ma femme, et je n'y connais aucun des employés, dit Michu.

Bordin lui passa les fragments de la lettre, Michu n'eut qu'à y jeter un coup-d'œil. — Mon écriture a été imitée, s'écria-t-il.

— La dénégation est votre dernière ressource, dit l'accusateur public.

On introduisit alors le sénateur [66] avec les cérémonies prescrites pour sa réception. Son entrée fut un coup de théâtre. Malin, nommé par les magistrats comte de Gondreville sans pitié pour les anciens propriétaires de cette belle demeure, regarda, sur l'invitation du président, les accusés avec la plus grande attention et pendant longtemps. Il reconnut que les vêtements de ses ravisseurs étaient bien exactement ceux des gentilshommes; mais il déclara que le trouble de ses sens au moment de son enlèvement l'empêchant de pouvoir affirmer que les accusés fussent les coupables.

— Il y a plus, dit-il, ma conviction est que ces quatre messieurs n'y sont pour rien. Les mains qui m'ont bandé les yeux dans la forêt étaient grossières. Aussi, dit Malin en regardant Michu, croirais-je plutôt volontiers que mon ancien régisseur s'est chargé de ce soin, mais je prie messieurs les jurés de bien peser ma déposition. Mes soupçons à cet égard sont très-légers, et je n'ai pas la moindre certitude. Voici pourquoi. Les deux hommes qui se sont emparés de moi m'ont mis à cheval, en croupe derrière celui qui m'avait bandé les yeux, et dont les cheveux étaient roux comme ceux de l'accusé Michu. Quelque singulière que soit mon observation, je dois en parler, car elle fait la base d'une conviction favorable à l'accusé, que je prie de ne point s'en choquer. Attaché au dos d'un inconnu, j'ai dû, malgré la rapidité de la course, être affecté de son odeur. Or, je n'ai point reconnu celle particulière à Michu. Quant à la personne qui m'a, par trois fois, apporté des vivres, je suis certain que cette personne est Marthe, la femme de Michu. La première fois, je l'ai reconnue à une bague que lui a donnée mademoiselle de Cinq-Cygne, et qu'elle n'avait pas songé à ôter. La Justice et messieurs les jurés apprécieront les contradictions qui se rencontrent dans ces faits, et que je ne m'explique point encore.

Des murmures favorables et d'unanimes approbations accueillirent la déposition de Malin. Bordin sollicita de la cour la permission d'adresser quelques demandes à ce précieux témoin.

— Monsieur le sénateur croit donc que sa séquestration tient à d'autres causes que les intérêts supposés par l'accusation aux accusés ?

— Certes! dit le sénateur. Mais j'ignore ces motifs, car je déclare que, pendant mes vingt jours de captivité, je n'ai vu personne.

— Croyez-vous, dit alors l'accusateur public, que votre château de Gondreville pût contenir des renseignements, des titres ou des valeurs qui pussent y nécessiter une perquisition de messieurs de Simeuse ?

— Je ne le pense pas, dit Malin. Je crois ces messieurs incapables, dans ce cas, de s'en mettre en possession par violence. Ils n'auraient eu qu'à me les réclamer pour les obtenir.

— Monsieur le sénateur n'a-t-il pas fait brûler des papiers dans son parc ? dit brusquement monsieur de Granville.

Le sénateur regarda Grévin. Après avoir rapidement échangé un fin coup-d'œil avec le notaire et qui fut saisi par Bordin, il répondit ne point avoir brûlé de papiers. L'accusateur public lui ayant demandé des renseignements sur le guet-apens dont il avait failli être la victime dans le parc, et s'il ne s'était pas mépris sur la position du fusil, le sénateur dit que Michu se trouvait alors au guet sur un arbre. Cette réponse, d'accord avec le témoignage de Grévin, produisit une vive impression. Les gentilshommes demeurèrent impassibles pendant la déposition de leur ennemi qui les accablait de sa générosité. Laurence souffrait la plus horrible agonie; et, de moments en moments, le marquis de Chargebœuf la retenait par le bras. Le comte de Gondreville se retira en saluant les quatre gentilshommes qui ne lui rendirent pas son salut. Cette petite chose indigna les jurés.

— Ils sont perdus, dit Bordin à l'oreille du marquis.

— Hélas! toujours par la fierté de leurs sentiments, répondit monsieur de Chargebœuf.

— Notre tâche est devenue trop facile, messieurs, dit l'accusateur public en se levant et regardant les jurés.

Il expliqua l'emploi des deux sacs de plâtre par le scellement de la broche de fer nécessaire pour accrocher le cadenas qui maintenait la barre avec laquelle la porte du caveau était fermée, et dont la description se trouvait au procès-verbal fait le matin par Pigoult. Il prouva facilement que les accusés seuls connaissaient l'existence du caveau. Il mit en évidence les mensonges de la Défense, il en pulvérisa tous les arguments sous les nouvelles preuves arrivées si miraculeusement. En 1806, on était encore trop près de l'Être suprême de 1793 pour parler de la justice divine : il fit donc grâce aux jurés de l'intervention du ciel. Enfin il dit que la Justice aurait l'œil sur les complices inconnus qui avaient délivré le sénateur, et il s'assit en attendant avec confiance le verdict.

Les jurés crurent à un mystère; mais ils étaient tous persuadés que ce mystère venait des accusés qui se taisaient dans un intérêt privé de la plus haute importance.

Monsieur de Granville, pour qui une machination quelconque devenait évidente, se leva; mais il parut accablé, quoiqu'il le fût moins des nouveaux témoignages survenus que de la manifeste conviction des jurés. Il surpassa peut-être sa plaidoirie de la veille. Ce second plaidoyer fut plus logique et plus serré peut-être que le premier. Mais il sentit sa chaleur repoussée par la froideur du jury : il parlait inutilement, et il le voyait! Situation horrible et glaciale. Il fit remarquer combien la délivrance du sénateur opérée comme par magie, et bien certainement sans le secours d'aucun des accusés, ni de Marthe, corroborait ses premiers raisonnements. Assurément hier, les accusés pouvaient croire à leur acquittement; et s'ils étaient, comme l'accusation le suppose, maîtres de détenir ou de relâcher le sénateur, ils ne l'eussent délivré qu'après le jugement. Il essaya de faire comprendre que des ennemis cachés dans l'ombre pouvaient seuls avoir porté ce coup.

Chose étrange! monsieur de Granville ne jeta le trouble que dans la conscience de l'accusateur public et dans celle des magistrats, car les jurés l'écoutaient par devoir. L'audience elle-même, toujours si favorable aux accusés, était convaincue de leur culpabilité. Il y a une atmosphère des idées. Dans une cour de justice, les idées de la foule pèsent sur les juges, sur les jurés et réciproquement. En voyant cette disposition des esprits qui se reconnaît ou se sent, le défenseur arriva dans ses dernières paroles à une sorte d'exaltation fébrile causée par sa conviction.

— Au nom des accusés, je vous pardonne d'avance une fatale erreur que rien ne dissipera! s'écria-t-il. Nous sommes tous les jouets d'une puissance inconnue et machiavélique. Marthe Michu est victime d'une odieuse perfidie, et la société s'en apercevra quand les malheurs seront irréparables.

Bordin s'arma de la déposition du sénateur pour demander l'acquittement des gentilshommes.

Le président résuma les débats avec d'autant plus d'impartialité que les jurés étaient visiblement convaincus. Il fit même pencher la balance en faveur des accusés en appuyant sur la déposition du sénateur. Cette gracieuseté ne compromettait point le succès de l'accusation. A onze heures du soir, d'après les différentes réponses du chef du jury, la Cour condamna Michu à la peine de mort, messieurs de Simeuse à vingt-quatre ans, et les deux d'Hauteserre à dix ans de travaux forcés. Gothard fut acquitté.

Toute la salle voulut voir l'attitude des cinq coupables dans le moment suprême où, amenés libres devant la Cour, ils entendraient leur condamnation. Les quatre gentilshommes regardèrent Laurence qui leur jeta d'un œil sec le regard enflammé des martyrs.

— Elle pleurerait si nous étions acquittés, dit le cadet des Simeuse à son frère.

Jamais accusés n'opposèrent des fronts plus sereins ni une contenance plus digne à une injuste condamnation que ces cinq victimes d'un horrible complot.

— Notre défenseur vous a pardonné! dit l'aîné des Simeuse en s'adressant à la Cour.

Madame d'Hauteserre tomba malade et resta pendant trois mois au lit à l'hôtel de Chargebœuf. Le bonhomme d'Hauteserre retourna paisiblement à Cinq-Cygne; mais, rongé par une de ces douleurs de vieillard qui n'ont aucune des distractions de la jeunesse, il eut souvent des moments d'absence qui prouvaient au curé que ce pauvre père était toujours au lendemain du fatal arrêt. On n'eut pas à juger la belle Marthe, elle mourut en prison, vingt jours après la condamnation de son mari, recommandant son fils à Laurence, entre les bras de laquelle elle expira. Une fois le jugement connu, des événements politiques de la plus haute importance étouffèrent le souvenir de ce procès dont il ne fut plus question. La Société procède comme l'Océan, elle reprend son niveau, son allure après un désastre, et en efface la trace par le mouvement de ses intérêts dévorants.

Sans sa fermeté d'âme et sa conviction de l'innocence de ses cousins, Laurence aurait succombé, mais elle donna des nouvelles preuves de la grandeur de son caractère, elle étonna monsieur de Granville et Bordin par l'apparente sérénité que les malheurs extrêmes impriment aux belles âmes. Elle veillait et soignait madame d'Hauteserre et allait tous les jours deux heures à la prison. Elle dit qu'elle épouserait un de ses cousins quand ils seraient au bagne.

— Au bagne! s'écria Bordin. Mais, mademoiselle, ne pensons plus qu'à demander leur grâce à l'Empereur.

— Leur grâce, et à un Bonaparte? s'écria Laurence avec horreur.

Les lunettes du vieux digne procureur lui sautèrent du nez, il les saisit avant qu'elles tombassent, regarda la jeune personne qui maintenant ressemblait à une femme ; il comprit ce caractère dans toute son étendue, il prit le bras du marquis de Chargebœuf et lui dit : « Monsieur le marquis, courons à Paris les sauver sans elle! »[67]

Le pourvoi de messieurs de Simeuse, d'Hautesserre et de Michu fut la première affaire que dut juger la Cour de cassation. L'arrêt fut donc heureusement retardé par les cérémonies de l'installation de la Cour.

Vers la fin du mois de septembre, après trois audiences prises par les plaidoiries et par le procureur-général Merlin [68] qui porta lui-même la parole, le pourvoi fut rejeté. La Cour impériale de Paris était instituée, monsieur de Granville y avait été nommé substitut du procureur-général, et le département de l'Aube se trouvant dans la juridiction de cette cour, il lui fut possible de faire au cœur de son ministère des démarches en faveur des condamnés ; il fatigua Cambacérès, son protecteur ; Bordin et monsieur de Chargebœuf vinrent le lendemain matin de l'arrêt dans son hôtel au Marais, où ils le trouvèrent dans la lune de miel de son mariage, car dans l'intervalle il s'était marié. Malgré tous les événements qui s'étaient accomplis dans l'existence de son ancien avocat, monsieur de Chargebœuf vit bien, à l'affliction du jeune substitut, qu'il restait fidèle à ses clients. Certains avocats, les artistes de la profession, font de leurs causes des maîtresses. Le cas est rare, ne vous y fiez pas. Dès que ses anciens clients et lui furent seuls dans son cabinet, monsieur de Granville dit au marquis : « Je n'ai pas attendu votre visite, j'ai déjà même usé tout mon crédit. N'essayez pas de sauver Michu, vous n'auriez pas la grâce de messieurs de Simeuse. Il faut une victime. »

— Mon Dieu! dit Bordin en montrant au jeune magistrat les trois pourvois en grâce, puis-je prendre sur moi de supprimer la demande de votre ancien client? jeter ce papier au feu, c'est lui couper la tête.

Il présenta le blanc-seing de Michu, monsieur de Granville le prit et le regarda.

— Nous ne pouvons pas le supprimer ; mais, sachez-le!

si vous demandez tout, vous n'obtiendrez rien.

— Avons-nous le temps de consulter Michu, dit Bordin.

— Oui. L'ordre d'exécution regarde le Parquet du Procureur-général, et nous pouvons vous donner quelques jours. On tue les hommes, dit-il avec une sorte d'amertume, mais on y met des formes, surtout à Paris.

Monsieur de Chargebœuf avait eu déjà chez le Grand-Juge des renseignements qui donnaient un poids énorme à ces tristes paroles de Monsieur de Granville.

— Michu est innocent, je le sais, je le dis, reprit le magistrat; mais que peut-on seul contre tous? Et songez que mon rôle est de me taire aujourd'hui. Je dois faire dresser l'échafaud où mon ancien client sera décapité.

Monsieur de Chargebœuf connaissait assez Laurence pour savoir qu'elle ne consentirait pas à sauver ses cousins aux dépens de Michu. Le marquis essaya donc une dernière tentative. Il avait fait demander une audience au ministre des relations extérieures, pour savoir s'il existait un moyen de salut dans la haute diplomatie. Il prit avec lui Bordin qui connaissait le ministre et lui avait rendu quelques services. Les deux vieillards trouvèrent Talleyrand absorbé dans la contemplation de son feu, les pieds en avant, la tête appuyée sur sa main, le coude sur la table, le journal à terre. Le ministre venait de lire l'arrêt de la Cour de cassation.

— Veuillez vous asseoir, monsieur le marquis, dit le ministre, et vous, Bordin! ajouta-t-il en lui indiquant une place devant lui à sa table, écrivez :

« Sire,

« Quatre gentilshommes innocents, déclarés coupables » par le jury, viennent de voir leur condamnation confir- » mée par votre Cour de cassation.

» Votre Majesté Impériale ne peut plus que leur faire » grâce. Ces gentilshommes ne réclament cette grâce de » votre auguste clémence que pour avoir l'occasion d'uti- » liser leur mort en combattant sous vos yeux, et se disent, » de Votre Majesté Impériale et Royale... avec respect... » les... » etc.

— Il n'y a que les princes pour savoir obliger ainsi, dit le marquis de Chargebœuf en prenant des mains de Bordin cette précieuse minute de la pétition à faire signer aux quatre gentilshommes et pour laquelle il se promit d'obtenir d'augustes apostilles.

— La vie de vos parents, monsieur le marquis, dit le ministre, est remise au hasard des batailles; tâchez d'arriver le lendemain d'une victoire, ils seront sauvés!

Il prit la plume, il écrivit lui-même une lettre confidentielle à l'Empereur, une de dix lignes au maréchal Duroc, puis il sonna, demanda à son secrétaire un passe-port diplomatique, et dit tranquillement au vieux procureur : « Quelle est votre opinion sérieuse sur ce procès ? »

— Ne savez-vous donc pas, monseigneur, qui nous a si bien entortillés ?

— Je le présume, mais j'ai des raisons pour chercher une certitude, répondit le prince. Retournez à Troyes, amenez-moi la comtesse de Cinq-Cygne, demain, ici, à pareille heure, mais secrètement, passez chez madame de Talleyrand que je préviendrai de votre visite. Si mademoiselle de Cinq-Cygne, qui sera placée de manière à voir l'homme que j'aurai debout devant moi, le reconnaît pour être venu chez elle dans le temps de la conspiration de messieurs de Polignac et de Rivière, quoi que je dise, quoi qu'il réponde, pas un geste, pas un mot! Ne pensez d'ailleurs qu'à sauver messieurs de Simeuse, n'allez pas vous embarrasser de votre mauvais drôle de garde-chasse.

— Un homme sublime, monseigneur! s'écria Bordin.

— De l'enthousiasme! et chez vous, Bordin! cet homme est alors quelque chose. Notre souverain a prodigieusement d'amour-propre, monsieur le marquis! dit-il en changeant de conversation, il va me congédier pour pouvoir faire des folies sans contradiction. C'est un grand soldat qui sait changer les lois de l'espace et du temps; mais il ne saurait changer les hommes, et il voudrait les fondre à son usage. Maintenant, n'oubliez pas que la grâce de vos parents ne sera obtenue que par une seule personne... par mademoiselle de Cinq-Cygne.

Le marquis partit seul pour Troyes, et dit à Laurence

l'état des choses. Laurence obtint du Procureur impérial la permission de voir Michu, et le marquis l'accompagna jusqu'à la porte de la prison, où il l'attendit. Elle sortit les yeux baignés de larmes.

— Le pauvre homme, dit-elle, a essayé de se mettre à mes genoux pour me prier de ne plus songer à lui, sans penser qu'il avait les fers aux pieds! Ah! marquis, je plaiderai sa cause. Oui, j'irai baiser la botte de leur empereur. Et si j'échoue, eh! bien, cet homme vivra, par mes soins, éternellement dans notre famille. Présentez son pourvoi en grâce pour gagner du temps, je veux avoir son portrait. Partons.

Le lendemain, quand le ministre apprit par un signal convenu que Laurence était à son poste, il sonna, son huissier vint et reçut l'ordre de laisser entrer monsieur Corentin.

— Mon cher, vous êtes un habile homme, lui dit Talleyrand, et je veux vous employer.

— Monseigneur...

— Écoutez. En servant Fouché, vous aurez de l'argent et jamais d'honneur ni de position avouable; mais en me servant toujours comme vous venez de le faire à Berlin, vous aurez de la considération.

— Monseigneur est bien bon...

— Vous avez déployé du génie dans votre dernière affaire à Gondreville...

— De quoi monseigneur parle-t-il? dit Corentin en prenant un air ni trop froid, ni trop surpris.

— Monsieur, répondit sèchement le ministre, vous n'arriverez à rien, vous craignez...

— Quoi, monseigneur?

— La mort! dit le ministre de sa belle voix profonde et creuse. Adieu, mon cher.

— C'est lui, dit le marquis de Chargebœuf en entrant, mais nous avons failli tuer la comtesse, elle étouffe!

— Il n'y a que lui capable de jouer de pareils tours, répondit le ministre. Monsieur, vous êtes en danger de ne pas réussir, reprit le prince. Prenez ostensiblement la route de Strasbourg, je vais vous envoyer en blanc de doubles

passe-ports. Ayez des Sosies, changez de route habilement et surtout de voiture, laissez arrêter à Strasbourg
vos Sosies à votre place, gagnez la Prusse par la Suisse et
par la Bavière. Pas un mot et de la prudence. Vous avez
la Police contre vous, et vous ne savez pas ce que c'est
que la Police!...

Mademoiselle de Cinq-Cygne offrit à Robert Lefebvre [69]
une somme suffisante pour le déterminer à venir à Troyes
faire le portrait de Michu, et monsieur de Granville promit
à ce peintre, alors célèbre, toutes les facilités possibles.
Monsieur de Chargebœuf partit dans son vieux berlingot
avec Laurence et avec un domestique qui parlait allemand.
Mais, vers Nancy, il rejoignit Gothard et mademoiselle
Goujet qui les avaient précédés dans une excellente calèche,
il leur prit cette calèche et leur donna le berlingot. Le
ministre avait raison. A Strasbourg, le Commissaire général
de police refusa de viser le passe-port des voyageurs,
en leur opposant des ordres absolus. En ce moment même,
le marquis et Laurence sortaient de France par Besançon
avec les passe-ports diplomatiques. Laurence traversa
la Suisse dans les premiers jours du mois d'octobre, sans
accorder la moindre attention à ces magnifiques pays.
Elle était au fond de la calèche dans l'engourdissement
où tombe le criminel quand il sait l'heure de son supplice.
Toute la nature se couvre alors d'une vapeur bouillante,
et les choses les plus vulgaires prennent une tournure
fantastique. Cette pensée : « Si je ne réussis pas, ils se
tuent », retombait sur son âme comme, dans le supplice
de la roue, tombait jadis la barre du bourreau sur les
membres du patient. Elle se sentait de plus en plus brisée,
elle perdait toute son énergie dans l'attente du cruel moment,
décisif et rapide, où elle se trouverait face à face avec
l'homme de qui dépendait le sort des quatre gentilshommes.
Elle avait pris le parti de se laisser aller à son affaissement
pour ne pas dépenser inutilement son énergie. Incapable
de comprendre ce calcul des âmes fortes et qui se traduit
diversement à l'extérieur, car dans ces attentes suprêmes
certains esprits supérieurs s'abandonnent à une gaieté
surprenante, le marquis avait peur de ne pas amener

Laurence vivante jusqu'à cette rencontre solennelle seulement pour eux, mais qui certes dépassait les proportions
ordinaires de la vie privée. Pour Laurence, s'humilier devant
cet homme objet de sa haine et de son mépris, emportait
la mort de tous ses sentiments généreux.

— Après cela, dit-elle, la Laurence qui survivra ne
ressemblera plus à celle qui va périr.

Néanmoins il fut bien difficile aux deux voyageurs de
ne pas apercevoir l'immense mouvement d'hommes et de
choses dans lequel ils entrèrent, une fois en Prusse. La
campagne d'Iéna était commencée. Laurence et le marquis
voyaient les magnifiques divisions de l'armée française
s'allongeant et paradant comme aux Tuileries. Dans ces
déploiements de la splendeur militaire, qui ne peuvent se
dépeindre qu'avec les mots et les images de la Bible, l'homme
qui animait ces masses prit des proportions gigantesques
dans l'imagination de Laurence. Bientôt, les mots de
victoire retentirent à son oreille. Les armées impériales
venaient de remporter deux avantages signalés. Le prince
de Prusse avait été tué la veille du jour où les deux voyageurs arrivèrent à Saalfeld, tâchant de rejoindre Napoléon
qui allait avec la rapidité de la foudre. Enfin le treize octobre,
date de mauvais augure, mademoiselle de Cinq-Cygne longeait une rivière au milieu des corps de la Grande-Armée,
ne voyant que confusion, renvoyée d'un village à l'autre
et de division en division, épouvantée de se voir seule avec
un vieillard, ballotée dans un océan de cent cinquante
mille hommes, qui en visaient cent cinquante mille autres.
Fatiguée de toujours apercevoir cette rivière par-dessus
les haies d'un chemin boueux qu'elle suivait sur une
colline, elle en demanda le nom à un soldat.

— C'est la Saale, dit-il en lui montrant l'armée prussienne groupée par grandes masses de l'autre côté de ce
cours d'eau.

La nuit venait, Laurence voyait s'allumer des feux et
briller des armes. Le vieux marquis, dont l'intrépidité fut
chevaleresque, conduisait lui-même, à côté de son nouveau domestique, deux bons chevaux achetés la veille.
Le vieillard savait bien qu'il ne trouverait ni postillons, ni

chevaux, en arrivant sur un champ de bataille. Tout-à-coup
l'audacieuse calèche, objet de l'étonnement de tous les
soldats, fut arrêtée par un gendarme de la gendarmerie de
l'armée qui vint à bride abattue sur le marquis en lui criant :
« Qui êtes-vous ? où allez-vous ? que demandez-vous ? »

— L'Empereur, dit le marquis de Chargebœuf, j'ai
une dépêche importante des ministres pour le grand-
maréchal Duroc.

— Eh! bien, vous ne pouvez pas rester là, dit le gendarme.

Mademoiselle de Cinq-Cygne et le marquis furent
d'autant plus obligés de rester là que le jour allait cesser.

— Où sommes-nous ? dit mademoiselle de Cinq-Cygne
en arrêtant deux officiers qu'elle vit venir et dont
l'uniforme était caché par des surtouts en drap.

— Vous êtes en avant de l'avant-garde de l'armée française, madame, lui répondit un des deux officiers. Vous ne
pouvez même rester ici, car si l'ennemi faisait un mouvement et que l'artillerie jouât, vous seriez entre deux feux.

— Ah! dit-elle d'un air indifférent.

Sur ce *ah!* l'autre officier dit : « Comment cette femme
se trouve-t-elle là ? »

— Nous attendons, répondit-elle, un gendarme qui
est allé prévenir monsieur Duroc, en qui nous trouverons
un protecteur pour pouvoir parler à l'Empereur.

— Parler à l'Empereur ?... dit le premier officier.
Y pensez-vous ? à la veille d'une bataille décisive.

— Ah! vous avez raison, dit-elle, je ne dois lui parler
qu'après-demain, la victoire le rendra doux.

Les deux officiers allèrent se placer à vingt pas de distance, sur leurs chevaux immobiles. La calèche fut alors
entourée par un escadron de généraux, de maréchaux,
d'officiers, tous extrêmement brillants, et qui respectèrent
la voiture, précisément parce qu'elle était là.

— Mon Dieu! dit le marquis à mademoiselle de Cinq-
Cygne, j'ai peur que nous n'ayons parlé à l'Empereur.

— L'Empereur, dit un colonel-général, mais le voilà!

Laurence aperçut alors à quelques pas, en avant et seul,
celui qui s'était écrié : « Comment cette femme se trouve-

t-elle là ? » L'un des deux officiers, l'Empereur enfin, vêtu
de sa célèbre redingote mise par-dessus un uniforme vert,
était sur un cheval blanc richement caparaçonné. Il examinait, avec une lorgnette, l'armée prussienne au-delà de
la Saale. Laurence comprit alors pourquoi la calèche
restait-là, et pourquoi l'escorte de l'Empereur la respectait.
Elle fut saisie d'un mouvement convulsif, l'heure était
arrivée. Elle entendit alors le bruit sourd de plusieurs
masses d'hommes et de leurs armes s'établissant au pas
accéléré sur ce plateau. Les batteries semblaient avoir un
langage, les caissons retentissaient et l'airain pétillait.

— Le maréchal Lannes prendra position avec tout son
corps en avant, le maréchal Lefebvre et la Garde occuperont
ce sommet, dit l'autre officier qui était le major-général
Berthier.

L'Empereur descendit. Au premier mouvement qu'il fit,
Roustan son fameux mameluck s'empressa de venir tenir
le cheval. Laurence était stupide d'étonnement, elle ne
croyait pas à tant de simplicité.

— Je passerai la nuit sur ce plateau, dit l'Empereur.

En ce moment le grand-maréchal Duroc, que le gendarme avait enfin trouvé, vint au marquis de Chargebœuf
et lui demanda la raison de son arrivée; le marquis lui
répondit qu'une lettre écrite par le ministre des relations
extérieures lui dirait combien il était urgent qu'ils obtinssent,
mademoiselle de Cinq-Cygne et lui, une audience de l'Empereur.

— Sa Majesté va dîner sans doute à son bivouac, dit
Duroc en prenant la lettre, et quand j'aurai vu ce dont il
s'agit, je vous ferai savoir si cela se peut. — Brigadier,
dit-il au gendarme, accompagnez cette voiture et menez-la
près de la cabane en arrière.

Monsieur de Chargebœuf suivit le gendarme, et arrêta
sa voiture derrière une misérable chaumière bâtie en bois
et en terre, entourée de quelques arbres fruitiers, et gardée
par des piquets d'infanterie et de cavalerie.

On peut dire que la majesté de la guerre éclatait là dans
toute sa splendeur. De ce sommet, les lignes des deux
armées se voyaient éclairées par la lune. Après une heure

d'attente, remplie par le mouvement perpétuel d'aides-de-camp partant et revenant, Duroc, qui vint chercher mademoiselle de Cinq-Cygne et le marquis de Chargebœuf, les fit entrer dans la chaumière, dont le plancher était de terre battue comme celui de nos aires de grange. Devant une table desservie et devant un feu de bois vert qui fumait, Napoléon était assis sur une chaise grossière. Ses bottes, pleines de boue, attestaient ses courses à travers champs. Il avait ôté sa fameuse redingote, et alors son célèbre uniforme vert, traversé par son grand cordon rouge, rehaussé par le dessous blanc de sa culotte de casimir et de son gilet faisait admirablement bien valoir sa figure césarienne, pâle et terrible. Il avait la main sur une carte dépliée, placée sur ses genoux. Berthier se tenait debout dans son brillant costume de vice-connétable de l'Empire. Constant, le valet de chambre, présentait à l'Empereur son café sur un plateau.

— Que voulez-vous? dit-il avec une feinte brusquerie en traversant par le rayon de son regard la tête de Laurence. Vous ne craignez donc plus de me parler avant la bataille? De quoi s'agit-il?

— Sire, dit-elle en le regardant d'un œil non moins fixe, je suis mademoiselle de Cinq-Cygne.

— Eh bien? répondit-il d'une voix colère en se croyant bravé par ce regard.

— Ne comprenez-vous donc pas? je suis la comtesse de Cinq-Cygne, et je vous demande grâce, dit-elle en tombant à genoux et lui tendant le placet rédigé par Talleyrand, apostillé par l'Impératrice, par Cambacérès et par Malin.

L'Empereur releva gracieusement la suppliante en lui jetant un regard fin et lui dit : « Serez-vous sage, enfin? Comprenez-vous ce que doit être l'Empire français?... »

— Ah! je ne comprends en ce moment que l'Empereur, dit-elle vaincue par la bonhomie avec laquelle l'homme du destin avait dit ces paroles qui faisaient pressentir la grâce.

— Sont-ils innocents? demanda l'Empereur.

— Tous, dit-elle avec enthousiasme.

— Tous? Non, le garde-chasse est un homme dangereux qui tuerait mon sénateur sans prendre votre avis...

— Oh! Sire, dit-elle, si vous aviez un ami qui se fût dévoué pour vous, l'abandonneriez-vous? ne vous...

— Vous êtes une femme, dit-il avec une teinte de raillerie.

— Et vous un homme de fer! lui dit-elle avec une dureté passionnée qui lui plut.

— Cet homme a été condamné par la justice du pays, reprit-il.

— Mais il est innocent.

— Enfant!... dit-il.

Il sortit, prit mademoiselle de Cinq-Cygne par la main et l'emmena sur le plateau.

— Voici, dit-il avec son éloquence à lui qui changeait les lâches en braves, voici trois cent mille hommes, ils sont innocents, eux aussi! Eh! bien, demain, trente mille hommes seront morts, morts pour leur pays! Il y a chez les Prussiens, peut-être un grand mécanicien, un idéologue, un génie qui sera moissonné. De notre côté, nous perdrons certainement des grands hommes inconnus. Enfin, peut-être verrai-je mourir mon meilleur ami! Accuserai-je Dieu? Non. Je me tairai. Sachez, mademoiselle, qu'on doit mourir pour les lois de son pays, comme on meurt ici pour sa gloire, ajouta-t-il en la ramenant dans la cabane.

— Allez, retournez en France, dit-il en regardant le marquis, mes ordres vous y suivront.

Laurence crut à une commutation de peine pour Michu, et, dans l'effusion de sa reconnaissance, elle plia le genou et baisa la main de l'Empereur.

— Vous êtes monsieur de Chargebœuf? dit alors Napoléon en avisant le marquis.

— Oui, Sire.

— Vous avez des enfants?

— Beaucoup d'enfants.

— Pourquoi ne me donneriez-vous pas un de vos petits-fils? il serait un de mes pages...

— Ah! voilà le sous-lieutenant qui perce, pensa Laurence, il veut être payé de sa grâce.

Le marquis s'inclina sans répondre. Heureusement le général Rapp se précipita dans la cabane.

— Sire, la cavalerie de la garde et celle du grand-duc de Berg ne pourront pas rejoindre demain avant midi.

— N'importe, dit Napoléon en se tournant vers Berthier, il est des heures de grâce pour nous aussi, sachons en profiter.

Sur un signe de main, le marquis et Laurence se retirèrent et montèrent en voiture; le brigadier les mit dans leur route et les conduisit jusqu'à un village où ils passèrent la nuit. Le lendemain, tous deux ils s'éloignèrent du champ de bataille au bruit de huit cents pièces de canon qui grondèrent pendant dix heures, et en route ils apprirent l'étonnante victoire d'Iéna. Huit jours après, ils entraient dans les faubourgs de Troyes. Un ordre du Grand-Juge, transmis au procureur impérial près le Tribunal de première instance de Troyes, ordonnait la mise en liberté sous caution des gentilshommes en attendant la décision de l'Empereur et Roi; mais en même temps, l'ordre pour l'exécution de Michu fut expédié par le Parquet. Ces ordres étaient arrivés le matin même. Laurence se rendit alors à la prison, sur les deux heures, en habit de voyage. Elle obtint de rester auprès de Michu à qui l'on faisait la triste cérémonie, appelée la toilette; le bon abbé Goujet, qui avait demandé à l'accompagner jusqu'à l'échafaud, venait de donner l'absolution à cet homme qui se désolait de mourir dans l'incertitude sur le sort de ses maîtres; aussi quand Laurence se montra poussa-t-il un cri de joie.

— Je puis mourir, dit-il.

— Ils sont graciés, je ne sais à quelles conditions, répondit-elle; mais ils le sont, et j'ai tout tenté pour toi, mon ami, malgré leur avis. Je croyais t'avoir sauvé, mais l'Empereur m'a trompée par gracieuseté de souverain.

— Il était écrit là-haut, dit Michu, que le chien de garde devait être tué à la même place que ses vieux maîtres!

La dernière heure se passa rapidement. Michu, au moment de partir, n'osait demander d'autre faveur que de baiser la main de mademoiselle de Cinq-Cygne, mais elle lui tendit ses joues et se laissa saintement embrasser par cette noble victime. Michu refusa de monter en charrette.

— Les innocents doivent aller à pied! dit-il.

Il ne voulut pas que l'abbé Goujet lui donnât le bras, il marcha dignement et résolument jusqu'à l'échafaud. Au moment de se coucher sur la planche, il dit à l'exécuteur, en le priant de rabattre sa redingote qui lui montait sur le cou : « Mon habit vous appartient, tâchez de ne pas l'entamer. »

A peine les quatre gentilshommes eurent-ils le temps de voir mademoiselle de Cinq-Cygne : un planton du général commandant la Division militaire leur apporta des brevets de sous-lieutenants dans le même régiment de cavalerie, avec l'ordre de rejoindre aussitôt à Bayonne le dépôt de leur corps. Après des adieux déchirants, car ils eurent tous un pressentiment de l'avenir, mademoiselle de Cinq-Cygne rentra dans son château désert.

Les deux frères moururent ensemble sous les yeux de l'Empereur, à Sommo-Sierra, l'un défendant l'autre, tous deux déjà chefs d'escadron. Leur dernier mot fut : « Laurence, *cy meurs !* »

L'aîné des d'Hauteserre mourut colonel à l'attaque de la redoute de la Moscowa, où son frère prit sa place.

Adrien, nommé général de brigade à la bataille de Dresde, y fut grièvement blessé et put revenir se faire soigner à Cinq-Cygne. En essayant de sauver ce débris des quatre gentilshommes qu'elle avait vus un moment autour d'elle, la comtesse, alors âgée de trente-deux ans, l'épousa; mais elle lui offrit un cœur flétri qu'il accepta : les gens qui aiment ne doutent de rien, ou doutent de tout.

La Restauration trouva Laurence sans enthousiasme, les Bourbons venaient trop tard pour elle; néanmoins, elle n'eut pas à se plaindre : son mari, nommé pair de France avec le titre de marquis de Cinq-Cygne, devint lieutenant-général en 1816, et fut récompensé par le cordon bleu des éminents services qu'il rendit alors.

Le fils de Michu, de qui Laurence prit soin comme de son propre enfant, fut reçu avocat en 1817. Après avoir exercé pendant deux ans sa profession, il fut nommé juge suppléant au tribunal d'Alençon, et de là passa procureur du Roi au tribunal d'Arcis en 1827. Laurence, qui avait surveillé l'emploi des capitaux de Michu, remit à ce jeune homme une inscription de douze mille livres de rentes le jour de sa majorité; plus tard, elle lui fit épouser la riche mademoiselle Girel de Troyes. Le marquis de Cinq-Cygne mourut en 1829 entre les bras de Laurence, de son père, de sa mère et de ses enfants qui l'adoraient. Lors de sa mort, personne n'avait encore pénétré le secret de l'enlèvement du sénateur. Louis XVIII ne se refusa point à réparer les malheurs de cette affaire; mais il fut muet sur les causes de ce désastre avec la marquise de Cinq-Cygne, qui le crut alors complice de la catastrophe [70].

CONCLUSION

Le feu marquis de Cinq-Cygne avait employé ses épargnes, ainsi que celles de son père et de sa mère, à l'acquisition d'un magnifique hôtel situé rue du Faubourg du Roule, et compris dans le majorat considérable institué pour l'entretien de sa pairie. La sordide économie du marquis et de ses parents, qui souvent affligeait Laurence, fut alors expliquée. Aussi, depuis cette acquisition, la marquise, qui vivait à sa terre en y thésaurisant pour ses enfants, passa-t-elle d'autant plus volontiers ses hivers à Paris, que sa fille Berthe et son fils Paul atteignaient à un âge où leur éducation exigeait les ressources de Paris. Madame de Cinq-Cygne alla peu dans le monde. Son mari ne pouvait ignorer les regrets qui habitaient le cœur de cette femme; mais il déploya pour elle les délicatesses les plus ingénieuses, et mourut n'ayant aimé qu'elle au monde. Ce noble cœur, méconnu pendant quelque temps, mais à qui la généreuse fille des Cinq-Cygne rendit dans les dernières années autant d'amour qu'elle en recevait, ce mari fut enfin complètement heureux. Laurence vivait surtout par les joies de la famille. Nulle femme de Paris ne fut plus chérie de ses amis, ni plus respectée. Aller chez elle est un honneur. Douce, indulgente, spirituelle, simple surtout, elle plaît aux âmes d'élite, elle les attire, malgré son attitude empreinte de douleur; mais chacun semble protéger cette femme si forte, et ce sentiment de protection secrète explique peut-être l'attrait de son amitié. Sa vie, si douloureuse pendant sa jeunesse, est belle et

sereine vers le soir. On connaît ses souffrances. Personne
n'a jamais demandé quel est l'original du portrait de
Robert Lefebvre, qui depuis la mort du garde est le principal et funèbre ornement du salon. La physionomie
de Laurence a la maturité des fruits venus difficilement.
Une sorte de fierté religieuse orne aujourd'hui ce front
éprouvé. Au moment où la marquise vint tenir maison, sa
fortune, augmentée par la loi sur les indemnités [71], allait à
deux cent mille livres de rentes, sans compter les traitements
de son mari. Laurence avait hérité des onze cent mille francs
laissés par les Simeuse. Dès lors, elle dépensa cent mille
francs par an, et mit de côté le reste pour faire la dot de
Berthe.

Berthe est le portrait vivant de sa mère, mais sans audace
guerrière ; c'est sa mère fine, spirituelle : — « et plus femme »,
dit Laurence avec mélancolie. La marquise ne voulait
pas marier sa fille avant qu'elle n'eût vingt ans. Les économies de la famille sagement administrées par le vieux
d'Hauteserre, et placées dans les fonds au moment où les
rentes tombèrent en 1830, formaient une dot d'environ
quatre-vingt mille francs de rentes à Berthe, qui, en 1833,
eut vingt ans.

Vers ce temps, la princesse de Cadignan, qui voulait
marier son fils, le duc de Maufrigneuse, avait depuis
quelques mois lié son fils avec la marquise de Cinq-Cygne.
Georges de Maufrigneuse dînait trois fois par semaine
chez la marquise, il accompagnait la mère et la fille aux
Italiens, il caracolait au Bois autour de leur calèche quand
elles s'y promenaient. Il fut alors évident pour le monde
du Faubourg Saint-Germain que Georges aimait Berthe.
Seulement personne ne pouvait savoir si madame de Cinq-
Cygne avait le désir de faire sa fille duchesse en attendant
qu'elle devînt princesse ; ou si la princesse désirait pour son
fils une si belle dot, si la célèbre Diane allait au-devant
de la noblesse de province, ou si la noblesse de province
était effrayée de la célébrité de madame de Cadignan, de ses
goûts et de sa vie ruineuse. Dans le désir de ne point nuire
à son fils, la princesse, devenue dévote, avait muré sa vie
intime, et passait la belle saison à Genève dans une villa.

Un soir, madame la princesse de Cadignan avait chez elle la marquise d'Espard, et de Marsay, le Président du Conseil. Elle vit ce soir-là cet ancien amant pour la dernière fois ; car il mourut l'année suivante. Rastignac, sous-secrétaire d'État attaché au ministère de Marsay, deux ambassadeurs, deux orateurs célèbres restés à la Chambre des Pairs, les vieux ducs de Lenoncourt et de Navarreins, le comte de Vandenesse et sa jeune femme, d'Arthez s'y trouvaient et formaient un cercle assez bizarre dont la composition s'expliquera facilement : il s'agissait d'obtenir du premier ministre un laissez-passer pour le prince de Cadignan. De Marsay, qui ne voulait pas prendre sur lui cette responsabilité, venait dire à la princesse que l'affaire était entre bonnes mains. Un vieil homme politique devait leur apporter une solution pendant la soirée. On annonça la marquise et mademoiselle de Cinq-Cygne. Laurence, dont les principes étaient intraitables, fut non pas surprise, mais choquée, de voir les représentants les plus illustres de la légitimité, dans l'une et l'autre Chambre, causant avec le premier ministre de celui qu'elle n'appelait jamais que monseigneur le duc d'Orléans, l'écoutant et riant avec lui. De Marsay, comme les lampes près de s'éteindre, brillait d'un dernier éclat. Il oubliait là, volontiers, les soucis de la politique. La marquise de Cinq-Cygne accepta de Marsay, comme on dit que la cour d'Autriche acceptait alors monsieur de Saint-Aulaire [72] : l'homme du monde fit passer le ministre. Mais elle se dressa comme si son siège eût été de fer rougi, quand elle entendit annoncer monsieur le comte de Gondreville.

— Adieu, madame, dit-elle à la princesse d'un ton sec. Elle sortit avec Berthe en calculant la direction de ses pas de manière à ne pas rencontrer cet homme fatal.

— Vous avez peut-être fait manquer le mariage de Georges, dit à voix basse la princesse à de Marsay.

L'ancien clerc venu d'Arcis, l'ancien Représentant du Peuple, l'ancien Thermidorien, l'ancien Tribun, l'ancien Conseiller-d'État, l'ancien comte de l'Empire et Sénateur, l'ancien Pair de Louis XVIII, le nouveau Pair de juillet, fit une révérence servile à la belle princesse de Cadignan.

— Ne tremblez plus, belle dame, nous ne faisons pas

la guerre aux princes, dit-il en s'asseyant auprès d'elle.

Malin avait eu l'estime de Louis XVIII, à qui sa vieille expérience ne fut pas inutile. Il avait aidé beaucoup à renverser Decazes, et conseillé fortement le ministère Villèle. Reçu froidement par Charles X, il avait épousé les rancunes de Talleyrand. Il était alors en grande faveur sous le douzième gouvernement qu'il a l'avantage de servir depuis 1789, et qu'il desservira sans doute; mais depuis quinze mois, il avait rompu l'amitié qui, pendant trente-six ans, l'avait uni au plus célèbre de nos diplomates. Ce fut dans cette soirée qu'en parlant de ce grand diplomate il dit ce mot : « Savez-vous la raison de son hostilité contre le duc de Bordeaux?... le Prétendant est trop jeune... »

— Vous donnez là, lui répondit Rastignac, un singulier conseil aux jeunes gens.

De Marsay, devenu très-songeur depuis le mot de la princesse, ne releva pas ces plaisanteries; il regardait sournoisement Gondreville, et attendait évidemment pour parler que le vieillard, qui se couchait de bonne heure, fût parti. Tous ceux qui étaient là, témoins de la sortie de madame de Cinq-Cygne, dont les raisons étaient connues, imitèrent le silence de de Marsay. Gondreville, qui n'avait pas reconnu la marquise, ignorait les motifs de cette réserve générale; mais l'habitude des affaires, les mœurs politiques, lui avaient donné du tact, il était homme d'esprit d'ailleurs : il crut que sa présence gênait, il partit. De Marsay, debout à la cheminée, contempla, de façon à laisser deviner de graves pensées, ce vieillard de soixante-dix ans qui s'en allait lentement.

— J'ai eu tort, madame, de ne pas vous avoir nommé mon négociateur, dit enfin le premier ministre en entendant le roulement de la voiture. Mais je vais racheter ma faute et vous donner les moyens de faire votre paix avec les Cinq-Cygne. Voici plus de trente ans que la chose a eu lieu; c'est aussi vieux que la mort d'Henri IV, qui certes, entre nous, malgré le proverbe, est bien l'histoire la moins connue, comme beaucoup d'autres catastrophes historiques. Je vous jure, d'ailleurs, que si cette affaire ne concernait pas la marquise, elle n'en serait pas moins curieuse.

Enfin, elle éclaircit un fameux passage de nos annales modernes, celui du Mont Saint-Bernard. Messieurs les ambassadeurs y verront que, sous le rapport de la profondeur, nos hommes politiques d'aujourd'hui sont bien loin des Machiavels que les flots populaires ont élevés, en 1793, au-dessus des tempêtes, et dont quelques-uns ont *trouvé*, comme dit la romance, *un port*. Pour être aujourd'hui quelque chose en France, il faut avoir roulé dans les ouragans de ce temps-là.

— Mais il me semble, dit en souriant la princesse, que, sous ce rapport, votre état de choses n'a rien à désirer...

Un rire de bonne compagnie se joua sur toutes les lèvres, et de Marsay ne put s'empêcher de sourire. Les ambassadeurs parurent impatients, de Marsay fut pris par une quinte, et l'on fit silence.

— Par une nuit de juin 1800[73], dit le premier ministre vers trois heures du matin, au moment où le jour faisait pâlir les bougies, deux hommes las de jouer à la bouillotte, ou qui n'y jouaient que pour occuper les autres, quittèrent le salon de l'hôtel des Relations Extérieures, alors situé rue du Bac, et allèrent dans un boudoir. Ces deux hommes, dont un est mort, et dont l'autre a *un* pied dans la tombe, sont, chacun dans leur genre, aussi extraordinaires l'un que l'autre. Tous deux ont été prêtres et tous deux ont abjuré ; tous deux se sont mariés. L'un avait été simple oratorien, l'autre avait porté la mitre épiscopale. Le premier s'appelait Fouché, je ne vous dis pas le nom du second ; mais tous deux étaient alors de simples citoyens français, très-peu simples. Quand on les vit allant dans le boudoir, les personnes qui se trouvaient encore là manifestèrent un peu de curiosité. Un troisième personnage les suivit. Quant à celui-là, qui se croyait beaucoup plus fort que les deux premiers, il avait nom Sieyès, et vous savez tous qu'il appartenait également à l'Église avant la Révolution. Celui qui marchait difficilement se trouvait alors ministre des Relations Extérieures, Fouché était ministre de la Police générale. Sieyès avait abdiqué le consulat. Un petit homme, froid et sévère, quitta sa place et rejoignit ces trois hommes en disant à haute voix, devant quelqu'un de qui je tiens le mot : « Je crains le brelan des prêtres. » Il était ministre de la guerre. Le mot de Carnot n'inquiéta point les deux consuls qui jouaient dans le salon. Cambacérès et Lebrun étaient alors à la merci de leurs ministres, infiniment plus forts qu'eux. Presque tous ces hommes d'État sont morts, on ne leur doit plus rien : ils appartiennent à l'histoire, et l'histoire de cette nuit a été terrible ; je vous la dis, parce que moi seul la sais, parce que Louis XVIII ne l'a pas dite à la pauvre madame de Cinq-Cygne, et qu'il est indifférent au gouvernement actuel qu'elle le sache. Tous quatre, ils s'assirent. Le boîteux dut fermer la porte avant qu'on prononçât un mot, il poussa même, dit-on, un verrou. Il n'y a que les gens bien élevés qui aient de ces petites attentions. Les trois prêtres avaient les figures blêmes et impassibles que vous leur avez connues. Carnot seul offrait un visage coloré. Aussi le militaire parla-t-il le premier. — De quoi s'agit-il ? — De la France, dut dire le Prince, que j'admire comme un des hommes les plus extraordinaires de notre temps. — De la république, a certainement dit Fouché. — Du pouvoir, a dit probablement Sieyès.

Tous les assistants se regardèrent. De Marsay avait, de la voix, du regard et du geste, admirablement peint les trois hommes.

— Les trois prêtres s'entendirent à merveille, reprit-il. Carnot regarda sans doute ses collègues et l'ex-consul d'un air assez digne. Je crois qu'il a dû se trouver abasourdi en dedans. Croyez-vous au succès ? lui demanda Sieyès. — On peut tout attendre de Bonaparte, répondit le ministre de la guerre, il a passé les Alpes heureusement. — En ce moment, dit le diplomate avec une lenteur calculée, il joue son tout. — Enfin, tranchons le mot, dit Fouché, que ferons-nous, si le Premier Consul est vaincu ? Est-il possible de refaire une armée ? Resterons-nous ses humbles serviteurs ? — Il n'y a plus de république en ce moment, fit observer Sieyès, il est consul pour dix ans. — Il a plus de pouvoir que n'en avait Cromwell, ajouta l'évêque, et n'a pas voté la mort du Roi. — Nous avons un maître, dit Fouché, le conserverons-nous, s'il perd la bataille, ou reviendrons-nous à la république pure ? — La France, répliqua sentencieusement Carnot, ne pourra résister qu'en revenant à l'énergie conventionnelle. — Je suis de l'avis de Carnot, dit Sieyès. Si Bonaparte revient défait, il faut l'achever ; il nous en a trop dit depuis sept mois ! — Il a l'Armée, reprit Carnot d'un air penseur. — Nous aurons le peuple ! s'écria Fouché. — Vous êtes prompt, monsieur ! répliqua le grand seigneur de cette voix de basse-taille qu'il a conservée et qui fit rentrer l'oratorien en lui-même. — Soyez franc, dit un ancien conventionnel en montrant sa tête, si Bonaparte est vainqueur, nous l'adorerons ; vaincu, nous l'enterrerons ! — Vous étiez là, Malin, reprit le maître de la maison sans s'émouvoir ; vous serez des nôtres. Et il lui fit signe de s'asseoir. Ce fut à cette circonstance que ce personnage, conventionnel assez obscur, dut d'être ce que nous venons de voir qu'il est encore en ce moment. Malin fut discret, et les deux ministres lui furent fidèles ; mais il fut aussi le pivot de la machine et l'âme de la machination. — Cet homme n'a point encore été vaincu ! s'écria Carnot avec un accent de conviction, et il vient de surpasser Annibal. — En cas de malheur, voici le Directoire, reprit très finement Sieyès en faisant remarquer à chacun qu'ils étaient cinq. — Et, dit le ministre des Affaires Étrangères, nous sommes tous intéressés au maintien de la révolution française, nous avons tous trois jeté le froc aux orties ; le général a voté la mort du Roi. Quant à vous, dit-il à Malin, vous avez des biens d'émigré. — Nous avons tous les mêmes intérêts, dit péremptoirement Sieyès, et nos intérêts sont d'accord avec celui de la patrie. — Chose rare, dit le diplomate en souriant. — Il faut agir, ajouta Fouché ; la bataille se livre, et Mélas a des forces supérieures. Gênes est rendue, et Masséna a commis la faute de s'embarquer pour Antibes ; il n'est donc pas certain qu'il puisse rejoindre Bonaparte, qui restera réduit à ses seules ressources. — Qui vous a dit cette nouvelle ? demanda Carnot. — Elle est sûre, répondit Fouché. Vous aurez le courrier à l'heure de la Bourse.

— Ceux-là n'y faisaient point de façons, dit de Marsay en souriant et s'arrêtant un moment. — Or, ce n'est pas quand la nouvelle du désastre viendra, dit toujours Fouché,

que nous pourrons organiser les clubs, réveiller le patrio-
tisme et changer la constitution. Notre dix-huit Brumaire
doit être prêt. — Laissons-le faire au ministre de la Police,
dit le diplomate, et défions-nous de Lucien. (Lucien Bonaparte était alors ministre de l'Intérieur.) Je l'arrêterai bien,
dit Fouché. — Messieurs, s'écria Sieyès, notre Directoire
ne sera plus soumis à des mutations anarchiques. Nous
organiserons un pouvoir oligarchique, un sénat à vie,
une chambre élective qui sera dans nos mains; car sachons
profiter des fautes du passé. — Avec ce système, j'aurai
la paix, dit l'évêque. — Trouvez-moi un homme sûr pour
correspondre avec Moreau, car l'Armée d'Allemagne
deviendra notre seule ressource! s'écria Carnot qui était
resté plongé dans une profonde méditation.

— En effet, reprit de Marsay après une pause, ces
hommes avaient raison, messieurs! Ils ont été grands dans
cette crise et j'eusse fait comme eux.

— Messieurs, s'écria Sieyès d'un ton grave et solennel,
dit de Marsay en reprenant son récit. — Ce mot : Messieurs!
fut parfaitement compris : tous les regards exprimèrent
une même foi, la même promesse, celle d'un silence absolu,
d'une solidarité complète au cas où Bonaparte reviendrait
triomphant. — Nous savons tous ce que nous avons à faire,
ajouta Fouché. Sieyès avait tout doucement dégagé le verrou,
son oreille de prêtre l'avait bien servi. Lucien entra. — Bonne
nouvelle, messieurs! un courrier apporte à madame Bonaparte un mot du Premier Consul : il a débuté par une
victoire à Montebello. Les trois ministres se regardèrent.
— Est-ce une bataille générale? demanda Carnot. — Non,
un combat où Lannes s'est couvert de gloire. L'affaire
a été sanglante. Attaqué avec dix mille hommes par dix-huit
mille, il a été sauvé par une division envoyée à son secours.
Ott est en fuite. Enfin la ligne d'opérations de Mélas est
coupée. — De quand le combat? demanda Carnot. —
Le huit, dit Lucien. — Nous sommes le treize, reprit le
savant ministre; eh! bien, selon toute apparence, les destinées de la France se jouent au moment où nous causons
(En effet, la bataille de Marengo commença le quatorze juin,
à l'aube.) Quatre jours d'attente mortelle! dit Lucien. —

Mortelle? reprit le ministre des Relations Extérieures froidement et d'un air interrogatif. — Quatre jours, dit Fouché. — Un témoin oculaire m'a certifié que les deux consuls n'apprirent ces détails qu'au moment où les six personnages rentrèrent au salon. Il était alors quatre heures du matin. Fouché partit le premier. Voici ce que fit, avec une infernale et sourde activité, ce génie ténébreux, profond, extraordinaire, peu connu, mais qui avait bien certainement un génie égal à celui de Philippe II, à celui de Tibère et de Borgia. Sa conduite, lors de l'affaire de Walcheren, a été celle d'un militaire consommé, d'un grand politique, d'un administrateur prévoyant. C'est le seul ministre que Napoléon ait eu. Vous savez qu'alors il a épouvanté Napoléon. Fouché, Masséna et le Prince sont les trois plus grands hommes, les plus fortes têtes, comme diplomatie, guerre et gouvernement, que je connaisse; si Napoléon les avait franchement associés à son œuvre, il n'y aurait plus d'Europe, mais un vaste empire français. Fouché ne s'est détaché de Napoléon qu'en voyant Sieyès et le prince de Talleyrand mis de côté. Dans l'espace de trois jours, Fouché, tout en cachant la main qui remuait les cendres de ce foyer, organisa cette angoisse générale qui pesa sur toute la France et ranima l'énergie républicaine de 1793. Comme il faut éclaircir ce coin obscur de notre histoire, je vous dirai que cette agitation, partie de lui qui tenait tous les fils de l'ancienne Montagne, produisit les complots républicains par lesquels la vie du Premier Consul fut menacée après sa victoire de Marengo. Ce fut la conscience qu'il avait du mal dont il était l'auteur qui lui donna la force de signaler à Bonaparte, malgré l'opinion contraire de celui-ci, les républicains comme plus mêlés que les royalistes à ces entreprises. Fouché connaissait admirablement les hommes; il compta sur Sieyès à cause de son ambition trompée, sur monsieur de Talleyrand parce qu'il était un grand seigneur, sur Carnot à cause de sa profonde honnêteté; mais il redoutait notre homme de ce soir, et voici comment il l'entortilla. Il n'était que Malin dans ce temps-là, Malin, le correspondant de Louis XVIII. Il fut forcé, par le ministre de la Police, de rédiger les proclama-

tions du gouvernement révolutionnaire, ses actes, ses arrêts,
la mise hors la loi des factieux du dix-huit Brumaire ; et bien
plus, ce fut ce complice malgré lui qui les fit imprimer au
nombre d'exemplaires nécessaires et qui les tint prêts en
ballots dans sa maison. L'imprimeur fut arrêté comme
conspirateur, car on fit choix d'un imprimeur révolutionnaire, et la police ne le relâcha que deux mois après. Cet
homme est mort en 1816, croyant à une conspiration montagnarde. Une des scènes les plus curieuses jouées par la
police de Fouché, est, sans contredit, celle que causa le
premier courrier reçu par le plus célèbre banquier de cette
époque, et qui annonça la perte de la bataille de Marengo.
La fortune, si vous vous le rappelez, ne se déclara pour
Napoléon que sur les sept heures du soir. A midi, l'agent
envoyé sur le théâtre de la guerre par le roi de la finance
d'alors regarda l'armée française comme anéantie et
s'empressa de dépêcher un courrier. Le ministre de la
Police envoya chercher les afficheurs, les crieurs, et l'un
de ses affidés arrivait avec un camion chargé des imprimés,
quand le courrier du soir, qui avait fait une excessive
diligence, répandit la nouvelle du triomphe qui rendit la
France véritablement folle. Il y eut des pertes considérables à la Bourse. Mais le rassemblement des afficheurs
et des crieurs qui devaient proclamer la mise hors la loi,
la mort politique de Bonaparte, fut tenu en échec et attendit
que l'on eût imprimé la proclamation et le placard où la
victoire du Premier Consul était exaltée. Gondreville, sur
qui toute la responsabilité du complot pouvait tomber,
fut si effrayé, qu'il mit les ballots dans des charrettes et les
mena nuitamment à Gondreville, où sans doute il enterra
ces sinistres papiers dans les caves du château qu'il avait
acheté sous le nom d'un homme... Il l'a fait nommer
président d'une cour impériale, il avait nom... Marion !
Puis il revint à Paris assez à temps pour complimenter le
Premier Consul. Napoléon accourut, vous le savez, avec
une effrayante célérité d'Italie en France, après la bataille
de Marengo ; mais il est certain, pour ceux qui connaissent
à fond l'histoire secrète de ce temps, que sa promptitude
eut pour but un message de Lucien. Le ministre de l'Inté-

rieur avait entrevu l'attitude du parti montagnard, et, sans
savoir d'où soufflait le vent, il craignait l'orage. Incapable
de soupçonner les trois ministres, il attribuait ce mouvement
aux haines excitées par son frère au dix-huit Brumaire et
à la ferme croyance où fut alors le reste des hommes de
1793 d'un échec irréparable en Italie. Les mots : Mort au
tyran! criés à Saint-Cloud, retentissaient toujours aux
oreilles de Lucien. La bataille de Marengo retint Napoléon
sur les champs de la Lombardie jusqu'au 25 juin, il arriva
le 2 juillet en France. Or, imaginez les figures des cinq
conspirateurs, félicitant aux Tuileries le Premier Consul
sur sa victoire. Fouché dans le salon même dit au tribun,
car ce Malin que vous venez de voir a été un peu tribun,
d'attendre encore, et que tout n'était pas fini. En effet,
Bonaparte ne semblait pas à monsieur de Talleyrand et à
Fouché aussi marié qu'ils l'étaient eux-mêmes à la Révolution, et ils l'y bouclèrent pour leur propre sûreté, par
l'affaire du duc d'Enghien. L'exécution du prince tient, par
des ramifications saisissables, à ce qui s'était tramé dans
l'hôtel des Relations Extérieures pendant la campagne de
Marengo. Certes, aujourd'hui pour qui a connu des personnes bien informées, il est clair que Bonaparte fut joué
comme un enfant par monsieur de Talleyrand et Fouché,
qui voulurent le brouiller irrévocablement avec la maison
de Bourbon, dont les ambassadeurs faisaient alors des
tentatives auprès du Premier Consul.

— Talleyrand faisant son whist chez madame de
Luynes, dit alors un des personnages qui écoutaient, à
trois heures du matin, tire sa montre, interrompt le jeu
et demande tout-à-coup, sans aucune transition, à ses trois
partners, si le prince de Condé avait d'autre enfant que
monsieur le duc d'Enghien. Une demande si saugrenue,
dans la bouche de monsieur de Talleyrand, causa la plus
grande surprise. — Pourquoi nous demandez-vous ce
que vous savez si bien? lui dit-on. — C'est pour vous
apprendre que la maison de Condé finit en ce moment.
Or, monsieur de Talleyrand était à l'hôtel de Luynes
depuis le commencement de la soirée, et savait sans doute
que Bonaparte était dans l'impossibilité de faire grâce.

— Mais, dit Rastignac à de Marsay, je ne vois point dans tout ceci madame de Cinq-Cygne.

— Ah! vous étiez si jeune, mon cher, que j'oubliais la conclusion; vous savez l'affaire de l'enlèvement du comte de Gondreville, qui a été la cause de la mort des deux Simeuse et du frère aîné de d'Hauteserre, qui, par son mariage avec mademoiselle de Cinq-Cygne, devint comte et depuis marquis de Cinq-Cygne.

De Marsay, prié par plusieurs personnes à qui cette aventure était inconnue, raconta le procès, en disant que les cinq inconnus étaient des escogriffes de la Police générale de l'Empire, chargés d'anéantir des ballots d'imprimés que le comte de Gondreville était venu précisément brûler en croyant l'Empire affermi. — Je soupçonne Fouché, dit-il, d'y avoir fait chercher en même temps des preuves de la correspondance de Gondreville et de Louis XVIII, avec lequel il s'est toujours entendu, même pendant la Terreur. Mais, dans cette épouvantable affaire, il y a eu de la passion de la part de l'agent principal, qui vit encore, un de ces grands hommes subalternes qu'on ne remplace jamais, et qui s'est fait remarquer par des tours de force étonnants. Il paraît que mademoiselle de Cinq-Cygne l'avait maltraité quand il était venu pour arrêter les Simeuse. Ainsi, madame, vous avez le secret de l'affaire; vous pourrez l'expliquer à la marquise de Cinq-Cygne, et lui faire comprendre pourquoi Louis XVIII a gardé le silence.

Paris, janvier 1841.

NOTES

On sait que Balzac utilise fréquemment tel ou tel de
ses personnages dans plusieurs de ses romans à la fois.
Nous n'avons pas voulu surcharger ces notes en
signalant les cas qui se rencontrent ici. Nous ren-
verrons le lecteur, une fois pour toutes, à l'excellent
Dictionnaire biographique des personnages reparaissants,
publié par le Dr F. Lotte.

Nous devons beaucoup pour l'établissement des
notes qui vont suivre à l'édition Bouteron-Longnon
d'*Une Ténébreuse Affaire* (Louis Conard éd.).

Le roman qui nous occupe était, dans sa version
originale, divisé en chapitres qui furent supprimés
lorsqu'il entra dans l'édition collective de *La Comédie
Humaine* dont nous reproduisons ici le texte d'après
l'édition Bouteron-Longnon. Mais le lecteur trouvera
ces titres de chapitre indiqués à leur place au cours
des notes.

1. – *Monsieur de Margone*. On trouve plus souvent l'orthographe *Margonne*. M. de Margonne propriétaire fort
riche des environs de Tours avait été très lié avec la
famille Balzac au temps où elle habitait cette ville.
Balzac fit de fréquents séjours à Saché, propriété de
M. de Margonne, et il y écrivit de nombreux romans.
On visitait déjà du vivant de Balzac et on visite encore
aujourd'hui la modeste petite chambre, que la piété
de Mme de Margonne avait ornée d'un grand crucifix
et dont Balzac disait : « j'y ai tant travaillé ! »
2. – *Chapitre Premier*. — Ici dans l'édition originale, le
titre de chapitre : *Le Judas*.
3. – ..., *ils viennent à nous*. — Ici, dans l'édition originale, le titre de chapitre : *Un crime en projet*.

4. - *L'autre*. L'autre qui n'est pas nommé ici, mais le sera
   quelques lignes plus bas, c'est Corentin, le policier
   créé par Balzac, en 1829, pour *Les Chouans*. Dans *Les
   Chouans*, comme ici, Corentin, se heurte à une
   romanesque jeune femme, libre d'allures, qui l'offense,
   et, comme ici, il en tire une cruelle vengeance. On
   voit que Balzac se renouvelle moins qu'on le ne croit.

   Nous avons déjà dit que, dans le manuscrit du
   roman, Corentin est remplacé par un « agent de la
   police générale », personnage sans relief dont l'action
   est réduite à l'indispensable. Il n'apparaît sous son
   nom qu'à la fin, dans le cabinet du prince de Talleyrand.

   Maurice Serval a dit, dans l'article que nous citons,
   que Balzac se serait inspiré pour créer Corentin d'un
   certain Sicard, policier lui aussi et qui ressemblait à
   Robespierre. Sicard arrêta Mlle de Moellien dont nous
   parlerons plus bas.

5. - *...bottes à la Suwaroff*. Bottes plissées et terminées en
   cœur au-dessous du genou, à la mode sous le Directoire.

6. - *...Clichyens*. Club fondé sous le Directoire, se réunissant
   au jardin de Clichy, d'où son nom. Il était plus ou
   moins royaliste. Hyde de Neuville et Royer-Collard
   en firent partie. Après le Coup d'Etat anti-royaliste
   du 18 Fructidor an V (septembre 1797) de nombreux
   Clichyens furent envoyés à Cayenne. Le reste se fit
   oublier.

*. - *Violette*. Ce fermier peu sympathique fait penser aux
   personnages des *Paysans*, roman auquel Balzac songe
   plus ou moins à l'époque. Remarquer avec quel réalisme il est décrit.

7. - *...au désespoir.* Ici, dans l'édition originale : le titre de
   chapitre : *Les malices de Malin*.

8. - *...prince de la Paix*. En 1808, à Aranjuez, Manuel Godoï,
   prince de la Paix, pendant une émeute soulevée contre
   lui, resta caché 38 heures dans un grenier.

   L'anecdote a été rapportée par Mme d'Abrantès
   dans ses *Mémoires*, une preuve supplémentaire, s'il
   en faut, des collusions entre Balzac et Mme d'Abrantès à propos d'*Une Ténébreuse Affaire*.

9. - *...insurrection de l'Ouest*. Un des nombreux mouvements
   de chouannerie qui se produisirent sous le Directoire
   et le Consulat après la première pacification opérée
   par Hoche. Cadoudal et Bourmont y furent mêlés;
   Cadoudal put, néanmoins, gagner l'Angleterre d'où il
   devait bientôt revenir. Balzac connaissait bien cette
   insurrection qui sert de fond aux *Chouans*.

10. - ... *Lenoir*. Le lieutenant général de police Lenoir se fit un renom dans ses fonctions à la fin du XVIIIe siècle. Balzac en parle souvent.

11. - *Favras*. Ce gentilhomme projeta, dès 1790, d'enlever Louis XVI et de le conduire à Metz. Le comte de Provence favorisa son entreprise. Malheureusement, Favras, trahi, fut arrêté. Il eut le chagrin d'être désavoué et abandonné par le prince qui l'avait lancé dans cette aventure, et bien qu'il n'ait pu s'empêcher d'espérer jusqu'à ses dernières minutes, il fut pendu.

12. - ... *répondit Malin*. Ici, dans la version originale, on lisait une phrase, disparue dans la version définitive : *Corentin était le nom de baptême du plus jeune des deux agents*, puis le titre du chapitre IV *Le Masque jeté*.

13. - *Le château*. M. Maurice Serval pense que, pour décrire Cinq-Cygne, Balzac s'est souvenu de Montrésor.

14. - ... *à Marthe*. Ici, dans l'édition originale, le titre de chapitre : *Laurence de Cinq-Cygne*.

15. - *Le nom Franc*. Balzac épousait des théories mises à la mode par Augustin Thierry, d'autant plus qu'il y trouvait — assez curieusement — de quoi soutenir ses propres prétentions à une aristocratie quelconque. A lire l'amusante préface du *Lys dans la Vallée*, on verra que, faute de pouvoir se rattacher aux Francs, il assurait descendre des familles, plus antiques encore, vaincues par les envahisseurs. On a les ancêtres qu'on peut.

16. - ...*Rob-Roy*. Même sans l'aveu de Balzac, on se serait bien douté que Laurence devait quelque chose à Diana Vernon. On sait de reste combien la lecture de W. Scott marqua Balzac.

17. - ... *tontines Lafarge*. Le père de Balzac avait placé toute sa fortune (et la perdit) dans les tontines Lafarge, sorte d'assurance sur la vie combinée avec une loterie.

18. - ... *un conjuré mis face à face avec la mort*. Balzac semble ici faire allusion aux révélations du chirurgien de marine Querelle. Arrêté dans une première fournée, il faiblit devant la mort et ses révélations permirent d'arrêter Cadoudal. Balzac a néanmoins commis une erreur : son roman commence en novembre 1803, et les aveux de Querelle datent de janvier 1804.

19. - ... *un garde-vente*. On nomme ainsi un commis qui surveille l'exploitation d'une coupe achetée sur pied.

20. - ... *sans dire une parole*. Ici, dans l'édition originale, le titre de chapitre : *Intérieur et Physionomies royalistes sous le Consulat*.

21. - ... *lampasse*. On écrit plus généralement lampas : dans cette édition les deux orthographes sont employées Le lampas, étoffe de soie à grands dessins est généralement employé à l'ameublement.

22. - ... *Roberspierre*. Curieuse orthographe, usuelle chez Balzac.

23. - ... *jabot à petits plis dormant sur la chemise*. Le père Goriot déjà portait un *jabot dormant*. L'expression était donc normalement utilisée à l'époque. Il ne nous a pas été possible de la retrouver. L'adjectif dormant s'emploie néanmoins dans la langue technique pour qualifier des objets qui ne s'ouvrent ou ne se déplient pas : une ligne de pêche dormante, un chassis dormant.

24. - ... *une partie*. Terme de commerce aujourd'hui vieilli qui désignait une certaine quantité de marchandises.

25. - ... *Cazalès*. Cazalès, député du Languedoc prit ardemment aux États Généraux le parti de la noblesse et du clergé. Il émigra après le 10 août, rejoignit l'armée de Condé, servit d'agent diplomatique au comte de Provence et finalement rentra en France sous le Consulat.

26. - ... *exploré le pays*. Ici, dans l'édition originale, le titre de chapitre : *La visite domiciliaire*.

27. - ... *Dubois*. Il s'agit du comte Dubois, conventionnel, qui sous le Consulat et l'Empire fut chargé de fonctions civiles et militaires.

28. - ... *Cochon, comte de Lapparent*. Ce fonctionnaire, au nom fâcheux, devint depuis préfet à Issoudun où Balzac, familier d'Issoudun, dut entendre parler de lui.

29. - ... *affaire de Walcheren*. En 1809, tandis que Napoléon était retenu à la campagne de Wagram, les Anglais débarquèrent à l'île de Walcheren, en Hollande. Fouché sut prendre les mesures nécessaires pour faire échouer cette tentative, mais eut l'imprudence de s'en vanter. « Prouvons à l'Europe, fit-il écrire dans une proclamation, que sa présence [de Napoléon] n'est pas nécessaire pour repousser cette tentative ». Napoléon se plaignit avec aigreur et, à la suite d'une nouvelle incartade, disgrâcia Fouché.

30. - ... *la Besnardière*. Le comte de La Besnardière, homme habile et compétent fut, en effet, particulièrement attaché au prince de Talleyrand et le suivit à travers tous les régimes.

31. - ... *Gentz*. Singulier et sceptique personnage qui dirigea la chancellerie intime de Metternich.

32. - ... *Dundas*. Qui devint lord Melville, avocat et homme politique de grande valeur, fut l'ami et le bras droit de Pitt qu'il soutint puissamment pendant toutes les guerres que Pitt inspira contre la France.

33. - ... *Duroc*. Duroc fut tué en 1813 à Wurtzen et Napoléon en conçut un chagrin très vif. « Toute ma vie vous a été consacrée, lui dit Duroc mourant, je ne la regrette que pour l'utilité où elle pouvait vous être encore ». En 1815, formant le projet de se retirer en Angleterre, Napoléon voulait y prendre le nom de Duroc, et encore, à Sainte-Hélène il fit un legs à la fille de son grand-maréchal.

34. - ... *Chavigny*. Chavigny est Léon Bouthillier comte de Chavigny (1608-1652). Son père Claude Bouthillier et lui-même montrèrent le plus grand dévouement à Richelieu qui les estima et les aima comme des amis. Ils remplirent auprès de lui toutes sortes de fonctions diplomatiques et civiles.

35. - ... *Ankarstroëm*. J. Jacques Ankarstroëm, gentilhomme suédois prit en haine le roi Gustave III qui avait ruiné les privilèges de la noblesse. En 1792, il entra dans une conspiration et, au milieu d'un bal, assassina le roi d'un coup de pistolet.

36. - ... *gnioles*. Mot populaire qui signifie *niais*.

37. - ... *les serrer*. Ici, dans l'édition originale, le titre de chapitre : *Un coin de forêt*.

38. - *Le lieu pittoresque*. Il existait dans la partie ouest de la forêt de Loches des caves voûtées en ogives, ensevelies sous un tertre, flanquées d'un puits, dont Balzac a dû s'inspirer pour décrire cette cachette. Bien que le Sénateur Clément de Ris ait été enfermé tout près de la forêt de Loches, il n'a pas connu ces souterrains pittoresques, mais la cave banale d'une ferme.

39. - ... *au grand galop*. Ici, dans l'édition originale, le titre de chapitre : *Les chagrins de la police*.

40. - ... *les localités*. Ce mot signifie d'abord : particularité locale : « Pausanias... et Plutarque... nous ont fait connaître parfaitement les localités de l'Acrocorinthe » (Chateaubriand).

41. - ... *le Sauvage*. Décidément, dans tous ses romans de chouannerie, Balzac ne pourra se tenir d'évoquer Fenimore Cooper.

42. - ... *allait commencer*. Ici, dans l'édition originale, le titre de chapitre : *Laurence et Corentin*.

43. - ... *la jeta dans le milieu de la braise*. La scène que Balzac va narrer est assez semblable à celle qui marqua l'arrestation à Fougères de Thérèse de Moellien, héroïne de l'affaire La Rouerie. Cette jeune fille, entendant arriver les policiers, tenta de brûler son corsage doublé avec la liste des conjurés. Le vêtement humide tardait à s'enflammer. S'étant barricadée, elle jeta des meubles au feu pour le faire flamber et

finalement le portrait même de sa mère. La porte enfoncée, le policier Sicard se jeta sur Thérèse de Moellien, éteignit le feu, mais la liste avait brûlé.

Balzac qui, comme on sait, avait largement enquêté dans la région de Fougères pour écrire *Les Chouans*, connaissait certainement cet épisode dramatique.

44. - ... *elle nous gouaille*. Ce verbe, au sens de railler, est populaire et vieilli.

45. - *Nous avons été ramenés comme des Hollandais*. Le sens de l'expression est clair, l'explication en est difficile. Le verbe ramener signifie faire retourner sans succès une charge de cavalerie à son point de départ. Mais que font ici ces Hollandais ? Faut-il songer à la flotte hollandaise immobilisée dans les glaces et prises d'assaut par la cavalerie de Pichegru ? Ce ne serait pas impossible.

46. - ... *une qui la valait bien*. Marie de Verneuil, l'héroïne des *Chouans*.

47. - ... *l'écrasèrent*. Ici, dans l'édition originale, le titre de chapitre : *Revanche de la police*.

48. - ... *le général Steingel*. Le général Henri Steingel ou plutôt Stengel fut tué à Mondovi le 17 avril 1796.

49. - ... *leurs amis*. Ici, dans l'édition originale, le titre de chapitre : *Un double et même amour*.

50. - ... *trancher le nœud gordien de ces rares phénomènes*. Cette phrase bizarre est quelque peu éclairée par une autre écrite par Balzac en 1836, quelques années plus tôt dans un petit article qu'il fit paraître à la *Chronique de Paris*. Balzac rend compte d'un ouvrage intitulé *Le Cloître au XIXᵉ siècle* : « ... si quelque intérêt grand et sublime rappelle [une religieuse] au milieu de nous, le vicaire de Jésus-Christ, qui permit à ce seigneur polonais de conserver une femme chrétienne et une musulmane, a le pouvoir de lier comme de délier les vœux, et est l'appréciateur des grandes circonstances ». C'est à l'aventure du seigneur polonais que songe ici Balzac, anecdote qu'il recueillit probablement des lèvres de Mᵐᵉ Hanska et dont il n'est pas fâché de lui montrer ici qu'il se souvient.

51. - ... *l'esprit*. Ici, dans l'édition originale, le titre de chapitre : *Un bon conseil*.

52. - ... *qui s'en alla*. Ici, dans l'édition originale, le titre de chapitre : *Les circonstances de l'affaire*.

53. - ... *la mi-carême*. On se souvient que l'enlèvement du Sénateur Clément de Ris avait été perpétré le jour de la fête de la République.

54. - ... *d'Arcis*. Le texte original porte ici. *la gendarmerie et le juge de paix d'Arcis* puis, vient le titre de chapitre : *La justice sous le code de Brumaire an IV*.

55. - *Code de Brumaire an IV*. Les détails que donne Balzac sur le fonctionnement des tribunaux institués par
ce code sont — comme le remarque M. Serval —
d'une fidélité presque absolue. En réalité, ceux qui
furent accusés d'avoir enlevé le Sénateur furent jugés
à Tours, puis à Angers par un tribunal spécial créé
par la loi du 18 pluviôse an IX, pour juger particulièrement des actes de brigandage. La procédure de
ces Tribunaux spéciaux était expéditive ; leur décision
sans appel et exécutoire dans les 24 heures, ce qui ne
permit aux parents des gentilshommes condamnés
aucune démarche dans le genre de celle que Laurence
tente auprès de Napoléon. C'est sans doute pourquoi
Balzac n'a pas voulu respecter la réalité historique.

56. - *... avec l'autre*. Ici, dans l'édition originale, le titre
de chapitre : *Les Arrestations*.

57. - *... imprévu*. A la place du titre : *Un procès politique sous l'Empire*, l'édition originale porte :
Doutes des défenseurs officieux.

58. - *Fieschi*. Ce sont là quelques-unes des causes célèbres
qui passionnèrent l'époque. Les plus célèbres sont
l'assassinat de Fualdès, qui donna lieu, suivant la
mode du temps, à une complainte en quarante-huit
couplets, qui se chanta fort avant dans le siècle ; le
procès de Mme Lafarge, accusée d'avoir empoisonné
son mari, mais dont la beauté et le caractère romanesque passionnèrent l'opinion ; et celui de Fieschi,
coupable en 1836 d'un attentat contre Louis-Philippe.

59. - *Le Grand-Juge Régnier*. Régnier, duc de Massa, fut
chargé de la direction générale de la justice et de la
police sous l'Empire.

60. - *... dit le marquis*. Ici, dans l'édition originale, le
titre de chapitre : *Marthe compromise*.

61. - *... caner*. La cane plonge pour éviter le chasseur ; c'est
sans doute de là que vient le verbe populaire qui
signifie *agir en poltron*. Rabelais et Montaigne se
servent de l'expression *faire la cane*.

62. - *... se jouaient alors*. Ici, dans l'édition originale, le
titre de chapitre : *Les Débats*.

63. - *Monsieur de Granville*. Le garde Gaudin, au procès
d'Angers fut défendu par Duboy d'Angers, jeune
avocat connu dans la ville, dont la plaidoirie fit grande
impression. Chauveau-Lagarde assista MM. de Canchy et de Mauduison.

64. - *... procès criminel*. Ici, dans l'édition originale, le titre
de chapitre : *Horrible péripétie*.

65. - *... les tachygraphes des journaux*. Un tachygraphe
était ce que nous appelons aujourd'hui un sténo-

graphe. Dès le XVIIe siècle il semble que l'art de la sténographie se soit développé en France. Il prit au XVIIIe siècle une impulsion nouvelle sous l'influence des systèmes anglais.

66. - *On introduit alors le sénateur...* Un des traits les plus singuliers du procès d'Angers est, au contraire, que Clément de Ris ne vint jamais témoigner. Les Archives nationales conservent des lettres écrites par Clément de Ris au président du tribunal par lesquelles il demande la faveur de ne pas témoigner. Il la réclame aussi pour sa femme, trop sensible, son fils trop jeune, et ses domestiques retenus par les vendanges. Le président du tribunal répondit courtoisement, mais fermement et n'accorda qu'à Mme Clément de Ris et à son fils l'exemption demandée. Une loi passa néanmoins, fort opportunément, qui, dispensant les hauts dignitaires de l'Empire de déposer devant les tribunaux, épargna au timide sénateur le choix de se parjurer ou d'enfreindre des consignes formelles.

67. - *... sans elle.* Ici, dans l'édition originale, le titre de chapitre : *Le Bivouac de l'Empereur.*

68. - *... le procureur général Merlin.* Cet ancien conventionnel qui se signalait par son expérience juridique demeura durant tout l'Empire procureur général à la Cour de Cassation. Il fut exilé par la Restauration.

69. - *Robert Lefebvre.* Ce portraitiste, estimé sous l'Empire, fit le portrait de Bernard-François Balzac.

70. - *... catastrophe.* Ici, dans l'édition originale, à la place du titre *Conclusion* on lit, le titre de chapitre : *Les Ténèbres dissipées.*

71. - *... la loi sur les indemnités.* Cette loi accordait une grosse indemnité aux personnes dont les biens avaient été confisqués pendant la Révolution.

72. - *Saint-Aulaire.* On écrit généralement Sainte-Aulaire; mais Balzac écrit aussi Saint-Anne dans l'expression marbre Sainte-Anne. Le comte de Sainte-Aulaire fit brillante carrière sous Napoléon et conserva sa position sous les Bourbons. C'était un homme du monde des plus distingués.

73. - *Par une nuit de juin* 1800. Ici commence l'ébauche originale dont on trouvera le texte reconstitué à l'Appendice I.

PRÉFACE DE LA PREMIÈRE ÉDITION

La plupart des *Scènes* que l'auteur a publiées jusqu'à ce jour ont eu pour point de départ un fait vrai, soit enfoui dans les mers orageuses de la vie privée, soit connu dans quelques cercles du monde parisien, où tout s'oublie si promptement; mais, quant à cette seconde *Scène de la vie politique*, il n'a pas songé que, quoique vieille de quarante ans, l'horrible aventure où il a pris son sujet pouvait encore agiter le cœur de plusieurs personnes vivantes. Néanmoins, il ne pouvait s'attendre à l'attaque irréfléchie que voici :

« M. Balzac a donné naguères, dans le journal *Le Commerce*, une série de feuilletons sous le titre de *Une Ténébreuse affaire*. Nous le disons dans notre conviction intime, son travail remarquable, sous le rapport dramatique et au point de vue du roman, est une méchante et mauvaise action au point de vue de l'histoire; car il y flétrit, *dans sa vie privée*, un citoyen qui fut constamment entouré de l'estime et de l'affection de tous les hommes honnêtes de la contrée, le bon et honorable Clément de Ris, qu'il représente comme l'un des spoliateurs et des égorgeurs de 1793. M. Balzac appartient cependant à ce parti qui s'arroge fort orgueilleusement le titre de *conservateur* .»

Il suffit de textuellement copier cette note pour que chacun la puisse qualifier. Cette singulière *réclame* se trouve dans la biographie d'un des juges dans l'affaire relative à l'enlèvement du sénateur Clément de Ris. A propos de ce procès, les rédacteurs de cette biographie trouvent le mot de l'affreuse énigme de l'arrêt criminel dans les *Mémoires de la duchesse d'Abrantès*, et ils en citent tout le passage suivant, en l'opposant par leur note accusatrice à *Une Ténébreuse affaire* :

« On connaît le fameux enlèvement de M. Clément de Ris. C'était un homme d'honneur, d'âme, et possédant de rares qualités dans des temps révolutionnaires. Fouché et un autre homme d'état, encore vivant aujourd'hui comme homme privé et comme homme public, ce qui m'empêche de le nommer,

non que j'en aie peur (je ne suis pas craintive de ma nature),
mais parce que la chose est inutile pour ceux qui ne le connaissent pas, et que ceux qui le connaissent n'ont que faire
même d'une initiale; ce personnage donc, qui avait coopéré
comme beaucoup d'autres à la besogne du 18 brumaire,
besogne qui, selon leurs appétits gloutons, devait être gran-
dement récompensée, ce personnage vit avec humeur que
l'on mît d'autres que lui dans un fauteuil où il aurait voulu
s'asseoir. — Quel fauteuil, me dira-t-on? Celui de sénateur?
— Quelle idée! non vraiment. — Celui de président de la
Chambre des députés? — Eh non! — Celui de l'archevêque
de Paris? — Ma foi! Mais non. D'abord, il n'y en avait pas
encore de remis en place. — De fauteuil? — Non, d'archevêque. Enfin, ce n'était pas celui-là non plus. Mais ce qui
est certain, c'est que le personnage en voulait *un* qu'il n'eut
pas, ce qui le fâcha. Fouché, qui avait eu bonne envie de
s'asseoir dans le beau fauteuil de velours rouge, s'unit non
pas de cœur, mais de colère avec le personnage dont je vous ai
parlé; il paraît (selon la chronique du temps) qu'ils commencèrent par plaindre la patrie (c'est l'usage).

« — Pauvre patrie! pauvre République! moi qui l'ai si bien
servie! disait Fouché.

« — Moi qui l'ai si bien desservie! pensait l'autre.

« — Je ne parle pas pour moi, disait Fouché, un vrai républicain s'oublie toujours. Mais vous!

« — Je n'ai pas un moment pensé à moi, répondait l'autre,
mais c'est une affreuse injustice que de vous avoir préféré
Calotin.

« Et, de politesse en politesse, ils en vinrent à trouver qu'il
y avait deux fauteuils, et que leur fatigue politique pouvait
souffler, en attendant mieux, dans les deux fauteuils tant
désirés.

« — Mais, dit Fouché, il y a même trois fauteuils.

« Vous allez voir quel fut le résultat de cette conversation,
toujours d'après la chronique, et elle n'a guère eu le temps
de s'altérer, car elle est de l'an de grâce 1800. Cette histoire
que je vous raconte, j'aurais pu vous la dire dans les volumes
précédents, mais elle est mieux dans son jour maintenant.
C'est par les contrastes qu'eux-mêmes apportent dans leur
conduite qu'on peut juger et apprécier les hommes, et Dieu
sait si l'un de ceux dont je parle en ce moment en a fourni
matière! Le premier exemple qu'il donna, exemple qui
pourrait être mis en tête de son catéchisme (car il en a fait un),
fut celui d'une entière soumission aux volontés de *l'empereur*,
après avoir voulu jouer au premier consul le tour que voici :
c'est toujours, comme je l'ai dit, la chronique qui parle.

« Tout en devisant ensemble sur le sort de la France, ils en
vinrent tous deux à rappeler que Moreau, ce républicain

si vanté, que Joubert, Bernadotte et quelques autres, avaient
ouvert l'oreille à des paroles de l'Espagne, portées par
M. d'Azara à l'effet de culbuter le Directoire, lequel, certes,
était bien digne de faire la culbute, même dans la rivière;
il y avait donc abus à rappeler le fait et à comparer les temps.
Mais les passions ne raisonnent guère, ou plutôt ne raisonnent
pas du tout. Les deux hommes d'état se dirent donc :

« — Pourquoi ne ferions-nous pas faire la culbute aux
trois consuls ? car, puisque vous voulez le savoir, je vous dirai
donc enfin que c'était le fauteuil de consul-adjoint que
convoitaient ces messieurs; mais, comme la faim vient en
mangeant, tout en grondant de n'avoir ni le second ni le
troisième, ils jetèrent leur dévolu sur le premier, ils se l'aban-
donnèrent sur le tapis avec une politesse toute charmante,
se promettant bien, comme je n'ai pas besoin de le dire,
de le prendre et de le garder le plus longtemps qu'ils pourraient, chacun pour soi. Mais là, ou jamais, c'était le cas de
dire qu'*il ne faut pas vendre la peau de l'ours, avant de l'avoir
jeté par terre.*

« Clément de Ris, était comme je vous l'ai rapporté,
un honnête homme, un consciencieux républicain, et l'un
de ceux qui de bonne foi s'étaient attachés à Napoléon,
parce qu'il voyait enfin que *lui seul* pouvait faire aller la
machine. Les gens qui ne pensaient pas de même probablement, puisqu'ils avaient le projet de tout changer, lui retour-
nèrent si bien l'esprit en lui montrant en perspective le troisième fauteuil, qu'il en vint au point de connaître une partie
de leur plan, et même de l'approuver. C'est en ce moment
qu'eut lieu le départ pour Marengo. L'occasion était belle, il ne
fallait pas la manquer; si le premier consul était battu, il ne
devait pas rentrer en France, ou n'y rentrer que pour y vivre
sous de bons verrous. De quoi s'avisait-il aussi d'aller faire
la guerre à plus fort que lui ? (C'est toujours la chronique.)

« Clément de Ris, étant donc chez lui un matin, déjà coiffé
de sa perruque de sénateur, quoiqu'il eût encore sa robe de
chambre, reçut cette communication dont je viens de parler,
et, comme il faut toujours penser à tout (observe la chronique), on lui demanda de se charger de proclamations déjà
imprimées, de discours et autres choses nécessaires aux gens
qui ne travaillent qu'à coups de paroles. Tout allait assez
bien, ou plutôt assez mal, lorsque tout à coup arrive, comme
vous savez, cette nouvelle qui ne fut accablante que pour
quelques méchants, mais qui rendit la France entière ivre
de joie et folle d'adoration pour son libérateur, pour celui
qui lui donnait un vêtement de gloire immortelle. En la
recevant, les deux postulants aux fauteuils changèrent de
visage (c'est ce que l'un d'eux pouvait faire de mieux), et
Clément de Ris aurait voulu ne s'être jamais mêlé de cette

affaire. Il le dit peut-être trop haut, et l'un des *candidats*
lui parla d'une manière qui ne lui convint pas. Il s'aperçut
assez à temps qu'il devait prendre des mesures défensives, s'il
voulait prévenir une offense dont le résultat n'eût été rien
moins que la perte de sa tête ; il mit à l'abri une grande portion
des papiers qui devenaient terriblement accusateurs. Il le fit,
et fit bien, dit la chronique, et je répète comme elle qu'il fit
très-bien.

« Quand les joies, les triomphes, les illuminations, les fêtes,
toute cette première manifestation d'une ivresse générale fut
apaisée, mais en laissant pour preuves irréfragables que le
premier consul était l'idole du peuple entier, alors ces hommes
aux pâles visages, dont je vous ai parlé, ne laissèrent même
pas errer sur leurs lèvres le sourire sardonique qui les desser-
rait quelquefois. La trahison frémissait devant le front radieux
de Napoléon, et ces hommes, qui trouvaient tant d'échasses
loin de lui, redevenaient pygmées en sa présence. Clément
de Ris demeura comme il était, parce qu'il se repentit, et
que, d'ailleurs, il n'en savait pas assez pour avoir le remords
tout entier. Néanmoins, il se tint en garde contre les hommes
pâles, mais il avait affaire à plus forte partie que celle qu'il
pouvait jouer.

« Ce fut alors que la France apprit, avec une surprise que
des paroles ne peuvent pas exprimer, qu'un sénateur, un des
hommes considérables du gouvernement, avait été *enlevé* à
trois heures de l'après-midi, dans son château de Beauvais,
près de Tours, tandis qu'une partie de ses gens et de sa famille
était à Tours pour voir célébrer une fête nationale (je crois
le 1er vendémiaire de l'an IX). Il y avait bien eu de ces enlève-
ments lorsque le Directoire nous tenait sous son agréable
sceptre ; mais, depuis que le premier consul avait fait prendre,
dans toutes les communes de l'Ouest qui vomissaient les
chauffeurs, brûlante écume de la chouannerie, des mesures
aussi sages que vigoureuses, cette sorte de danger s'était
tellement éloignée, surtout des habitations comme celles du
château de Beauvais, qu'on n'en parlait presque plus. Les
bandes qui furent quelque temps inquiétantes, en 1800 et
1801, étaient sur les bords du Rhin et sur les frontières de
la Suisse. Ce fut donc une stupéfaction générale. Le ministre
de la police d'alors, Fouché, dit *de Nantes*, comme l'appelle
une autre chronique, se conduisit fort bien dans cette circonstance ; il n'avait pas à redouter la surveillance de Dubois,
notre préfet de police, qui n'aurait pas laissé échapper
vingt-cinq hommes enlevant en plein jour une poulette de la
taille et de l'encolure de Clément de Ris, sans qu'il en restât
des traces après lesquelles ses limiers, du moins, auraient
couru. L'affaire s'était passée à soixante lieues de Paris ;
Fouché avait donc beau jeu, et pouvait tenir les cartes ou bien

écarter à son aise : ce fut ce qu'il fit. Pendant dix-sept à
dix-huit jours, on eut quelques éclairs d'indices sur la marche
des fugitifs, qui entraînaient Clément de Ris, sous prétexte
de lui faire donner une somme d'argent considérable. Tout
à coup Fouché reçoit une lettre, qui lui était adressée par
Clément de Ris lui-même, qui, ne voyant que le ministre de la
police qui pût le sauver, lui demandait secours et assistance.
Ceux qui ont connu l'âme pure et vertueuse de Clément de Ris
ne seront pas étonnés de cette candeur et de cette confiance.
Il avait bien pu avoir quelques craintes, mais je sais (du moins
la chronique me l'a-t-elle dit) que c'était plutôt un sentiment
vague de méfiance pour l'autre visage pâle que pour Fouché,
qui lui avait fait prendre quelques précautions. Enfin, cette
lettre, mise avec grande emphase dans *Le Moniteur*, fut appa-
remment un guide plus certain que tous les indices que la
police avait pu recueillir jusque-là, chose cependant fort
étonnante, car Clément de Ris n'y voyait pas clair, et ne
savait pas où il était. Toujours est-il que, peu de jours après
l'avoir reçue, Fouché annonce que Clément de Ris est retrouvé.
Mais où l'a-t-il été?... Comment?... Dans une forêt, les
yeux bandés, marchant au milieu de quatre coquins qui se
promenaient aussi tranquillement qu'à une partie de colin-
maillard ou de quatre coins. On tire des coups de pistolet, on
crie, et voilà la victime délivrée, absolument comme dans
Ma tante Aurore; excepté cependant que l'honnête et bon
Clément de Ris fut pendant trois semaines au pouvoir
d'infâmes scélérats, qui le promenaient au clair de lune
pendant qu'ils faisaient les clercs de Saint-Nicolas.

« Dès la première effusion de sa reconnaissance, il appela
Fouché son sauveur, et lui écrivit une lettre que l'autre fit
aussitôt insérer dans *Le Moniteur* avec un beau rapport.
Mais cette lettre n'eût pas été écrite, peut-être quelque temps
après, lorsque Clément de Ris, voulant revoir ses papiers,
n'y trouva plus ceux qu'il avait déposés dans un lieu qu'il
croyait sûr. Cette perte lui expliqua toute son aventure; il
était sage et prudent, il se tut, et fit encore bien; car, avec les
gens qui sont méchants *parce qu'ils le veulent*, il faut bien se
garder de leur *faire vouloir*, et surtout par vengeance. Mais le
cœur de l'homme de bien fut profondément ulcéré.

« Quelques jours après son retour chez lui (je ne sais pas
précisément l'époque), une personne que je connais fut voir
Clément de Ris à Beauvais... Elle le trouva triste, et d'une
tristesse tout autre que celle qu'eût produite l'accablement,
suite naturelle d'une aussi dure et longue captivité. Ils se
promenèrent; en rentrant dans la maison, ils passèrent près
d'une vaste place de gazon, dont les feuilles jaunes et noircies
contrastaient avec la verdure chatoyante et veloutée des
belles prairies de la Touraine à cette époque de l'année.

La personne qui était venue le visiter en fit la remarque, et lui demanda pourquoi il permettait à ses domestiques de faire du feu sur une pelouse qui était en face de ses fenêtres, et Clément de Ris regarda cette place, qui pouvait avoir quatre pieds de diamètre, mais sans surprise. Il était évident qu'il la connaissait déjà. Néanmoins, son front devint plus soucieux; une expression de peine profonde se peignit sur son visage toujours bienveillant. Il prit le bras de son ami, et, s'éloignant d'un pas rapide :

« — Je sais ce que c'est, dit-il. Ce sont *ces misérables...* Je sais ce que c'est... je ne le sais que trop. Et il porta la main à son front avec un sourire amer.

« Clément de Ris revint à Paris. Il n'avait pas assez de preuves pour attaquer celui qui avait voulu le sacrifier à sa sûreté... Mais un monument s'éleva dans son cœur, et, quoique inaperçu alors, il n'en fut pas moins durable. »

Maintenant, il faut dire que les rédacteurs de ces biographies qui se piquent d'écrire l'histoire avec *impartialité, vérité, justice,* ont fait la biographie du maréchal Bourmont, et lui ont attribué la part la plus étrange dans cette affaire, d'après e passage relatif à Clément de Ris, *fourni par Fouché :*

« Vers cette époque arriva l'étrange événement que nous allons raconter, et sur les véritables causes duquel le gouvernement n'a jamais voulu s'expliquer. Le 1er vendémiaire an IX (23 septembre 1800), M. Clément, se trouvant presque seul à sa maison de Beauvais, près de Tours, six brigands armés entrèrent chez lui, s'emparèrent de l'argent monnayé et de l'argenterie, le forcèrent à monter avec eux dans sa propre voiture, le conduisirent dans un lieu inconnu, et le jetèrent dans un souterrain, où il resta dix-neuf jours sans qu'on pût avoir de ses nouvelles. Cet événement fit grand bruit. A peine la police en eut-elle été informée, que le ministre Fouché, qui dirigeait ce département, manda quelques chefs de chouans, qui se trouvaient à Paris; on eut par eux la confirmation de ce qu'on croyait déjà savoir, c'est que M. de Bourmont n'était pas étranger à cette affaire (*Voy.* Bourmont). Appelé lui-même chez le ministre, on ne lui laissa pas ignorer qu'on ne se tiendrait satisfait d'aucune dénégation; qu'il ne s'agissait pas d'éluder les questions, mais d'y répondre; qu'on n'ignorait pas qu'il était instruit du lieu où avait été déposé M. Clément; qu'il répondait de sa vie sur la sienne, et qu'on lui donnait trois jours pour le faire retrouver. M. de Bourmont, qui jugea bien qu'il n'avait pas le choix du parti qu'il avait à prendre, en demanda huit, et donna, dans cet espace de temps, toutes les indications nécessaires; en effet, quelques personnes, beaucoup moins étrangères à la police qu'on ne serait porté à le croire d'après le parti politique auquel elles appartenaient, furent envoyées

sur la trace des brigands. Ayant rencontré M. Clément de Ris
lorsqu'on le transférait dans un autre lieu, elles mirent en fuite
son escorte, et le ramenèrent au sein de sa famille. Ce guet-à-
pens, exécuté en plein jour, passa alors pour être l'ouvrage
des bandes de chouans dont M. de Bourmont, qui trahissait,
au gré de ses intérêts personnels, le premier consul pour son
parti et son parti pour le premier consul, n'avait pas cessé d'être
secrètement le chef. Pour ennoblir un attentat qui, sans l'activité
de la police, eût pu avoir un dénoûment tragique, on a prétendu qu'il avait été dirigé par des royalistes qui voulaient
avoir, dans la personne de Clément de Ris, un otage important
pour garantir la vie menacée de quelques-uns de leurs chefs;
mais rien n'a indiqué que cette conjecture eût quelque vrai-
semblance. »

Personne ne doit être étonné d'apprendre que le conqué-
rant d'Alger, qui, pour prix des infamies qu'on lui prête,
a donné un empire à la France, ait traité ceci de calomnie.
Aussi les biographes sont-ils forcés d'annoter cette autre
citation par cette note, où ils font au Maréchal de singulières
excuses :

« C'est, disent-ils, cette *version* que nous avons accueillie
dans notre article consacré au général Bourmont; nous
croyons devoir le rappeler comme *atténuation des accusations*
que nous avons portées contre ce personnage, qui, dans son
intimité, a qualifié *notre assertion* de calomnie. N'eût-il pas
mieux fait de nous adresser à nous-mêmes ses propres réclamations, ou rectifications, que nous avions offert d'insérer
dans notre ouvrage, et que l'un de ses fils avait pris l'engagement de nous faire parvenir ? »

Admirez ce conseil anodin donné par les rédacteurs de
biographies faites sans le consentement de ceux sur lesquels
on écrit de leur vivant, d'aller trouver leurs biographes pour
s'entendre avec eux. On vous maltraite et l'on exige les plus
grands égards de la part du *maltraité*. Telles sont les mœurs de
la presse actuelle, la voilà prise en flagrant délit, et l'auteur
est assez satisfait de prouver qu'il n'y a rien de romanesque
dans le plus léger détail d'un ouvrage intitulé : *Un Grand
homme de province à Paris*.

L'existence de ces trois ou quatre entreprises de biographies
où, pour ce qui le concerne, l'auteur a déjà été l'objet des
plus grossiers mensonges, est un de ces faits qui accusent
l'impuissance des lois sur la presse. Dût-on croire que l'auteur
s'arroge fort orgueilleusement le titre de *conservateur*, il
trouve que, sous l'ancienne monarchie, l'honneur des
citoyens était un peu plus fortement protégé quand,
pour des chansons *non publiées*, qui portaient atteinte à la
considération de quelques écrivains, J.-B. Rousseau, condamné
aux galères, a été forcé de s'expatrier pour le reste de sa vie.

Il y a dans ce rapprochement entre les mœurs littéraires du temps présent et celles d'autrefois, la différence qui existe entre une société de cannibales et une société civilisée.

Maintenant, venons au fait. Vous avez pu comprendre que le prétendu romancier, quoiqu'il ait fait un travail remarquable sous le rapport dramatique, ne vaut pas madame d'Abrantès sous le rapport historique. Sans cette note (et quelle note ?), l'auteur n'eût jamais révélé le petit fait que voici :

En 1823, dix ans avant que madame la duchesse d'Abrantès n'eût la pensée d'écrire ses Mémoires, dans une soirée passée au coin du feu, à Versailles, l'auteur, causant avec madame d'Abrantès du fait de l'enlèvement de Clément de Ris, lui raconta le secret de cette affaire, que possédait une personne de sa famille à qui Clément de Ris montra l'endroit où les proclamations et tous les papiers nécessaires à la formation d'un gouvernement révolutionnaire avaient été brûlés.

Plus tard, quand madame la duchesse d'Abrantès mit dans ses Mémoires le passage cité, l'auteur lui reprocha moins de l'avoir privé d'un sujet que d'avoir tronqué l'histoire dans sa partie la plus essentielle. En effet, malgré sa surprenante mémoire, elle a commis une bien grande erreur. Feu Clément de Ris avait brûlé, lui-même, les imprimés qui furent la cause de son enlèvement, et là est l'odieux de la conception de Fouché, qui, s'il avait fait espionner l'intérieur de Clément avant d'exécuter un pareil tour, se le serait épargné. Mais la grande animadversion de madame la duchesse d'Abrantès envers le prince de Talleyrand lui a fait aussi tronquer la scène que l'auteur lui raconta de nouveau et qui sert de conclusion à *Une Ténébreuse affaire*.

Ainsi, la note des biographes devient une de ces choses plaisantes que des écrivains qui tiennent à paraître sérieux devraient éviter.

Maintenant, arrivons à cette terrible et formidable accusation d'avoir commis *une méchante et mauvaise* action en flétrissant la vie privée de feu M. le comte Clément de Ris, sénateur.

Il est presque ridicule d'avoir à se défendre de cette inculpation gratuite. D'abord, il n'y a entre le comte de Gondreville, censé encore vivant, et feu Clément de Ris, d'autre similitude que l'enlèvement et la qualité de sénateur. L'auteur a cru d'autant mieux pouvoir, après quarante ans, prendre le fait sans prendre le personnage, qu'il mettait en scène un type bien éloigné de ressembler à feu Clément de Ris. Qu'a voulu l'auteur ? Peindre la police politique aux prises avec la vie privée et son horrible action. Il a donc conservé toute la partie politique en ôtant à cette affaire tout ce qu'elle avait de vrai par rapport aux personnes. Depuis longtemps d'ailleurs, l'auteur essaye de créer dans le comte de Gondreville, le type de ces républicains, hommes d'Etat secondaires, qui se sont rattachés à tous les gouvernements. Il aurait suffi de connaître les œuvres où il a déjà mis en scène ce comparse du grand drame de la Révolution, pour s'éviter une pareille balourdise; mais l'auteur n'a pas plus la prétention d'imposer le lecture de ses œuvres aux biographes que la peine de connaître sa vie. Peut-être est-ce dans la peinture vraie du caractère de Gondreville que gît *la méchante et mauvaise action* aux yeux des radicaux. Certes, il n'y a rien de commun entre le personnage de la scène intitulée *La Paix du ménage*, qui reparaît dans celle intitulée *Une Election en Champagne* [*le Député d'Arcis*], et le comte Clément de Ris : l'un est un type, l'autre est un des personnages de la Révolution et de l'Empire. Un type, dans le sens qu'on doit attacher à ce mot, est un personnage qui résume en lui-même les traits caractéristiques de tous ceux qui lui ressemblent plus ou moins, il est le modèle du genre. Aussi trouvera-t-on des points de contact entre ce type et beaucoup de personnages du temps présent; mais, qu'il soit un de ces personnages, ce serait alors la condamnation de l'auteur, car son acteur ne serait plus une invention. Voyez à quelles misères sont exposés aujourd'hui les écrivains, par ce temps où tout se traite si légèrement? L'auteur s'applaudissait du bonheur avec lequel il avait *transposé*, dans un milieu vrai, le fait le plus invraisemblable.

Si quelque romancier s'avisait d'écrire, comme il s'est passé, le procès des gentilshommes mis à mort malgré leur innocence proclamée par trois départements, ce serait le livre le plus impossible du monde. Aucun lecteur ne voudrait croire qu'il se soit trouvé, dans un pays comme la France, des tribunaux pour accepter de pareilles fables. L'auteur a donc été forcé de créer des circonstances analogues qui ne fussent pas les mêmes, puisque le vrai n'était pas probable. De cette nécessité procédait la création du comte de Gondreville, que l'auteur devait faire sénateur comme feu Clément de Ris et faire enlever comme il l'a été. L'auteur a le droit de le dire : ces difficultés eussent été peut-être insurmontables, il fallait pour les vaincre un homme habitué, comme l'auteur est (hélas!) forcé de l'être, aux obstacles de ce genre. Aussi, peut-être ceux à qui l'histoire est connue et qui liront *Une Ténébreuse affaire*, remarqueront-ils ce prodigieux travail. Il a changé les lieux, changé les intérêts, tout en conservant le point de départ politique; il a enfin rendu littérairement parlant, l'impossible, vrai. Mais il a dû atténuer l'horreur du dénouement. Il a pu rattacher l'origine du procès politique à un autre fait vrai, une participation inconnue à la conspiration de M.M. de Polignac et de Rivière. Aussi en résulte-t-il un drame attachant, puisque les biographes le pensent, eux qui se connaissent en romans. L'obligation d'un peintre exact des mœurs se trouve alors accomplie : en copiant son temps, il doit ne choquer personne et ne jamais faire grâce aux choses : les choses ici, c'est l'action de la police, c'est la scène dans le cabinet du ministre des affaires étrangères dont l'authenticité ne saurait être révoquée en doute; car elle fut racontée, à propos de l'horrible procès d'Angers, par un des triumvirs oculaires et auriculaires. L'opinion de la personne à qui elle fut dite a toujours été que, parmi les papiers brûlés par feu Clément de Ris, il pouvait s'en trouver de relatifs aux princes de la maison de Bourbon. Ce soupçon, entièrement personnel à cette personne et que rien de certain ne justifie, a permis à l'auteur de compléter ce type appelé par lui le comte de Gondreville. De l'accusation portée par les biographes contre l'auteur d'avoir commis moins un livre qu'une mauvaise action, il ne reste donc plus que la propension mauvaise de prêter aux gens des actions peu honorables, si elles étaient vraies, tendance qui, chez des biographes, ne prévient pas en faveur de l'impartialité, de la justice et de la vérité de leurs écrits.

L'auteur a d'ailleurs trouvé d'amples compensations dans le plaisir qu'a fait *Une Ténébreuse affaire* à un personnage encore vivant, pour qui son livre a été la révélation d'un mystère qui avait plané sur toute sa vie : il s'agit du juge même de qui les Biographes ont écrit la vie. Pour ce qui est des victimes de l'affaire, l'auteur croit leur avoir fait quelque bien, et consolé le malheur de certaines personnes qui, pour s'être trouvées sur le passage de la police, ont perdu leur fortune et le repos.

Un mois environ après sa publication dans *Le Commerce*, l'auteur reçut une lettre signée d'un nom allemand, Frantz de Sarrelouis, avocat, par laquelle on lui demandait un rendez-vous au nom du colonel Viriot, à propos de *Une Ténébreuse affaire*. Au jour dit, vinrent deux personnes, monsieur Frantz et le colonel.

De 1819 à 1821, l'auteur, encore bien jeune, habitait le village de Villeparisis, et y entendait parler d'un certain colonel avec un enthousiasme d'autant plus communicatif, qu'en ce temps il y avait du péril à parler des héros napoléoniens. Ce colonel, aux proportions héroïques, avait fait la guerre aux alliés avec le général de Vaudoncourt, ils manœuvraient avec son armée en Lorraine, sur les derrières des alliés, et allaient, malheureusement à l'insu de l'Empereur, dégager la France et Paris au moment où Paris capitulait, et où l'Empereur éprouvait trahison sur trahison [1]. Ce colonel n'avait pas seulement payé de sa personne, il avait employé sa fortune,

---

1. — Voir *Le Moniteur* (21 juin 1839). Rapport de la pétition de M. Frantz et le discours de M. le baron de Ladoucette, ancien préfet de la Moselle. *(Note de l'Auteur.)*

une fortune considérable; et, comme il était difficile d'admettre de pareilles réclamations en 1817, ce soldat plantait ses choux, selon l'expression de Biron.

En 1815, le colonel avait recommencé son dévouement de 1814, en Lorraine et toujours sur les derrières de l'armée ennemie avec le général de Vaudoncourt, et même après l'embarquement de Napoléon. A cause de ce sublime entêtement, le général de Vaudoncourt, qui avait failli prendre en flagrant délit les alliés, fut condamné à mort conjointement avec Frantz, et par le même arrêt rendu par la cour prévôtale de Metz.

Pour un jeune homme, ces détails révélaient ces audacieux partisans d'une poésie merveilleuse; il se figurait ce colonel comme un demi-dieu, et s'indignait de ce que les Bourbons n'employaient point, après la chute de l'Empereur, des dévouements si français.

L'opinion personnelle de celui qui appartient moins au *parti conservateur* qu'au *principe monarchique* est que la défense du pays est un principe aussi sacré que celui de la défense de la royauté. A ses yeux, ceux qui ont émigré pour défendre le principe royal sont tout aussi nobles, tout aussi grands et courageux que ceux qui sont restés en France pour défendre la patrie. Selon lui, les obligations du trône, en 1816, étaient les mêmes envers les compagnons de l'exil et les défenseurs de la France : leurs services étaient également respectables. On devait autant au maréchal Soult qu'au maréchal Bourmont. En révolution, un homme peut hésiter, il peut flotter entre le pays et le roi; mais, quel que soit le parti qu'il prenne, il fait également bien : la France est au roi comme le roi est à la France. Il est si certain que le roi est tout dans un État, que, le chef du gouvernement abattu, nous avons vu, depuis cinquante ans, autant de *pays* que de *chefs*. Une pareille opinion paraîtra bien conservatrice et ne plaira point aux Radicaux, parce que c'est tout bonnement la raison.

L'auteur entendit l'avocat Frantz qui passa le premier lui annoncer le colonel Viriot, l'un de ses amis qui, dit-il, habitait Livry. Et le colonel parut, un grand et gros homme, qui avait dû avoir une superbe prestance, mais les cheveux blanchis, vêtu d'une redingote bleue ornée du ruban rouge, une figure débonnaire et où l'on ne découvrait la fermeté, la résolution, qu'après l'examen le plus sérieux.

Nous voilà tous trois assis, dans une petite mansarde, au cœur de Paris, devant un maigre feu.

— Nous avons fait la guerre à nos dépens, monsieur, me dit le bon petit avocat Frantz, qui ne marche qu'à l'aide de béquilles et paraissait avoir servi de modèle à Hoffmann pour une de ses figures fantastiques.

L'auteur regarde l'avocat, qui, malgré sa tournure bizarre,

était simple, naïf, digne comme le père de Jeanie Deans dans *La Prison d'Édimbourg*, et l'auteur, trouvant si peu dans ce visage la guerre et ses épouvantables scènes, crut à quelques hallucinations. Les paysans et les fermiers de Livry, Ville-parisis, Claye, Vauxjours et autres lieux, auront fait de la poésie, pensa-t-il.

— Oui, me dit le colonel, Frantz est un vigoureux partisan, un chaud patriote, et, en bon Sarrelouisien qu'il est, il fut un de nos meilleurs capitaines.

En ce moment, l'auteur éprouvait une joie profonde, la joie du romancier voyant des personnages fantastiques réels, en voyant se métamorphoser l'avocat Frantz en un capitaine de partisans; mais tout à coup il réprima la jovialité naturelle du Parisien, qui commence par se moquer de tout, en songeant que l'avocat devait peut-être ses béquilles à des blessures reçues en défendant la France. Et, sur une demande à ce sujet, commencèrent des récits sur les opérations faites en 1814 et en 1815, dans la Lorraine et l'Alsace, que l'auteur se gardera bien de reproduire ici, car ces messieurs lui ont promis de lui donner tous les renseignements nécessaires, pour les mettre dans les *Scènes de la vie militaire*, mais qui sont à désespérer en pensant que tant d'héroïsme et de patrio-tisme fut inutile, et que la France ignore de si grandes choses.

Le petit avocat avait deux cent mille francs de fortune pour tout bien : en voyant la France attaquée au cœur, il les réalise et les réunit aux restes de la fortune de Viriot pour organiser un corps franc avec lequel il se joint au corps levé par le colonel Viriot; ils prennent Vaudoncourt pour général, et les voilà faisant lever le siège de Longwy, assiégé par quinze mille hommes et bombardé par le prince de Hesse-Hambourg, un fait d'armes surprenant d'audace; enfin, battant les alliés et défendant le pays ! Les Bourbons revenus, ces hommes sublimes passent chenapans ou gibier de conseil de guerre, et sont obligés de fuir le pays qu'ils ont voulu défendre. Revenus à grand'peine, l'un en 1818, le capitaine Frantz seulement en 1832, il a fallu vivre dans l'obscurité, par le seul sentiment des devoirs accomplis. Le colonel avait dépensé en deux fois une fortune de quatre à cinq cent mille francs, et l'avocat plus de deux cent mille; eux qui avaient gagné sur l'ennemi des valeurs estimées plus de deux cent mille francs, et qu'ils avaient remises à l'État en espérant la victoire. Où trouverions-nous aujourd'hui, par les mœurs que nous a faites l'individualisme de l'industrie, entre deux hommes, près d'un million pour défendre la France?

L'auteur n'est pas d'un naturel pleureur; mais une demi-heure après l'entrée de ces deux vieux héroïques partisans, il se sentit les yeux humides.

— Eh bien, leur dit-il, si les Bourbons de la branche

aînée n'ont pas su récompenser ce dévouement qu'on leur a caché, qu'a fait 1830?

Frantz de Sarrelouis, un peu mis en défiance par la qualification d'auteur, avait eu soin de dire que ces campagnes et ces sacrifices étaient appuyés de pièces probantes, que la Lorraine et l'Alsace avaient retenti de leurs faits et gestes. L'auteur s'était contenté de penser qu'on ne promène pas clandestinement plusieurs milliers d'hommes en infanterie, cavalerie et artillerie, qu'on ne fait pas lever le siège à un prince de Hesse-Hambourg, au moment où il attend la reddition d'une place comme Longwy, sans quelques dégâts.

Ces deux Décius presque inconnus étaient en réclamation!

1830 qui a payé la honteuse dette des États-Unis, espèce de vol à l'Américaine, a opposé la déchéance *à des condamnés à mort!* 1830 qui a soldé le patriotisme de tant de faux patriotes, qui a inventé des honneurs pour les héros de Juillet, qui a dépensé des sommes folles à ériger un tuyau de poêle sur la place de la Bastille, 1830 en est à examiner les réclamations de ces deux braves, et à jeter des secours temporaires à Frantz, à qui l'on n'a même pas donné la croix de la Légion-d'Honneur, que Napoléon aurait détachée de sa poitrine pour la mettre sur celle d'un si audacieux partisan.

Faisons un roman au profit de ces deux braves?

Paris a tenu trois jours; Napoléon est apparu sur les derrières des alliés, les a pris, les a fouaillés de sa mitraille; les Empereurs et les Rois se sauvent en déroute, ils se sauvent tous à la frontière : la peur va plus vite que la victoire, ils échappent!... L'Empereur, qui a peu de cavalerie, est au désespoir de ne pas leur barrer le chemin; mais, à quarante lieues de Paris, un intrépide émissaire le rencontre.

— Sire, dit-il, trois partisans, le général Vaudoncourt, le colonel Viriot, le capitaine Frantz, ont réuni quarante mille Lorrains et Alsaciens; les alliés sont entre deux feux, vous pouvez marcher, les partisans leur barreront le passage. Maintenez l'intégrité de votre empire!

Qu'aurait fait Napoléon?

Vaudoncourt, le proscrit de 1815, eût été maréchal, duc, sénateur. Viriot serait devenu général de division, grand officier de la Légion-d'Honneur, comte et son aide-de-camp! et il l'eût doté richement! Frantz aurait été préfet ou procureur-général à Colmar! Enfin, deux millions seraient sortis des caves des Tuileries pour les indemniser, car l'empereur savait d'autant mieux récompenser que l'argent ne lui coûtait rien. Hélas! ceci est bien un roman! Le pauvre colonel plante ses choux à Livry, Frantz raconte les campagnes de 1814 et 1815, va se chauffer sur la place Royale au Café des

Ganaches; enfin, le livre de Vaudoncourt est sur les quais !
Les députés qui parlent d'abandonner Alger sont comblés
des faveurs ministérielles ! Richard Lenoir est mort dans
un état voisin de l'indigence, en voyant avorter la souscription
faite pour lui qui, en 1814, imitait dans le monde
commercial l'héroïsme des partisans de la Lorraine. La
France ressemble parfois à une courtisane distraite : elle
donne un million à la mémoire d'un parleur éloquent appelé
Foy, dont le nom sera, peut-être, un problème dans deux
cents ans ; elle fête le 17e léger comme s'il avait conquis
Alger, et, par de telles inconséquences, le pays le plus
spirituel du monde écrit en lettres infâmes cette infâme sen-
tence : *Il faut se dévouer à temps!* la maxime des hommes du
lendemain. Salut au gouvernement de la majorité !

L'auteur et les deux partisans se trouvaient alors bien
loin de *Une Ténébreuse affaire*, et néanmoins bien près, car
ils furent au cœur du sujet par cette simple interrogation
que l'auteur fit au colonel :

— Comment n'êtes-vous que colonel et sans aucune
retraite [1] ?

— Je suis colonel depuis 1800, et je dois ma longue
disgrâce à l'affaire qui fait le fonds de votre ouvrage. La
lecture du journal *Le Commerce* m'a seule appris le secret
du mystère qui, pendant quinze ans, a pesé sur mon existence.

Le colonel Viriot commandait à Tours quand s'est passé,
aux environs de cette ville, l'affaire Clément-de-Ris, et,
après la cassation du premier arrêt, car les accusés ont été
soumis à deux juridictions, le colonel fut nommé membre
de la Cour militaire spéciale instituée pour rejuger l'affaire.
Or, le colonel, comme commandant la place de Tours,
avait *visé* le passeport de l'agent de la police, l'acteur de ce
drame, et, quand il devint juge, il protesta contre l'arrêt,
se rendit auprès du premier consul afin de l'éclairer ; mais il
apprit à ses dépens combien il est difficile d'éclairer le chef
d'un État : c'est tout aussi difficile que de vouloir éclairer
l'opinion publique ; il n'est pas de rôle plus ingrat que celui
de Don Quichotte. L'on ne s'aperçoit de la grandeur de
Cervantes qu'en exécutant une scène de Don-quichottisme.
Le premier consul vit, dans la conduite du colonel Viriot,
une affaire de discipline militaire! La main sur la conscience,
vous tous qui lirez cela, demandez-vous si Tibère et Omar
exigeaient davantage ? Laubardemont, Jeffries et Fouquier-
Tinville sont une pensée identique avec celle qu'a eue alors
et qu'a professée celui qui fut Napoléon. Toute domination

---

1. — Le colonel Viriot n'a plus que quatre cents francs de rente. Et il a une
femme et un fils. *(Note de l'Auteur.)*

a soif de cet axiome : *Il ne doit pas y avoir de conscience en fait de justice politique.* La Royauté commet alors le même crime que le Peuple : elle ne juge plus, elle assassine.

Le colonel Viriot, qui ne savait pas Fouché en tête, resta colonel sans emploi pendant quatorze ans de guerre, et, pour un homme qui devait faire la guerre aux alliés, comme le prince de Radziville [*sic*] la fit à Catherine II, à son compte, chacun concevra combien dure était la disgrâce !

Le dénouement, entièrement historique, de *Une Ténébreuse affaire,* l'avait éclairé.

Depuis le jour où l'auteur a eu l'honneur de recevoir cet homme, aussi grand par sa fermeté de conscience, comme juge, qu'il l'a été, comme volontaire en 1814 et 1815, sa biographie, où sont consignés ses différents titres de gloire, a été publiée, et il faut croire que la note concernant *Une Ténébreuse affaire* y fut insérée à son insu, car les témoignages d'admiration de l'auteur pour un si noble caractère n'étaient pas équivoques : il comptait toujours rendre compte de la visite de ses deux braves partisans, dont l'un est le témoignage vivant des ténèbres, aujourd'hui dissipées, du plus infâme procès politique fait à d'innocents gentilshommes, et dont l'autre, après avoir sacrifié tout ce qu'il possédait, corps et biens, à la France, a, malgré tant d'ingratitude, écrit, en tête d'un remarquable document sur l'organisation militaire de la Prusse, ces paroles :

La vertu, c'est le dévouement à la patrie !

Pour ce qui concerne l'auteur, il pardonne bien l'accusation facétieuse dont il est l'objet, en lisant les biographies du capitaine Frantz et du colonel Viriot où sont inscrits les témoignages de dévouement à la France donnés par des hommes dignes de Plutarque. Y a-t-il un roman qui vaille la vie du capitaine Frantz, condamné à mort en France, recondamné à mort en Prusse, et toujours pour des actions sublimes ? (Voyez leurs biographies.)

PREMIÈRE ÉBAUCHE
DU ROMAN

Nous avons expliqué dans notre Introduction comment Balzac a utilisé en lui donnant la forme d'une explication ou d'une conclusion, un récit antérieurement écrit pour être au contraire le premier chapitre ou le prologue du roman.

Pour installer cette première esquisse dans le cours de sa seconde version, Balzac l'a, bien entendu, modifiée, corrigée, enveloppée d'ajoutés. Ces ajoutés nous ne les transcrivons pas : le lecteur curieux les retrouvera aisément en comparant l'ébauche primitive au texte imprimé.

C'est donc cette ébauche primitive que nous nous sommes efforcée de reconstituer ici.

Balzac abandonne souvent en cours de rédaction des expressions complètes, ou à peine commencées. Si elles en valent la peine nous les indiquons en note.

Certains textes raturés — importants parfois — sont malheureusement restés indéchiffrables. Nous en avertissons en note le lecteur.

Balzac ne va pas à la ligne; il signale l'alinéa par un signe typographique; mais, pour la commodité du lecteur, nous avons rétabli des alinéas. Il remplace souvent le point par un petit tiret, et nous avons pris également la liberté de remplacer ce signe par un point. Nous avons respecté les anomalies de ponctuation, de majuscules et, parfois, d'orthographe.

UNE AFFAIRE SECRÈTE

SCÈNE DE LA VIE POLITIQUE

Le 13 juin 1800, vers trois heures du matin, au moment
où le jour faisait pâlir les bougies, deux hommes, las de jouer
à la bouillotte, quittèrent le grand salon de l'hôtel des relations extérieures et allèrent dans un boudoir. Ces deux
hommes, étaient, chacun dans son genre, aussi extraordinaires,
l'un que l'autre. Tous deux avaient été prêtres, et tous deux
avaient abjuré. L'un avait été [1] simplement oratorien,
l'autre avait porté la mitre épiscopale; le premier s'appelait
Fouché, le second Talleyrand [2], tous deux étaient alors des
citoyens français. Quand on les vit allant dans le boudoir,
les personnes qui se trouvaient encore là manifestèrent
un peu de curiosité. Un troisième personnage les suivit, et
celui-là se croyait beaucoup plus fort que les deux premiers,
il avait nom Sieyès, et il appartenait également à l'Église
avant la Révolution. Talleyrand était Ministre des relations
extérieures, Fouché ministre de la police générale. Sieyès
avait abdiqué le Consulat. Un petit homme froid et sévère
quitta sa place et rejoignit ces trois hommes en disant à
haute voix [3] : je crains le brelan des prêtres. C'était le
ministre de la Guerre. [4] Le mot de Carnot n'inquiéta point
les deux Consuls qui jouaient dans le Salon. Cambacérès
et Lebrun se trouvaient alors à la merci de leurs ministres,
infiniment plus forts qu'eux. Ces quatre hommes d'État
sont morts, on ne leur doit plus rien, ils appartiennent à
l'histoire et l'histoire de cette nuit est terrible [5]...

Tous quatre, ils s'assirent et Talleyrand ferma la porte avant
qu'on ne prononçât un mot, et il eut la précaution de pousser
un verrou.

---

1. — On lit ici trois lettres raturées qui sont peut-être *dir*, début du mot
directeur.
2. — Notons que, dans le manuscrit primitif, Talleyrand est partout désigné
par son nom. Sur le texte définitif, reprenant une médiocre astuce qui se trouve
dans les *Mémoires* de la duchesse d'Abrantès, Balzac remplace souvent ce nom
par une périphrase transparente.
3. — Balzac a d'abord écrit puis raturé : *Trois anciens prêtres.*
4. — Balzac a d'abord écrit : *C'était le Ministre de la Guerre, Carnot.* Puis
il a commencé la phrase suivante : *Le mot de ;* et, se trouvant gêné de répéter
le nom propre, il a transformé son texte comme on le voit : *c'était le ministre
de la guerre. Le mot de Carnot...*
5. — Trois lignes de texte ont été ici fortement raturées par Balzac — on lit
très malaisément la formule : ...*auquel elle sert de préface.*

Les trois prêtres avaient leurs figures blêmes et impassibles. Carnot seul offrait un visage coloré. Aussi le militaire parla-t-il le premier [6].

— De quoi s'agit-il?

— De la France, dit M. de Talleyrand.

— De la République, dit Fouché.

— Du pouvoir, dit Sieyès. Les trois prêtres s'entendaient à merveille. Carnot, qui était trop honnête homme pour être un grand homme d'État regarda ses collègues, et l'Ex-consul d'un air assez digne ; il était abasourdi en dedans [7].

— Croyez-vous au succès? lui demanda Sieyès.

— On peut tout attendre de Bonaparte, répondit le Ministre de la Guerre et il a passé les Alpes heureusement.

— En ce moment, dit Talleyrand avec une lenteur calculée, il joue son tout.

— Enfin, tranchons le mot, dit Fouché, que ferons-nous, s'il est vaincu? Est-il possible de retrouver une armée, et resterons-nous ses humbles serviteurs.

— Il n'y a plus de république en ce moment, fit observer Sieyès; il est premier Consul pour dix ans.

— Il a plus de pouvoir que n'en avait Cromwel *(sic)* [8], ajouta M. de Talleyrand et il n'a pas voté la mort du Roi.

— Nous avons un maître, dit Fouché, le conserverons-nous s'il perd la bataille, ou reviendrons-nous à la République pure.

— La France, répliqua sentencieusement *(sic)* Carnot, ne pourra résister qu'en revenant à l'énergie conventionnelle.

— Je suis de l'avis de Carnot, dit Sieyès, s'il revient défait, il faut l'achever, il nous en a trop dit depuis sept mois.

— Il a l'armée, reprit Carnot d'un air penseur.

— Nous avons le peuple ! s'écria Fouché.

— Vous êtes prompt, Monsieur, répliqua Talleyrand d'une voix de bassetaille [9] qui fit rentrer l'oratorien en lui-même. Soyez francs, dit un ancien Conventionnel en montrant sa tête, si Bonaparte est vainqueur, nous l'adorerons, vaincu nous l'enterrerons !

— Vous étiez là, Monsieur, reprit M. de Talleyrand sans s'émouvoir, vous serez des nôtres. Et il lui fit signe de s'asseoir.

Ce fut à cette circonstance que ce personnage, conventionnel assez obscur, dut d'être [10] un des grands de l'Empire, il fut discret et les deux ministres lui furent fidèles; mais

---

6. — F° 54/2.
7. — Balzac a commencé une phrase par : *Il n'est pas...;* puis l'a abandonnée.
8. — On sait qu'un *Cromwell*, tragédie en cinq actes et en vers fut un des premiers essais de Balzac.
9. — L'expression est écrite en un seul mot.
10. — Les quelques mots qui suivent, jusqu'à *Empire*, sont mal lisibles sous une épaisse rature.

il fut aussi le pivot de la machine et l'âme de la machination [11]

— Cet homme n'a point encore été vaincu! s'écria Carnot avec un accent de conviction, et il vient de surpasser Annibal.

— Voici le Directoire, en cas de malheur, reprit très finement Sieyès en [12] faisant remarquer à chacun qu'ils étaient cinq.

— Et, dit M. de Talleyrand, nous sommes tous [13] intéressés au maintien de la Révolution française, nous avons tous trois jeté le froc aux orties, le général a voté la mort et vous, dit-il au dormeur, vous avez été quelque peu révolutionnaire.

— Nous avons tous les mêmes intérêts, dit péremptoirement Sieyès, et nos intérêts sont d'accord avec celui de la patrie.

— Il faut agir, ajouta Fouché, la bataille se livre, et Mélas a des forces supérieures. Gênes est rendue, il n'est pas certain que Masséna puisse rejoindre Bonaparte, et ce n'est pas, quand la nouvelle du désastre viendra que nous pourrons organiser les clubs, réveiller le patriotisme et changer la Constitution. Notre dix-huit brumaire doit être tout fait.

— Laissons-le faire au Ministre de la Police, dit M. de Talleyrand, et défions-nous [14] de Lucien.

Lucien Bonaparte était alors Ministre de l'intérieur.

— Je l'arrêterai, dit Fouché.

— Messieurs, s'écria Sieyès, notre Directoire ne sera plus soumis à des mutations, nous organiserons un pouvoir olygarchique *(sic)*, un Sénat à vie et une chambre élective qui sera dans nos mains; profitons des fautes du passé.

— Avec ce système, j'aurai la paix, dit M. de Talleyrand.

— Trouvez-moi un homme sûr pour correspondre avec Moreau, l'armée d'Allemagne deviendra notre seule ressource, s'écria Carnot qui était resté plongé dans une profonde méditation.

— Messieurs! s'écria Sieyès d'un ton grave et solennel.

Ce mot : Messieurs! fut parfaitement compris et tous les regards exprimèrent une même foi, une même promesse, celle d'un silence absolu, d'une solidarité complète au cas où Bonaparte reviendrait triomphant.

— Nous savons tous ce que nous avons à faire, ajouta Fouché.

Sieyès avait tout doucement [15] dégagé le verrou, son oreille de prêtre l'avait bien servi. Lucien entra.

---

11. — Phrase assez bizarre si l'on songe au rôle tout passif joué par Malin de Gondreville dans le roman définitif. Balzac avait-il, à l'époque où il écrivait cette ébauche, d'autres projets pour son « ancien Conventionnel »?

12. — Fº 55/3.

13. — Balzac a d'abord écrit deux mots aujourd'hui mal lisibles sous la rature, sans doute *cinq* et *de*.

14. — Balzac a d'abord écrit *du Ministre de*. Il faut comprendre, évidemment, Ministre de l'Intérieur.

15. — Balzac a d'abord voulu écrire *poussé*, puis il a compris que le verbe était amphibologique ou même impropre.

— Bonne nouvelle, Messieurs, un courrier apporte à madame Bonaparte un mot du premier Consul, il a débuté par une victoire à Montebello.

M. de Talleyrand et Fouché se regardèrent.

— Est-ce une bataille [16] générale, demanda Carnot.

— Non, c'est un combat, mais où Lannes s'est couvert de gloire, l'affaire a été sanglante. Attaqué avec huit mille hommes par dix-huit mille, il a été sauvé par une division envoyée à son secours. Ott est en fuite, la ligne d'opération de Mélas est coupée.

— De quand le combat, demanda Carnot.

— Le 8, dit Lucien.

— Nous sommes le 13, reprit le savant ministre, eh bien, selon toute apparence, les destinées de la France se jouent au moment où nous causons.

En effet, la bataille de Marengo commença le 14 juin à l'aube.

— Quatre jours d'attente mortelle, dit Lucien.

— Mortelle? répéta M. de Talleyrand froidement et d'un air interrogateur.

— Quatre jours, dit Fouché.

Un témoin oculaire a certifié que les deux consuls n'apprirent ces détails qu'au moment où les six personnages rentrèrent au Salon. Il était alors quatre heures du matin.

Fouché partit le premier [17]. Voici ce que fit avec une infernale et sourde activité ce génie ténébreux, profond, extraordinaire, peu connu; mais qui avait bien certainement un génie égal peut-être à celui de Philippe II, à celui de Tibère et de Borgia. Dans l'espace de trois jours il organisa cette angoisse générale qui pesa pendant cinq jours sur toute la France, il ranima l'énergie républicaine de 1793 en cachant la main qui remuait les cendres de ce foyer.

Disons, pour éclairer ce coin très obscur de notre histoire, que cette agitation, partie de lui qui tenait tous les fils de l'ancienne Montagne, produisit les complots républicains par lesquels la vie du premier Consul fut menacée après sa victoire de Marengo. Ce fut la conscience qu'il avait du mal dont il était l'auteur qui lui donna la force de signaler, à Bonaparte malgré l'opinion contraire de celui-ci, les républicains comme [18] plus mêlés que les royalistes à ces entreprises. Fouché connaissait admirablement les hommes, il compta sur Sieyès, à cause de son ambition trompée, sur M. de Talleyrand parce qu'il [19] était un grand seigneur,

---

16. — F° 56/4.

17. — Balzac a d'abord écrit : *et ramena chez lui*, amorce d'un petit épisode, un dialogue par exemple, auquel il a immédiatement renoncé.

18. — Balzac a peut-être voulu écrire d'abord : *les auteurs*.

19. — F° 57/5. La page est tournée entre *par*, et *ce* de la conjonction *parce que*.

sur Carnot à cause de sa profonde honnêteté ; mais il redoutait le cinquième, et voici comment il l'entortilla. Ce personnage fut forcé par le Ministre de la Police de rédiger des proclamations du gouvernement révolutionnaire, ses actes, ses arrêtés, la mise hors la loi des factieux du 18 Brumaire, et bien plus ce fut ce complice [20] qui les fit imprimer aux nombres d'exemplaires nécessaires et qui les tint prêts en ballots dans sa maison. Fouché garda les minutes. L'imprimeur fut arrêté comme conspirateur, car on fit choix d'un imprimeur révolutionnaire, et la Police ne le relâcha que deux mois après, il est mort croyant à une conspiration [21] montagnarde. Une des scènes les plus curieuses jouées par la police de Fouché, est sans contredit celle que causa le premier courrier reçu par le plus célèbre banquier de cette époque et qui annonça la perte de la bataille de Marengo, car la fortune ne se déclara pour Napoléon que sur les sept heures du soir. A midi, l'agent envoyé par le Roi de la finance d'alors, regarda l'armée française comme anéantie et s'empressa de dépêcher un courrier [22].

Le Ministre de la Police envoya chercher les afficheurs, les crieurs, et l'un de ses affidés arrivait avec un camion chargé des imprimés, quand le courrier du soir qui avait fait une excessive diligence répandit la nouvelle du triomphe qui rendit la France véritablement folle. Il y eut des pertes considérables à la Bourse. Mais le rassemblement des afficheurs et des crieurs qui devait porter la mort de Bonaparte fut tenu en échec et attendit que l'on eut imprimé la proclamation et le placard où la victoire du premier Consul était exaltée [23]. Le personnage sur qui toute la responsabilité de ce singulier complot pouvait tomber fut si effrayé qu'il fit jeter tous les ballots dans un bateau [24], il s'y embarqua déguisé [25], remonta la Seine, le canal d'Orléans, descendit la Loire et enterra les sinistres ballots dans les caves du château qu'il avait acheté sur les confins de l'Anjou [26]. Puis il revint à Paris assez à temps pour complimenter le premier Consul. On sait que Napoléon revint avec une effrayante célérité d'Italie en France après la bataille de Marengo ; mais il est certain, pour ceux qui connaissent

---

20. — On lit peut-être sous une rature : *étourdi*.
21. — Balzac a commencé l'adjectif *républicaine*.
22. — On lit ici une première version sous les ratures : *Fouché convoqua les affich*.
23. — Balzac a d'abord écrit, semble-t-il, *L'hôte de Fouché* ; puis il s'est arrêté, et a repris un peu au-dessus de la ligne.
24. — On appréciera l'intérêt de ces détails qui ont complètement disparu de la rédaction définitive.
25. — F° 58/6. La page est tournée à l'intérieur du mot *déguisé*.
26. — Dans la version primitive l'Anjou est appelé à jouer le rôle de la région de Troyes dans la version définitive.

à fond l'histoire secrète de ce temps que sa promptitude eut pour cause, un message de Lucien [27]. Le Ministre de l'intérieur avait entrevu l'attitude du parti montagnard, et sans savoir d'où soufflait le vent, il craignait l'orage. Incapable de soupçonner les trois ministres, il attribuait ce mouvement aux haines excitées par son frère au 18 Brumaire et à la ferme croyance où fut alors le reste des hommes de 1793 d'un échec irréparable en Italie. Les mots : Mort au tyran ! criés à Saint-Cloud retentissaient encore à ses oreilles. La Bataille [28] de Marengo retint Napoléon sur les champs de la Lombardie jusqu'au 24 juin, et il était le 2 juillet en France. Quand les cinq conspirateurs se trouvèrent aux Tuileries félicitant le premier Consul, Fouché dit au détenteur des Imprimés dans le Salon même d'attendre encore et que tout n'était pas fini [29].

Cette explication qui pourrait former tout un roman était nécessaire à l'intelligence du vrai drame. Cinq ans se passèrent. Le cinquième acteur de cette conspiration inachevée [30] quelque médiocre qu'il fût, devint Sénateur d'Empire par les sollicitations de M. le Prince de Talleyrand alors ministre des Relations Extérieures, et par l'influence du duc d'Otrante, toujours Ministre de la Police générale du Royaume. Dans l'intervalle le Premier Consul, qui ne semblait pas à M. de Talleyrand et à Fouché aussi marié qu'ils l'étaient à la Révolution, y fut lié par eux et par l'affaire du duc d'Enghien. L'exécution du prince tient par des ramifications saisissables aux yeux des politiques à ce qui s'était tramé chez M. de Talleyrand pendant la campagne de Marengo. Certes, aujourd'hui, pour qui a [31] connu des personnes bien informées, il est clair que Bonaparte fut joué comme un enfant, par Talleyrand et Fouché.

M. de Talleyrand faisait son whist chez Madame de Luynes, il était trois heures du matin, il tira sa montre, interrompit le jeu et demanda tout à coup sans aucune transition à ses trois partners si M. le prince de Condé avait d'autre enfant que M. le duc d'Enghien. Cette demande était si saugrenue dans la bouche de M. de Talleyrand qu'elle causa la plus grande surprise.

— Pourquoi nous demandez-vous ce que vous savez si bien, lui dit-on.

---

27. — Balzac a écrit d'abord *qui*, puis il a essayé de l'expression *le Ministre ;* il l'a abandonnée, puis reprise.

28. — Majuscule curieuse. Balzac songe-t-il à son fameux roman ? (voir notre Intr., p. 34).

29. — Ici commence un texte de dix lignes, fortement biffé. Notre lecture est parfois conjecturale et nous le signalons.

30. — Lecture conjecturale de l'adjectif.

31. — F⁰ 59/7.

— C'est pour vous apprendre ce que vous ne savez pas.
Et il ajouta — En ce moment la Maison de Condé est
finie.

Or, disait le témoin oculaire de cette scène, M.
Talleyrand était à l'hôtel de Luynes, depuis le commencement de la soirée et savait sans doute que Bonaparte ne
pouvait faire grâce [32].

LES ÉMIGRÉS D'ANGERS [33]

...Il voulut épargner l'ancienne noblesse et non seulement il
laissa rentrer les émigrés, mais encore il rendit quelques fonds
invendus à ceux qui portaient de grands noms. Ce fut à
cette époque que beaucoup de Vendéens [34] revinrent en
France. En Bretagne, en Vendée, en Anjou, la plupart
des Émigrés à qui la patrie était chère arrivaient sans être
radiés et attendaient chez eux leur radiation officielle. Les
autorités fermaient complaisamment les yeux sur ces illéga-
lités et s'empressaient de régulariser la position des émigrés
rentrés. Déjà plus d'une fois l'Empereur n'avait pas attendu
lui-même la radiation pour donner de l'Emploi dans ses
armées aux nobles qui voulaient [35] servir [36]. Son faible
pour la vieille noblesse était connu. [37]

---

32. — Ici, après un blanc commence un nouveau chapitre. Outre le titre,
vingt-trois lignes ont été écrites sur la page et fortement biffées. Deux autres
lignes qui représentent la fin de cette première version se retrouvent en haut
de la page 8, remployée et numérotée 51 dans la rédaction secondaire.

33. — Les premières lignes sont mal lisibles. On devine qu'il y est question des
émigrés « à l'époque du Couronnement de l'empereur Napoléon » de l'agitation qu'ils
entretiennent en Anjou, de la conspiration de Georges, Pichegru, Moreau et Polignac. Nous transcrivons la suite dont la lecture est à peu près certaine.

34. — Balzac a sans doute, d'abord, voulu écrire rejoignirent.

35. — Le folio 59/7 s'achève ici. La fin du texte — une ligne et demie — est
à chercher en tête de l'ancien f° 8, ré-employé par Balzac et numéroté alors 51.

36. — Ici, Balzac a commencé une phrase par On sait, puis il l'a raturée et modifiée.

37. — Ici s'achève cette première ébauche.

LETTRE DE CLÉMENT DE RIS
AU MINISTRE DE L'INTÉRIEUR

Nous donnons ici à titre de curiosité et à l'appui de ce que nous assurons dans notre Introduction p.20. la copie de certains passages de la lettre adressée le 3 septembre 1808 par Clément de Ris au ministre de l'Intérieur. Bien entendu nous ne transcrivons que les textes qui concernent Bernard-François Balzac [1].

Monsieur le Ministre,

Avant de répondre à la lettre par laquelle vous m'avez fait l'honneur de me consulter sur la moralité et la capacité des membres du Bureau des Hospices de Tours, j'ai voulu prendre les renseignements les plus positifs et les plus assurés sur ces cinq estimables citoyens dont trois me sont connus particulièrement depuis 18 ans, les deux autres ne sont fixés à Tours que depuis huit ou neuf ans. Les résultats de mon enquête que j'ai faite avec la plus scrupuleuse exactitude est que ce bureau est composé des hommes les plus recommandables de cette ville, par leurs lumières, par leur probité, par leurs services, par leur zèle à faire le bien et à remplir un devoir gratuit qui mérite l'estime et la reconnaissance de tous les bons citoyens. Je veux faire connaître avec quelque détail ces cinq hommes de bien à votre Excellence.

. . . .

Le cinquième est M. Balzac : c'est celui de tous les membres que je connais le moins et, en conséquence, c'est celui sur lequel j'ai pris le plus de renseignements ; je puis assurer Votre Excellence qu'ils sont certains et qu'ils sont très favorables. M. Balzac est établi à Tours depuis 10 ans : il y remplit depuis ce temps, la place de Directeur des vivres pour les troupes stationnées

---

1. — Archives N^{les} F¹ B¹, 166°.

dans la 22ᵉ division militaire : il est allié depuis 9 ans à une respectable famille de la bourgeoisie de Tours (les Sallambier) : Il y jouit d'une excellente réputation tant sous le rapport de sa place que comme époux et père : c'est un homme d'une rare intelligence pour les affaires. C'est le plus travailleur et le plus capable des cinq membres ; il est impossible de réunir plus de zèle et plus de capacité ; il a introduit dans l'administration de l'hospice l'ordre le plus exact et la plus sévère économie ; il est arrivé à force de soin et de travail à réduire la journée de tous les habitants de l'hospice sains ou malades, à 10 sols, y compris tous les frais de l'administration : il est l'auteur et le rédacteur d'un compte-rendu de l'hospice à la fin de l'année dernière qui peut être cité pour modèle à tous les administrateurs d'hospice de l'Empire ; il est déposé dans les bureaux de Votre Excellence et je puis l'assurer qu'il mérite de fixer ses regards ; tous les honnêtes citoyens de Tours désirent vivement qu'il soit imprimé. Le préfet de Tours, qui n'aime pas M. Balzac et qui ne voulait pas que M. Balzac recueillît l'honneur qui devait lui revenir de la publicité de son compte-rendu, en a défendu l'impression, et dans cette occasion, comme dans beaucoup d'autres a rendu un très mauvais service au département. Un magistrat de Tours recommandable par sa probité, ses lumières et ses vertus publiques et privées m'écrit au sujet de M. Balzac : " Si cet homme n'était pas administrateur de l'hospice, il faudrait le prier de le devenir, et je suis certain qu'on ne trouverait pas son pareil dans notre ville : il a lutté avec autant de courage que de talent contre l'indigence de l'hospice dont les besoins s'accroissent chaque jour et dont on cherche, au contraire, à diminuer les ressources ".

Je me suis aussi informé de la prétendue distraction à son profit d'une somme d'assignats ; on m'a répondu de tous côtés que c'était une fable grossièrement calomnieuse et qu'on pouvait bien en être sûr quand le ministre du Trésor public qui en avait été informé, n'en avait pas même manifesté un soupçon contre M. Balzac.

. . . .

Nous ne jugeons pas nécessaire de transcrire la fin de la lettre où Clément de Ris résume sa déposition en ajoutant quelques insinuations malveillantes sur le préfet Lambert.

BIBLIOGRAPHIE SOMMAIRE

Il n'existe pas en français de biographie savante de Balzac. On lira avec profit les deux témoignages un peu sommaires mais si vivants portés par Laure Surville, sœur de Balzac : *Balzac, sa vie et ses œuvres*, Paris, 1858, et par Th. Gautier : *Honoré de Balzac*, Paris, 1859. André Billy a écrit en 1944 une *Vie de Balzac*, alerte et très juste de ton. Ce n'est pas le hasard qui veut que — finalement — la meilleure biographie de Balzac soit l'excellent travail de R. Bouvier et E. Maynial *Les comptes dramatiques de Balzac* (Paris, Sorlot, 1938). On complètera par les *Etudes balzaciennes* de notre regretté maître Marcel Bouteron (Paris 1956) et par le tout récent *Album Balzac*, documents réunis et commentés par J. A. Ducourneau, Paris Gallimard, 1962.

Le lecteur désireux de connaître un Balzac plus intime et de juger par lui-même se reportera forcément à la *Correspondance* dont les principaux recueils sont à ce jour :

H. de BALZAC, *Correspondance* 1819-1850. Texte établi et annoté par J. A. Ducourneau, Paris, 1955.

H. de BALZAC, *Correspondance*, recueillie, classée et annotée par Roger Pierrot, Paris, tome 1 1960, tome 2, 1962.

H. de BALZAC, *Lettres à sa famille*, 1809-1850. Publiées avec une introduction et des notes de Walter Scott Hastings, Paris, 1950.

H. de BALZAC, *Correspondance avec Zulma Carraud*, notes et commentaires par M. Bouteron, Paris, 1951.

H. de BALZAC, *Lettres à l'Etrangère*, tomes I à IV, Paris, Calmann-Lévy, 1899-1950.

H. de BALZAC, *Lettres à l'Etrangère*, année 1848, publiées par M. Bouteron et R. Pierrot, La *Revue de Paris*, 1957.

LES MÉTHODES ET L'ART DE BALZAC

Il faut, évidemment, pour se repérer parmi les innombrables écrits qui intéressent l'art et la technique de l'écrivain, consulter les bibliographies générales et celle, spéciale à Balzac, publiée par W. H. Royce sous le titre *A Balzac Bibliography ;* elle remonte malheureusement à 1928. Nous ne pouvons citer ici que quelques ouvrages exceptionnellement importants ou très récents :

P. ABRAHAM, *Balzac, recherches sur la création intellectuelle,* Paris, de Rieder, 1929.

ALAIN, *Avec Balzac,* Paris, Gallimard, 1937.

M. BARDÈCHE, *Balzac romancier,* abrégé de sa grande thèse publiée sous le même titre; Paris, Plon, 1940.

J. H. DONNARD, *Balzac, Les réalités économiques et sociales dans la Comédie humaine,* Paris, 1961.

E. R. CURTIUS, *Balzac,* traduit par H. Jourdan, Paris, Grasset, 1933.

B. GUYON, *La pensée politique et sociale de Balzac,* Paris, A. Colin, 1947.

B. GUYON, *La Création littéraire chez Balzac,* Paris, A. Colin, 1951.

Pierre LAUBRIET, *L'intelligence de l'art chez Balzac : D'une esthétique balzacienne,* Paris, 1961.

G. PRADALIÉ, *Balzac historien, et la Société de la Restauration,* Paris, 1955.

SUR UNE TÉNÉBREUSE AFFAIRE

Une Ténébreuse Affaire parut en feuilleton du 14 janvier au 20 février 1841, dans le journal *Le Commerce.* En 1842, le roman fut remanié, corrigé et publié chez Souverain avec la date de 1843. Il reçut alors l'importante *Préface* que Balzac supprima ensuite et dont nous mettons ici le texte sous les yeux du lecteur. En 1846, Balzac plaça *Une Ténébreuse Affaire* au tome XII de La Comédie Humaine, sous la rubrique *Scènes de la Vie politique.*

On trouvera bien entendu *Une Ténébreuse Affaire* dans toutes les éditions successives de la *Comédie Humaine* et notamment dans la série des œuvres de Balzac annotée, éditée chez Conard par MM. A. Bouteron et H. Longnon, Paris, 1960. Trois éditions de valeur ont été récemment publiées :

Une Ténébreuse Affaire, Edition présentée par J. Louis Bory, notice et texte établis par J. A. Ducourneau, Club du meilleur livre, Paris, 1957.

Une Ténébreuse Affaire, Préface de Marcel Bouteron, éd. Alpina, Paris, 1957.

Une Ténébreuse Affaire, Préface de M. Bardèche, tome XV des *Œuvres complètes*, Club de l'honnête homme, Paris, 1960.

Parmi les études particulières consacrées aux problèmes soulevés par le roman, on notera :

E. DAUDET, *La police et les Chouans sous le Premier Empire*, Paris, 1895.

G. X. CARRÉ DE BUSSEROLLE, *La vérité sur l'enlèvement du Sénateur Clément de Ris*, Niort, 1899.

M. MARTINEAU, *Balzac et l'affaire Clément de Ris* (*Mercure de France*, oct. 1909, pp. 454-464), reproduit dans M. Martineau : *Promenades bibliographiques*, Paris, 1921.

Ch. RINN, *Un mystérieux enlèvement : l'affaire Clément de Ris*, Paris, 1910.

M. SERVAL, *Autour d'un roman de Balzac « Une Ténébreuse Affaire »*. *Revue d'Histoire littéraire*, oct.- déc. 1922, XXIX, p. 452-483.

E. d'HAUTERIVE, *L'enlèvement du Sénateur Clément de Ris*, Paris, 1926.

A défaut de la thèse, pratiquement inaccessible dans sa version dactylographiée, de M. Wells P. Chamberlin, on trouvera un intéressant article du même auteur dans les *Annales publiées par la Faculté des Lettres de Toulouse*, *Littérature* VI, 1958, sous le titre *Une Ténébreuse Affaire, roman policier*.

TABLE

ACHEVÉ D'IMPRIMER
SUR LES PRESSES DES
IMPRIMERIES OBERTHUR
A RENNES
DÉPOT LÉGAL IMPRIMEUR 6 504

DÉPOT LÉGAL 2ᵉ TRIMESTRE 1963
Nᵒ D'ORDRE LIBRAIRIE ARMAND COLIN : 2 841

BIBLIOTHÈQUE DE CLUNY

ARMAND COLIN 103 BD SAINT-MICHEL PARIS Vᵉ